Amy Lynn Green

DER CLUB DER BÜCHERFREUNDINNEN

Amy Lynn Green

Der Club der Bücherfreundinnen

Francke

Über die Autorin:
Amy Lynn Green mag Bücher, Geschichte und Bibliotheksausweise. Sechs Jahre hat sie in der Verlagsbranche gearbeitet, bevor sie ihren ersten historischen Roman schrieb. Zusammen mit ihrem Mann lebt sie in Minnesota. Sie liebt es, angehende Autorinnen und Autoren durch Online-Seminare auf ihrem Weg zum ersten Buch zu ermutigen und zu begleiten.

www.amygreenbooks.com
amygreenbooks
Amy Lynn Green

MIX
Papier aus verantwortungsvollen Quellen
FSC® C014138
FSC www.fsc.org

Bibliografische Information der Deutschen Nationalbibliothek
Die Deutsche Nationalbibliothek verzeichnet diese Publikation in der Deutschen Nationalbibliografie; detaillierte bibliografische Daten sind im Internet über https://dnb.de abrufbar.

ISBN 978-3-96362-406-3

Originally published in English in the U.S.A. under the title
The Blackout Book Club
by Bethany House Publishers, a division of Baker Publishing Group, Grand Rapids, Michigan, 49516, U.S.A.

35037 Marburg an der Lahn
Deutsch von Dorothee Dziewas
Umschlagbilder: Elisabeth Ansley / Trevillion Images
© luoman / iStockphoto
Umschlaggestaltung: Francke-Buch GmbH / Marion Schramm
Satz: Francke-Buch GmbH
Printed in Czech Republic

www.francke-buch.de

Für alle Lehrer und Bibliothekarinnen,
die in anderen die Liebe zum Lesen wecken …
aber vor allem für die unter ihnen,
die mich in meiner Jugend beeinflusst haben.

1

Avis Montgomery
31. Januar 1942
Derby, Maine

Avis umklammerte die Leiter, während ihr Mann hinaufstieg, ein dickes Bündel aus schwarzem Tuch über der Schulter. »Bitte sei vorsichtig, Russ«, bat sie ihn, während er sie verschmitzt unter seiner schneidigen dunklen Haartolle angrinste.

»So vorsichtig wie immer«, war die Antwort, die Avis aber kaum beruhigte.

Ein Stück neben ihnen kletterte ihr Bruder Anthony eine Sprosse höher und musterte skeptisch die Fenster an der Ostseite der Bibliothek. »Bist du dir sicher, dass die Vorhänge breit genug sind?«

Avis deutete mit dem Kinn auf ihr Notizbuch, das auf dem Boden lag und in dem die Zahlen in ordentlichen Spalten wie Soldaten in Reih und Glied standen. »Natürlich. Ich habe sie doch abgemessen.«

»Sogar dreimal, wette ich«, erwiderte Russell augenzwinkernd.

»Viermal«, gab Avis zu.

»Siehst du? Hab ich doch gesagt.« Russell knüllte eine Ecke des Verdunklungsvorhangs in der Faust zusammen. »Okay, Kumpel, fang!«

»Hör sofort auf …«, fing Avis an, aber es war zu spät. Russell holte mit dem Arm aus wie ein Werfer auf dem Baseballfeld und schleuderte die Tuchkante hinüber, sodass Anthony gefährlich wankte, als er sich danach reckte.

Avis hätte am liebsten ihre schmerzenden Schläfen massiert, aber sie wagte es nicht, die Hand von der Leiter zu nehmen. »Du wirst noch fallen und dir das Genick brechen«, seufzte sie stattdessen.

Anthony schob die Ösen am oberen Gardinenrand über die Stange, die er angebracht hatte, und Russell tat dasselbe auf seiner Seite. »Wenn du meine Leiter gehalten hättest und nicht die deines Mannes, hättest du dir keine Sorgen um mich machen müssen.«

»Ich bin ziemlich sicher, dass Leitern mitgemeint waren, als ich bei der Hochzeit was von ›in Ehren halten‹ gesagt habe.« Avis lächelte zufrieden, als die beiden Männer lachten – Russell mit tiefem, klangvollem Ton, während Anthonys Lachen in einem Schnauben endete. Wie gern hörte sie die beiden lachen, jeder tat es auf seine Weise. Dabei waren die beiden Männer so unterschiedlich. Ihr Mann, untersetzt und selbstbewusst, der sich auf einem Angelsteg wohler fühlte als bei seiner Arbeit in der Bank; ihr Bruder, schlaksig und warmherzig, der in jeder Situation eine geistreiche Bemerkung auf den Lippen hatte.

Wenigstens war niemand sonst anwesend, der ihre Albernheiten mitbekam. So kurz vor Schließung der Bücherei waren alle Besucher nach Hause gegangen, um zu Abend zu essen und sich im Radio die Sendungen über MacArthur und seine Jungs anzuhören, die versuchten, den Pazifik zurückzuerobern.

Avis' Hand zitterte ein wenig, als Russell von der Leiter stieg. *Konzentrier dich auf das, was du unter Kontrolle hast*. Im Moment waren das die Maße, Richtlinien und ordentlichen rechten Winkel, die mit den Ecken des Fensterrahmens übereinstimmten, so wie sie es geplant hatte. »Passt genau.«

»Gut gemacht.« Russell drückte ihr einen Kuss auf die Stirn. »Miss Cavendish und der Luftschutzwärter werden nicht den geringsten Lichtschein entdecken.«

Die in zwei Dreierreihen aufgestellten Tische, an denen die Besucher der Bücherei die Zeitschriften lesen konnten, wirkten in dem Dämmerlicht, das plötzlich herrschte, blass und gedämpft.

Als Anthony die Leitern wieder in der Kammer verstaut hatte, lag ein missbilligender Blick auf seinem sonst so fröhlichen Gesicht. »Hier ist es so trostlos wie auf einer Beerdigung.«

»Das ist die Kriegsmode, Kumpel«, antwortete Russell und klopfte ihm auf den Rücken. »Gewöhn dich dran.«

»Einrichtungszeitschriften im ganzen Land werden bald diese neuen Farben anpreisen«, erklärte Avis im Ton einer Werbesendung. Schon jetzt hatte das *LIFE Magazine* Bilder von Joan Fontaine aus einem Film abgedruckt, in dem sie eine Rekrutin beim Frauenhilfsdienst der britischen Luftwaffe spielte und eine kecke Schirmmütze trug.

Ihr Bruder schnaubte verächtlich. »Du und deine albernen Zeitschriften. Wann liest du endlich mal ein richtiges Buch?«

»Wenn ›richtige Bücher‹ mir erklären, wie ich die Kleider vom letzten Jahr ändern kann und wie man einen leckeren Blaubeerkuchen backt«, schoss Avis zurück, eine Variation ihrer üblichen Antwort. Nur weil ihr Bruder, der Bibliothekar, so ein Snob war, was Bücher betraf, brauchte sie es ja nicht zu sein.

»Wo sie recht hat, hat sie recht«, warf Russell ein. »Der Kuchen gestern war hervorragend.«

Anthony sah seinen Freund aus Kindertagen angesichts dieses Verrats mit einem vorwurfsvollen Blick an. »Beim Lesen geht es um mehr als nur um Informationen, wisst ihr?«

»Das musst du mir erst mal beweisen.« Schließlich lernte sie in einer Woche Zeitschriftenlektüre wahrscheinlich mehr als Anthony in all den Romanen, die er in einem Jahr verschlang. Trotzdem hatte es keinen Sinn, ihn überzeugen zu wollen. Er war zwar erst neunundzwanzig Jahre alt, aber schon jetzt ein Sturkopf.

Anstatt sich provozieren zu lassen, holte Anthony nur tief Luft. »Ich werde diesen Ort vermissen.«

Da war sie wieder, diese vertraute Angst, die Avis am ganzen Körper spürte. Seit Wochen hatte sie den Gedanken daran, dass Anthony gehen würde, verdrängt, aber jetzt, wo es nur noch wenige Tage bis zu seiner Abreise nach Fort Devens waren, konnte sie das nicht mehr.

Russell lehnte sich an eines der Regale, die kräftigen Arme vor der Brust verschränkt. »Was wird Miss Cavendish nur ohne dich machen?«

»Ich weiß nicht. Obwohl ich ihr schon einen Vorschlag gemacht habe, wer mich ersetzen könnte.«

Etwas an der Art, wie Anthony das sagte, ließ Avis aufblicken. Selbst in dem Dämmerlicht konnte sie das spöttische Grinsen im Gesicht ihres Bruders sehen und auf einmal war jeder Gedanke an seinen Militärdienst wie weggeblasen. »Anthony, du meinst aber nicht *mich*, oder?«

»Komm schon, Schwesterherz.« Er schenkte ihr sein charmantestes Lächeln. »Du machst doch schon jetzt die Hälfte der Katalogisierung, wenn ich nicht dazu komme.«

»Du übertreibst.«

»Und du kennst doch inzwischen das System zur Gliederung der Sachgruppen fast komplett auswendig.«

Da hatte er recht, aber das bedeutete leider auch, dass seine Idee gar nicht so unberechtigt war. »Das kann ich auf keinen Fall, schließlich bin ich ja verheiratet.« Sie drehte ihren Ehering mit dem Solitär um ihren Finger. Eine Arbeit außer Haus, das hatte ihre Mutter ihr eingeschärft, war etwas für Frauen, die nicht die Anzüge ihres Mannes bügeln und jeden Abend pünktlich das Essen auf dem Tisch haben mussten.

»Tausende Frauen arbeiten während des Krieges«, gab Russell achselzuckend zu bedenken.

Er schlug sich immer auf Anthonys Seite. Avis presste die Lippen aufeinander, weil sie spürte, wie Unmut in ihr aufstieg. Das war wohl der Preis dafür, dass sie den besten Freund ihres Bruders geheiratet hatte.

Sie wollte gerade antworten, das sei doch etwas ganz anderes, als Anthonys Grinsen weicher wurde. »Jedenfalls dachte ich, du wärst froh, etwas zu tun zu haben, wenn Russ und ich weg sind.«

Avis konnte nicht verhindern, dass ihre Miene grimmig wurde, und Russell hustete hinter ihr. Mit einem verwirrten Gesichtsausdruck blickte Anthony zwischen ihnen hin und her.

»Wir haben noch nicht …«, setzte Russell an, doch Avis kam ihm zuvor: »Russell hat sich nicht …«

Russell brach das unbehagliche Schweigen mit den Worten: »Wir diskutieren noch darüber, das ist alles. Meine Meldung beim Militär, meine ich.«

Selbst das war nur die halbe Wahrheit. Es war mehrere Wochen her, dass Russell nach ihrem letzten Streit davon angefangen hatte.

Im Gegensatz zu den begeisterten, Fahnen schwenkenden Massen, die sich auf den Straßen tummelten, seit die USA in den Krieg eingetreten waren, graute es Avis vor der langen Trennung, dem leeren Bett neben ihr und den regelmäßigen Meldungen über die Gefallenen in den Zeitungen.

Und auch wenn sie sich bemühte, es zu ignorieren, hatte sie immer noch die Warnung ihrer Mutter am Vorabend der Hochzeit im Kopf, als sie zu viel Sekt getrunken hatte: *»Behalte deinen Mann bei dir, solange du kannst, sonst könnte er versucht sein, sich auch in anderer Hinsicht zu entfernen.«*

Anthony blinzelte hinter seiner schmalen Brille, während die Röte ihm in die Wangen stieg. »Tut mir leid, ich dachte … na ja, das wusste ich nicht.« Er räusperte sich und beeilte sich, die Unterhaltung auf ein neutraleres Thema zu lenken. »Aber es wäre trotzdem gut für dich, mal aus dem Haus zu kommen, Avis.«

»Aber ich habe keinen Collegeabschluss«, erwiderte sie, »und falls du es in den fünf Minuten, seit ich es erwähnt habe, schon wieder vergessen hast: Ich lese keine Bücher, sondern nur Zeitschriften.«

»Aber das könntest du doch ändern.« Anthony nahm die Bibliotheksschlüssel aus der leeren Zuckerdose, in der er sie auf Anraten seiner Schwester hin aufbewahrte, nachdem er sie allzu oft verlegt hatte. »Im Ernst, Avis, jemand muss dafür sorgen, dass die Bücherei geöffnet bleibt.«

»Miss Cavendish wird den Laden doch nicht zumachen.«

Anthony zögerte und blickte zu dem Ölgemälde des ernst dreinblickenden Mannes hinüber, das über den Regalen hing und als einziges Kunstwerk an den Wänden geduldet wurde. »Da wäre ich mir nicht so sicher. Die Bücherei war die Herzensangelegenheit ihres Vaters, nicht ihre. Etwas an diesem Ort … na ja, sie bezahlt die Rechnungen, aber es scheint ihr nicht zu gefallen.«

»Warum denn nicht?«, wollte Russell wissen.

»Keine Ahnung. Im Umgang mit Miss C. lernt man, nicht neugierig zu sein.« Er warf die Schlüssel in die Luft und ging mit gewohnt federnden Schritten zur Tür. »Ich liebe diesen Ort, Schwesterherz.«

Als müsste er ihr das extra sagen. Mindestens seine halbe Kindheit hatte er in der Bücherei verbracht oder mit dem Lesen von Abenteuergeschichten, die er sich hier ausgeliehen hatte.

Als er zum College gegangen war, hatten alle, auch Mutter, erwartet, dass er »etwas aus sich machen« würde und sie ihn nie wiedersehen würden. Aber vor vier Jahren war er nach Derby zurückgekehrt, seinen Abschluss in den Händen, und war damit zufrieden gewesen, den Rest seines Lebens in der kleinen Küstenstadt zu verbringen und in der privaten Bücherei zu arbeiten, die ihm in seiner Kindheit Zufluchtsort gewesen war.

»Komm schon, Avis. Versprich mir, dass du für mich weitermachst, während ich weg bin. Bitte!« Anthony sah sie mit seinen großen, ernsten braunen Augen an, denen sie noch nie hatte widerstehen können.

»Na gut, ich verspreche es«, sagte sie gegen ihren Willen.

Der Juchzer, den er ausstieß, während er die Arme um sie schlang, war vermutlich das lauteste Geräusch, das dieses ehrwürdige alte Gemäuer seit Langem gehört hatte, und Avis musste unwillkürlich lächeln.

Diese Bücherei könnte wirklich ein bisschen weiblichen Einfluss gebrauchen. Außerdem würde Anthony nicht lange fort sein, und wenn sie die Zeit des Kriegs damit verbrachte, Bücher zu katalogisieren, ohne sie tatsächlich lesen zu müssen, brauchte das ja niemand zu erfahren.

Ginny Atkins
31. Januar 1942
Long Island, Maine

So wie Mack Conway auf den Hafen zuwankte, hätte Ginny Atkins vermuten können, dass er etwas zu tief ins Glas geschaut hatte, aber es war erst Nachmittag. Außerdem lugte unter seinem Mantel ein Sonntagsanzug hervor und sein Wuschelkopf war von einem schicken Filzhut bedeckt.

Sie winkte ihm mit ihrer Scheuerbürste zu. Jetzt, wo die Hauptsaison für den Hummerfang vorbei war, würden sie die nächsten drei Monate damit zubringen, für das nächste Jahr die Fallen zu reparieren und Bojen anzustreichen. Heute war Pa zu Hause geblieben – »Dinge, die erledigt werden müssen«, hatte er gesagt und sie hatte den Auftrag erhalten, den sonnigen Tag zu nutzen und sich um den Dreck und die Köderreste zu kümmern, die das Deck der *Lady Luck* verunzierten.

Anstatt zu der Gruppe Hummerfischer und Jungen zu gehen, die sich um ihre Ausrüstung kümmerten, blieb Mack genau vor Ginny stehen. »Schönen Tag, Ginny«, sagte er mit einer dröhnenden Stimme, die tiefer klang als sonst und ihn älter erschienen ließ als seine neunzehn Jahre.

Ginny wischte sich die kalten, nassen Hände an ihrer Hose ab und kam sich in ihren alten Gummistiefeln und dem Kittel ihres Bruders auf einmal ganz schmutzig vor. Wer hätte gedacht, dass der gute alte Mack einmal besser gekleidet sein würde als sie? »Wo warst du denn, Mack?«

Sein Grinsen wurde noch breiter, so als hätte er auf diese Frage nur gewartet. »Ich war mit der Fähre beim Rekrutierungsbüro.«

»Jetzt schon?« Dabei versuchte Ginny – und das versuchte sie wirklich –, sich ihre Bestürzung nicht anmerken zu lassen.

Alles war so schnell gegangen. Gerade hatte Roosevelt noch gesagt, sie würden sich aus dem ganzen Durcheinander in Europa heraushalten; und dann hatte Japan plötzlich diese Schiffe vor Hawaii versenkt und jetzt standen all die jungen Kerle auf der Insel Schlange, um sich in Uniformen zu zwängen.

»Ich bin schon ganz heiß darauf, diese Japsen fertigzumachen.« Mack hauchte auf seine Faust und rieb sich die Knöchel an der Jacke. »Wenn wir ihnen erst mal gezeigt haben, wer hier das Sagen hat, komme ich mit so vielen Orden an der Brust zurück, dass kaum noch Platz für Knöpfe ist.«

Ginny musterte ihn einen Moment lang, während ihr Atem weiße Wölkchen bildete und die Möwen die Stille mit ihrem unheimlichen Kreischen füllten. In Macks Miene lag ein Funke, den sie noch nie gesehen hatte, und Stolz, als er in seinem alten Mantel, den er von jemand gebraucht bekommen hatte, die Schultern straffte.

Mit ihrem eigenen Boot für den Hummerfang, den Fallen und dem Wissen, das Pa von seinem Vater mitbekommen hatte, war Ginnys Familie eine der wohlhabendsten auf der Insel, weil es immer Arbeit für sie gab. Die Weltwirtschaftskrise hatte andere Leute, wie die Conways, so oft zu Fall gebracht, dass sie nicht mehr versuchten, wieder aufzustehen. Mr Conway war arm wie eine Kirchenmaus und Ginny hatte schon oft Macks verlegene Ausreden gehört, wenn ihr Bruder ihn gefragt hatte, ob er ins Kino oder in die Eisdiele mitkommen wollte.

»Bestimmt wirst du das«, sagte Ginny jetzt und belohnte Mack mit einem Lächeln. Wenn die mit Spucke glänzend polierten Schuhe ihn nicht auf dem Boden gehalten hätten, wäre er vielleicht in den Himmel geschwebt und hätte sich zu den Flugzeugen gesellt, die vom Militärflughafen in Bangor aufstiegen und über sie hinwegflogen.

Dann erstarb sein Lächeln. »Du, Ginny?«

»Was denn?« Sie schob die Hände tiefer in ihre Manteltaschen, als ein plötzlicher Windstoß sie traf.

»Willst du mein Mädchen sein?«

Beinahe wäre Ginny in den eiskalten Ozean gefallen, so überrascht war sie, aber Mack hatte nichts bemerkt, weil er auf den Boden zu seinen Füßen starrte. »Äh, Mack, du bist für mich wie einer meiner Brüder.«

»Nein, bin ich nicht«, widersprach er und schob trotzig das Kinn vor. »Jedenfalls liebt niemand außer dir diese Insel so wie ich.«

Da musste Ginny ihm recht geben. Die meisten jungen Männer auf Long Island redeten davon, wie wild entschlossen sie waren, irgendwann von hier fortzugehen. Ginny hasste dieses Gerede. Sie hasste es, wenn die Leute die felsige Küste mit ihren schneebedeckten Tannen sahen und den Duft der salzigen Seeluft einatmeten und alles nur wie einen Haufen Müll abtaten.

Mack war anders, schon immer gewesen. Vielleicht lag das an den alten Geschichten seiner Großmutter, die sich irgendwo zwischen Historie und Legende bewegten und sich um seine Beine legten wie Seetang, sodass er hierbleiben wollte. Das bewunderte Ginny und Mack war auch nicht *genau* wie ihre jüngeren Brüder. Hatte sie nicht gerade gedacht, dass er richtig chic aussah mit den Haaren, die in der Sonne golden glänzten?

»Fred sagt, bevor ich gehe, sollte ich ein Mädchen haben, das auf mich wartet«, fuhr Mack fort. »Außerdem gibt es eine Tanzveranstaltung in der Stadt und ich brauche jemanden, der mit mir hingeht.«

Ginnys Schultern entkrampften sich. Wenn das alles war, dann war es nichts Ernstes. »Du weißt doch, dass ich immer mit dir tanzen gehen würde, Mack. Und schreiben werde ich dir auch.«

Um seine Augen – sie hatte nie bemerkt, dass sie so leuchtend blau waren wie der Himmel an einem wolkenlosen Tag – erschienen kleine Fältchen, als er lächelte. »Dann also diesen Freitag?«

»Gerne.« Wahrscheinlich war sie eines der wenigen Mädchen

auf der Insel mit einem gekauften Kleid. Pa hatte es ihr im letzten Monat zu ihrem zwanzigsten Geburtstag aus einem Geschäft in Portland mitgebracht. Schön, dass sie die Gelegenheit bekam, es auszuführen.

»Also gut.« Anstatt etwas Nettes zu sagen oder zu fragen, wann er sie abholen sollte, murmelte Mack etwas zum Abschied und rannte davon, als wollte er sich schon ein paar Wochen vor seiner militärischen Grundausbildung einen Vorsprung verschaffen.

Hm. War sie jetzt wirklich Mack Conways Mädchen? Einfach so?

Wahrscheinlich würde sie ihn jetzt mit seinem richtigen Namen Marvin anreden müssen anstatt mit dem Spitznamen von früher, weil seine Familie Makrelen gefischt hatte.

Nee. So oder so würde Mack für sie immer Mack sein.

Ginny wusste auch nicht, was es schaden sollte. Mack war ein anständiger Kerl und es würde ihm guttun, wenn er jemanden hatte, der ihm schrieb. Seine Ma konnte kaum lesen und sein Pa – na ja, man sollte von seinen Nächsten nicht schlecht reden, aber er würde vermutlich nicht einmal merken, dass sein Sohn nicht mehr da war.

Aber sehr romantisch war das gerade auch nicht gewesen. Auf dem Heimweg, nachdem sie die *Lady Luck* gründlich geschrubbt hatte, verglich Ginny Macks Frage mit all den Liebeserklärungen, die sie in Filmen gesehen hatte. Er hatte noch nicht einmal Anstalten gemacht, ihr einen Kuss zu geben.

Allerdings hätte sie ihn auch geohrfeigt, wenn er es versucht hätte.

Vielleicht war es bei ihren Eltern ja auch so gewesen. Einfach zwei Menschen, die an demselben Ort lebten und feststellten, dass sie dortbleiben wollten, und die deshalb geheiratet und sich ein Leben zusammen aufgebaut hatten. Sie hatten auch ihre Probleme gehabt – die meisten davon waren ihrer Ma zu verdanken –, aber sie hatten zusammengehalten.

Inzwischen war Ginny am Tor zu ihrem Haus angekommen. Alles war so … still. Seltsam. Kurz vor dem Abendessen kabbelten sich ihre kleinen Brüder sonst immer im Hof wie Möwen, die es auf denselben Fisch abgesehen haben.

Drinnen saß Pa am Küchentisch, den Kopf in die von der Arbeit schwieligen Hände gestützt, und Ginnys Herz hörte beinahe auf zu schlagen. »Pa? Was ist los?«

War etwas mit Ma? War sie mal wieder ins Gefängnis gesteckt worden? In den letzten paar Jahren war es ihr besser gegangen, nachdem Pa ihr den Zugang zum Familieneinkommen abgeschnitten hatte, um sie vor sich selbst zu schützen.

Pa hob kaum den Kopf, als er Ginny einen Zettel zuschob. In großen, ordentlichen Buchstaben, die sie nur mit Mühe entziffern konnte, standen dort Formulierungen wie *Küstenbefestigung* und *sofortige Evakuierung*.

Sie blickte das Schreiben mit finsterer Miene an. »Und was bedeutet *Enteignung*?«

»Es bedeutet, dass sie tun können, was sie wollen, und Leute wie wir haben keine Chance.« Die Stimme ihres Vaters, als er den Zettel nahm und zusammenknüllte, klang so kalt wie der Wind, der gegen die Tür hämmerte. »Die Regierung kauft unser Haus, Ginny. Der ganze Ort wird ein Marinestützpunkt.«

Nein. Das konnten sie nicht tun. Ihre Familie würde sich dagegen wehren.

Aber ihr Pa sprach weiter und Ginny hatte ihn noch nie so hilflos und hoffnungslos gehört. »Wir müssen die Insel verlassen.«

Martina Bianchini
31. Januar 1942
Boston, Massachusetts

Martina fuhr mit dem Daumen über die zerfurchten Buchrücken und wischte die Tränen fort, die sonst nasse Flecken auf den Einbänden hinterlassen hätten.

»*Affogare in un bicchier d'acqua.*« Sie schalt sich selbst mit einer von Mammas bewährten Redewendungen aus der alten Heimat. »Ertrinke nicht in einem Wasserglas.« Nach allem, was sie durchgemacht hatte, vergoss sie jetzt wegen einiger verstaubter Bücher Tränen?

Sie holte tief Luft. Rosas Märchensammlung, zerschlissen und abgenutzt wie die Putzlappen von Aschenputtel, mussten mit. *Der Schweizerische Robinson* für Gio, in der Hoffnung, dass er aus dem Buch nicht ebenso schnell herauswuchs wie aus seinen Schuhen in diesem Jahr. *Emma* natürlich, ihr Lieblingsbuch von Jane Austen.

Ein Blick über ihre Schulter verriet Martina, dass der Koffer aus Schlangenlederimitat, den sie sich für ihre persönlichen Habseligkeiten gestattet hatte, schon fast voll war.

Dann musste *Jane Eyre* also zurückbleiben. Es war einfacher, sich von den Biografien und Geschichtsbüchern zu trennen, die sie für ihre Einbürgerung hatte lesen müssen, aber *Oliver Twist* war ein echter Verlust.

Aber es musste sein. Von dem leitenden Angestellten in der Gießerei, der sie eingestellt hatte, hatte sie die Abmessungen ihres *Ein-Zimmer-Wohnwagens* erfahren. Mit Kreide und ihrem Zentimetermaß hatte sie es aufgemalt. So klein. Mit zwei heranwachsenden Kindern und all ihrem Hab und Gut würde sie bestenfalls ein einziges Regalbrett für Dinge haben, die nicht absolut notwendig waren.

»Ich *werde* wiederkommen und euch holen«, flüsterte Martina den Büchern zu, die sie zurückließ. Wann das sein würde, darüber dachte sie besser nicht nach.

»Nein!« Eilige Schritte hinter der dünnen Tür ließen die Bodendielen der Wohnung knarren, während die Stimme ihres Sohnes erklang. »Das bekommst du nicht! *Nein*!«

Martina schloss die Augen und wünschte, sie könnte noch ein wenig länger neben den Büchern knien und den Streit ignorieren. Aber nur einen Moment lang, denn tiefer als die Erschöpfung saß das Wissen, dass sie als Mutter alle Auseinandersetzungen in der Familie etwas angingen.

Als Martina in den Flur trat, prallte sie auf Gio, dessen sehnige Arme um seinen wertvollsten Besitz geschlungen waren: ein tragbares Radio von Motorola.

Am Ende des Ganges stand Martinas Mutter mit verschränkten Armen und finsterem Blick, der besagte: *Also? Er ist dein Sohn. Tu was.*

Was wollte Mamma denn mit Gios Radio? Sie hasste das laute Ding doch.

»Gio! Sei nicht unverschämt zu deiner *nonna.*« In Augenblicken wie diesem konnte sie den Jungen einfach nicht George nennen, auch wenn sie darauf bestand, dass er diesen Namen in der Schule benutzte.

»Ich bin nicht unverschämt zu ihr«, gab Gio zurück, »sondern zu dem Beamten.«

Beamten? Ein Blick zu ihrer Mutter – die trotz der vielen Falten im Gesicht aussah wie ein Mädchen, das vor dem Essen Plätzchen genascht hat – verriet ihr, dass Gios Worte einen wahren Kern hatten.

»Geh in dein Zimmer«, befahl Martina scharf. »Pack deinen Koffer zu Ende. *Ohne* das Radio.«

Widerwillig rückte er mit einem letzten flehenden Blick den Apparat heraus, bevor Martina ihn wegscheuchte und ihre Aufmerksamkeit ihrer Mutter widmete. »Was verschweigst du mir, Mamma?«

»*Calmati.*« Mamma eilte den Flur entlang und Martina folgte ihr in die Küche, wo unter Angela Bianchinis hölzernem Kochlöffel wahre Wunder geschahen. »Gestern war ein netter junger Mann hier, der mir gesagt hat, wo ich mich registrieren lassen kann. Er hat auch gesagt, ich soll mich nicht zu weit von zu Hause entfernen, und ich muss alle Kameras und Radiogeräte abgeben. Das ist alles.«

Mit jeder Ergänzung drückte Martina das Radio fester an sich. »Siehst du? Habe ich es dir nicht gesagt? Davor habe ich Angst.«

»Du hast doch vor allem Angst, *figlia mia.*« Mamma blieb stehen und tätschelte Martinas Schulter, so als wollte sie ihre Kritik entschärfen. »Sie wollen sicher sein, dass ich keine Spionin bin, und das kann ich verstehen. Ich bin schließlich keine amerikanische Bürgerin wie du.«

»Und was kommt als Nächstes? Wenn du erst einmal registriert bist, stecken sie dich vielleicht ins Gefängnis.«

»Du – wie sagt man noch mal …?« Sie schnipste mit den Fingern und lächelte dann stolz. »*Übertreibst.* Das hier ist nicht der Rote Sommer.«

Der Schauer, der Martina über den Rücken lief, war so kurz, dass es ihr gelang, die Erinnerungen an ihre Kindheit aufzuhalten, die sich in ihre Gedanken drängten. »Sag nicht, es könnte nicht passieren, Mamma. In den Zeitungen wird die Regierung aufgefordert, die Japaner zu deportieren – sogar solche, die eingebürgert sind. Als Nächstes könnten sie es auf uns abgesehen haben.«

Mamma stieß einen verächtlichen kehligen Laut aus. »In Amerika gibt es viel zu viele Italiener. Hunderttausende.«

»Aber Mamma …« Martina schaltete auf ihre Muttersprache um, für den Fall, dass die Kinder lauschten. Rosa und Gio konnten etwas Italienisch, aber in der Schule sprachen sie meist Englisch, Gott sei Dank. »Ich kann dich jetzt nicht allein lassen. Wir bleiben noch ein, zwei Monate, um sicher zu sein, dass alles in Ordnung ist.«

Mammas Finger erstarrten auf der Küchenzeile, wo sie einen ungeduldigen Rhythmus getrommelt hatten. Dann blickte Martinas Mutter auf und ihr Blick war ruhig und entschlossen. »Meine Tür wird dir immer offen stehen, Tochter. Aber du musst dein eigenes Leben führen, und nicht hier. Dort hast du eine Arbeit, die gut bezahlt wird, und ein eigenes Zuhause. Einen sicheren Ort, wo …«

Sie zuckte mit den Schultern, ohne den Satz zu beenden, aber Martina wusste, was der gesenkte Blick bedeutete.

Wo er *dich nicht finden kann.* Deshalb hatte sie sich in Maine eine Arbeit gesucht anstatt in einer der vielen Rüstungsfabriken, die in Boston aus dem Boden schossen. Ein Neuanfang.

»Das wünsche ich mir für dich, Tochter. Es wird keine Schwierigkeiten geben.«

Sie musste fragen. »Und was ist, wenn doch?«

Mamma zögerte nur einen Augenblick. »Wenn, dann will ich, dass ihr – die Kinder und du – weit weg seid.«

Martina ergab sich in die kraftvolle Umarmung ihrer Mamma, als Trost gegen den Kummer, die Angst und das Wissen, dass trotz aller Bücher, die sie zurücklassen musste, um nach Maine zu gehen, die Heldin, die sie am meisten vermissen würde, ihre Mutter war.

Louise Cavendish
1. Februar 1942
Derby, Maine

Lautes Gebell weckte Louise Cavendish in den frühen Morgenstunden, am Tiefpunkt der Ebbe, die einen fauligen Geruch zurückließ.

Alle schläfrige Benommenheit verflog, als Louise sich aufsetzte. Jeeves, ihr Schäferhund, mochte tagsüber das eine oder andere Eichhörnchen verscheuchen, aber nachts schlug er schon seit Langem nicht mehr an.

Louise zog ihren gesteppten Morgenmantel und ihre Hausschuhe an und eilte die Treppe hinunter. Jeeves war nur ein Schatten vor der Haustür, sein muskulöser Körper angespannt. Er knurrte eine Warnung in Richtung der Person, die auf der anderen Seite der Tür stand.

Louises Finger zögerten, bevor sie den Lichtschalter am Fuß der Treppe betätigte und der Kronleuchter die Diele erleuchtete.

Vaters altes Jagdgewehr hing noch immer über dem Kamin im Wohnzimmer und Delphie sorgte dafür, dass die Küchenmesser stets gut geschärft waren. Sollte sie …?

Nein, wenn dies ein Eindringling gewesen war, hatte Jeeves ihn vermutlich schon verjagt. Und wenn nicht, würde eine Frau in den Fünfzigern, die Mühe hatte, ein Fleischerbeil zu schwingen, es auch nicht tun.

Jeeves winselte und sprang an der Tür hoch, während er Louise mit flehendem Blick ansah. »Ruhig, mein Junge«, besänftigte sie ihn, während sie durch das Fenster in den Garten der Sommerresidenz ihrer Familie hinausspähte – ein schlichter Rasen, umgeben von den schweren Schatten der Büsche und der drei Nebengebäude.

Und dann hörte sie es: einen entfernten erschütternden Knall, der gleich darauf von neuerlichem Bellen übertönt wurde.

Deutsche Bomben? Hatten Hitlers Truppen es so kurz nach der Kriegserklärung wirklich gewagt, Amerikas Küste anzugreifen?

Aber nein, das Geräusch kam eindeutig aus östlicher Richtung und das Einzige, was östlich der Klippen von Windward Hall lag, war das Meer.

»Das sind nur Wasserbomben.« Louise bückte sich und versuchte, ihren aufgebrachten Hund zu beruhigen. »Sie haben ein deutsches U-Boot gefunden und Flugzeuge schießen es ab.«

Obwohl immer noch die Gefahr bestand, dass sie zu spät gekommen waren und das U-Boot wieder untergetaucht war, um amerikanische Tanker und Frachtschiffe zu zerstören.

Wie Delphie bei dem Lärm, den ein Schäferhund im Alarmzustand machte, weiterschlafen konnte, war Louise ein Rätsel, auch wenn die ältere Frau schwerhörig war, aber Delphie kam nicht aus ihrem Zimmer, um zu sehen, was los war. Als keine weiteren Explosionen ertönten, setzte Jeeves sich schließlich.

»Guter Junge«, flüsterte Louise und fuhr mit der Hand über den Hals des Hundes. Wie immer war er derselben Meinung und freute sich über das Lob. Weil es plötzlich wieder still war, hatte er offensichtlich beschlossen, dass er ganz allein die Gefahr gebannt hatte.

Vielleicht hatten die amerikanischen Flieger das verräterische Öl an die Wasseroberfläche steigen sehen und würden jetzt den nächsten angeberischen Zeitungsbericht auslösen, der mit der Raffinesse eines Groschenromans auf den Titelseiten prangte: *ONKEL SAM HAT WIEDER ZUGESCHLAGEN!* und: *U-BOOT-KATASTROPHE VERHINDERT.*

Aber Louise wusste auch, dass die U-Boote Dutzende von amerikanischen Schiffen mit wertvoller Ladung – und die Seeleute, die darauf arbeiteten – in den kalten Fluten versenkten.

Noch ein Grund, warum ganz normale Bürger aufstehen und sich nützlich machen mussten. Das Motto des Roten Kreuzes kam Louise in den Sinn: *Im Krieg Nächstenliebe.*

Es war Jahre her, dass sie daran gedacht hatte, seit damals das verhängnisvolle Telegramm von Vater gekommen war, das sie davon abgehalten hatte, sich im Großen Krieg zum Dienst als Krankenschwester zu melden. Und jetzt war sie mindestens zehn Jahre zu alt und konnte auch in diesem Krieg nichts tun.

Hör auf zu schmollen, schalt sie sich selbst, wie sie es immer beim ersten Anflug von Selbstmitleid tat. *Wenn überhaupt, sollte diese Sache dich daran erinnern, dass es auch hier Arbeit gibt.*

Louise hatte beinahe ein Vierteljahrhundert Zeit gehabt, um sich an das Unbehagen zu gewöhnen, als ältere unverheiratete Frau allein in einem großen Haus zu wohnen – jedenfalls allein, wenn man ihre Köchin Delphie nicht zählte. Noch nie zuvor hatte Louise sich in Windward Hall bedroht gefühlt.

Daran war der Krieg schuld, vermutete sie. Man konnte sich nicht einmal in den eigenen vier Wänden sicher fühlen, selbst wenn die wichtigsten Kriegshandlungen auf der anderen Seite des Ozeans stattfanden. Und jetzt hatte der Krieg sogar die Küste des friedlichen Ortes Derby erreicht.

2

Avis
2. April

Als die Wanduhr in der Geschichtsabteilung bis 3 Uhr weitergetickt war, seufzte Avis und starrte wehmütig auf das schlichte schwarze Notizbuch, das unter dem Tresen lauerte.

Nur drei Einträge heute. Das war wenigstens etwas. Seit sie den Büchereikunden gesagt hatte, sie sollten ihr ihre Wünsche nennen und am nächsten Tag wiederkommen, waren es manchmal ein halbes Dutzend Einträge oder mehr gewesen.

Wie hatte Anthony das alles geschafft?

Nun, er hatte einen Abschluss in Bibliothekswesen gehabt und zwei Mitarbeiterinnen, dachte Avis mürrisch. *Von mir mal ganz abgesehen.*

Gut, dass es ein zuverlässiges Sachgruppenverzeichnis gab. Ohne den Papierkatalog, in dem sie suchen konnte, wäre sie gleich in der ersten Arbeitswoche aufgeflogen, weil ihr die fast unheimliche Gabe ihres Bruders fehlte, für jede noch so obskure Anfrage das richtige Buch zu finden.

Sie überflog ihre ordentlichen Eintragungen, die sie immer pflichtbewusst vornahm, sobald der Kunde gegangen war.

Mr Watson möchte eine Biografie, um herauszufinden, wie viel von Sein letztes Kommando *auf wahren Begebenheiten beruht. Hat mir daraufhin die komplette Filmhandlung erzählt.*
Mrs Bell sucht ein Buch, das sie als Kind gelesen hat. Titel und Autor unbekannt, aber es hatte »ungefähr 50 Seiten und das berühmte Gemälde von George Washington auf dem Einband«.

Carole Stevenson will ein Buch, das einem jungen Mädchen klarmacht, wie dumm Faulheit ist. Habe nicht gefragt, ob es für das Kind ist, das gleich neben dem Schild »Kaugummi verboten« an der Wand lehnte und eine riesige Kaugummiblase platzen ließ.

Fang mit dem Einfachsten an. Eine kurze Suche im Katalog ergab, dass es mehrere Bände über George A. Custer und die Schlacht am Little Bighorn gab, und Avis zog diejenigen mit den abgenutzten Buchrücken heraus, weil sie daraus schloss, dass sie von mehreren Personen gelesen worden waren.

Sie blätterte ein wenig in den Büchern und verglich den Text mit dem Filmplakat. Vermutlich würde Mr Watson enttäuscht sein, wenn er erfuhr, dass Errol Flynns Darstellung nicht ganz korrekt gewesen war.

»Offenbar ist hier nicht allzu viel los, wenn die Bibliothekarin Zeit hat, zum Vergnügen in den Büchern zu stöbern.«

Die plumpe Anschuldigung ließ Avis so plötzlich herumfahren, dass das oberste Buch auf dem Stapel zu Boden fiel.

Miss Cavendish war plötzlich aufgetaucht, einen Korb in der Hand. Das grau werdende Haar hatte sie streng zurückgesteckt und unter einem schwarzen Hut versteckt, der seit mindestens zehn Jahren unmodern war.

»Ich habe nicht … ich meine … w-was machen Sie hier?«, stammelte Avis.

»Soweit ich weiß, ist dies die Cavendish-Privatbücherei.« Der strenge Blick, den sie Avis zuwarf, war eine fast perfekte Nachbildung des Porträts, das über den Biografien hing und ihren Vater und den Gründer der Bücherei, Luther Cavendish, zeigte.

»Tut mir leid. Ich dachte nur …« Genau genommen sollte sie besser nicht sagen, was sie dachte: dass Miss Cavendish sich außerhalb ihrer monatlichen Inspektionen eigentlich nie die Mühe machte, einen Fuß in die Bücherei zu setzen.

Atmen. Lächeln. Die Führung übernehmen. Schließlich hatte sie schon seit Wochen mit Miss Cavendish sprechen wollen.

»Miss Cavendish«, begann sie, »wie Sie vielleicht bemerkt haben, komme ich mit der Arbeit kaum hinterher. Bei den reduzierten Öffnungszeiten …«

»Das sind die Zeiten, die das für die öffentliche Sicherheit zuständige Komitee für sinnvoll hält, wenn es um erleuchtete Gebäude geht«, gab Miss Cavendish zurück. »Wir müssen alle für den Schutz unseres Landes unseren Beitrag leisten. Das ist nun einmal nicht zu ändern.«

Das war die Antwort, die Avis vorhergesehen hatte, obwohl nur wenige andere Geschäfte sich an die Richtlinien hielten. »Wenn ich wenigstens noch eine andere Mitarbeiterin haben könnte … jemanden, der beim Einräumen und beim Katalogisieren hilft.«

Die ältere Frau runzelte die Stirn. »Haben Sie nicht schon einen Assistenten?«

Konnte sie das wirklich vergessen haben? Dabei hatte sie es ihr schon zweimal erzählt. »Arlo ist vor sechs Wochen zur Marine gegangen.«

Vielleicht war das Zucken in Miss Cavendishs Gesicht ja ein gutes Zeichen. Aber es konnte auch sein, dass sie nur ein Niesen unterdrückte. Wer konnte das schon sagen bei einer Frau, die genauso versteinert war wie die Caesar-Büste in der Geschichtsabteilung?

»Ich werde darüber nachdenken«, sagte Miss Cavendish schließlich. »Können Sie mir jetzt helfen, die Stühle für die Versammlung zu stellen?«

»Welche Versammlung?« Avis führte genau Buch über Veranstaltungen in der Bücherei – von denen es momentan nicht viele gab – und für diesen Nachmittag stand eindeutig nichts im Kalender.

»Vielleicht habe ich vergessen, es Ihnen zu sagen. Die Frauengilde strickt alle zwei Wochen donnerstags für das Rote Kreuz und dort, wo wir uns sonst treffen, in der Stadthalle, werden gerade die Rohre neu verlegt.«

»Ich verstehe.« Avis blickte reumütig zu dem alten Mr Hanson hinüber, der vornübergebeugt am Tisch bei den Lexika saß und für seine Lektüre von Texten über die Flora und Fauna des Bundesstaates Maine absolute Ruhe brauchte. Die Frauengilde würde alle Büchereikunden verjagen, aber das schien Miss Cavendish, wie immer, gleichgültig zu sein.

»Wir haben zusätzliches Material«, sagte Miss Cavendish und holte einige Knäuel mit Wolle in schrecklich langweiligen Farben aus ihrem Korb. »Vielleicht wollen Sie uns Gesellschaft leisten?«

Theoretisch war es eine Frage. Die sie verneinen konnte.

Aber in Wirklichkeit war es das natürlich nicht, also gab Avis die korrekte Antwort. »Es wäre mir ein Vergnügen.«

Wenn dieses Treffen dazu führte, dass sie verspätet nach Hause kam und Essen kochte … Nicht, dass Russell sich beschweren würde. Es war nur so, dass er in letzter Zeit schrecklich schlechte Laune hatte. Da konnte sie wenigstens einen dampfenden Eintopf auf dem Tisch stehen haben, wenn er von der Bank nach Hause kam.

Doch Avis blieb nichts anderes übrig, als für ein halbes Dutzend Frauen, die nach und nach mit den neuesten Gerüchten eintrudelten, die Gastgeberin zu spielen. Das Stricken und Tratschen der Frauen nahm bald so an Fahrt auf, dass Avis kaum mitkam: Es ging darum, welche Desserts man mit der bevorstehenden Zuckerrationierung noch zubereiten konnte; Louise hatte angeblich vor Kurzem einen verwundeten Veteran als Gärtner eingestellt; man fragte sich, ob es in diesem Sommer wohl ein Feuerwehrfest geben würde. Kriegsnachrichten, Klatsch und Tratsch sowie Haushaltstipps bunt durcheinander, während sie mit ihren Händen Schals und Socken anfertigten, um sie nach Übersee zu schicken.

Vielleicht könnte ja eine von ihnen helfen.

Dieser Gedanke ließ Avis im Stricken innehalten. Sie war nicht geübt darin und so sah der Schal auch aus. Vielleicht. Immerhin hatten diese freiwilligen Helferinnen insgesamt mehr als ein Jahrhundert Eheerfahrung, verglichen mit ihren eigenen anderthalb Jahren.

Seit Wochen durchsuchte Avis die Frauenzeitschriften nach einer Idee, wie sie ihren Ehemann, der von der Armee als untauglich ausgemustert worden war, wieder aufmuntern konnte. Aber es gab einfach keine Artikel zu diesem Thema. Trotzdem war es ihre Aufgabe, dafür zu sorgen, dass Russell wieder lächelte. Wenn ihr nur jemand sagen könnte, wie sie das anstellen sollte.

Kurz nachdem Anthony seine Grundausbildung antreten wollte, war Russell wutschnaubend von der Rekrutierungsstelle zurückgekehrt. »Als würde ein bisschen Atemnot einen ›untauglich‹ machen«, hatte er geknurrt.

Sie hatte alles getan, was eine Ehefrau tun konnte: ihn getröstet und besänftigt und darauf hingewiesen, dass mit Asthma nicht zu spaßen war. Weder Trost noch logische Argumente hatten geholfen. Erst an diesem Morgen hatte er die Zeitung wie einen Schutzschild hochgehalten und gemurmelt: »Mein Land braucht mich, Avis. Und es ist der Regierung nicht einmal klar.«

»Ich brauche dich auch, Russ«, hatte Avis erwidert. Aber er hatte sich hinter seiner Zeitung verschanzt und ihr gar nicht geantwortet.

Avis tat so, als müsste sie einen Knoten aus ihrem Wollknäuel entfernen, und nutzte die Gelegenheit, die anderen Frauen zu beobachten. Die meisten kannte sie schon seit ihrer Kindheit, manche allerdings nur flüchtig.

Was sollte sie nur tun? Gerade unterhielten sich die Frauen darüber, was man am besten gegen Läuse unternimmt, wenn sie die Blumen befallen. Sie müsste die Aufmerksamkeit auf ein anderes Thema lenken und ihnen sagen: *»Mein Mann ist furchtbar deprimiert, weil die Armee ihn nicht genommen hat. Was soll ich machen?«*

Doch das gehörte sich einfach nicht. Sie würde allein damit klarkommen müssen.

3

Louise
7. April

Louise Cavendish hatte sich eine Viertelstunde lang tapfer bemüht, aber selbst die allergrößte Willenskraft musste sich irgendwann dem Unvermeidlichen geschlagen geben. Sie gähnte.

Der Mann, der ihr gegenübersaß, schien es nicht zu bemerken. »… und durch den steigenden Bedarf in Kriegszeiten hat unsere Rohlingproduktion sich beinahe verdoppelt.« Milton Hanover zupfte an seinem maßgeschneiderten Anzug und sah sich in seinem Büro mit der gleichen Selbstzufriedenheit um, die sie schon bemerkt hatte, als sie ihm im Alter von einundzwanzig Jahren zum ersten Mal vorgestellt worden war. »Rohlinge sind, wie Sie wissen …«

»Die metallenen Gussstücke, die für die Endfertigung in der Maschinenhalle benötigt werden. Ja, das weiß ich.« Sie musterte Mr Hanovers runde Nase. Als Reaktion auf ihren Einwurf sah er sie mit glasiger Miene an und blinzelte mit den Augen. Er musste nicht wissen, dass Louise vor ihrem Treffen in einem Buch über Gießereien und die Herstellung von gusseisernen Teilen geblättert hatte.

»Auch wenn es … faszinierend ist, etwas über den Bristol-Banks-Prozess zu erfahren – darf ich vorschlagen, dass wir uns die Fertigungshalle mit eigenen Augen ansehen?«

Mr Hanover räusperte sich, als könnte er so eine Ausrede finden, um in seinem mit Eichenholz getäfelten Büro zu bleiben. »Ich weiß Ihr Interesse an unserer Gießerei zu schätzen, Miss Cavendish, aber ich fürchte, wir haben keine angemessene Schutzausrüstung.«

»Ich dachte, der Industriestandard für Gießereiarbeiterinnen schreibe vor, die Haare hochzustecken, geschlossene Schuhe zu tragen und weite Ärmel zu vermeiden.« Louise streckte schwungvoll die Ellbogen vor. »Ich bin bestens ausgerüstet, wie Sie sehen.«

Mr Hanovers Blick wanderte nach unten, um sich davon zu überzeugen, dass sie angemessenes Schuhwerk trug, dann sah er mit resignierter Miene auf.

»Wenn das so ist, wird ein kurzer Blick in die Fabrik die Arbeiterinnen wohl nicht ungebührlich stören.«

Nachdem sie die Straße überquert und die Gießerei betreten hatten, verstand Louise, warum Mr Hanover keine Führung vorgeschlagen hatte. Auch wenn es sich nicht um einen der schlimmsten Betriebe handelte, gegen die Louise in jüngster Zeit gekämpft hatte, war es in der Gießerei heiß, laut und hässlich. An den unverputzten Backsteinwänden, deren Mauerwerk stellenweise verrußt war, reihte sich ein Metallregal ans andere. Daran lehnten baufällige Kisten, aus denen Metallstangen ragten.

Louise konnte den Sand unter ihren Füßen fühlen. Sicher fegten sie zwischen den Schichten einmal durch, aber im Moment ähnelte der Boden dem Strand von Pemaquid Point – allerdings ohne das friedvolle Meer, den Leuchtturm und die Schönheit der Natur.

Die Mitte der Fabrikhalle war ein Labyrinth aus grob unterteilten Arbeitsplätzen auf beiden Seiten eines Fließbandes. In der Mitte jeder Station stand ein Eimer mit Werkzeug und daneben etwas, das Louise als metallene Formen identifizierte. Die Stationen waren mit jeweils zwei Personen bemannt – oder vielleicht sollte man besser *befraut* sagen, wenn man berücksichtigte, dass die meisten Arbeitskräfte hier weiblich waren. Sie griffen in die Kisten, holten mit den Händen dunklen Sand heraus und füllten ihn in die Formen, jede Bewegung präzise und geübt.

»Das hier ist Sand«, ertönte Mr Hanovers Singsang neben ihr, als hätte sie die Substanz wegen der Verfärbung nicht erkannt.

»Ja, gemischt mit Öl und Getreidemehl, um ihn formbar und unbiegsam zu machen.«

Wieder ein Schnauben. »Äh, ja.« Er räusperte sich. »Diese Kernstücke werden in Gussformen geschoben, um Hohlräume und Einbuchtungen zu schaffen, bevor das geschmolzene Metall hineingegossen wird.« Dieser letzte Satz wurde mit weniger Überzeugung geäußert, so als erwartete Mr Hanover, dass sie auch das bereits wusste.

Und das tat Louise auch. Aber da er jetzt nicht mehr so herablassend sprach, ließ sie den Vortrag unkommentiert. »Was wird im Moment hergestellt?«

»Aluminiumrohlinge für Bomber.«

Lieutenant Frederick Keats, ihr neuer Gärtner, würde erfreut sein, das zu hören. Louise hatte ihn erst vor zehn Tagen eingestellt, aber schon jetzt war klar, dass die meisten ihrer Gespräche sich um seine Vergangenheit als Luftwaffenpilot drehten und jede Aufgabe mit irgendeiner Fliegertätigkeit verglichen wurde.

»Wir sind mit unseren weiblichen Angestellten mehr als zufrieden, auch mit den neuen.« Mr Hanover steuerte auf die Tür zu. »Als wir ein Drittel unserer Arbeiter gleich nach dem Angriff auf Pearl Harbor verloren haben, sah es nicht gut aus. Aber wir haben festgestellt, dass die schlanken Finger von Frauen für viele Aufgaben sehr gut geeignet sind …«

Während er weitersprach, offenbar in der Hoffnung, sie mit seinem Monolog von der Fabrikhalle loszureißen, blieb Louise stehen, gebannt von den rhythmischen Metallgeräuschen, mit denen die Arbeiterinnen auf die Formen klopften und daraufhin verschieden große Gusskerne aus festem Sand zum Vorschein kamen, die anschließend auf Metalltabletts auf den Fließbändern hinter ihnen gestellt wurden, damit sie weiterverarbeitet werden konnten. Hier war das überwältigende Kreischen der Maschinen aus anderen Teilen des Gebäudes nur gedämpft zu hören, so wie der Klang entfernter Schlachten.

Und in gewisser Weise war es ja auch eine Schlacht. Die Schlacht der Produktion, um die amerikanische Industrie einzuspannen und vertane Zeit wiedergutzumachen.

Louise wandte sich ab und ging durch den Raum, in dem der Sand gemischt und abgefahren wurde. Dann trat sie durch massive Metalltüren wieder ins Tageslicht. Den ganzen Weg zu seinem Büro, in das er Louise schließlich schob, plapperte Mr Hanover. Sie glaubte, ein erleichtertes Seufzen zu hören, als die Tür ins Schloss fiel.

Louise nahm wieder auf dem Ledersessel Platz, und als sie tief Luft holte, atmete sie statt Öl und geschmolzenem Roheisen Holzpolitur und Zigarrenrauch ein. Ihr gegenüber betupfte Mr Hanover mit einem Taschentuch seine Schläfen.

Louise griff in ihre Handtasche und zog ein Scheckbuch heraus. »Es freut mich zu hören, dass die Produktion mit den Regierungsaufträgen gut läuft. Aber ich bin keines Ihrer Vorstandsmitglieder. Ich bin hier, um etwas für Ihre Fabrik zu spenden. Sagen Sie mir also nicht, was Sie erreicht haben. Erzählen Sie mir lieber, was Sie *brauchen.*«

Sie wusste, dass das unhöflich war. Menschen betrachteten sich ungern als bedürftig, aber mit subtilen Hinweisen oder schicklich formulierten Sätzen ging man den Dingen nicht auf den Grund.

Tatsächlich wand sich Mr Hanover sichtlich, als würde alles, was er sagte, an seine Konkurrenten weitergeleitet, sobald Louise wieder in Windward Hall war. »Wie ich schon sagte, sind die meisten offenen Stellen inzwischen besetzt. Die Kantine ist gut gefüllt. Und wir sind dabei, das Problem der fehlenden Unterkünfte und Transportmittel für unsere Arbeiterinnen zu lösen.«

Louise seufzte und klappte ihr Scheckbuch geräuschvoll wieder zu.

Mr Hanover erstarrte, wie Louise es vorhergesehen hatte. »Aber etwas gibt es tatsächlich. Die Kinder.«

Sie zog eine Augenbraue hoch. »Ich mag Kinder nicht besonders, Mr Hanover.«

»Und trotzdem haben Sie früher viele Jahre damit zugebracht, für striktere Gesetze gegen Kinderarbeit zu kämpfen.«

Daran konnte er sich natürlich erinnern. Wahrscheinlich hatte Louise ihn mit dieser Kampagne zu Tode gelangweilt, als ihr Vater ihn in ihre Sommerresidenz eingeladen hatte. Aktivismus, hatte sie herausgefunden, war eine hervorragende Methode, um potenzielle Verehrer abzuschrecken, denn er roch nach Unabhängigkeit, Entschlossenheit und anderen wenig sittsamen Eigenschaften. »Das ist etwas ganz anderes. Wohltätigkeit ist eine Pflicht, während Zuneigung ein Gefühl ist.«

»Vermutlich wissen Sie gar nicht, wie wahr das ist.«

Louise runzelte die Stirn angesichts des veränderten Tonfalls, aber was auch immer diese kryptische Bemerkung bedeutete – Mr Hanover sprach schnell weiter und erläuterte seine Idee. Viele Arbeiterinnen in der Gießerei hatten Kinder, die zu klein waren, um sie unbeaufsichtigt zu lassen, und manche hatten keine Angehörigen, die sich um die Kinder kümmern konnten. »Witwen zum Beispiel oder Frauen, deren Ehemänner im Krieg kämpfen«, fügte er schnell hinzu, als wollte er Louise davon überzeugen, dass es sich um unbescholtene Frauen handelte. In der Fabrikhalle arbeiteten keine geschiedenen oder unverheirateten Mütter – das kam nicht infrage.

Größere Fabriken würden Kindergärten und Tagesstätten einrichten, fuhr Mr Hanover fort, aber Bristol-Banks hätte nicht diese finanziellen Möglichkeiten.

»Sollten die Behörden dann nicht für die Kinderbetreuung sorgen?«, fragte Louise.

»Oh, das haben sie sicher vor. Irgendwann einmal, wenn sie die Probleme mit der Kanalisation, dem Brandschutz, der Polizei und tausend andere Dinge gelöst haben, die in einer aufstrebenden Industriestadt an der Tagesordnung sind.« Mr Hanover legte die Fingerspitzen aneinander, die Ellbogen auf einen Stapel Dokumente gestützt, und lächelte wieder, jetzt, wo er sich erneut einem Monolog hingegeben hatte. »Es wird Jahre dauern, bevor die Behörden Zeit haben, sich um werktätige Mütter zu kümmern. Und wie viele ihrer kleinen Kinder werden in der Zwischenzeit vernachlässigt?«

Es wirkte melodramatisch, aber wenn auch nur die Hälfte der Gerüchte, die sie über die überfüllten Wohnwagenlager am Stadtrand gehört hatte, der Wahrheit entsprach, gab es hier vielleicht doch einen echten Bedarf.

»Also gut.« Sie schlug ihr Scheckbuch wieder auf und nahm ihren besten Füllfederhalter zur Hand, den mit den Elfenbeinintarsien. »Was wäre denn eine ausreichende Summe?«

Er hob warnend einen Finger. »Also, das ist das Problem. Wir brauchen kein Geld – oder jedenfalls nicht nur Geld. Die einzigen Wohltätigkeitsorganisationen vor Ort platzen aus allen Nähten und können kein weiteres Kind mehr aufnehmen. Was diese Frauen brauchen, ist ein eigener Kindergarten, und dafür brauchen sie ein Gebäude, Personal, Verwaltung – kurz, jemanden, der das ganze Projekt organisiert. Im besten Fall ab Beginn des neuen Jahres.«

Louises Hände erstarrten auf dem Schreibtisch. Plötzlich ging es um etwas ganz anderes. »Das ist viel verlangt von einer unverheirateten, kinderlosen Frau.« Was wusste sie mit ihren dreiundfünfzig Jahren schon davon, wie man eine Kinderkrippe ins Leben rief?

Diesmal stammelte Mr Hanover nicht verlegen herum, das musste sie ihm lassen. Er zog nur leicht herausfordernd eine Augenbraue hoch. »Ich dachte, mit Ihren Beziehungen …«

Als Geschäftsmann ging er natürlich davon aus, dass eine Erbin wie sie im Laufe eines einzigen Nachmittags ein Gebäude und Personal für einen Kindergarten beschaffen konnte, oder wenigstens nachdem sie eine Wohltätigkeitsgala veranstaltet hatte.

Aber sie war in Derby, der winzigen Küstenstadt, in der ihre Familie früher in den Sommerferien immer Urlaub gemacht hatte, buchstäblich eine Klasse für sich, und außerhalb dieser Stadt hatte sie auch nicht sehr viele Beziehungen. Oh, es gab noch ihren Bruder in New York, der alle fünf Jahre vorbeischaute, und ein paar Bekannte von früher, aber es war nicht so, als lebte sie in einer schillernden Metropole, in der es von wohlhabenden Philanthropen nur so wimmelte.

Nein, wenn die Sache in Angriff genommen werden sollte, musste Louise sich selbst darum kümmern. Wie immer.

»Danke, Mr Hanover«, sagte sie und erhob sich. »Dieser Besuch war äußerst erhellend. Ich werde über Ihren Vorschlag nachdenken und Ihnen mitteilen, wie ich mich entschieden habe.«

Noch während sie die übliche steife Verabschiedung mit einem Nicken begleitete, kam ihr eine Idee.

Eine verrückte natürlich. Aber waren nicht die meisten Unternehmungen, die sich lohnten, verrückt?

4

Martina
7. April

Das Klopfen an Martina Bianchinis Wohnwagentür fand Eingang in ihren Traum und vermischte sich dort mit den Stimmen der Aufständischen aus dem Sommer des Jahres 1919.

Mit hämmerndem Herzen riss sie die Augen auf.

Sie war beim Abendessenmachen auf der Liege eingeschlafen. Das war alles. Die Nachmittagssonne, warm wie eine Wolldecke, fiel durch die drei Fenster auf beiden Seiten des Wohnwagens und versicherte ihr, dass es nicht mitten in der Nacht war und dass es keine Männer gab, die ohne jedes Recht trotzdem die Macht hatten, zu plündern und Gewalt auszuüben. Dies war Amerika, das Land, in dem sie und ihre Familie vor vielen Jahren Schutz gesucht hatten, weit entfernt von dem Mob, der ihren Vater umgebracht hatte.

Aber das Klopfen wurde lauter und einen flüchtigen Augenblick lang fragte Martina sich, ob Patrick sie gefunden hatte.

»Ich komme!« Sie stand auf und versuchte vergeblich, die Falten aus ihrer zerknitterten Schürze zu streichen. *Du bist kein Flüchtling, nicht mehr. Du bist eine amerikanische Bürgerin, die in der Rüstungsindustrie arbeitet. Es gibt nichts, wovor du dich fürchten musst.*

Und tatsächlich stand, als sie die Tür öffnete, weder ein *squadrista* in schwarzer Uniform vor ihr noch ein anarchistischer Nachbar und auch nicht ihr lang verschollener Ehemann. Stattdessen war dort ein kleiner Junge, der von einem Fuß auf den anderen trat, als müsste er dringend auf die Toilette.

»Der George, Missus«, sagte der Junge eilig. Die Augen weit aufgerissen und voller Angst.

Erbarmen.

Bevor das Kind noch mehr sagen konnte, war Martina schon draußen und rannte mit bloßen Füßen über den geschotterten Weg.

George. Gio. Ihr Sohn brauchte sie.

Die Regierung hatte ihnen gesagt, die Wohnwagenanlage sei sicher und eine effiziente Unterbringungsmöglichkeit für die Arbeiterinnen in den Rüstungsfabriken, aber die meisten von ihnen arbeiteten im Schichtdienst und ließen die Kinder auf dem Platz nahe der Straße spielen.

Martina betete, während sie lief, aber es war Monate her, dass sie zur Messe gegangen war. Was war, wenn Gott sie nicht hörte?

Der Junge, der vorgelaufen war, zeigte mit einem schmutzigen Finger auf eine Traube kreischender Kinder auf dem Rasen, wo der Bus sie abgesetzt hatte. Schulbücher und Taschen lagen um sie herum auf dem Boden. Mit einem schnellen Blick überzeugte Martina sich davon, dass es keinen Hinweis auf einen Autounfall oder ein wildes Tier oder auch nur einen Sturz vom Fahrrad gab.

Nein, an dem Tonfall der Stimmen erkannte sie, was hier los war.

Gio prügelte sich.

Wieder einmal.

»*Basta*!«, schrie sie automatisch in ihrer Muttersprache, während sie auf die Kinder zulief. Einer der Lieblingsausdrücke ihrer Mutter, weil er ausgesprochen vielfältig einsetzbar war, ob in Angst, Frustration oder Zorn … und im Moment verspürte Martina alles drei. *Es reicht.*

Der Knoten aus Kindern – von denen einige die Kontrahenten anfeuerten, während andere riefen, sie sollten aufhören – löste sich auf, sodass Martina genau sah, wie Gio einem anderen Kind die Faust in den Magen rammte. Der Junge wankte und stürzte und sofort war auch Gio am Boden und wälzte sich mit seinem Gegner im Dreck wie ein Köter, der sich in einer Gasse auf einen anderen Hund stürzt.

»George!«

Als er seinen amerikanischen Namen in diesem Tonfall ausgesprochen hörte, hielt Gio inne und ließ den anderen Jungen los, um sich umzudrehen.

»Er soll mich in Ruhe lassen!«, brüllte das blonde Kind, das Gio unter sich auf den Boden gedrückt hatte. Martina erkannte Lenny Higgins, dessen Mutter bei Bristol-Banks in der Nachtschicht arbeitete. Aus seiner Nase tropfte Blut auf den Hemdkragen.

Es war nicht schwierig, sich ihren Sohn zu schnappen. Gio, dessen Kampfgeist sich durch ihr unerwartetes Auftauchen in Luft aufgelöst hatte, wehrte sich nicht, während sein Atem in kurzen, keuchenden Stößen ging. Aus der Schwellung in Gios Gesicht schloss sie, dass Lenny wenigstens einen ordentlichen Hieb hatte platzieren können.

Gut, dachte Martina, deren Wut in diesem Moment stärker war als ihr mütterlicher Beschützerinstinkt.

Sie spürte, wie sich eine Hand in die ihre schob. Rosas braune Augen blickten zu Martina auf. Mit ihren sieben Jahren war sie still und lieb. Sie hatte vom Rand aus zugesehen, wie ihr Bruder ein anderes Kind angegriffen hatte.

»*Alles wird gut*, piccola«, hätte sie gerne gesagt. Aber dies war nicht der richtige Augenblick für leere Versprechungen.

Nachdem die beiden Streithähne voneinander getrennt waren, richtete Martina sich mit ihren 1,52 Meter so weit auf, wie es ihr möglich war, und war doch nur wenig größer als Gio. »Was ist passiert? Sag mir die Wahrheit.«

»Er …«, fing Gio an, aber Lennys Stimme, die höher und schriller war, übertönte seine. »Wir sind aus dem Bus gestiegen und er hat angefangen, mich zu hauen.«

Neben Gios Protesten vernahm Martina noch ein anderes Geräusch: ein Auto, das näher kam. Instinktiv sah sie in die entsprechende Richtung, um sich zu vergewissern, dass keins der Kinder zu dicht an der Straße stand.

Der schnittige hellbraune Sportwagen, der vermutlich mehr

kostete, als Martina im ganzen Jahr verdiente, wurde langsamer, als er an dem Wohnwagenlager vorbeifuhr, und der Anblick ließ Martinas Temperament aufflammen. Instinktiv stellte sie sich vor ihren Sohn, um Gio vor den Blicken des Fahrers zu schützen. »*Du weißt gar nichts*«, hätte sie die reiche Gestalt hinter den getönten Scheiben, die das Gelände mit den von der Regierung zur Verfügung gestellten Unterkünften anstarrte, am liebsten angeschrien. »*Du hast keine Ahnung, wie es ist, zu …*«

Ja, was? Um Mitternacht über die x-te Munitionsgussform gebeugt zu sein, ohne dass einem die Augen dabei zufielen? Den Leuten fröhlich Lügen über einen zur See fahrenden Ehemann zu erzählen? In einen winzigen Wohnraum gepfercht zu sein, der alles war, was sie an Zuhause hatte?

Oder einfach nur … *müde zu sein*.

Ja, das war sie. Einfach nur unendlich müde.

Lennys weinerliche Stimme zog jetzt wieder Martinas Aufmerksamkeit auf sich. »Er hätte mich umgebracht, wenn Sie nicht gekommen wären.«

Gio schwieg immer noch mürrisch und so überzeugte Martina sich davon, dass der andere Junge nicht schlimm verletzt war, versprach, Gio zu bestrafen, und sagte den anderen Kindern, sie sollten nach Hause gehen.

»Mamma«, flüsterte Rosa, als Martina ihre beiden Kinder an der Hand davonzog. »Der Junge …«

»Nicht jetzt, Rosa.« Natürlich steckte noch mehr dahinter. So war es ja immer. Es gab irgendeine Ausrede, mit der Gio rechtfertigte, dass er jemandem wehgetan hatte … normalerweise jemandem, der kleiner und schwächer war, denn Martinas Sohn war für seine zwölf Jahre recht groß.

Ihr Kopf hämmerte, als sie die Wohnwagentür schloss und die schmale Küche betrat. Rosa ging in das einzige Schlafzimmer, um vor dem unvermeidlichen Konflikt in das gemütliche Abteil zu fliehen.

Gio schob sich an Martina vorbei und wollte an den Kühlschrank, aber Martina hielt ihn auf. »Nein. Wir haben nicht genug Geld, um Fleisch für dein blaues Auge zu verschwenden.«

Bei der ersten Prügelei hatte Martina noch viel Aufhebens gemacht, hatte gefragt, was passiert war, und angenommen, dass es nicht Gios Schuld war. Diese Zeiten waren jetzt vorbei.

»Du hast mir versprochen, dich besser zu benehmen.«

»Ich habe die Familie verteidigt.«

Sieh mich an, Sohn. Wenn er nur ihre Enttäuschung sehen könnte, würde er vielleicht ein schlechtes Gewissen bekommen. Aber Gios Blick wanderte überall sonst hin: zum Linoleum, zu dem puppenstubengroßen Herd, zu seinen Fotos, die zwischen zwei Fenstern an der Wand hingen.

Ohne nachzudenken, schob Martina sich an ihrem Sohn vorbei, griff nach der Ecke eines der Blätter und riss daran. Zwei Bilder aus der Zeitschrift *Knockout*, auf denen Nick Peters und Joe Louis zu sehen waren, rissen sich mit einem befriedigenden Geräusch von den Tesafilmstreifen los. Dann eine Schlagzeile von der Sportseite des *Boston Herald* über die Weltmeisterschaft im Schwergewicht 1940. Als Nächstes eine zweifarbige Sammelkarte, auf der Max Baer zum Schlag ausholte.

Endlich hatte Martina ein Ventil für ihre Wut gefunden. Etwas, das sie tun konnte. Sie würde diese strahlenden Männer mit der schweißnassen nackten Haut, die Fäuste gewaltbereit erhoben, aus ihrem Zuhause verbannen.

»Nein! Nicht!« Gio zog an ihrem Arm und einen Augenblick lang fragte Martina sich, ob er auch auf sie mit Fäusten losgehen würde, bis er unter ihrem zornigen Blick zurückwich.

»Diese Bilder kommen mir nicht an die Wand.« Sie schwenkte den Stapel Blätter vor seiner Nase. »Du kannst sie in die Schublade tun.«

Jetzt sah er sie an. Jetzt, wo sie eine Gefahr darstellte für etwas, das er liebte. Er kniff die Augen, ein etwas helleres Whiskey-Braun als die seines Vaters, ein wenig zusammen. »Ich habe Lenny nicht gehauen, weil ich im Radio die Boxkämpfe angehört habe. Ich habe ihn gehauen, weil er gesagt hat, dass Rosa und ich dreckige Kanaken sind.«

Martina zuckte unwillkürlich zusammen und blickte zur Schlafzimmertür hinüber, hinter der Rosa sich wahrscheinlich in den Kissen vergraben hatte. Da war es wieder, dieses Wort. Spanier, Portugiesen und insbesondere Italiener, alle wurden sie auf dieselbe Weise beschimpft. Gebrandmarkt als anders, widerlich, unamerikanisch.

Sie hatte es als Kind in Boston gehört und jetzt in der Gießerei – hinter ihrem Rücken geflüstert oder hinter ihr hergeschrien, in der Hoffnung, eine heftigere Reaktion zu bekommen als die Röte, die von ihren Wangen bis tief in ihr Innerstes kroch.

Aber sie gab ihnen diese Genugtuung nie. Ging einfach weiter, erhobenen Hauptes. Und währenddessen betete sie zu Gott, dass ihr Sohn und ihre Tochter einmal in einer anderen, freundlicheren Welt leben würden, wenn das Kämpfen zu Ende war.

»Es spielt keine Rolle, was der Junge gesagt hat. Du hättest ihn nicht verprügeln dürfen.«

Gio mache Anstalten zu protestieren, aber Martina ließ sich nicht unterbrechen, diesmal nicht. »Du wirst dich bei ihm entschuldigen. Und den Rest des Monats gibt es kein Radio.«

»Aber Mamma, Dad hat gesagt, ich muss die Familie beschützen, während er weg ist.«

Obwohl Martina sich an eine solche Unterhaltung nicht erinnerte, war es etwas, das Patrick gut gesagt haben könnte – in einem der seltenen Augenblicke, in denen er sich bemüht hatte, ein Vater zu sein. Sie schnalzte mit der Zunge. »Du willst dir die Boxkämpfe im Radio anhören? Dann hör auf, dich zu prügeln. Deine Entscheidung.«

Gleich würde Ginny Atkins kommen und sie abholen, dann war sie fort, auf dem Weg zu Bristol-Banks für die nächste Wechselschicht. Gio konnte sein Radio jederzeit herausholen und jeden beliebigen Sender einstellen.

»Versprichst du es mir?«, fragte sie ihn.

Er begegnete ihrem strengen Blick, indem er sie aus seinem geschwollenen Auge ansah. »Ja, Mamma.«

Das war gut. Gio hasste Lügner, genau wie sie. Ein Beweis dafür, dass sie als Mutter wenigstens eine Sache richtig gemacht hatte.

Deshalb sagte er, als sie ihn bat, sich nicht mehr zu prügeln, auch nur: »Ich versuch's.«

5

Avis
8. April

Als Russell endlich nach Hause kam, waren die Stampfkartoffeln kalt und den Hackbraten zierten milchig weiße Flecken aus erkaltetem Fett.

Kaum hörte sie eine Wagentür zuschlagen, stand Avis auf und blickte zum Fenster hinaus.

Russell winkte Herb zu, der grinsend am Steuer saß. Unwillkürlich rümpfte Avis die Nase. Natürlich war sie dafür, wegen des Krieges Benzin zu sparen, aber warum ihr Mann beschlossen hatte, ausgerechnet mit Herb Beale eine Fahrgemeinschaft zu bilden, war ihr ein Rätsel. Der Mann redete immer mit viel zu lauter Stimme und außerdem merkte er gar nicht, wenn sein Gegenüber das Interesse an seinen Monologen über die neuesten Methoden beim Fischen oder die Feinheiten von Angelködern verlor. Sie jedenfalls fand das immer sehr ermüdend.

Avis warf einen schnellen Blick in den Spiegel, der im Wohnzimmer hing, bevor sie die Haustür öffnete. »Hallo, Russell.«

»Hallo, Liebling.«

Sie akzeptierte es, dass er ihr nach einem kurzen »Hallo, wie geht's« nur einen flüchtigen Kuss zuwarf, beinahe so, als wolle er sie bestrafen.

Es hatte keinen Sinn, die Hände in die Hüften zu stemmen und »Du bist spät dran« zu antworten. Ganz sicher wusste Russell, dass es Viertel nach sieben war, obwohl die *Derby Central Bank and Loan* schon um fünf die Tore schloss.

Avis sah, wie er über ihre Schulter zum Esstisch hinübersah, der ordentlich für zwei Personen gedeckt war – alles erledigt in der einen Stunde zwischen ihrem Feierabend in der Bücherei und dem Zeitpunkt, zu dem er hätte nach Hause kommen sollen.

In der Stille, in der sie auf eine Entschuldigung wartete, hörte sie, wie der Sekundenzeiger der Standuhr tickte.

»Du hättest schon mal ohne mich essen sollen.«

Was er in Wirklichkeit meinte, war: »Wieso machst du mir jetzt ein *schlechtes Gewissen?*«

»Mir war nicht klar, wie spät du nach Hause kommen würdest.«

Auf der Skala, mit der sie ihre Ehe beurteilte, hatte Russell bereits drei Minuspunkte zu verzeichnen, vorausgesetzt, dass er nicht getrunken oder mit anderen Frauen geflirtet hatte. Das wären dann nämlich sechs weitere Minuspunkte.

Einen Punkt dafür, dass er nicht angerufen hatte. Einen, weil er das Essen verpasst hatte. Und einen Punkt für …

Na ja. Sie war sich nicht sicher, ob er den dritten Minuspunkt schon verdient hatte. Mal abwarten.

»Ich hab nicht auf die Uhr geguckt, das ist alles.«

Der *Hausfrauenratgeber* behauptete, wenn ein Ehemann sagte: »Das ist alles«, sei es mit an Sicherheit grenzender Wahrscheinlichkeit nicht alles.

»Du hättest mir wenigstens Bescheid geben können, Russ.« Er hatte es immer gerngehabt, wenn sie ihn so nannte, aber jetzt erntete sie dafür kein Lächeln und seine Schnurrbarthaare zuckten auch nicht.

»Ich habe es ja versucht, aber du bist nicht drangegangen.«

Das könnte stimmen. Sie hatte tatsächlich einmal geglaubt, das Telefon zu hören, als sie sich um die Blumenkästen gekümmert und die verblühten Blumen zurückgeschnitten hatte, um alles für den Frühling vorzubereiten. »Du hast vermutlich schon gegessen.«

Russell nickte. »Beale wollte zu *Sherman's* gehen. Da gibt es mittwochs Krabben zum Sattessen, da konnte ich schlecht Nein sagen, wo er doch fährt.«

»Das ist alles?« Wider besseres Wissen hatte sie doch noch halb darauf gehofft, dass irgendein wichtiger Bericht der Grund gewesen war oder eine Besprechung mit dem Bankdirektor, der laut Russell seit Wochen eine Beförderung andeutete.

»Wie? Muss ich dich erst um Erlaubnis bitten, wenn ich mit einem Freund essen gehen will?«

Vielleicht sollte sie die Sache lieber auf sich beruhen lassen. Immerhin hatte er fröhlicher als sonst gewirkt, als er aus Herbs Auto gestiegen war. Seit seiner Musterung hatte Avis ihn nicht mehr lachen gehört.

Aber noch während sie das dachte, hörte sie sich sagen: »Freunde sollten doch nicht wichtiger sein als der eigene Ehepartner.«

Da verfinsterte sich Russells Miene. »Woher willst du das wissen? Du hast doch gar keine Freunde, Avis. Nur deine Arbeit in der Bücherei und abends nichts anderes, als auf mich zu warten.«

»Ich bin deine Frau, Russell Montgomery.« Jetzt war bei ihr jede Spur von Verständnis verschwunden und es gab kein Halten mehr. »Ich weiß, dass du lieber mit Anthony zur Armee gegangen und um die Welt gereist wärst, tausend Meilen von mir entfernt. Dies ist nicht das Leben, das du dir erträumt hast, aber es ist nun mal dein Leben.«

Sie war zu weit gegangen, als sie seine Musterung ins Spiel gebracht hatte. Die gewohnte Dunkelheit erschien in Russells Augen. »Was weißt du schon von meinen Träumen? Gar nichts.«

»Du erzählst mir ja auch nichts.«

»Jetzt tu doch nicht so, als hätte ich es nicht versucht!«

Wenn eine Frau weinte, bekam sie ein fleckiges Gesicht. Das hatte sie in der Zeitschrift *Woman's Day* gelesen. Außerdem wirkte sie dann angeblich theatralisch und manipulierend.

»Es wäre mir lieber«, sagte Avis, während sie sich bemühte, das Zittern in ihrer Stimme zu vermeiden, »wenn du gingest.«

Russell hob frustriert die Hände. »Erst meckerst du, weil ich nicht zu Hause bin, dann sagst du, ich soll abhauen. Was denn jetzt?«

»Du sollst nicht das Haus verlassen, sondern nur … in ein anderes Zimmer gehen.«

Nach einer Pause hörte Avis, wie seine Schritte sich auf dem knarrenden Boden entfernten, während sie sich daranmachte, den Tisch abzuräumen.

Irgendwie hatte sie es falsch angefangen. Wieder einmal. In Büchern und Zeitschriften mit ihren Bildern von reizend lächelnden Frauen in blitzblanken Häusern klang es so einfach, den eigenen Ehemann glücklich zu machen.

Na gut. Selbst nach einem langen Arbeitstag hatte sie es geschafft, die Küche zu putzen, die Kartoffeln zu stampfen und ihr Lieblingskleid anzuziehen – das mit dem Blumenmuster und den Rüschen am Ausschnitt. Und Russell hatte es noch nicht einmal bemerkt.

Sie vermisste den alten Russell, den vor der Untersuchung auf Tauglichkeit, der immer für gute Stimmung gesorgt hatte. Der hätte einen Bissen von dem kalten Hackbraten genommen und erklärt, dass er doch ganz gut gelungen sei. Der wäre niemals laut geworden oder zu spät nach Hause gekommen oder …

Drrrrr!

Der sorgfältig ausbalancierte Stapel Geschirr wäre beinahe zu Boden gefallen, als Avis herumfuhr und zu dem Telefon auf dem Tisch im Flur hinübersah.

Drrrrr!

Avis stellte schnell die Teller auf der Küchenzeile ab und lief zu dem Apparat im Flur. Wenn es einer von Russells Kumpels war, der ihn fragen wollte, ob er zum Rauchen oder Billardspielen rüberkam oder … was auch immer Männer abends machten, wenn sie ihren Ehefrauen entfliehen wollten, dann würde sie …

»Guten Abend, Avis. Louise Cavendish hier.«

»Oh. Hallo.« Es klang wahrscheinlich zu überrascht, um höflich zu sein, aber wann hatte Miss Cavendish sie das letzte Mal zu Hause angerufen? »Geht es um die Assistentenstelle?«

»In gewisser Weise ja. Ich fürchte, wir werden kein zusätzliches Personal brauchen, weder jetzt noch in Zukunft.«

Avis blinzelte. »Ich verstehe nicht.«

»Ich schließe die Bücherei.«

Die Worte – sie klangen wie die Glocke eines Totengräbers – waren leidenschaftslos gesprochen, deshalb brauchte Avis einen Augenblick, um sie sacken zu lassen. Sie hatte immer gewusst, dass es sich um eine Privatbibliothek handelte und nicht um eine öffentliche Stadtbücherei, aber für sie war die *Cavendish Association Library* ein ebenso fester Bestandteil von Derby wie der felsige Strandweg oder das Rathaus.

»Wann?«, fragte sie, während sich ihre Gedanken überschlugen.

»Das hängt davon ab, wie schnell das Bauunternehmen mit der Renovierung anfangen kann.« Miss Cavendish sagte noch etwas von einem Kindergarten und Rüstungsarbeiterinnen, aber Avis hörte nur mit halbem Ohr zu, während sie hilflos an der Wand lehnte.

Die Regale. Die Bücher. Die Bücherei – ihre Bücherei. *Anthonys* Bücherei.

Eine Pause in der Leitung deutete darauf hin, dass sie wohl etwas sagen sollte, aber das Einzige, was Avis herausbrachte, war: »Aber Miss Cavendish … Das können Sie doch nicht tun. Nicht jetzt.«

»Das kann ich sehr wohl.« In der Stimme war nicht der geringste Anflug von Mitgefühl oder der Anklang einer Entschuldigung zu hören. »Mein Vater hat die Bücherei gegründet und sie mir in seinem Testament hinterlassen. Ich kann also damit tun, was ich will.«

»Aber das Problem ist«, stammelte Avis, »dass ich gerade einen Buchclub gegründet habe.«

Einen Buchclub?

Diese Ankündigung löste keine Empörung am anderen Ende der Leitung aus, sondern nur ein langes Schweigen und Avis überlegte krampfhaft, was sie als Nächstes sagen sollte, während ihr das Herz bis zum Hals schlug.

»Finden Sie nicht, dass ich bei solchen Entscheidungen konsultiert werden sollte?«

Als hätten Sie sich je zuvor auch nur ansatzweise für Büchereiveranstaltungen interessiert. Aber das konnte sie natürlich nicht sagen, also brachte sie stattdessen den einzigen Satz heraus, der ihr einfiel, um das drohende Ende der Bücherei vielleicht doch noch ein wenig hinauszuzögern. »Es ist für den Kriegseinsatz.«

Miss Cavendishs Stimme klang trotz dieser magischen Worte kein bisschen sanfter. »Ich verstehe nicht, wie es dem Kriegsverlauf helfen soll, wenn eine Gruppe Hausfrauen sich in die Lektüre von Kitschromanen vertieft.«

»Die Behörde für Kriegsinformationen hat die Gründung von Buchclubs empfohlen. Auf diese Weise werden die Menschen motiviert, Dinge im Haus zu tun, damit die Verdunklungsregeln besser eingehalten werden können.« Hatte Avis nicht gerade erst im *TIME*-Magazin eine Liste solcher Aktivitäten gelesen? Das musste doch zählen.

»Mhm.« Miss Cavendish schien darüber nachzudenken oder zumindest widersprach sie nicht gleich.

Bleib dran, bevor sie Zeit zum Nachdenken hat. »Und wir würden auch keinen Schund lesen, sondern hochwertige Literatur.«

»Romane.« Es war eher eine Aussage als eine Frage und eine gewisse Missbilligung schwang darin mit.

»Ja, schon.« Die Bücherei hatte zwar eine Reihe intellektuell gebildeter Kunden, die einen Mitgliedsbeitrag bezahlten, unter anderem zwei der Pastoren aus dem Ort und einen pensionierten Professor vom College, aber sicherlich hatte niemand Lust, Bücher wie *Aufstieg und Fall des Römischen Reiches* zu analysieren.

Vielleicht war es Wunschdenken, was Avis betraf, aber das Geräusch, das Miss Cavendish nun machte, klang weniger missmutig als das erste. »Und wie lange soll dieser Buchclub laufen?«

»Bis zum Herbst. Wenn die Leute sich wegen des kälteren Wetters sowieso mehr in Innenräumen aufhalten, wissen Sie.« Wäre das genügend Zeit, um Miss Cavendish umzustimmen?

Ein verächtliches Schnauben ertönte am anderen Ende der Leitung. »Das ist doch lächerlich. Ich kann mit diesem Projekt nicht fünf Monate warten. Außerdem sollten die Bürger sich aus Pflichtgefühl an die Verdunklungsvorschriften halten.«

»Aber das werden nur wenige tun.«

»Da haben Sie wohl recht«, gab Miss Cavendish zu und es klang so, als sei sie überrascht, dass sie mit Avis einer Meinung war. »Ich kann nur ahnen, welche Probleme die Luftschutzwärter haben werden, wenn erst die Touristen und Ferienhausbesitzer kommen.«

»Wenn die Renovierung der Bücherei später beginnt, können Sie das Projekt auch viel gründlicher planen. Außerdem gibt es Engpässe bei Materialien und Bauarbeiter sind auch knapp, da jetzt überall neue Fabriken entstehen.«

Avis atmete ein und hielt dann die Luft an, während sie auf eine Antwort wartete. Wenn das, was sie gesagt hatte, ausreichend Wahrheit enthielt, vielleicht …

»Also gut«, sagte Miss Cavendish schließlich ebenso energisch, wie sie das Ende der Bücherei verkündet hatte. »Dann ist es abgemacht. Bis Ende September können Sie Ihren Buchclub veranstalten – vorausgesetzt, die Einwohner der Stadt zeigen Interesse – und dann werde ich das Gebäude für den Umbau zu einem Kindergarten für Arbeiterinnen in der Rüstungsindustrie freigeben. Natürlich behalte ich mir vor, meine Meinung zu ändern.«

»Natürlich«, wiederholte Avis, die kaum glauben konnte, was sie da hörte. Würde ihre spontane Idee tatsächlich funktionieren?

»Wann ist das erste Treffen? Ich möchte gerne dabei sein.«

Avis hatte sich offenbar zu früh gefreut. »Samstag in einer Woche um 10 Uhr.«

Nein, das war viel zu früh.

Aber jetzt war ihr der Termin herausgerutscht, und während Avis sich stammelnd verabschiedete, konnte sie daran nichts mehr ändern.

»Ein Buchclub?«, flüsterte sie leise vor sich hin. Was hatte sie sich nur dabei gedacht? Ja, sie räumte Bücher in Regale, katalogisierte sie, nahm sie als Spenden entgegen, aber sie gehörte nicht zu den Menschen, die ein Buch *lasen.* Und erst recht diskutierte sie nicht über sie.

Und wen sollte sie überhaupt dazu einladen?

Russells Worte kamen ihr wieder in den Sinn. *»Du hast doch gar keine Freunde.«*

Das stimmte nicht. *Wirklich* nicht. Aber sosehr sie sich auch das Hirn zermarterte, es fiel ihr niemand ein, der sich für einen solchen Club interessieren könnte. Schon bei dem Gedanken daran, Leute zu fragen und dazu einzuladen, wurde Avis ganz schlecht.

Der Lichtschein unter der Schlafzimmertür verriet ihr, wo Russell sich für den Rest des Abends verbarrikadiert hatte. Avis wollte schon anklopfen – doch dann wandte sie sich wieder ab. Besser, wenn sie ihn nicht störte. Warum sollte er sich für ihre unwichtigen Probleme interessieren, wenn er damit beschäftigt war, sich selbst leidzutun?

Avis versuchte, nicht an die lieblosen Worte zu denken, die sie gewechselt hatten, und stellte das Abendessen in den Kühlschrank. Als sie damit fertig war, holte sie die Tortenplatte hervor, die neben dem Brotkasten stand. Sie nahm den Deckel ab und betrachtete den Schokoladenkuchen mit Zitronenschalenglasur, der beinahe genauso aussah wie der in dem Kochbuch, das sie sich vor Wochen für sechs Cent plus Versand hatte schicken lassen, um es rechtzeitig für den heutigen Tag zu haben.

Und als sie die Gabel in den Kuchen steckte, fand Avis, dass er ebenso gut schmeckte, wie er aussah – ein leichter Biskuit mit genau der richtigen Menge an Zitronensäure, um ein Gegengewicht zum Zucker zu bilden. Sie war extra früh aufgestanden, um den Kuchen noch vor der Arbeit zu backen, und hatte in der Mittagspause sogar noch Zeit gehabt, eine dekorative Zuckerrose zu basteln, da ihre Mutter angerufen hatte und ihr Treffen zum Mittagessen verschieben wollte, weil sie versehentlich einen Friseurtermin für diesen Tag gemacht hatte. Sie hatten das Gespräch beendet, ohne einen neuen Termin zu vereinbaren.

Als das Telefon heute Abend geklingelt hatte, hatte sie gehofft, ihre Schwiegereltern könnten daran gedacht haben. Aber es war nur die schreckliche Miss Cavendish mit ihrer furchtbaren Nachricht gewesen.

Avis deckte den Kuchen wieder zu. Sie stieg auf den Hocker und stellte die Platte auf das oberste Schrankbord, versteckt neben den Bowlegläsern, die sie nie benutzten. Wenn Russell es vergessen hatte, verdiente er kein einziges Stück davon.

Sie hatte überhaupt nichts dagegen, ihren ganzen Geburtstagskuchen allein aufzuessen.

6

Ginny
10. April
Derby, Maine

Ginny betrachtete ihre Beute, die sie dem Pfadfinder auf dem Schrottplatz für einen Nickel abgekauft hatte. Ein altes Bügelhorn, eine kupferne Schmuckschatulle, einen Briefbeschwerer in Form des Lincoln Memorials und sechs Schokoladenformen, die wie ein Hummer aussahen.

Sie konnte schließlich nicht zulassen, dass ein Schatz wie dieser eingeschmolzen wurde. Jedenfalls hatte sie dem Jungen erklärt, dass diese Gegenstände kaum für den Tankverschluss eines Sherman-Panzers reichten. Ginnys Argumente – die sie außer Hörweite des Gruppenleiters dargelegt hatte – hatten den Jungen überzeugt. Vielleicht hatte er aber auch nur eingewilligt, weil er sich von dem Nickel auf dem Heimweg eine Packung Schokobonbons kaufen konnte. Sie fand jedenfalls, dass sich der Handel gelohnt hatte. Kein schlechtes Ergebnis.

Da ihre Arme schwer beladen waren, stieß Ginny die Tür zu Maloneys Pfandleihhaus mit dem Fuß auf. Das veraltete Schild im Fenster hing schon seit Jahren dort, als der Charleston in Mode gekommen war und noch die Gesetze der Prohibition galten.

Nichts hatte sich verändert, nicht einmal die Frisur von Danny Maloney.

»Jemand zu Hause?«, rief Ginny, anstatt die Klingel auf dem Tresen zu betätigen.

Sie hörte einen gemurmelten Fluch hinter dem mottenzerfressenen Vorhang, der das Hinterzimmer vom Rest des Ladens trennte, aber als Mr Maloney erschien und seinen Anzug über seinem hervorstehenden Bauch zurechtrückte, war er ganz Geschäftsmann – bis er Ginny entdeckte.

»Sie schon wieder.«

Ginny machte Ts-ts. »So begrüßt man doch nicht seine beste Kundin.«

»Eher meine beste Halsabschneiderin«, knurrte Maloney. Wahrscheinlich war diese Woche nicht viel los. So wie in den meisten Wochen in einer Kleinstadt wie Derby. Ginny konnte beinahe fühlen, wie der Staub sich auf den Auslagen niederließ – antike Bücherregale mit Pfeifen und Lederwaren, eine Vitrine mit Schmuckstücken, deren Glas von Fingerabdrücken übersät war, und Borde voller Sammeltassen aus Porzellan, die nicht zusammenpassten.

»Also gut, was haben Sie für mich?«

Sie legte die Gegenstände auf den Tresen und drehte sie so, dass die beste Seite nach oben zeigte, aber Mr Maloney schüttelte schon den Kopf, bevor sie angefangen hatte, ihre Schätze anzupreisen. »Sie wissen doch, dass ich so ein Zeug nicht verkaufen kann, Missy. Damit kann ich kein Geld machen. Schmuck und Uhren, so was geht. Vielleicht noch ein schönes Kofferset oder ein Musikinstrument.«

Ginny hob das Horn hoch. »Was glauben Sie denn, was das hier ist – ein Hörrohr?«

»Könnte sein, so verbeult wie das Ding ist.« Trotzdem fuhr er mit den Fingern über den Schallbecher, so als könnte er in jeder Delle die Geschichte des Instruments ertasten. »Bürgerkrieg?«

Sie nickte. »Mein Urgroßvater hat es im Kampf erbeutet, bei der Schlacht von …«

Das war das Problem mit Details. Man musste sie kennen. »Jedenfalls irgendwo in Virginia. Aber jetzt mal zur Sache. Was können Sie mir für die Sachen geben?«

»Abgesehen von dem Horn ist der Rest eigentlich wertlos und ich bezweifle, dass ich für das Instrument mehr als zwei Dollar bekomme.«

Zwei Dollar waren besser als nichts, aber genug war es nicht. »Hören Sie, Mr Maloney. Wenn Sie sich überwinden könnten, ein bisschen mehr zu zahlen, wäre das eine große Hilfe.«

Vielleicht war es der andere Tonfall, aber Mr Maloney sah sie prüfend an. »Geht mich ja nichts an, aber Sie stecken doch nicht in Schwierigkeiten, Missy, oder?«

Das war typisch für Mr Maloney. Er bedrängte einen nicht – jeder, der mit alten Ehe- und Verlobungsringen handelt, weiß, dass er besser nicht zu viele Fragen stellt. Aber er wusste, dass Ginny neu in der Stadt war und dass sie allein lebte, und er war einfühlsam genug, um sich Sorgen zu machen.

»Ich spare nur für einen verrückten Traum. Wissen Sie, die Art von Traum, über die man nicht spricht, für den Fall, dass er dann …« Sie machte ein Geräusch, als würde etwas explodieren.

Mr Maloney nickte langsam und da wusste Ginny, dass sie gewonnen hatte.

Komisch. Das war nötig gewesen, um ihn weichzuklopfen. Vielleicht hatte auch er Träume, die immer außer Reichweite blieben. Ginny musterte den altmodischen Laden. Offenbar hatte er aufgegeben, nach einer Leiter zu suchen.

»Genau fünf Dollar«, sagte er schließlich und Ginny strahlte.

»Es ist wirklich ein Vergnügen, Geschäfte mit Ihnen zu machen.« Noch ein Spruch, den sie von Pa gelernt hatte, dem besten Hummerfänger, den sie kannte. Er konnte mit den vornehmsten Restaurantbesitzern verhandeln, ohne dass er einen Großhändler zwischenschalten musste.

Mr Maloney öffnete die Kasse und ließ einen Fünf-Dollar-Schein in ihre Richtung schweben, den Ginny ergriff, bevor der Mann es sich anders überlegen konnte.

Oh ja, Danny Maloney war ein Schatz, entschied sie, als sie zur Tür hinaustanzte. »Ich verlass mich auf dich, Abraham«, sagte sie streng zu der Banknote mit dem Präsidentenbild, bevor sie das Geld in ihrer Handtasche verstaute. Schließlich lag auf ihrer beider Schultern die Verantwortung dafür, ein geteiltes Haus wieder zu vereinen, sodass der Ehrenwerte Abe Lincoln und sie eine Menge gemeinsam hatten.

Abgesehen vielleicht von der Ehrlichkeit. Und dem Bart.

Es war nicht viel, aber jeder Cent, den sie in ihre Spardose aus Blech tat, die wie ein Affe auf einem Leierkasten aussah – auch ein altes Fundstück –, würde ihrer Familie helfen, ein Stück von Long Island zurückzukaufen, wenn dieser schreckliche Krieg zu Ende war.

Sie hatte so getan, als würde sie Pa glauben, als er geschworen hatte, dass er sich eine Arbeit in Portland suchen wollte und jeden Penny des Geldes, das die Regierung ihm für ihr Grundstück gab, sparen würde. Aber im tiefsten Innern wusste Ginny: Wenn sie ihr Zuhause jemals zurückbekommen wollte, lag die Last dafür auf ihren Schultern.

Ginny pfiff vor sich hin, während sie die Straße entlangging, die zur Bücherei führte. Zeit, sich für ihr heutiges Tagwerk zu belohnen. Sie empfand zwar nicht dieselbe Befriedigung, wie wenn sie auf Pas Hummerfänger auf Beutezug ging, aber in Derby zu wohnen, war so schlecht nicht, beschloss sie, als sie die einsame Ampel betrachtete und das Sonnenlicht, das sich in den Schaufenstern der Läden spiegelte, in denen die Inhaber die *Mittagspause*-Schilder aufgestellt hatten, um im Café an der Ecke zu verschwinden. Jedenfalls besser als Portland. *»Zu überfüllt«*, hatte sie zu Ma gesagt, um zu erklären, warum sie nicht beim Rest der Familie eingezogen war. Zusätzlich hatte sie noch die Ausrede, es sei schließlich an der Zeit, dass sie auf eigenen Füßen stand. Das war zwar nicht die ganze Wahrheit, aber komplett gelogen war es auch nicht, fand Ginny.

In Büchereien roch es merkwürdig, so als würde irgendwas darin verschimmeln. Andererseits hatte Ginny schon Menschen getroffen, die dasselbe vom Hafen behaupteten. Für diese Leute waren Fische und Köder und alles, was das Meer anschwemmte, kein Duft, sondern Gestank. Wahrscheinlich eine Frage der Perspektive.

Also atmete Ginny einfach durch den Mund, als sie auf die Bibliothekarin zuging, die hinter dem Tresen etwas in ihr unvermeidliches Notizbuch kritzelte.

»Morgen, Avis«, sagte sie in dem Tonfall, den sie schnell erlernt hatte – leise genug, damit die mürrischen Männer in ihren dunklen Anzügen, die ihre Mittagspause hier verbrachten, ihr keine bösen Blicke zuwarfen.

»Es ist schon Nachmittag«, berichtigte Avis sie, ohne aufzublicken, als würden die fünf Minuten nach 12 Uhr eine Rolle spielen. Avis war höchstens ein paar Jahre älter als Ginny, aber jeden Monat, den sie in diesem dunklen, muffigen Gebäude über Büchern hing, den Kopf voller Zahlen, alterte die Arme um ein ganzes Jahrzehnt.

Ginny beugte sich vor, um zu sehen, was Avis schrieb, aber jede Zeile war mit ungleichmäßigen Bleistiftstrichen durchgestrichen. »Du solltest wirklich öfter aus diesem Loch rauskommen. Du bist ja leichenblass.«

»Mhm«, erwiderte Avis, während sie den Bleistift in ihre komplizierte Hochsteckfrisur rammte – aus der schon zwei andere Bleistifte herausragten.

Erst als Ginny sich auf den Tresen schwang und es sich dort bequem machte, blickte Avis auf und setzte mit einem Seufzer ihre offizielle Bibliothekarinnenmiene auf. »Kann ich dir helfen?«

»Das hoffe ich doch.« Ginny wackelte mit den Augenbrauen, in der Hoffnung, ihrem Gegenüber ein Lächeln zu entlocken. Es funktionierte nicht. »Hast du was Neues?«

»Du weißt doch, dass ich diese Frage nicht beantworten kann.«

Klar, das wusste Ginny. Aber normalerweise warnte Avis sie vor allen möglichen albernen romantischen Vorstellungen. Heute stand sie mit hängenden Schultern da und ihre sonst perfekt frisierten Haare wirkten zerzaust.

»Ich dachte, ich versuche es trotzdem.« Jedenfalls war es albern, den Lagerraum nach einem Buch zu durchsuchen.

Ginny hatte diese Miss Cavendish, der die Bücherei gehörte,

noch nie getroffen, aber sie stellte sich die alte Dame wie einen gereizten Drachen vor. Die Romane, die im Lager verstaut waren, weil Miss Cavendish sie missbilligte, waren nicht mal von der erotischen Sorte … obwohl Georgette Heyer wirklich wusste, wie man gute Küsse beschrieb. Ginny hatte in wenigen Monaten ein gutes Dutzend ihrer Romane verschlungen – Verkäuferinnen, die Millionäre heirateten, reiche Töchter, die einer arrangierten Ehe entkamen und mit ihrer großen Liebe durchbrannten, Spione mit geheimen Identitäten, die sich gerade noch rechtzeitig zu erkennen gaben.

Es war gar nicht so sehr das Happy End in den Büchern, was Ginny anzog, denn im Grunde genommen war das Ende immer gleich. Worauf es ankam, war der Weg zum Ziel. Aus einem Dutzend Lagerraumromanen hatte Ginny jedenfalls mehr über die Liebe erfahren, als ihre Mutter ihr jemals erzählt hatte. Manchmal schrieb sie sich eine Zeile oder zwei daraus ab, um sie in einem Brief an Mack zu verwenden – vielleicht. Falls sie den Mut dazu aufbrachte.

Mack ist nun wirklich kein melancholischer Herzog oder ein feiner Südstaatengentleman.

Aber wer war das schon? Ein Mädchen, das auf einen Kerl wartete, der Gedichte zitierte, seinen Mantel über eine Pfütze breitete oder schlecht gelaunt durch neblige Moore stapfte, wo auch immer die waren, würde nie einen Mann finden.

»Irgendwann werde ich deinetwegen noch gefeuert.«

Der anklagende Finger, der auf Ginny gerichtet war, endete in einem bis zum Nagelbett abgekauten Fingernagel.

Ginny sprang vom Tresen und sah Avis an. »Okay, irgendwas stimmt doch nicht. Du brauchst es gar nicht abzustreiten«, fügte sie hinzu, als Avis Anstalten machte zu widersprechen. »Erzähl mir, was los ist.« Ginny fing an, der Bibliothekarin die Schultern zu massieren, deren Muskeln so angespannt und verhärtet waren wie ein salzgetränktes Seil, das in der Sonne trocknete.

»Es ist eine Tragödie«, antwortete Avis tonlos, anstatt Ginny wegzuschieben, wie diese es erwartet hatte. »Ich habe nämlich versehentlich einen Buchclub gegründet.«

»Was ist daran so schlimm?«

Es war, als hätte Avis nur darauf gewartet, dass jemand ihr diese Frage stellte. Ginny kannte solche Menschen von der Insel. Meist waren es alte Seebären, die nach dem ersten Schnee festsaßen und einem bis zum Frühjahr das Ohr abkauten. Ginny war schon immer eine gute Zuhörerin gewesen. Jetzt nickte sie, während Avis von einem Kindergarten und von ihrem Bruder und von den Schwierigkeiten erzählte, in die sie sich selbst gebracht hatte.

»Lass mich raten: Wir reden von derselben Dame, die die besten Bücher wegschließt?«

Avis nickte.

Ginny verdrehte die Augen. »Sie macht sich über alles her, oder?«

»Nun, es ist ihr Haus. Sie kann damit machen, was sie will.«

Vielleicht stimmte das. Ginny wusste, dass sie reiche Leute aus Prinzip nicht leiden konnte, abgesehen von denen in Büchern, was irgendwie ungerecht war. »Keine Sorge, Avis. Ich wette, der Buchclub wird ein voller Erfolg. Du liebst offensichtlich Bücher, sonst hättest du diesen Job doch sicher nicht bekommen.«

An dem betrübten Ausdruck in Avis' Gesicht erkannte sie, dass ihre Mut machenden Worte offenbar die falsche Wirkung hatten. »Eigentlich nicht.«

»Aber wenigstens magst du Menschen«, korrigierte Ginny sich. Doch Avis schüttelte wieder den Kopf. »Du liebe Güte, Avis, was magst du denn dann?«

Sie sah Ginny hilflos an, wie die in Ohnmacht sinkende Heldin auf dem Einband eines Buches, das sie gerade erst katalogisiert hatte. »Backen?«

»Dann mach das doch.«

Avis trommelte mit einem Finger auf dem Tresen, während ihr

Blick in die Ferne schweifte. »Ich habe ein hervorragendes Rezept für Karottenmuffins.«

»Siehst du!« Genau genommen klang das ziemlich gut – die muffige alte Bücherei in den Duft von Zimt und Muskatnuss gehüllt. »Dann komme ich vielleicht sogar selbst.«

»Ja, bitte, komm. Und bring eine Freundin mit. Oder zwei. Am besten die ganzen Frauen aus deiner Schicht.«

Avis hatte wirklich Panik. Ginny dachte an die anderen Frauen in der Gießerei und an diejenigen, die sie in der Stadt kennengelernt hatte.

Martina. Bei ihr hatte sie die besten Chancen. Martina hatte jeden Tag ein Buch für die Mittagspause dabei. Sie hatte immer für sich gesessen und gelesen, bis Ginny sich neben sie gesetzt und sich vorgestellt hatte.

Ginny suchte in dem Bücherstapel, der neben Avis auf dem Tresen lag, nach einem Titel, der ihrer Freundin gefallen könnte.

Sie hielt einen Band hoch, auf dessen Cover eine Explosion aus Sternen abgebildet war. *Mrs. Miniver.* »Sag mal, ist das dieser Film, der diesen Sommer in die Kinos kommt? Der über den Blitzkrieg in London?«

Avis starrte sie so lange an, dass Ginny schon dachte, sie hätte sich geirrt, doch dann entriss die Bibliothekarin ihr das Buch und umklammerte es so, wie sich ein über Bord gegangener Matrose an eine Schwimmweste klammerte. »Du bist genial, Ginny.«

»Klar.« Wo Avis recht hatte, hatte sie recht. »Aber … warum jetzt genau?«

»Das ist das perfekte Buch für unser erstes Buchclubtreffen. Miss Cavendish war zwei Jahre hintereinander die Vorsitzende des Komitees, das Kleidung und Medizin nach England geschickt hat. Sie *muss* das Buch einfach mögen.«

Ginny hätte sie beinahe gewarnt, sie solle sich da lieber nicht so sicher sein, weil Menschen manchmal einen überraschenden Geschmack haben. Aber weil sie die Hoffnung in Avis' Augen nicht zunichtemachen wollte, hielt sie lieber den Mund.

Kurz darauf verließ sie die Bücherei mit Datum und Uhrzeit des ersten Buchclubtreffens, einem Roman für sich selbst mit dem Titel *Im Namen der Liebe* und mit dem befriedigenden Gefühl, eine gute Tat vollbracht zu haben.

Hatte sie eine Ahnung, was ein Buchclub eigentlich war? Keinen Schimmer.

Aber es würde Muffins geben.

7

Louise
13. April

»Direkt vor meiner Haustür, sag ich dir! *L'audace!*«

Ach du liebe Güte. Louise schloss kurz die Augen, nicht zum Gebet, sondern um den drohenden Kopfschmerz zu verhindern. Sie hatte gehofft, ihr Hausmeister Hamish hätte übertrieben, als der für gewöhnlich eher schweigsame Mann sein Schweigen gebrochen hatte, um sie zu warnen, dass Delphie »eine ihrer Launen« hatte.

Aber als Louise auf das Beet zeigte, das in ihren einst makellosen Rasen gegraben worden war, wurde ihr klar, dass diese Hoffnung vergebens war.

Delphie fuchtelte mit schlaffen Armen vor Louises neuem Gärtner herum, während das Objekt ihres Zorns protestierte: »Ehrlich, Ma'am, Miss Cavendish hat mir gesagt, dass ich den Garten auf diese Weise erweitern soll.«

»Erzählen Sie mir keine Lügengeschichten, junger Mann.« Wie immer, wenn sie aufgebracht war, war Delphies schneidende Stimme in den starken französisch-kanadischen Akzent ihrer Jugend verfallen. »Ich weiß ja nicht, wie Sie sich in ihre Gunst eingeschlichen haben, aber ich weiß, dass Louise das hier nicht erlauben würde.«

Louise eilte die letzten Stufen zu den beiden Streithähnen hinauf und schob sich entschlossen zwischen sie: Mr Keats, die Hände in einer Verteidigungsgeste erhoben und mit Gartengeräten zu seinen Füßen, Delphie unbeirrbar am Rand der unfertigen Erweiterung.

»Kann mir bitte jemand erklären, was hier los ist?«

Beide zuckten angesichts des scharfen Tonfalls zusammen – wie war es nur dazu gekommen, dass sie genau wie ihr Vater klang?

Delphie riss sich widerwillig von dem vernichtenden Blick los, mit dem sie den armen Mr Keats durchbohrt hatte, die Stirn in heftige Falten gelegt. »Dieser junge Dummkopf sagt, Sie hätten ihm erlaubt, den Boden gleich neben meiner Küche aufzureißen.«

»Das stimmt«, sagte Mr Keats mit seinem Mund, aber mit dem einen Auge, das nicht von einer Klappe verdeckt war, sagte – oder vielmehr flehte er: »*Retten Sie mich!*« Wahrscheinlich war der arme Kerl bei seinen Kampfeinsätzen als Pilot noch nie einer Bedrohung vom Kaliber einer Delphie Morine begegnet. Wenn General McArthur so klug wäre, sie zu rekrutieren, würde schon allein ihre finstere Miene die deutschen Panzer zum Rückzug bewegen.

Hier half nur, direkt zu sein. »Er sagt die Wahrheit, Delphie. Ich habe ihn angewiesen, den Garten zu erweitern, damit wir genügend Platz für all das Gemüse haben, das wir anbauen wollen. Du kannst dir die Pläne ansehen, wenn du willst.«

Delphie wandte ihre finstere Miene jetzt Louise zu, aber ihr Tonfall wandelte sich von höchster Empörung zu einem missmutigen Knurren. »Kann er das nicht zur Straße hin machen?«

»Wegen der Bäume an der Auffahrt würden die Beete dann im Schatten liegen«, erklärte Louise geduldig.

Delphie verschränkte die Arme und blickte zwischen den beiden hin und her, als wäre sie nicht mehr ganz sicher, auf wen sie eigentlich wütend sein sollte. »Sie hätten wenigstens fragen können.«

Aha. Das erklärte also den Wutausbruch. In gewisser Hinsicht, bei den wirklich wichtigen Entscheidungen, waren Delphie und sie gleichberechtigt. Aber wenn es um das Anwesen ging, nun ja … Louise war die Cavendish. Ihr gehörte das Haus und damit hatte sie auch die Verantwortung, ihr Eigentum gut zu führen.

»Es tut mir leid, aber es ist nun einmal notwendig.«

Zu Mr Keats' Ehren musste gesagt werden, dass er in respektvollem Schweigen in vollkommener militärischer Haltung dort stand und sich keinerlei Triumph anmerken ließ. Andererseits lohnte es sich einfach nicht, es sich mit der Köchin zu verderben, die sich auf subtile Weise hundertfach rächen konnte. Das Essen, da war Louise sich sicher, würde an diesem Abend zerkocht sein.

Delphie schnaubte und ließ die Schultern hängen. »Es ist zu dicht am Haus, sage ich. Sie werden schon sehen.«

Mr Keats blickte Delphie nach, als sie davonstapfte. »Ist sie immer so?«, fragte er fast im Flüsterton, als könnte die ältere Frau am Küchenfenster lauschen.

»Zumindest seit meiner Kindheit.« Dabei war Delphie eigentlich im Laufe der Zeit sanfter geworden. Oder Louise hatte sich einfach an sie gewöhnt. »Wenn Sie den Boden vorbereitet haben, wird Hamish Ihnen helfen, den Zaun und die Rankhilfen zu errichten.«

Er blinzelte verwirrt. »Rankhilfen?«

Vielleicht war der junge Mann ein bisschen schwer von Begriff. Andererseits konnte es sein, dass er von dem Zusammenstoß mit Delphie noch unter Schock stand. »Für die Stangenbohnen und Erbsen und andere Kletterpflanzen.«

»Ach so. Die Art, wie man sie für Blumen benutzt.«

»Möglich. Aber es wird keine Blumen geben.« Nur für den Fall, dass er die entsprechende Notiz auf ihrem Plan nicht gelesen hatte, obwohl er ein gründlicher Typ zu sein schien – andere gab es in der Luftwaffe eigentlich nicht. »Dies soll ein reiner Gemüsegarten sein, sonst nichts.«

»Gegen ein bisschen Schönheit ist doch nichts einzuwenden, Miss Cavendish.« Er zwinkerte mit seinem gesunden Auge und Louise hätte Anstoß daran nehmen können, wenn es nicht fast wie ein Reflex gewirkt hätte. Wenn sie richtig gezählt hatte, hatte er bis jetzt lediglich Delphie, der Frau von Hamish, dem Postboten und zweimal sogar Jeeves zugezwinkert. Im Grunde wurde dadurch nur unnötig die Aufmerksamkeit auf seine Kriegsverletzung gelenkt, die dafür verantwortlich war, dass er als Pilot nicht mehr einsatzfähig war und auf der Suche nach Arbeit bei ihr gelandet war.

»Ich werde keinen Cent für überflüssige Blumen ausgeben, die man nicht kochen oder einmachen kann. Sie werden Ihre Schönheit am Himmel suchen müssen anstatt auf dem Boden.«

Mr Keats widersprach nicht, sondern zuckte nur mit den Schultern. »Das ist nicht schwer. Da oben gibt es jede Menge Schönheit.«

Louise legte den Kopf in den Nacken und blickte zum Himmel hinauf, in den ihr Gärtner mit ausgetrecktem Arm deutete, um sie auf die friedlichen Wolken eines Frühlingsnachmittags hinzuweisen.

»Vermissen Sie es?«, fragte sie unwillkürlich. Sie war sich sicher, dass er verstand, was sie meinte.

»Jeden Tag.« Seine Antwort kam ohne Zögern und seine Miene war so wehmütig, dass es einem das Herz brechen konnte. »Nicht alles davon. Nicht die Kämpfe oder das ständige Geben und Befolgen von Befehlen. Aber das Gefühl, dort oben zu sein … frei.« Er strich mit den Fingern über die Augenklappe, die seine Verwundung verdeckte. »Es ist schwer zu ertragen, dass ich nie wieder ein Flugzeug fliegen werde. Dass andere einfach ohne mich weitermachen.«

Es tut mir leid. Das sollte Louise sagen. Und dass auch sie das Gefühl kannte, wenn ein Traum starb, wenn man sich an einen Ort gefesselt fühlte, während man sich danach sehnte, etwas Sinnvolles zu tun. Ihre Enttäuschung rührte vom Großen Krieg her, nicht von diesem, aber sie erinnerte sich noch gut an den Schmerz.

Aber es wäre nicht schicklich, all das zu sagen, nicht zu einem Angestellten. »Wir sind Ihnen für Ihr Opfer zutiefst zu Dank verpflichtet.«

Er quittierte die Bemerkung mit einem Nicken und widmete

sich dann wieder seinem Spaten. »Es wird mit der Zeit besser, wette ich. Mit ein bisschen körperlicher Arbeit.«

»Ich freue mich darauf, das Ergebnis Ihrer Arbeit zu sehen.« Louise wandte sich zum Gehen, aber dann blieb sie stehen, als der Spaten des Gärtners im Boden auf etwas Hartes stieß.

»Das ist bis jetzt der größte Stein, auf den ich gestoßen bin. Könnte sein, dass er den Spaten etwas verbogen hat«, sagte Keats und kniete sich hin, um das Hindernis aus dem Weg zu räumen – doch dann schrie er überrascht auf.

Louise fuhr herum und sah ein Stück von einem vertrauten weißen Stein aus dem Boden ragen.

Und einen Moment lang war sie wieder ein Kind, das Schmetterlinge jagte, ein junges Mädchen, das Anstandsunterricht über sich ergehen ließ, eine junge Frau, die sich umblickte, um zu sehen, ob jemand beobachtete, wie sie den Fuß der Statue berührte.

Alles unter den kalten, harten Augen der jungfräulichen griechischen Göttin des Frühlings.

Das kann doch nicht sein.

Aber als sie näher trat, sah sie, dass sie sich nicht täuschte. Der Kopf war halb so groß wie der eines Menschen und hatte von Erde verdreckte Locken und einen langen, eleganten Hals, der unten abgebrochen war.

Persephone, die Beschützerin des Gartens, den der Vater von Louise angelegt hatte.

Mr Keats' Stimme riss sie aus ihren Erinnerungen. »Mensch, was hab ich mich erschreckt! Zuerst sah es aus wie ein Schädel.«

»Das kann doch nicht sein.« Ihre Stimme, ein Flüstern nur, schien aus einem der alten Albträume zu kommen, die sie nach dem Tod ihres Vaters gehabt hatte.

»Keine Sorge, das sind keine Knochen. Nur irgendeine Statue. Oder jedenfalls ein Teil davon.« Er blickte auf und wurde ernst, als er ihre Miene sah. »Was ist denn?«

»Ich … ich hatte doch gesagt, dass sie weggebracht werden soll.« Vor dreiundzwanzig Jahren hatte sie dabei zugesehen, wie die Arbeiter mit ihrem Vorschlaghammer auf den Stein eingeschlagen hatten. Was für ein Triumph es gewesen war, eine Göttin zu stürzen – und die Vergangenheit mit ihr.

Nachdem die Männer die Statue zerstört hatten, war Louise gegangen und hatte sich darauf verlassen, dass Delphie und die anderen Bediensteten Persephone in Schubkarren laden und von ihrem Grundstück entfernen würden.

Wenn Mr Keats das merkwürdig fand, ließ er es sich jedenfalls nicht anmerken. »Vielleicht hatte jemand keine Lust, die schweren Brocken wegzuschaffen, und hat einfach ein paar Schaufeln Erde drübergetan und fertig.« Er stieß den Spaten ein Stückchen weiter in die Erde und wieder ertönte das Geräusch von Metall auf Stein. »Da ist noch mehr, glaube ich.«

Reiß dich zusammen, Louise. Abgesehen von den Erinnerungen war die Statue nur ein Stück Stein.

»Graben Sie das Teil aus. Die ganze Statue. Und schaffen Sie dann alles weg.«

»Tja«, erwiderte Mr Keats, während er sich auf seinen Spaten stützte, »da haben wir ja im Boden doch noch« – erneut funkelte sein Auge – »eine *Schönheit* gefunden.«

Zorn loderte auf, heiß und plötzlich. »Das ist *nicht* amüsant.«

Die Schärfe in ihrem Tonfall ließ ihn zusammenzucken, so wie Jeeves es tat, wenn Delphie ihn anschrie und aus der Küche jagte. »Es tut mir leid.«

Es war schließlich nicht seine Schuld. Er hatte ja keine Ahnung. Louise bemühte sich, ihre Stimme wieder unter Kontrolle zu bringen. »Versprechen Sie mir, dass sie das Teil richtig entsorgen?«

»Versprochen.« Nach einem ganz kurzen Zögern, bevor sie eine Ausrede vorbringen konnte, warum sie gehen musste, fügte er hinzu: »Was ist so schrecklich daran?«

Es war nicht reine Neugier, die hier sprach und die sie mit einem schroffen *»Das geht Sie gar nichts an«* abstrafen konnte. Die Stimme des Gärtners war gedämpft, so als fürchtete er, auf ein schreckliches Geheimnis gestoßen zu sein.

»Ich will keine heidnischen Bildnisse auf meinem Grund und Boden haben. Das ist ein Frevel.« Das war zwar nur die halbe Wahrheit, zeigte aber Wirkung, wie schon so oft.

Ob Mr Keats ihr zustimmte oder nicht, behielt er klugerweise für sich.

Louise ging, während wieder das Geräusch von Spaten auf Stein erklang, und eilte ins Haus, wo niemand sehen konnte, dass sie wegen einer zerschlagenen Statue die Fassung verloren hatte.

Sie ging ins Arbeitszimmer ihres Vaters hinauf, um sich in *Mrs. Miniver* zu vergraben, dem Buch, das Avis für ihr erstes Buchclubtreffen ausgesucht hatte. Obwohl sie es kaum als hohe Literatur bezeichnen würde, fand Louise es seltsam beruhigend, von tapferen jungen Engländerinnen zu lesen, die in einem Kapitel Gasmasken angepasst bekamen und sich im nächsten den Kopf über die richtige Sorte Tagebuch zerbrachen. Eine auf Tatsachen beruhende, unkomplizierte Lektüre, die sie ablenkte.

Aber egal, wie viele Seiten sie las, verhindern konnte sie nicht, dass die Erinnerungen über ihr zusammenschlugen wie die Flut über dem Strand.

Juni 1913

Kaum war Louise aufgewacht, da schlug sie schon die Bettdecke zurück, um aus dem Fenster zu sehen. Sie musste unwillkürlich lächeln. Über dem Meer war der Himmel eine trübe, schmutzig graue Masse, obwohl an der Fensterscheibe noch keine Regentropfen zu sehen waren. Ein perfekter Tag für ein Sommergewitter.

An Tagen wie diesen, wenn die Wolken am Himmel stürmische Winde verhießen, die im Lauf des Tages gegen die Klippen schlagen würden, auf denen ihr Sommerhaus stand, ließ Vater sich gewöhnlich von seinem Fahrer zur Bücherei kutschieren.

Und das bedeutete, dass Oliver wahrscheinlich von seinen regulären Pflichten befreit war.

Louise schlang eilig ihr Frühstück hinunter und sagte dann, sie wolle in den Garten gehen, bevor sie zur Hintertür hinausschlüpfte, um Delphines Warnungen zu entfliehen, sie solle ihre Frisur nicht ruinieren – zum Tee würde Besuch kommen, wie immer. Über ihr zogen Gewitterwolken auf, aber Louise umklammerte nur ihr Skizzenbuch fester, während sie sich der kühlen, leidenschaftslosen Beschützerin des Gartens näherte. Ihre Finger schoben sich unter das Gewölbe von Persephones Fuß. Wie immer durchfuhr Louise ein Stoß wie von den kürzlich im Anwesen installierten elektrischen Leitungen, als sie einen zusammengefalteten Zettel ertastete.

Auf dem Zettel stand nur 9. Louise sah auf das goldene, herzförmige Medaillon, das eine kleine Uhr enthielt – eines von Vaters teuren Geschenken zu ihrem Schulabschluss im Internat. Nur noch fünf Minuten. Beinahe wäre sie zu spät gekommen.

Und wie immer wurde der Zettel von etwas begleitet, das in dem gefalteten Papier lag: die gepresste Blüte einer leuchtend roten Akelei, jene Blume, die in den Wäldern von Maine wuchsen, die aber vermutlich aus Vaters Wildblumenbeet stammte.

Louise runzelte unwillkürlich die Stirn. Die Blumen, die er für sie hinterließ, waren süß, aber wenn Vater jemals sehen sollte, wie Oliver seinen geliebten Garten ohne Erlaubnis entweihte, würde er seinen Diener auf der Stelle entlassen. Das Risiko war einfach zu groß.

Was würde sie ohne diese heimlichen Augenblicke tun? Zuerst hatten sie sich nur vor der Arbeit gedrückt, später dann hatten sie sich im Flüsterton unterhalten und viel zusammen gelacht – es waren kostbare gestohlene Minuten in einem streng geordneten Tagesablauf unter Tante Eleanors Adleraugen.

Jetzt, zwei Jahre und einige gestohlene Küsse später, bedeuteten ihre Begegnungen so viel mehr.

Ich werde genügend Vorsicht für uns beide walten lassen müssen.

Das war ihr inzwischen in Fleisch und Blut übergegangen: der zweite Blick auf den Schatten, den die Pergola und die Gartenlaube warfen, die aufgesetzte Beiläufigkeit, mit der sie zum Lagerschuppen schlenderte, bis die efeubewachsene Laube sie vor neugierigen Blicken verbarg.

Der Schlüssel unter der metallenen Vogeltränke war fort, der Gartenschuppen aufgeschlossen. Trotzdem blieb Louise in der Tür stehen, bis ihre Augen sich an die dunkle Ansammlung von Geräten und Regalen gewöhnt hatten, auf der Suche nach einer Bewegung. Ihre Stimme war nur ein Flüstern. »Ist alles in Ordnung?«

Einen Augenblick lang war es still und in ihrem stockenden Atem, dem Geruch nach Erde und verfaulenden Blättern, spürte Louise, dass all ihre Befürchtungen schließlich wahr geworden waren. Jemand hatte ihn entdeckt. Jemand hatte sie zusammen gesehen, war ihm gefolgt und ging jetzt zu Louises Vater …

Aber dann hörte sie die tiefe, vertraute, beruhigende Stimme sagen: »Warum sollte etwas nicht in Ordnung sein?«, und Oliver trat hinter der abgestellten Schubkarre hervor. Louise eilte in seine Arme und sog den Duft des Rasierwassers ein, das er vermutlich vor einigen Stunden auf Vaters Gesicht aufgetragen hatte, nachdem er ihm den grauen Bart gestutzt hatte. »Schließlich bin ich mit der schönsten Frau der Welt zusammen.«

Erleichterung mischte sich in die Röte, die Louise in ihre Wangen steigen spürte.

Das Kompliment entsprach nicht der Wahrheit, nicht einmal annähernd. Louise wusste, dass sie unscheinbar war und dass ihr größter Reiz auf der Mitgift ruhte, die Vaters Vermögen verhieß, gut verwaltet von Männern, die sich mit so etwas besser auskannten. Und trotzdem konnte sie, wenn Oliver sie so ansah, beinahe glauben, dass sie ebenso schön war wie die elegante Göttin, die ihre versteckten Nachrichten bewachte.

Irgendwann würde sie ihn zeichnen. Sie wollte versuchen, diesen Blick einzufangen, obwohl sie befürchtete, dass es einer begabteren Künstlerin bedurfte, als sie es war, um die Vornehmheit dieser kräftigen Nase, das Feuer in den rostfarbenen Haaren, den Ehrgeiz in diesen braunen Augen zu erfassen. Und keine Zeichnung konnte jemals wirklich Oliver Goodwin einfangen, den jungen Mann, der ihr zulächelte, wenn die anderen Dienstboten nicht hinsahen, der sich selbst das Lesen beigebracht hatte und der Shakespeare-Sonette zitierte, der als erster Mensch gefragt hatte, wovon *sie* denn träumte – und der ihr den Atem verschlug, wenn sie in seiner Nähe war, während die Verehrer, die ihre Tante vor ihr aufmarschieren ließ, ihr lediglich ein Gähnen entlockten.

Louise löste sich von Oliver und versuchte, wieder die rationale Frau zu sein, die sie sonst war. »Wir sollten vorsichtiger sein. Was ist, wenn jemand unsere Zettel findet?«

Sein Lachen klang entspannt, wie immer. »Was, eine gekritzelte Zahl oder zwei? Sie würden sich nichts dabei denken.«

»Oder wenn uns jemand hier findet«, beharrte sie.

»Du weißt doch, dass dein Vater den anderen Schlüssel bei sich trägt. Und er stellt nur für die Monate einen Gärtner ein, in denen er nicht hier wohnt.«

Das stimmte und das war auch der einzige Grund dafür, dass sie diesem Treffpunkt zugestimmt hatte, als Oliver ihn vor einigen Wochen vorgeschlagen hatte. Obwohl es anstrengend war und man sich dabei schmutzig machte, bestand Luther Cavendish darauf, dass die Gärtnerei ein angemessener Zeitvertreib für einen Gentleman war. Obwohl Louise wusste, dass es mehr als das war. Es war seine Art, das Andenken seiner Frau zu ehren, indem er sich persönlich um einen Ort kümmerte, den sie so geliebt hatte – und, wie es für ihn typisch war, es allen anderen verbot.

Wenn Vater nicht in Windward Hall war, hielten sein Unmut und das Schloss an der Tür die anderen von diesem Ort fern. In diesen kostbaren Stunden gehörte Oliver ihr.

»Keine Angst, meine süße Blume«, murmelte Oliver, während er ihre kalten Finger in seinen Händen wärmte. »Hier sind wir sicher.«

Ein Teil von ihr wollte weiter widersprechen, aber ein anderer Teil wollte ihm glauben. Die Tatsache, dass das Schulmädchen, das die Hausaufgaben zwei- oder dreimal abschrieb, um eine perfekte Handschrift zu haben, zu einer jungen Frau herangewachsen war, die sich für ein Rendezvous mit einem Dienstboten traf, hatte sie selbst überrascht. Natürlich tat sie alles dafür, dass sie vorsichtig waren und nicht ertappt wurden. Und gleichzeitig war sie dieses Leben voller Perfektion und den Druck, der auf ihr lag, so leid.

Aber als Oliver sie wieder an sich zog, wusste sie, dass es eine noch größere Gefahr gab. Keine Vorsicht der Welt konnte sie davon abhalten, ihr Herz an diesen Mann zu verlieren. Dafür war es bereits viel zu spät.

8

Avis
18. April

Jedes Mal, wenn Avis versuchte, sich noch mehr zu beeilen, wurde sie vom Klappern des Porzellans auf dem Tablett gewarnt. Dabei waren die Tassen nur eine Leihgabe. Erst eine halbe Stunde, bevor das erste Buchclubtreffen beginnen sollte, war ihr eingefallen, dass ihre hervorragende Idee, Tee zu servieren, an der Tatsache scheitern würde, dass sie nur sechs entsprechende Tassen besaß.

Angesichts der Tatsache, dass sie ihr eigenes Geld für eine Anzeige in der städtischen Zeitung investiert und zusätzlich Poster in der Post, im Rathaus, in allen drei Kirchen im Ort und in der Gießerei aufgehängt hatte, rechnete sie mit einer großen Menge an Besuchern und ihr kümmerliches Teeservice würde da jedenfalls nicht reichen. Ihre Nachbarin Mrs Humphrey war bereit gewesen, Avis ihr zweitbestes Service zu leihen, obwohl sie verlegen gehüstelt hatte, als Avis all ihren Mut zusammengenommen und gesagt hatte, sie hoffe, Mrs Humphrey bei einem der nächsten Treffen begrüßen zu können.

Jetzt war sie nur fünf Minuten zu spät und bestimmt genossen alle die zusätzliche Zeit zum Plaudern.

Das Tablett auf eine Hüfte gestützt, stieß Avis die Tür der Bücherei auf und blieb kurz stehen, um sich ein paar widerspenstige Haare hinters Ohr zu schieben und ihr strahlendstes Gastgeberinnenlächeln aufzusetzen. Sie würde das schon schaffen. Immerhin trug sie aus gegebenem Anlass neue Schuhe und ein schickes blaues Kostüm mit goldenen Knöpfen.

Sie machte einen Bogen um die Regale, um zu den zwanzig

Stühlen zu gelangen, die sie an diesem Morgen zu einem ordentlichen Kreis gestellt hatte.

Nur drei davon waren besetzt.

Drei.

Avis hatte *zwei Dutzend* Karottenmuffins gebacken. Für ganze drei Personen.

Ihre Schritte stockten und das Tablett klapperte. Ginny sprang auf, um ihr zu helfen. »Endlich!«, rief sie aus, zu laut für den stillen Raum. »Wir können doch jetzt gleich was essen, nicht wahr, Avis?«

Avis ignorierte ihre Frage und stellte das Tablett ab, bevor sie sich an die anderen wandte. *Du kannst das. Oder kannst zumindest so tun.*

Was würde Anthony jetzt machen?

»Herzlich willkommen zu unserem ersten kleinen Treffen unseres Buchclubs«, sagte sie und versuchte, den Gesichtsausdruck zu imitieren, den die Navy-Offizierin des Frauenkorps für die aktuelle Ausgabe der Zeitschrift *My Day* aufgesetzt hatte. »Ich freue mich sehr, dass Sie heute dabei sein können.«

Niemand im Publikum schien ihre Freude zu teilen. Miss Cavendish hatte, wie Avis vorhergesagt hatte, den tannengrünen Sessel als ihren rechtmäßigen Thron auserkoren und betrachtete die Versammlung mit deutlichem Missfallen. Eine dunkelhaarige Frau, die Avis noch nie gesehen hatte, sah sich nervös um und erst jetzt bemerkte Avis zwei Kinder auf dem Fußboden, die hinter ihrer Mutter an den Regalen lehnten. Und dann war da natürlich noch Ginny, die einen Teller mit Muffins balancierte, die sie zu einer Pyramide gestapelt hatte, und Avis ermutigend angrinste.

»Was halten Sie davon, wenn wir die Stühle ein bisschen zusammenrücken, damit es gemütlicher wird?«, fragte Avis und nahm die schlichte schwarze Kladde zur Hand, die sie neben den Muffins abgelegt hatte. Sie würde keinen Tee trinken – das Klappern des Porzellans würde jedes kleinste Zittern ihrer Hände verraten.

Es folgte ein schrecklicher Lärm, als die Stühle über den Boden geschoben wurden und der Kreis sich verkleinerte. Avis setzte sich auf einen Stuhl links von Miss Cavendish.

Sie hatte eine Tagesordnung für das Treffen vorbereitet und auf die erste Seite ihres Notizbuchs geschrieben und daran klammerte sie sich jetzt. »Vielleicht sollten wir mit einer kurzen Vorstellungsrunde beginnen und erzählen, was wir gerne lesen.«

Obwohl Avis nicht um Freiwillige gebeten hatte, sprang Ginny auf und stellte sich in die Mitte des Stuhlkreises. Wie ein Revuegirl beim Vortanzen. »Ich heiße Ginny Maeve Atkins. Bevor ich bei Bristol-Banks angefangen habe, war ich entweder Wanderschauspielerin, Schmugglerin oder Zirkusakrobatin. Sie können raten, was von den dreien.« Sie leckte sich die Finger ab, die von den Rosinen in Avis' Muffins klebten.

Das verstärkte die Runzeln auf Miss Cavendishs strenger Stirn noch weiter. »Ich glaube, Sie nehmen die Sache nicht ernst genug, junge Frau.«

Ginny zog einen Finger aus dem Mund setzte sich wieder. »Ich dachte, das hier wäre ein Buchclub und keine Beerdigung.«

Avis stöhnte innerlich. Warum hatte sie es nur für eine gute Idee gehalten, Ginny einzuladen?

»Jedenfalls lese ich nicht besonders gerne«, fuhr Ginny fort, »aber wenn, dann sollte das Buch auf jeden Fall mit einem Kuss oder einer Explosion anfangen, so wie ein guter Film.«

Diese Bemerkung ließ die schüchterne Frau neben ihr aufblicken und ihre dunklen Augen leuchteten angesichts dieser nüchternen Beschreibung.

Wenigstens hat sie nicht das geheime Bücherlager erwähnt. Miss Cavendish wusste noch nicht, dass Anthony es nicht ertragen konnte, ein Buch wegzuwerfen, nicht einmal eines, das Miss Cavendish aus dem Inventar der Bücherei verbannt hatte.

Mit einer schwungvollen Bewegung stopfte Ginny sich den Rest ihres Muffins in den Mund, wie um weitere Fragen zu vermeiden, und nickte der Frau neben ihr zu.

»Ich bin Martina Bianchini.« Sie sprach mit nur ganz wenig italienisch gefärbten Vokalen, aber Miss Cavendish sah sie prüfend an. »Ich arbeite auch in der Gießerei, während mein Mann Patrick bei der Navy ist.«

Jetzt nickte Miss Cavendish zustimmend und Avis fühlte, wie etwas von ihrer Anspannung aus ihren Schultern wich. Das war eine Erleichterung. Schade, dass jemand in der Familie beim Militär Dienst tun musste, damit die arme Frau sich beweisen konnte, aber im Moment war die Situation nicht einfach. Obwohl … Sie hatte ihn Patrick genannt, das war ein irischer Name. Und doch hatte sie einen italienischen Nachnamen. Ungewöhnlich.

Avis zuckte mit den Schultern. »Und mögen Sie uns von Ihren Lieblingsbüchern erzählen?«

»Ich lese gerne Romane.«

»Auf Englisch oder auf Italienisch?« Miss Cavendishs Frage war so spitz wie ein frisch angespitzter Bleistift.

Martina rutschte auf ihrem Stuhl herum und antwortete nur zögerlich. »Englisch. Ich habe den größten Teil meines Lebens hier verbracht.«

Plötzlich wünschte Avis, sie hätte statt Tee Aspirin mitgebracht. Sollte eine Begrüßungsrunde nicht eigentlich dafür sorgen, dass die Menschen sich wohler fühlten?

»Ich mag Märchen«, ertönte eine dünne Stimme. Das kleine Mädchen hinter Martinas Stuhl streckte den Kopf vor und Avis musste unwillkürlich lächeln.

»Meine Tochter Rosa«, sagte Martina mit einem entschuldigenden Blick, »und mein Sohn George.«

»Gio«, berichtigte der Junge sie, die dünnen Arme vor der Brust verschränkt. »Ich lese überhaupt nicht gerne.«

»Ich verstehe«, sagte Avis, weil ihr sonst nichts einfiel. »Wir haben eine sehr große Auswahl an Büchern – darunter auch viele Sammlungen mit Märchen – in unserer Kinderabteilung im ersten Stock. Ginny, könntest du unseren jungen Gästen zeigen, wo das ist?« Das kleine Mädchen war zwar süß, aber es wäre trotzdem besser, wenn die Kinder aus dem Weg waren. Man wusste nie, was sie sagten.

»Komm schon.« Ginny stieß Gio mit dem Fuß an. »Wer zuerst da ist, hat gewonnen.« Das ließ er sich nicht zweimal sagen und so rannte er die Treppe zur Galerie hinauf, wobei er immer zwei Stufen auf einmal nahm, während Rosa langsam folgte.

Auch wenn es missbilligende Blicke von Miss Cavendish nach sich zog, sorgte dieser Abgang wenigstens dafür, dass Ginny nicht dabei war und patzige Bemerkungen machen konnte, während Miss Cavendish sich vorstellte, worum Avis sie als Nächstes höflich bat.

»Ich heiße Louise Cavendish.« Sie faltete ihre Hände, die in eleganten Handschuhen steckten, ganz die feine Dame. »Diese Bücherei wurde von meinem Vater ins Leben gerufen, um die Städter zu bilden. Hier haben er und meine Mutter ihr Leben lang den Sommer verbracht.«

Und du bist bereit, diese Bücherei aufzugeben, dachte Avis unwillkürlich, aber wenn Miss Cavendish die Ironie ihrer stolzen Aussage bewusst war, ließ sie es sich jedenfalls nicht anmerken.

»Ich interessiere mich besonders für Sachbücher und für Lyrik.«

Wirklich? Avis versuchte, ihre Überraschung nicht zu zeigen. Sie würden Gedichtbände als Lektüre finden müssen, auch wenn ihr spontan keine einfielen.

Die Pause dauerte schon zu lange, als Avis bewusst wurde, dass sie selbst an der Reihe war. »Und ich bin Avis Montgomery.« Vielleicht sollte sie Martina zuliebe noch etwas hinzufügen. »Mein Bruder war hier der erste Bibliothekar und ich …«

Habe in den letzten drei Monaten so getan, als könnte ich ihn ersetzen.

»… habe hier weitergemacht, seit er in der Armee dient. Ich mag Bücher mit Witz und Gefühl und Charaktere, die sich wie Freunde anfühlen.« Das, hatte sie beschlossen, war ein guter Satz, auch wenn er ein bisschen oberflächlich war. Mit einem – wie sie hoffte – fröhlichen Lächeln hielt sie ihr Exemplar von *Mrs.*

Miniver erlebt die Vorkriegszeit hoch. »Und da wir schon davon sprechen, sollen wir über das Buch reden? Ich hoffe, alle hatten die Gelegenheit, es zu lesen. Ich weiß, dass die Information ziemlich kurzfristig kam.«

»Ich habe die interessanten Teile gelesen«, warf Ginny ein, die sich ohne Martinas Kinder im Schlepptau wieder zu ihnen gesellt hatte, »und das waren, ehrlich gesagt, nicht sehr viele.«

Martina gab ein leises Geräusch von sich, als würde sie ersticken, und Avis' Lächeln erstarb. »Oh«, brachte sie lediglich heraus und starrte ihre angebliche Verbündete an. »Tut mir leid, dass du diesen Eindruck hattest.«

»Sollten wir nicht erst einmal bestimmen, wer das offizielle Protokoll schreibt, bevor wir anfangen?«, fragte Miss Cavendish und deutete mit einem vielsagenden Blick auf das aufgeschlagene Notizbuch auf dem Schoß von Avis.

Für Bemerkungen wie die von Ginny? Die blieben besser undokumentiert. Aber das konnte Avis natürlich nicht sagen. »Natürlich, das mache ich gerne.«

»Was mich betrifft«, fuhr Miss Cavendish fort, »war mir der Stil der Autorin zu sentimental, aber ich verstehe jetzt besser, was unsere englischen Verwandten in der Zeit empfunden haben, als Amerika sich geweigert hat, den bevorstehenden Konflikt anzuerkennen.« Sie blickte zu Avis herüber, als erwarte sie, dass jedes Wort sofort niedergeschrieben und als ihre Äußerung kenntlich gemacht wurde.

Das entlockte Ginny ein verächtliches Schnauben. »Diese Minivers hatten ein Wochenendhaus, haben in Schottland Urlaub gemacht und hatten Bedienstete, die ihnen das Essen gekocht haben. Wenn das etwas ist, was man erdulden muss, dann fress ich einen Besen.«

Avis spürte, dass um sie herum alle Alarmglocken schrillten – dagegen waren die Luftschutzsirenen beim Blitzkrieg gar nichts. Wie war sie nur darauf gekommen, dass diese Veranstaltung eine gute Idee sein könnte?

Sie stellte sich Anthony auf einem der freien Stühle neben ihr vor, wie er grinste und sich darüber freute, dass ein Buch solche starken Emotionen auslösen konnte. *»Ich hoffe, du weißt zu würdigen, was ich hier mache«*, sagte sie im Geiste zu ihrem Bruder. Als könnte er sie von dort, wo er gerade in Europa durchs Feld robbte, hören.

»Keine Angst, Schwesterherz, Bücher sind dafür da, um Diskussionen auszulösen. Lass es einfach zu.«

Als würde ihr was anderes übrig bleiben. Also holte Avis tief Luft, blickte auf ihre Kladde und begann zu schreiben.

Buchclubprotokoll vom 18. April 1942

Protokoll: Avis Montgomery, leitende Bibliothekarin und Buchclub-Schriftführerin
Hiermit gebe ich zu Protokoll, dass ich gegen meinen Willen zur Schriftführerin ernannt wurde.

Anwesende Mitglieder: Louise Cavendish, Ginny Atkins, Martina (ihren Nachnamen kann ich nicht buchstabieren) und Avis Montgomery

Besprochenes Buch: »Mrs. Miniver« von Jan Struther

Nach meinen Recherchen erklärte ich, dass das Buch aus einer Reihe Zeitungskolumnen zusammengestellt ist, die in der »Times« abgedruckt wurden. (»Wie ein Comicbuch, das aus ganz vielen Comics in der Sonntagsausgabe besteht?«, wollte Ginny wissen. So ungefähr.)

Dann wurde diskutiert, ob Mrs Miniver ein realistischer Charakter ist. Miss Cavendish, die vermutlich eine gewisse Autorität mitbringt, weil sie selbst aus einer wohlhabenden Familie stammt, war der Meinung, dass die Figur realistisch ist. Ginny war skeptisch und bestand darauf, dass »niemand Zeit hat, in der Gegend rumzulaufen und über Blumen und den Lauf der Zeit und so was nachzudenken«. Ich – und Martina auch, wie es scheint, weil sie genickt hat – wählte den Mittelweg und sagte, Zeitungsartikel seien von Natur aus nachdenklicher, als die meisten von uns im echten Leben sind.

Ich sagte, ich hätte mehr Kriegsgeschehen erwartet, aber da war mir nicht klar gewesen, von wann das Buch ist. Miss Cavendish wies darauf hin, dass einige Szenen die Entwicklung zum Krieg hin zeigen, zum Beispiel, als Mrs Miniver sich freiwillig zum Fahren eines Krankenwagens meldet, und der Gemüseanbau in Kensington Gardens. Das löste wieder eine Tirade von Ginny aus, die das Poster des angekündigten Films beschrieb, auf dem Bomber und Gebäuderuinen zu sehen seien, die im Buch ganz fehlen.

Als ich Martina nach ihrer Meinung fragte, weil sie noch nichts gesagt hatte, fragte sie, was die folgende Zeile bedeutet: »Den richtigen Menschen zu heiraten, ist genauso wichtig, wie das richtige Leben zu heiraten.«

Miss Cavendish erklärte energisch, dass »verheiratete Frauen oft durch ihre Männer definiert werden und ihre Partnerwahl deshalb für die wichtigste Entscheidung in ihrem Leben gehalten wird«. (Gesagt mit einer Verachtung für alle von uns, die ein »Mrs« vor ihrem Namen tragen.) Ginny sagte, ihrer Meinung nach bedeutet der Satz, dass man nicht den »erstbesten attraktiven Kerl heiraten soll, der einem einen Antrag macht«. Um ihre Sicht der Dinge zu untermauern, verwies sie auf mehrere unglückliche Verlobungen in Liebesromanen. Ich schnitt ihr das Wort ab, bevor sie noch Beispiele aus unserem Romanvorrat holen und etwas daraus zum Besten geben konnte.

Ich war zu sehr damit beschäftigt, mir Notizen zu machen, um eine Meinung zu haben. Oder ich weiß es einfach nicht, weil ich meinen Jugendfreund geheiratet habe, nachdem unsere Familien uns praktisch schon bei der Geburt einander versprochen hatten.

An diesem Punkt stockte die Unterhaltung. Angesichts der Tatsache, dass unsere Lektüre in London spielte, war Louise der Meinung, wir sollten etwas von einer amerikanischen Autorin lesen, und schlug Emily Dickinson vor. Und mit vorschlagen meine ich »bestimmen«. Es war also abgemacht ... ohne meine Stimme. Gedichte interessieren mich nicht die Bohne. Wir mussten in der Schule Henry Wadsworth Longfellow auswendig lernen, weil er in Maine geboren ist, und ich habe immer meine Zeilen vergessen. Am Ende des Schuljahres habe ich den kompletten Text von »Evangeline« ins Lagerfeuer geworfen. Da hat Russell mich übrigens zum ersten Mal bemerkt.

Mal sehen, wie es Emily Dickinson ergeht. Ich kann nur hoffen, dass sie weniger langatmig ist als H. W. Longfellow.

9

Louise
23. April

Louise wusste, dass es kindisch war, aber sie konnte sich einfach nicht beherrschen und knallte die Tür zu ihrem Arbeitszimmer zu. »Was muss man eigentlich machen, um heutzutage noch kompetente Arbeiter zu bekommen?«, wollte sie wissen.

Jeeves, der als Einziger im Raum anwesend war und in seinem Bettchen am Kamin lag, antwortete mit einem mitfühlenden Winseln. Er sprang auf, als Louise zu dem Regal stapfte, das früher die Privatbibliothek ihres Vaters beherbergt hatte und jetzt ihre Malutensilien enthielt, und wedelte begeistert mit dem Schwanz. Die Bezeichnung *Eines Mannes bester Freund* bewies mal wieder die typisch männliche Arroganz, die davon ausging, dass Frauen mit der bedingungslosen Liebe der Vierbeiner nicht glücklich werden konnten.

Schon, dass sie dem Hund wie verlangt über den Kopf strich, half Louise, sich besser zu fühlen und die Warnungen des Bauunternehmers beiseitezuschieben. »Wir werden es ihm schon zeigen, nicht wahr?«, sagte sie in dem Bewusstsein, dass wenigstens Jeeves immer ihrer Meinung war.

Die Besprechung mit dem Bauunternehmer an diesem Morgen war eine Katastrophe gewesen. Noch bevor der Mann von Louise durch das Gebäude geführt worden war, hatte er sie gewarnt, die nötigen Arbeiten würden sehr umfangreich werden. Und nach der Besichtigung hatte er mit gerunzelter Stirn den Kopf geschüttelt und die baulichen Mängel der Bücherei aufgelistet. Es müssten neue Rohre verlegt werden, die Galerie könne nicht genutzt werden, weil Treppen für die Kleinen zu gefährlich seien.

Die vorhandene Heizung sei für einen Kindergarten nicht ausreichend und es würde Monate dauern, bis ein Bautrupp überhaupt mit der Arbeit beginnen konnte. »Das Gebäude ist einfach für eine solche Renovierung nicht geeignet.«

Er irrt sich, dachte Louise, während sie die Leinenschürze von ihrem goldenen Haken nahm und sich um ihre Taille band. Sie wollte ja nur einfache, funktionale Veränderungen. Selbst in Kriegszeiten konnte das doch wohl nicht zu viel verlangt sein. Die Bücherei war das Gebäude, das ihr zur Verfügung stand, also würden sie es auch benutzen.

Malen würde helfen. Der Kunstunterricht, auf dem Tante Eleanor als Teil ihrer altmodischen Vorstellung von einer kultivierten jungen Dame bestanden hatte, war der einzige Aspekt dieser lächerlichen Ausbildung, den Louise zu schätzen wusste.

Während sie ihre Pinsel mit echten Schweineborsten einen nach dem anderen herausholte, fiel ihr Blick auf ein Buch, das neben ihrem Schrank mit Ölfarben lag. Delphie musste es herausgenommen haben, weil sie wusste, dass das Buchclubtreffen anstand. *Gesammelte Gedichte von Emily Dickinson* stand auf dem verblichenen grünen Einband.

Das brauchte sie jedenfalls nicht auszuleihen oder in der Stadt zu bestellen. Dieser Band und einige andere waren alte Bekannte. Louise blätterte in dem Buch und ihr Blick fiel auf ein Gedicht, das sie besonders oft gelesen hatte.

Sie kannte es auswendig und zitierte es aus dem Gedächtnis, während sie ihre mit Farbe verschmierte Schürze zuband und das Nordfenster öffnete, um frische Luft hereinzulassen.

Herz! Wir werden ihn vergessen!
Heut' Nacht noch – du und ich!
Du vergisst die Wärme, die er gab –
Und ich vergess' das Licht!

Wenn du fertig bist, so sag's mir,
Dass ich gleich beginne!
Schnell! Dass ich mich, weil du zögerst,
seiner nicht entsinne!

»Das werden wir im Buchclub wohl kaum besprechen, was, Jeeves?« Louise seufzte, als er mit einem Winseln antwortete, und stellte sich das erbarmungslos fröhliche Lächeln von Avis vor. Wenn die junge Frau jemals enttäuscht worden war – in der Liebe oder anderen Lebensbereichen –, ließ sie es sich jedenfalls nicht anmerken.

»Wenn der Hund irgendwann mal antwortet, geben Sie mir Bescheid.«

Die nüchterne Stimme an der Tür war leicht zu identifizieren – niemand sonst verstand geschlossene Türen als Einladung, einfach ohne Anklopfen einzutreten. Delphie, die Arme über ihrem eingefallenen Busen verschränkt, trug ihre übliche Grimasse sowie das neueste Modell aus ihrer Sammlung farbenfroher Schürzen, die ihrer Meinung nach ein wichtigeres Modeaccessoire waren als die feinsten Kreationen eines Hutmachers.

»Bis jetzt macht er es noch nicht. Und den Schuhabtreter im Flur hat er auch nicht wieder zerbissen.« Hunde sollten für solche Dinge eigentlich gar nicht zur Rechenschaft gezogen werden, obwohl Delphie es immer wieder versuchte.

Die Köchin grummelte etwas vor sich hin und Jeeves, der ihren abschätzigen Blick zu spüren schien, ließ sich in seinem Körbchen nieder und schnüffelte unschuldig.

Louise nahm das Abdecktuch von ihrer aktuellen Arbeit. Das Bild war größer als die meisten ihrer bisherigen Projekte. Die Braun- und Grüntöne des Gartens nahmen allmählich Gestalt an und die Linie am Horizont hatte eine fedrige Anmutung von Gras und den Hängen entfernter Hügel.

Die Kunstszene machte sich ungeheure Sorgen wegen kriegsbedingter Lieferschwierigkeiten – zinnoberrote Ölfarbe zum Beispiel, die mit Quecksilber hergestellt wurde, das jetzt in Munition und Granatenzündern verbaut wurde, war nur schwer zu bekommen –, deshalb hatte Louise sich für ein Landschaftsmotiv ohne diese leuchtenden Farben entschieden. Bald würde sie anfangen, die Details auszuarbeiten: die Vogelscheuche und das Grün der Karotten und die schelmischen Kaninchen mit ihren zuckenden Nasen, die darauf aus waren, sie zu stehlen.

Delphie machte einen großen Bogen um Jeeves und ging auf das Bild zu. Dann beugte sie sich vor und betrachtete es mit Augen, denen die Schärfe der Jugend abhandengekommen war. »Gut, dass Sie wieder malen.«

»Das ist für den Kindergarten, es soll dort an die Wand gehängt werden.« Louise runzelte die Stirn. »Lesen Kinder heutzutage immer noch *Peter Rabbit*?«

Modernen Autoren konnte man nicht ohne gründliche Prüfung ihrer Bücher trauen. Beatrix Potters Geschichten hatten am Ende wenigstens eine solide Moral über die Gefahren von Habgier und Völlerei und Ungehorsam gegenüber klugen Erwachsenen – also erwachsenen Kaninchen.

»Ich finde, es ist hübsch, egal, was die Kinder lesen.« Delphie zeigte auf die mit dünnen Bleistiftstrichen skizzierte menschliche Gestalt in der oberen linken Ecke, die eine Mistgabel in der Hand hielt. »Aber der wütende Farmer muss auf jeden Fall eine Augenklappe bekommen. Das wird Freddy gefallen.«

Die beiden hatten eine Art Waffenstillstand geschlossen, seit die Statue im Garten gefunden worden war. Grund dafür war vor allem, dass Frederick sich ständig beim Essen eine zweite Portion auflud. Und seine übertriebenen Komplimente für Delphies Kochkünste. Schmeichelei konnte Louise natürlich nicht gutheißen, aber es war angenehm, Frieden im Haus zu haben.

»Trotzdem kenne ich kein Gemüsebeet, das einen so finsteren Blick verdient hätte«, fügte Delphie hinzu.

»Ich habe keinen –« Louise verstummte, als sie ihr Gesicht in dem vergoldeten Spiegel sah, der dort anstelle des schrecklichen

Wandbehangs, den ihr Vater so geliebt hatte, hing. Vielleicht war es ihr doch nicht ganz gelungen, ihre schlechte Laune zu verbergen. »Ich habe nur Kopfschmerzen, das ist alles.«

»Pfff«, machte Delphie und Louise konnte sich vorstellen, was die Köchin sich hinter ihren zusammengekniffenen Augen dachte. »Wer's glaubt. Ich mit meinen achtzig Jahren bin schon in der Lage, eine Ausrede zehn Meter gegen den Wind zu riechen.«

»Du bist erst siebenundsiebzig.«

»Hat Ihre feine Schule Ihnen das Aufrunden nicht beigebracht?« Ohne auf eine Einladung zu warten, ließ Delphie sich in Vaters Sessel fallen – mit neuer Polsterung natürlich, damit er zum Rest der neuen Einrichtung passte. Das Abendessen, so schien es, konnte warten. »Also gut. Erzählen Sie mir, was los ist.«

Weil es schlicht und ergreifend sinnlos war, sich Delphie zu widersetzen, wenn sie in dieser Stimmung war, berichtete Louise von dem enttäuschenden Gespräch mit dem Bauunternehmer, begleitet von einem gelegentlichen mitfühlenden Grummeln. »Was ist, wenn die ganze Sache eine unglaubliche Verschwendung ist?«

»Na, na, so sollten Sie nicht reden. ›*Hoffnung ist das Federding*‹«, erwiderte Delphie streng und zeigte mit dem erhobenen Zeigefinger auf den Gedichtband neben dem Wasserglas.

»›*Das in der Seele hockt*‹«, ergänzte Louise, die sich ein Lächeln nicht verkneifen konnte, als die vertrauten Worte über ihre Lippen kamen.

»›*Und ohne Worte Lieder singt.*‹«

»›*Und niemals dabei stockt.*‹« Die Worte schienen in sie einzudringen und die Sorgen zu vertreiben, mit denen sie sich erst in der Zukunft befassen musste. »Du hast recht. Es hat keinen Sinn, jetzt schon aufzugeben.«

Delphie nickte zufrieden und stand auf, weil ihr Werk getan war.

Plötzlich schien Louise die Vorstellung zu malen nicht mehr

ganz so entmutigend. Sie tat etwas Farbe auf ihre Palette. »Danke, Delphie.«

»Pa. Danken Sie nicht mir. Danken Sie Emily.«

Aber es war Delphie gewesen, die ihr vor all den Jahren den Gedichtband in die Hand gedrückt hatte, damit sie ihrem Vater daraus vorlas und die langen, trostlosen Tage an seinem Krankenbett erträglich machte.

Und das wiederum brachte Louise auf eine Idee. »Was muss ich tun, damit du diese Woche mit zum Buchclub kommst?«

Delphie schnaubte verächtlich. »Niemand will eine alte Schachtel wie mich dabeihaben.«

»Ich schon.« Es wäre gut, wenn jemand wie Delphie, die ganz und gar unsentimental war, mit von der Partie war. Eine Stimme der Vernunft.

Eine Freundin.

Louise dachte daran, was sie früher von Delphie gehalten hatte. Ein paar Jahrzehnte konnten einen Menschen merklich verändern.

»Na gut«, erwiderte Delphie knurrend, wie Louise es erwartet hatte. »Aber nur dieses eine Mal. Für Emily.«

Louise berührte mit dem Pinsel die Furchen des Gartens auf ihrer Leinwand und schob alle Gedanken an Bauunternehmer, Misserfolge und Herzeleid beiseite. »Ja. Für Emily.«

10

Avis
27. April

Es war schwierig, umgeben von Badeschaumresten und lauwarmem Wasser richtige Notizen zu einem Buch zu machen, aber mit Mühe hielt Avis ihren Bleistift so fest, dass sie ihre Lieblingsstellen damit unterstreichen konnte.

Wie man ein Buch liest war ein Meisterwerk und sein Verfasser Mortimer Adler ein Genie. Hier klang alles so einfach: wie man die Seiten nach Schlüsselgedanken absuchte, ein Gerüst für Notizen, sogar vier Regeln, um die Absicht eines Buches zu erkennen. Wenn alles gut ging, hatte Avis beschlossen, würde sie es als Lektüre für den Buchclub vorschlagen, im Anschluss an Emily Dickinson. Die sich, wie Avis zugeben musste, Adlers ordentlichen Interpretationsregeln widersetzte, aber so war das bei Lyrik halt.

Avis atmete den Lavendelduft ein, der sie umgab – das Badesalz war ein Geburtstagsgeschenk von Russell gewesen, zusammen mit Rosen und einer Entschuldigung, weil es einen Tag später kam –, und stellte sich das nächste Treffen ihres Buchclubs vor: sie selbst, bewaffnet mit Strategien und Überlegungen, die anderen ganz beeindruckt von ihrem Wissen und Miss Cavendish, die sie voller Bewunderung ansah und sagte: »*Also, Avis, ich muss sagen …*«

Und dann erklang die Feuerwehrsirene, entfernt, aber schrill, und bereitete dem friedlichen Abend ein jähes Ende.

Avis fuhr hoch und nur eine schnelle Reaktion verhinderte, dass *Wie man ein Buch liest* in den Fluten unterging. »Russ, was ist los?« Sie warf sich den Bademantel über und das Badewasser tropfte auf den Teppich im Flur, während sie zu dem knisternden Geräusch der Radiosendung eilte, die ihr Mann sich gerade anhörte.

Aber sie wusste, was los war. Sie hatten ein feindliches Flugzeug entdeckt. In der Zeitung stand, ein Küchentisch würde als Schutz vor Bomben genügen, aber die Redakteure kannten ihren Küchentisch mit seinen dünnen, eleganten Beinen nicht. Der würde zusammenbrechen, wenn eine Granate auch nur in ihrem Stadtviertel detonierte.

»Wir werden bombardiert, oder?« Ihre Stimme klang selbst in ihren eigenen Ohren angestrengt und ängstlich.

»Das ist nur eine Luftschutzübung, Liebling«, beruhigte Russell sie, während er sich aus den Tiefen seines Sessels erhob und das Radio ausschaltete, sodass nur das Heulen der Sirenen zu hören war. »Weißt du nicht mehr? Das haben sie doch in der Zeitung angekündigt.«

Eine Übung. Dann … war das kein echter Luftangriff? Avis lehnte sich an die Wand. Vor lauter Schreck hatte sie sich das Haar nicht getrocknet und so lief ihr das Wasser über den Rücken und tropfte auf das Linoleum, während Avis versuchte, tief Luft zu holen.

Wie hatte sie das nur vergessen können? Sie hatte sich so darauf konzentriert, wie viele Gedichte von Emily Dickinson sie jeden Tag lesen musste, dass sie gar nicht daran gedacht hatte, die Luftschutzübung in den Kalender einzutragen.

Anstatt loszulaufen und die Vorhänge zuzuziehen, sah Russell Avis' Beine an – mitsamt Badeschaum und Wasser – und stieß einen leisen Pfiff aus. »Oha, du siehst gut aus, Liebling. Willst du zu mir?«

Avis zog das Revers ihres Bademantels zusammen, um wenigstens den Anschein von Schicklichkeit zu erwecken. »Was ich *will*, ist, das Haus auf einen Luftangriff vorzubereiten.« Vielleicht klang es einen Hauch schärfer als nötig, aber wer hatte schon Zeit für Zärtlichkeiten, wenn ein Krieg tobte?

Sie hatte die einzelnen Schritte für den Fall eines Alarms auswendig gelernt. Der erste Schritt war, Ruhe zu bewahren.

Leichter gesagt als getan.

Immerhin zitterten ihre Finger nicht mehr, als Avis die Tischlampe einschaltete, die den Bestimmungen gemäß bereits von den Fenstern abgewandt war. Das blaue Signal bedeutete, dass alle Bürger zehn Minuten Zeit hatten, die Küste in Dunkelheit zu hüllen, damit sie den feindlichen Flugzeugen keine Zielscheibe boten.

Russell zog die Verdunklungsgardinen zu und Avis tat es im Bad und im Flur. Die Schlafzimmerlampe war das letzte Licht, das sie ausmachte. Avis fröstelte und versuchte, ihre nassen Haare am Frisiertisch mit einem Handtuch zu trocknen. In ihrem Zuhause, das vor wenigen Sekunden noch gemütlich und behaglich gewesen war, herrschten jetzt Finsternis und Schatten.

»So.« Russell hielt eine Kerze hoch, als er die Tür hinter sich zumachte. Der warme Lichtschein verlieh seinem runden Gesicht das gesunde Aussehen eines Chorknaben beim Weihnachtskonzert. »Alles geregelt. Komm, gehen wir schlafen. Jetzt ist es für alles andere sowieso zu spät.« Er stellte die Kerze auf seinen Nachttisch und legte den Arm um Avis, aber sie entzog sich seiner Umarmung.

»Sollten wir nicht den Ofen ausmachen?«

Dazu hatte der »Was bei einem Luftangriff zu tun ist«-Artikel geraten, für den Fall, dass Bomben fielen. Es wurde auch empfohlen, ein Familienmitglied zum »Luftschutzwärter« zu ernennen, das sich alle Maßnahmen einprägen sollte. *Mutter ist die Beste*, lautete der weise Rat. Das war Avis zwar noch nicht – obwohl sie es bald zu sein hoffte –, aber selbst die Nachrichtensprecher waren vernünftig genug einzusehen, dass diese Aufgabe am besten von einer Frau erledigt wurde.

»Ich glaube nicht, dass wir bei der Übung so weit gehen müssen.« Eine Reihe kurzer, heulender Sirenenlaute ließ Avis zusammenfahren und Russell streckte die Hand nach der Lampe aus. »Siehst du? Da ist schon die Entwarnung.«

Avis packte seinen Arm. »Nein! Das ist das rote Signal.« Hatte er denn die Anweisungen nicht gelesen? Es bedeutete, dass das Flugzeug ganz in der Nähe war und Autofahrer aussteigen und sich in Sicherheit bringen sollten.

Obwohl es nur die Sirene der städtischen Feuerwehr war – und nicht das unheimlich heulende Klagen, das sie in den Nachrichtensendungen über den Blitzkrieg in London gehört hatte –, fühlte sich das Ganze bei Dunkelheit und angesichts der flackernden Schatten, die das Kerzenlicht warf, viel bedrohlicher an. Avis fröstelte und kroch unter die Bettdecke, ohne vorher den Bademantel auszuziehen.

Der Band *Gesammelte Gedichte von Emily Dickinson* lag verlockend auf dem Nachttisch. Vielleicht sollte sie weiterlesen. Immerhin musste sie nach ihrem Plan noch zwanzig Gedichte lesen, um das Buch bis zu ihrem nächsten Treffen ganz durchzubekommen.

Die Sirene verstummte. Jetzt würden die Flugzeuge, wenn sie echt wären, über ihnen hinwegfliegen. Avis fühlte, wie ihr ein Schauer über den Rücken lief, und rückte näher an Russell heran, um seine Wärme zu spüren, den schwachen Duft einzuatmen, der nach einem langen Tag von seinem Rasierwasser noch übrig war, und das gleichmäßige Pochen seines Herzens zu hören. Ihres schlug um Längen schneller.

»Du hast doch keine Angst vor der Dunkelheit, oder?«, neckte Russell sie.

Sie sollte wahrscheinlich etwas Mädchenhaftes sagen wie: »*Nicht, wenn du bei mir bist.*« Aber was stattdessen herauskam, war: »Ich habe vor vielen Dingen Angst.«

Auch seine Stimme wurde plötzlich ernst. »Ich auch.«

Sie lehnte sich etwas zurück, um ihn in dem schummrigen Licht anzusehen. »Du?«

»Klar. Vor allem davor, dass wir Küstenbewohner den Krieg für alle anderen im Land verlieren. Ich weiß, warum diese U-Boote ständig unsere Handelsschiffe versenken.«

Avis runzelte die Stirn. »In der Zeitung steht, dass wir aber auch viele von denen versenken.«

»Zeitungen sagen nicht immer die Wahrheit.«

»Russell.« Avis spürte ein mulmiges Gefühl in sich aufsteigen, das sie normalerweise verdrängen konnte, indem sie das Radio leiser stellte, einen Bogen um die Zeitung machte oder das Thema wechselte.

»Ich sage dir nur, was ich von meinem Kumpel Roy bei der Küstenwache gehört habe.« Noch eine Organisation, die sich wegen seiner gesundheitlichen Probleme geweigert hatte, ihn aufzunehmen. Nicht, dass er es nicht versucht hätte. »Wir haben den ganzen Winter und Frühling über die Küste beleuchtet, sodass die Schiffe eine leichte Beute waren. Wir sind schuld an ihrem Tod.«

Avis konnte nicht anders – sie fröstelte und kroch tiefer unter die Bettdecke. »Das ist schrecklich.«

»Genauso schrecklich ist es, die aufgedunsene Leiche eines Mannes von der Handelsmarine zu bergen, dessen Tanker von einem Nazi-Torpedo in zwei Teile zerfetzt wurde. Aber Roy sagt …«

»Nein, hör auf!«, rief Avis und kniff die Augen zusammen, während sie versuchte, sich das Ganze nicht vorzustellen, ja gar nicht daran zu denken. »Bitte, Russell. Ich … ich will nicht …«

»Tut mir leid. Ich hätte es dir nicht erzählen sollen.« Und als sie die Augen wieder öffnete, hatte Russell den vertrauten, verträumten Ausdruck im Gesicht.

»Nein«, hätte Avis gerne gesagt, *»ich bin nicht zerbrechlich. Ich bin stark.«* Wie Ginny oder Louise oder … oder Mrs Miniver. Ruhe bewahren und weitermachen und so.

Aber es wäre eine Lüge.

»Ist schon gut«, zwang sie sich zu sagen. »Es ist nur … beunruhigend.«

Russells Hand suchte ihre unter der Decke und hielt sie fest. »Wir überstehen das, Avis. Erinnerst du dich an Anthonys letzten Brief? Klingt so, als wäre die Stimmung gut, nachdem die Männer gehört haben, dass wir Tokio bombardiert haben. Sie gehen davon aus, dass wir bis zum neuen Jahr die Achsenmächte in die Flucht schlagen können.«

Das hatte er gesagt, oder? Wenigstens etwas.

»Ich bin sicher, du hast recht.« Jedenfalls hoffte sie das. »Liest du mir jetzt ein paar Gedichte vor, Liebling?«

Sie hatte erwartet, dass er sich beschweren würde – Russell las kaum jemals etwas anderes als die Zeitung –, aber er streckte die Hand bereitwillig nach den gesammelten Gedichten von Emily Dickinson aus, so als wäre ihm ein Themenwechsel ganz recht. Eine Ablenkung. Etwas Schönes und Einfaches in einer Welt, die verrückt geworden war, gelesen von dieser vertrauten, tiefen Stimme.

Aber in dieser Nacht, auch nach dem Heulen der Entwarnungssirene, träumte Avis von dunklen Meeren und bösen Männern, die sich darin versteckten und den Befehl zum Töten gaben.

Buchclubprotokoll vom 2. Mai 1942

Protokoll: Avis Montgomery, leitende Bibliothekarin und Buchclub-Schriftführerin

Anwesende Mitglieder: Louise Cavendish, Delphie Morine, Ginny Atkins, Martina Bianchini und Avis Montgomery

Besprochenes Buch: »Gesammelte Gedichte« von Emily Dickinson, verfasst von derselben

Au weia, niemand Neues gekommen außer Delphie, Miss Cavendishs Köchin, obwohl ich in der Kirche drei Frauen deswegen angesprochen habe. Wenn ich noch deutlicher geworden wäre, hätte ich sie auf Knien anflehen müssen. Ginny hat gefragt, ob ich ihr zehn Cent für jede Person geben würde, die sie mitbringt. Sie fand das zum Totlachen. Ich nicht.

Delphie scheint kein Blatt vor den Mund zu nehmen. Sie hat ihre Liebe zu »Hoffnung ist das Federding« so ungeniert und entschlossen verkündet, dass niemand sich getraut hat zu widersprechen.

Ginny ist aufgestanden und hat das gesamte Gedicht »Ich bin Niemand! Wer bist du?« rezitiert, inklusive einer Froschnachahmung, sodass Martina sich an ihrem Tee verschluckt hat und daraufhin Schluckauf bekommen hat. Miss Cavendish fand das wie immer nicht angemessen. Es wird anstrengend werden, die beiden bei jeder Gelegenheit voneinander fernzuhalten.

Als ich eine der Fragen aus »Wie man ein Buch liest« gestellt habe, nämlich nach den Themen der Gedichte, waren wir uns größtenteils einig, dass Miss Dickinson ungewöhnlich großes Interesse am Tod, an Naturmetaphern (damit ist eher ein Motiv als ein Thema gemeint, aber ich habe es durchgehen lassen) und scheinbaren Widersprüchen hat.

Ich habe die Tatsache beklagt, dass die Gedichte keine feste Form haben oder traditionellen Grammatikregeln folgen. Woraufhin Miss Cavendish sagte, das sei auch nicht der Sinn von Poesie. Ich gab zurück, was denn wäre, wenn ich beliebige Wörter großschreiben und in Satzfragmenten sprechen würde, ohne auf die Grammatik zu achten. Ginny meinte, das sei vielleicht interessanter (tolle Freundin).

So! Lyrik ist Anarchie und das gefällt mir immer noch nicht. Obwohl diese Gedichte besser waren als die von Longfellow. Seine Gedichte könnte man nie im Leben mit einem Quaken von Froschchören beenden.

Als die Unterhaltung abflaute, schlug ich eine ungefährliche Möglichkeit für unsere nächste Lektüre vor: Shakespeare. Miss Cavendish legte sofort ein Veto gegen alle Komödien ein, weil sie »albern und voller Anzüglichkeiten« seien, also lesen wir »Hamlet«. Martina wollte es offenbar schon immer lesen – sie sagt nicht viel, aber wenn sie etwas beisteuert, ist es oft überraschend.

Ich hasse Geschichten, in denen Menschen sterben. Man sollte meinen, ausgerechnet dann, wenn Krieg ist, wollen die Menschen etwas Erbaulicheres lesen.

Meine Hand schmerzt vom Schreiben des Protokolls. Das im Übrigen noch niemand hat lesen wollen. Ich habe Miss Cavendish gefragt, ob wir einfach nur die Titel der Bücher notieren sollen, über die wir gesprochen haben, aber sie bestand darauf, dass in jedem Komitee, dem sie bislang angehört hat, Protokoll geführt wurde. Nächste Woche werde ich versuchen, ein anderes Opfer zu finden, das Schriftführerin wird, und die Last auf mehrere Schultern verteilen.

11

Ginny
3. Mai

Es wäre ja gar nicht so schlimm, sonntagnachmittags Briefe an einen Jungen zu schreiben, wenn wenigstens etwas Spannendes passiert wäre, wovon ich erzählen könnte.

Mack hatte sein Versprechen gehalten und Ginny schon drei Briefe geschickt, die sich jetzt auf ihrem Schreibtisch stapelten. Wie sie hatte auch er fünf Jahre lang die Schule besucht und offenbar schon da ein Nickerchen gemacht, wann immer es ums Buchstabieren ging. Und wahrscheinlich auch bei den Schreibübungen, aber so unleserlich seine Briefe auch waren, sie enthielten doch jede Menge Interessantes: Streiche, die er und seine Kameraden dem Unteroffizier gespielt hatten, Schokoriegel, die er aus der Kaserne geschmuggelt hatte, und Beschreibungen seiner seekranken Landratten-Kameraden, als sie am Anfang in See gestochen waren, um irgendwo in den Pazifik zu fahren.

Und Ginny konnte immer nur von denselben Dingen schreiben: von Schichten in der Gießerei, von der Suche nach einem kostenlosen Mittagessen irgendwo in der Stadt, um etwas Geld zu sparen, und von Spaziergängen am Strand, wo sie jetzt gerade war. Der arme Mack würde beim Lesen ihrer Briefe vor Langeweile sterben, bevor die Japaner ihn kriegten.

Eine knopfäugige Möwe kletterte über die Felsen am Strand und schien sich viel zu sehr für die noch übrige Hälfte von Ginnys Wurstbrot zu interessieren, deshalb stopfte Ginny sich den Rest schnell in den Mund. »Keine Chance«, murmelte sie mit vollem Mund.

Hamlet lag unbeachtet auf Ginnys Decke. Sie hatte Martina zuliebe versucht, es zu lesen, und es hatte auch ganz gut angefangen mit einem Geist und Rachegedanken und so. Aber dann hatte ein Typ namens Horatio einen ewig langen Monolog über »Boten, die dem Schicksal stets vorangehen«[1] gehalten und von etwas gefaselt, das sie nicht verstanden hatte. Am besten man zählte einfach nur die ganzen Leichen in dem Stück, überflog die letzte oder lieber die letzten beiden Szenen und mogelte sich durch die Diskussion, ohne dass jemand den Bluff bemerkte.

Das war mit Sicherheit nicht interessant genug, um Mack davon zu erzählen. Ginny seufzte und blickte auf die halb leere Seite. Schnell fügte sie eine Frage hinzu, um den Platz zu füllen, und schrieb, sie vermisse ihn, denn so hatte Mack seinen letzten Brief beendet. Aber auch das fühlte sich nicht richtig an.

Vermisse ich ihn wirklich … oder vermisse ich nur die Insel?

Egal. Mack *war* gewissermaßen die Insel.

Bis er die Welt gesehen hat und die Insel nicht mehr interessant ist, stichelte eine innere Stimme.

Na ja, wenn es so war, würde Ginny ihn eines Besseren belehren … oder ihm den Laufpass geben. Sie würde Long Island jedenfalls nicht verlassen. Wenn sie erst einmal genügend Geld verdient hatte, um das Land auf der Insel zurückzukaufen, sobald die Navy es nicht mehr brauchte – und vielleicht ihr eigenes Hummerboot und Fallen dazu –, würde sie von dort nie mehr weggehen.

Im letzten Brief von ihren Eltern hatte Ma ihr erzählt, Pa hätte sich bei seinem Job in Portland so gut eingelebt, dass sie sich fragte, ob er überhaupt zum Hummerfang zurückkehren würde, wenn der Krieg vorbei war, so wie er es versprochen hatte. Aber das konnte nicht sein. Auch wenn Ma es gerne hätte. Pa würde die *Lady Luck* niemals einfach so verkaufen. Aber wenn sie Schulden hatten und Ma das Geld antasten musste, das die Regierung ihnen für das Haus gegeben hatte … dann war alles möglich.

Den Brief noch in der Hand, beobachtete Ginny die Wellen,

---

1 Übersetzung von Schlegel

die ans Ufer schlugen und den schmalen Strand zwischen den felsigen Prielen mit Glanz überzogen. Es fiel ihr nicht schwer, sich vorzustellen, dass sie wieder zu Hause war, wenn sie die Augen schloss, die salzige Luft einatmete und spürte, wie der Frühlingswind ihr das Haar zerzauste. Aber es war nicht ganz dasselbe.

Ginny hatte versucht, unten beim Anleger spazieren zu gehen, bevor sie hierhergekommen war, aber die Boote und Seeleute zu sehen, und der Klang der vertrauten Rufe und die Gerüche hatten ihr Heimweh nur verstärkt, sodass sie sich gefühlt hatte, als wäre sie mit vollem Magen auf rauer See.

Ein Bellen ein Stück entfernt unten am Wasser erregte Ginnys Aufmerksamkeit und sie sah einen groß gebauten, breitschultrigen Mann mit aufgekrempelten Ärmeln, der seinem Schäferhund einen Stock warf. Der Hund sprang kraftvoll und anmutig in die Luft, schnappte sich den Stock und rannte dann schnurstracks zu seinem Herrchen zurück.

Ginny stieß einen anerkennenden Pfiff aus. »Na, *das* ist aber mal ein Hübscher.«

Der Hund natürlich.

Ma war auf einer Farm aufgewachsen, wo die Hunde Schafe hüteten und die Katzen Mäuse fraßen, deshalb konnte sie der Idee eines Haustieres nichts abgewinnen. Ginny hatte die herrenlosen Hunde am Hafen adoptiert, ihnen Namen gegeben und ihnen den einen oder anderen Bissen zugesteckt, wann immer sie konnte.

Ginny stand auf, schob Macks Brief unter ihr Lunchpaket, damit er nicht vom Wind weggeweht wurde, und schwenkte die Arme. »Hallo! Mister!«

Der junge Mann drehte sich zu ihr um und kam im Laufschritt näher. Aus der Nähe sah Ginny, dass er unter dem zerzausten dunklen Haar eine Augenklappe trug. Wie ein Pirat. Der Hund, der weiter Fangen spielen wollte, rannte hinter ihm her.

»Kann ich Ihren Hund einmal streicheln?«, fragte Ginny, als er in Hörweite war. Das schien ihr wichtiger als eine offizielle Begrüßung.

»Klar«, sagte der Fremde freundlich lächelnd. Sein Gesicht wirkte frisch und jung, nur die Augenklappe verlieh ihm auf den ersten Blick ein eher betrübtes Aussehen. Vermutlich war er nicht viel älter als sie selbst. »Obwohl er eigentlich nicht mir gehört.«

Ginny sank auf die Knie und rieb den Hals des Schäferhundes. Sand spritzte auf ihre Beine, als der Hund mit dem Schwanz wedelte und hechelte und den Kopf zu drehen versuchte, um seine neue Freundin anzusehen. »Hundeentführung so früh am Tag?«

Sein Lachen klang warm und kräftig. »Miss Cavendish – sie wohnt da oben auf den Klippen – bittet mich manchmal, nachmittags mit ihm Gassi zu gehen. Ich bin neu in der Stadt. Hab gerade erst angefangen, für sie zu arbeiten.«

Tatsächlich führte der Weg am Strand zu dem alten Anwesen oben auf den Klippen, von wo aus man die gesamte restliche Stadt sehen konnte. »Ach nee! Hätte ich von der alten Louise gar nicht gedacht.«

»Dass sie einen Hund hat oder dass sie einen Typen wie mich einstellt?«

»Beides«, antwortete Ginny schmunzelnd auf sein Grinsen. Es war eine schöne Überraschung. So wie er sprach, ganz gebildet und mit einer Stimme wie poliertes Holz, hätte sie ihn für zu eingebildet gehalten, um auf seine eigenen Kosten einen Witz zu machen.

Der fremde Pirat ging in die Hocke, um den Hund zu kraulen, und blickte dann zu Ginny auf. »Ich bin übrigens Freddy Keats.«

Sie ergriff die Hand, die er ihr entgegenstreckte, und schüttelte sie, so wie sie es getan hatte, als die Freunde ihres Vaters über das »kleine Fräulein« gelacht hatten, das mit dem Boot rausfuhr. »Ginny Atkins.«

Das leise Winseln des Schäferhundes erinnerte sie daran, dass sie aufgehört hatte, ihn zu streicheln – ein Fehler, den sie schnell wiedergutmachte. »Wie wäre es, wenn du mir den Namen dieses Jungen verrätst? Dann sind wir alle offiziell vorgestellt.«

Freddy kniete sich auf eine Ecke der Decke. »Das ist Jeeves.«

»Woher hat er denn so einen Spitznamen?«

»Aus einem Buch, glaube ich, hat Miss Cavendish gesagt.«

Ginny schnaubte verächtlich. »Typisch. Alle hier in der Stadt lieben anscheinend Bücher.«

»Dann gehörst du zu diesem neu entstandenen Buchclub?« Er hob *Hamlet* hoch. »Eins meiner Lieblingsstücke. Was hältst du denn bis jetzt davon?«

Einen Moment lang schwankte Ginny und überlegte, ob sie beteuern sollte, dass sie es super fand und es kaum erwarten konnte, darüber zu diskutieren. Der Typ sah beinahe aus wie Jeeves, so ernst und aufgeregt, dass es Ginny gemein vorkam, ihm die Wahrheit zu sagen.

»Ich habe gerade erst angefangen«, gab sie zu, nachdem sie sich für einen Kompromiss entschieden hatte. »Shakespeare hat sich nicht besonders verständlich ausgedrückt, oder?«

»Damals war es verständlicher als für uns heute. Sprache verändert sich.«

Ginny warf ihm einen vielsagenden Blick zu, schlug das Buch an einer beliebigen Stelle auf und sprach mit nasaler Stimme. »›Ich habe seit Kurzem – ich weiß nicht wodurch – alle meine Munterkeit eingebüßt, meine gewohnten Übungen aufgegeben, und es steht in der Tat so übel um meine Gemütslage, dass die Erde, dieser treffliche Bau, mir nur ein kahles Vorgebirge scheint.‹ Erzähl mir nicht, dass irgendwer *jemals* so gesprochen hat.«

Diesmal bemerkte Ginny, als Freddy lächelte, Fältchen um sein gesundes Auge, wie bei William Holden in *Golden Boy*. »Das ist eben Dichtkunst, Ginny. Abgesehen davon sollte man Shakespeare nie *lesen*. Die Stücke werden erst lebendig, wenn sie aufgeführt werden.«

»Hm, keine Ahnung. Ich habe noch nie eine Theateraufführung gesehen.« Außer gelegentlich bei improvisierten Krippenspielen, wenn Pa sie in die Kirche auf der Insel geschleppt hatte, aber das zählte nicht.

»Na, dann müssen wir dafür sorgen, dass sich das ändert, nicht wahr?«

»*Kommt nicht infrage*«, sollte Ginny jetzt sagen. »*Weil ich mit einem netten Jungen aus meinem Dorf ausgehe, und überhaupt gehen Mädchen wie ich nicht ins Theater.*«

Aber der Gedanke gefiel ihr und so ertappte sie sich dabei, dass sie antwortete: »Willst du nicht mitmachen? Beim Buchclub, meine ich. Wir treffen uns an jedem zweiten Samstag.«

Freddy wirkte überrascht, doch dann lächelte er wieder. »Weißt du was? Ich glaube, das mache ich. Vorausgesetzt, die Arbeit kommt nicht dazwischen.«

Gut. Die arme Avis brauchte mehr Leute für ihren Club, um den alten Drachen Cavendish zufriedenzustellen.

»Ich muss dir diese Frage einfach stellen«, sagte sie. »Gibt Miss Cavendish dir Geld dafür, dass du mit dem Hund Gassi gehst?«

Freddy lachte. »Sie hat mich als Gärtner eingestellt, größtenteils jedenfalls, sobald die Pflanzsaison anfängt.«

»Ach so. Übrigens, bei welcher Truppe warst du denn?«

Freddy zuckte sichtlich zusammen und blickte an sich herunter, als wollte er sich vergewissern, dass er keine Uniform trug. Dann entspannte er sich wieder. »Tja, eine kleine Stadt. Da spricht sich so was anscheinend schnell rum.«

»Nee, das war nicht der Grund für meine Frage.« Sie zählte die Gründe an ihren Fingern ab. »Du wurdest irgendwo verwundet und die Augenklappe ist noch nicht ausgeblichen, also wahrscheinlich neu. Du hältst dich gerader als ein Zaunpfahl und gehst, als würdest du marschieren. Und an deinem Hals trägst du eine Kette mit einer Erkennungsmarke.«

Sofort hob er die Hand und versteckte die Kette. »Gut erkannt. Ich war Pilot bei der Air Force. Bei unserem dritten Einsatz wurde ich abgeschossen, als wir einen Konvoi aus Handelsschiffen zum Ärmelkanal begleitet haben.«

Ginny nickte und konzentrierte sich auf Jeeves anstatt auf Freddy und seine Augenklappe. Wahrscheinlich war er es leid, dass die Leute ihn anstarrten. Wenn man einen echten Soldaten sah mit Narben, die blieben, ließ das den Krieg realer erscheinen – und gefährlicher. »Und wo hast du vor Derby gewohnt?«

»In New Hampshire«, erwiderte er vage, wie ein Mann, der gewohnt ist, den Namen einer Kleinstadt zu nennen, von der noch nie jemand was gehört hatte. War natürlich seine Sache, aber auch wenn das einzige Long Island, das die Leute kannten, in New York war, hätte Ginny tagelang davon erzählen können, woher sie kam, wenn man sie gefragt hätte. Aber das tat er nicht. Stattdessen griff er erneut nach *Hamlet*, so als wollte er die Unterhaltung wieder in diese Richtung lenken.

Doch da hatte er sich verrechnet. Ginny hatte für heute genug von eingestaubten alten Büchern. »Hast du Familie?«

»Klar. Eltern, Geschwister. Gute Leute.« Sie wollte gerade fragen, wie viele Brüder er hatte, um zu sehen, ob er ihre drei Brüder schlagen konnte, aber er stand auf und stieß Jeeves an, der so aussah, als wäre er ganz zufrieden damit, von Knochen und Eichhörnchen zu träumen. »Aber ich mach mich besser wieder auf den Weg. Miss Cavendish hat gesagt, ich soll auf jeden Fall vor der Flut zurück sein.«

Ginny zögerte, bevor sie ein Lächeln aufsetzte. »Klar, klar. Hat mich gefreut, dich kennenzulernen, Freddy. Und wir sehen uns beim nächsten Treffen.«

Er nickte und presste in einer melodramatischen Geste eine Hand auf seine Brust, während er zurücktrat. »Und denk daran, Ginny: ›Dies über alles: Sei dir selber treu und daraus folgt, so wie die Nacht dem Tage, du kannst nicht falsch sein gegen irgendwen.‹«

Kühne Worte, dachte Ginny, während sie ihm nachsah, wie er mit Jeeves davonlief, *für einen Mann, der mir gerade ins Gesicht gelogen hat*. Der breite Streifen aus hartem, nassem Sand hinter ihr, auf dem Seetang und Treibholz herumlagen, war Beweis genug dafür, auch wenn Ginny nicht den alten Kalender vom Hummerboot ihres Vaters gehabt hätte.

Auf keinen Fall hatte Miss Cavendish ihm gesagt, er solle nicht so lange wegbleiben und vor der Flut zurück sein, denn bis dahin waren es noch fünf Stunden. Offensichtlich hatte Freddy vor ihr, ihren Fragen oder beidem die Flucht ergriffen.

Es war keine besonders schlimme Lüge. Wahrscheinlich war er nur schüchtern und wollte einer Fremden nicht zu viel über seine Vergangenheit erzählen. Schließlich ging Ginny das alles nichts an.

Trotzdem machte Freddys Reaktion ihr zu schaffen. Warum war jemand so Nettes wie Freddy so verschlossen, was persönliche Dinge betraf? Ihre Fragen waren doch nicht aufdringlich gewesen.

Natürlich war das nichts, was sie in dem Brief an Mack schreiben konnte – der Gedanke, dass sie sich mit einem attraktiven Piratenveteranen unterhielt, würde ihm vielleicht nicht gefallen –, aber es war trotzdem interessant.

12

Martina
13. Mai

Als sie Gios letztes Hemd in ihrem Eimer mit Seifenlauge geschrubbt hatte, war Martina überzeugt: Shakespeare sagte ihr, dass sie wieder in die Kirche gehen sollte.

Das Stück zu lesen, war schwierig gewesen, weil sie immer wieder über Wörter gestolpert war, die sie selbst mit dem Wörterbuch in der Bücherei nicht übersetzen konnte, aber sie verstand genug, um zu wissen, dass Ophelia Hamlets Rat hätte annehmen und in ein Kloster hätte flüchten sollen, anstatt wegen eines törichten Mannes ins Wasser zu gehen.

Trotzdem konnte sie es der armen Frau nicht verübeln. Martina selbst war seit Boston nicht mehr in der Messe gewesen. Eine Zeit lang hatte sie als Ausrede vorgeschoben, dass der Schichtdienst in der Gießerei es angeblich nicht möglich machte oder dass sie kein Auto hatte, um zur St. Patrick's Church mit ihrem hoch aufragenden Kirchturm aus Stein zu fahren, nördlich von Bristol. Aber die Wahrheit war, dass sie am Wochenende freihatte und es nur wenige Gehminuten vom Wohnwagenlager entfernt eine Bushaltestelle gab.

Nein, Martina hatte aufgehört, den Gottesdienst zu besuchen, weil die Gläubigen von St. Patrick nicht die vertrauten Gesichter der vielen »Tanten« und »Onkel« waren, die in Mammas Viertel wohnten. Die Leute hier waren Fremde, vermutlich überwiegend irische Katholiken und keine Italiener.

Oder vielleicht war es auch nur der Name der Kirche, derselbe wie der von Martinas Mann, der sie abschreckte. Albern eigentlich. Aber andererseits beruhten viele Entscheidungen im Leben auf Emotionen und nicht auf Logik.

Martina hob den Korb mit nassen Kleidern hoch und zog den Kopf ein, um durch den niedrigen Türrahmen des Badezimmers zu treten, während sie daran dachte, wie es sich angefühlt hatte, neben ihrer Mutter und ihrer Schwester zu knien – erst in Italien und dann in Amerika – und zu beobachten, wie die Sonne leuchtende Muster durch das bunte Kirchenfenster warf.

Man konnte überall Brot und Wein zu sich nehmen und sich vergewissern, dass Gott da war, aber das Abendmahl war doch etwas anderes. Gemeinsam und im selben ehrfürchtigen Ton wie die anderen die Gebete zu sprechen, die man von klein auf kannte, hatte etwas Heiliges und Beruhigendes.

Ja, sie würde es tun. Heute war Mittwoch. Genügend Zeit, um alles zu planen, mit den Kindern zu sprechen, ihr bestes Kleid zu bügeln.

Nachdem sie die Wäsche auf die Leine gehängt hatte, die sie vor dem Wohnwagen gespannt hatte, ging Martina zum Büro des Campingplatzes, wo eine Reihe aus Pappkartons, die mit den Nummern der Stellplätze beschriftet waren, die Funktion eines Postfachs hatte.

Sie lächelte, als sie einen Brief in Mammas markanter Handschrift herauszog. Aber als sie den Umschlag kurz darauf im Wohnwagen öffnete, während in der engen Küche ein Topf mit Soße auf dem Herd köchelte, runzelte Martina die Stirn. Kürzer als sonst, nur eine Seite. Mammas Briefe waren immer auf Italienisch geschrieben – ihre Mutter hatte schon vor langer Zeit erklärt, dass der Erfinder der englischen Rechtschreibung betrunken gewesen sein musste – und immer lang, weil sie Absatz für Absatz die Neuigkeiten vieler Wochen enthielten.

Dieser Brief jedoch begann nicht mit offenen Fragen über ihre Gesundheit und die Schulnoten der Kinder, sondern mit einer einzelnen, abgesetzten Zeile.

Dein Mann war gestern hier.

Martina starrte den Brief an und las die Zeile ein zweites Mal. Das konnte nicht sein. Er war doch bei der Navy.

Andererseits konnte es sein, dass er wieder Urlaub hatte. Und die Wohnung ihrer Mutter war der erste Ort, an dem er nach ihr suchen würde.

Aber warum? Seine Schimpftirade beim Abschied hatte Martina deutlich zu verstehen gegeben, dass er nichts mehr mit ihnen zu tun haben wollte, vor allem nicht mit den Kindern. Deshalb hatte sie ihren Mädchennamen angegeben, als sie sich um ihre neue Stelle beworben hatte. Und den Kindern hatte sie geraten, es ebenfalls zu tun.

Sie las weiter. Mamma hatte ihn gefragt, was er wollte, und Patrick hatte wie immer seinen Charme spielen lassen und geantwortet, er wolle nur nach seiner Familie sehen.

Er hatte keine Navy-Uniform an, aber sein Anzug war neu und seine Schuhe haben geglänzt. Das meine ich nicht als Kompliment. L'abito non fa il monaco.

Grob übersetzt: »Die Kleidung macht keinen Mönch« – ein Lieblingsspruch ihrer Mutter, die Martina beigebracht hatte, Menschen nicht nach ihrem Äußeren zu beurteilen.

Hätte sie doch nur daran gedacht, als es um attraktive Verehrer gegangen war!

Martina las weiter. Sie konnte die strenge Stimme ihrer Mutter beinahe hören und das ruckartige Nicken, das jedes Wort begleitete, vor sich sehen. Mamma hatte Patrick nicht viel erzählt, sondern nur angedeutet, dass Martina eine neue Stelle hatte, und ansonsten hatte sie ausdrücklich gesagt, dass Frau und Kinder ihn nicht sehen wollten. Zu ihrer Überraschung hatte er sich für die Störung entschuldigt und war gegangen.

Sei vorsichtig, mein Kind. Was der Mann gesagt und wie er sich verhalten hat, war in Ordnung. Aber ich mache mir trotzdem Sorgen. Ich glaube, er hat mit einigen Nachbarn gesprochen, bevor er zu mir kam, und wer weiß, was sie ihm erzählt haben.

Im nördlichen Teil von Boston waren die Grenzen familiärer Angelegenheiten weit gesteckt, und wenn Patrick in der Stimmung für höfliche Gesten war, würde keine italienische Mamma mit einem Herzen unter ihrer verschlissenen Schürze schlecht von ihm denken.

Es sei denn, sie kannten ihn. *Die Kleidung macht eben keinen Mönch.* Hamlet wusste es auch: »*Dass einer lächeln kann und immer lächeln und doch ein Schurke sein.*«

Martina massierte ihre Schläfen, weil sie spürte, dass der vertraute Druck zunahm.

Wenn Patrick erfuhr, dass sie hier war, würde er sie in den Kirchen in der Nähe von Bristol suchen. So hatte er sie damals gefunden, als sie zu ihrer Mutter gezogen war und er nach der Grundausbildung Urlaub bekommen hatte. Sie konnte ihn beinahe vor sich sehen, wie er ganz hinten in der kleinen katholischen Kirche gesessen hatte, wo er sicher sein konnte, dass er sie zuerst sah, bevor sie ihn entdeckte.

Er hatte sie nicht geschlagen oder ihr gedroht. Das tat er nie. Aber diese süffisante Art, in der Patrick mit ihr sprach, wie er um Geld bettelte und Martina irgendwie das Gefühl gab, dass es ihre Schuld war, wenn es ihm schlecht ging, die Versprechen, die er nicht gehalten hatte … all das forderte seinen Tribut.

Nein, sie würde nicht in die Messe gehen. Diese Woche jedenfalls nicht.

Ein blubberndes Geräusch lenkte Martinas Aufmerksamkeit darauf, dass die Tomatensoße überkochte, sodass der Herd und die Wand dahinter mit roten Spritzern verziert wurden.

Beinahe hätte sie sich die Finger verbrannt, als sie den Topf auf einen unbenutzten Gasring stellte und dann versuchte, den Inhalt des Topfes in eine Schüssel zu füllen, bis sie zu der asphaltartig eingebrannten Kruste am Boden kam. Wenigstens war genug für die Kinder da. Sie selbst konnte später essen.

Das Küchentuch, mit dem sie die Flecken wegwischte, gab ihr eine Aufgabe, sodass sie an etwas anderes denken, mit ihren Händen etwas tun konnte. Während ihrer Schicht würde ihr das auch gelingen. Sie konnte die Neuigkeit ausblenden. Sich auf Rosas Kunstprojekt konzentrieren, eine Einkaufsliste machen, sich überlegen, was sie beim Buchclub sagen konnte.

An Ophelia denken, die durch die verletzenden Worte und Taten eines abgewiesenen Liebhabers dazu getrieben wurde, sich zu ertränken.

Nein, daran denke ich lieber nicht.

Martina putzte immer noch, als die Kinder von der Schule nach Hause kamen. Rosa ließ sich sofort aufs Sofa fallen und holte das Buch mit den schönen gemalten Bildern heraus, das die freundliche Bibliothekarin ihr ausgeliehen hatte, sodass sie in ihre Welt der Feen, sprechenden Tiere und tanzenden Prinzessinnen fliehen konnte. An einen Ort, an dem das Böse leicht zu erkennen war … auch wenn es oft ganz nah war.

Gio deutete mit dem Kinn auf den Brief, den Martina in ihrer Eile, das Abendessen zu retten, auf dem Tisch hatte liegen lassen. Winzige Soßenflecken zierten den Umschlag wie Blutspritzer. »Ist der von Dad?«

Martina schnappte sich den Brief mit der verräterischen ersten Zeile, schob ihn in ihre Tasche und zeigte nur den Umschlag vor. »Nein, mein Junge. Er ist von deiner *nonna*.«

»Ach so.« Sein Gesicht, obwohl es allmählich länglicher wurde und seine kindliche Rundheit verlor, verriet trotzdem noch die Traurigkeit eines Jungen, dessen Vater ihn zu oft enttäuscht hatte. »Ich wette, er ist vom Lernen so müde, dass er keine Zeit hat zu schreiben.«

Martina antwortete nicht. Das Letzte, was sie den Kindern erzählt hatte – das Letzte, was sie von Patrick gehört hatte –, war, dass er nach Illinois gereist war, um eine besondere Funkerausbildung zu machen, bevor er in den Krieg geschickt wurde. Obwohl er dort ganz eindeutig nicht mehr war.

»Wusstest du, dass die Kanonenkugeln bei Schlachtschiffen mehr als eine Tonne wiegen?«

Martina bis sich auf die Lippen. »Nein, das wusste ich nicht.«

Du solltest ihm die Wahrheit sagen, schalt eine innere Stimme sie. Dass sein Dad ihm nicht schreiben kann, weil du ihm nicht gesagt hast, wo ihr hingezogen seid.

Nein – die Trennung seiner Eltern war eine Last, die der Junge nicht tragen musste.

»Das habe ich in der Schule gelernt.« Gio warf seine Schulbücher auf den Tisch, machte aber keine Anstalten, sie aufzuschlagen. »Letzte Woche durften alle, die einen Verwandten beim Militär haben, einen roten Klebestern auf dem Hemd tragen.«

Das war es doch, wonach sie alle sich insgeheim sehnten: Aufmerksamkeit bekommen und gelobt werden, oder?

Das würde sie Gio nicht wegnehmen. Noch nicht.

»Ich bin sicher, dein Dad wäre sehr stolz auf dich.« Martina streckte den Arm aus, um ihrem Sohn durch die Locken zu fahren, aber dann ließ sie die Hand wieder sinken, weil ihr einfiel, dass er sie gebeten hatte, das nicht mehr zu machen. »Jetzt fängst du aber besser mit deinen Hausaufgaben an.«

Nur noch eine Viertelstunde, bis Ginny sie abholen kam. Dann würde sie wieder stundenlang Sand in Gussformen füllen und zu viel Zeit zum Nachdenken und Sorgenmachen haben. Und zum Beten. Aber Gott antwortete ihr nicht. Er schwieg einfach, wohl weil sie ihn viel zu lange ignoriert und beleidigt hatte.

Martina schob den Gedanken beiseite. Sie würde sich auf *Hamlet* konzentrieren. Sich etwas überlegen, womit sie die anderen Frauen beeindrucken konnte; etwas, wodurch sie besser in die Gruppe passen würde. Vielleicht würde sie sich sogar ein Herz fassen und vorschlagen, dass der Buchclub als Nächstes einen Liebesroman las. Die echte Welt bot viel zu viele Geschichten, die tragisch endeten.

Buchclubprotokoll vom 16. Mai 1942

Protokoll: Ginny Atkins, stellvertretende Buchclub-Schriftführerin (werde mir einen eindrucksvolleren Titel überlegen, aber »Ihre Majestät« wäre wohl zu viel des Guten)

Anwesende Mitglieder: Ginny (ich!), Louise, Delphie, Martina, Avis und Freddy

Besprochenes Buch: »Hamlet« von Shakespeare (Hat der eigentlich einen Vornamen? Oder hieß er einfach nur Shakespeare? Wie Mose oder Kleopatra, die nur einen Namen haben?)

Ich weiß gar nicht, was ich hier schreiben soll, außer dass Avis gesagt hat, sie hätte nie die Gelegenheit, was zu sagen, weil sie die ganze Zeit schreibt. Ich war die Einzige, die sich freiwillig gemeldet hat, sonst hätte sie mir den Job bestimmt nicht gegeben. Aber ich werde es ihr zeigen. Das wird das beste Protokoll, das sie je gesehen hat.

Zuerst haben wir eine Umfrage gemacht, ob Hamlet von Anfang an verrückt war, ob er es im Laufe des Stücks wurde oder ob er nur so getan hat, als wäre er verrückt. Die meisten fanden, dass es schon ein ziemlich gutes Zeichen für Wahnsinn ist, wenn man mit einem Schädel redet.

Avis hat so gesprochen, wie sie es immer macht, wenn sie klug klingen will, und hat über wichtige Themen geredet, vor allem die Rachegefahr. Dann hat Louise einen Vortrag darüber gehalten, dass nur Gott selbst Rache üben darf. Woraufhin ich gefragt habe: »Was ist, wenn Gott zu beschäftigt ist und man die Dinge selbst regeln muss?« Was Louise dazu gebracht hat, einen Vortrag darüber zu halten, dass man nicht pietätlos sein soll, was auch immer das bedeutet.

Delphie wollte wissen, was wir von Ophelias Tod halten, ob es ein Unfall oder Selbstmord war. (Klingt so, als würde das Stück weiter hinten interessanter werden. Jedenfalls gibt es eine Menge Tote.) Ich habe vergessen, dass ich mitschreiben sollte, und bin an dieser Stelle aufgestanden, um mir noch ein Stück Kuchen zu holen – nicht sicher, was sonst noch gesagt wurde.

Anschließend hat Freddy allen erzählt, warum er findet, dass Shakespeare nicht gelesen, sondern aufgeführt werden sollte. Dann hat er Akt III, Szene IV, aufgeschlagen und Hamlets Rolle übernommen, nur um uns zu beweisen, dass er recht hat. Und ihr werdet nie erraten, wer freiwillig Gertrude gelesen hat: Louise!

Sie haben sich ein seitenlanges Wortgefecht geliefert. Freddy war besser als Louise, aber ich habe wirklich noch nie so viel Gefühl bei der vertrockneten alten Jungfer gesehen. Das Beste war, dass ich am Ende Polonius spielen durfte. Ich musste zwar hauptsächlich lauschen und dann erstochen werden, aber bei der Todesszene habe ich alles gegeben. Hollywood kann jeden Moment an die Tür klopfen.

Viel Applaus von den anderen. Wir haben uns alle verneigt. Gio hat sogar seine Boxzeitschrift weggelegt und zugeguckt und anschließend hatte Freddy uns alle überzeugt. Er war richtig stolz. Ich habe zu ihm gesagt, dass er sich nichts darauf einbilden soll.

Zum Schluss hat Avis unser nächstes Buch vorgeschlagen und das heißt »Wie man ein Buch liest«. Ja, wirklich. Ich habe gesagt, dass wir das doch alle schon ziemlich gut könnten, aber alle anderen fanden die Idee super. Aber ehrlich, wer denkt sich denn so was aus – geschweige denn, dass er dafür Geld ausgibt?

13

Ginny
29. Mai

Der Mann, der bei Bristol-Banks an der Ecke herumlungerte, sah aus wie aus einem knallharten Polizeidrama, das im Kino spätabends gezeigt wird. Ginny hatte ihn bemerkt, als sie zum Parkplatz gegangen war, um ihre alte Klapperkiste zu holen.

Er rauchte eine Zigarette wie die anderen Männer, die näher am Tor zur Gießerei standen, stellte sich aber nicht zu ihnen. Einen schicken braunen Mantel und einen Homburg trug er … und unter der Hutkrempe starrte er Martina an, die auf dem Gehweg wartete. Sein Lächeln war eigentlich nicht unheimlich, sondern eher so, als hätte jemand einen gemeinen Witz gemacht.

Mensch, konnte denn niemand in dieser Stadt Italiener leiden? Wenn man ein Problem damit hatte, woher jemand kam, müsste man ja ein Drittel aller Amerikaner finster angucken, nicht nur ein paar, die wie Martina noch immer so aussahen und klangen wie in ihrer Heimat.

Das war ungerecht und Ginny wäre beinahe zu dem Heuchler rübergegangen, um ihm das zu sagen.

Aber immer, wenn jemand einen herablassenden Witz machte oder eine Beleidigung murmelte, sagte Martina, dass Ginny es ignorieren sollte. Wahrscheinlich hatte sie recht. Ginnys Neigung, sich mit anderen anzulegen, kam davon, dass sie zu viele Brüder hatte.

Trotzdem war sie froh, dass der Mann mit dem Hut weg war, als sie mit ihrem Auto vorfuhr.

Gleich nachdem sie sich auf den Beifahrersitz hatte fallen lassen, schloss Martina die Augen, sodass die dunklen Ringe darunter noch deutlicher zu sehen waren.

»Sag mal, hast du gesehen …« Ginny machte den Mund zu. Was sollte das? Hatte Martina nicht schon genug Sorgen?

Martina riss die Augen auf. »Was denn?«

»Dass sie nächste Woche wieder einen Aufruf machen?«, sagte Ginny und versuchte, den Tonfall entsprechend anzupassen. »Wir sollen immer noch mehr von unserem Lohn für Kriegsanleihen abzweigen. Als würden wir dafür genug verdienen.«

Tatsächlich hatte Ginny noch nie so viel Geld gehabt wie in den drei Monaten, seit sie in der Gießerei angefangen hatte. Vorher war ihr Verdienst auf dem Hummerfänger gleich wieder in die Familienkasse gewandert. Jetzt konnte sie alles sparen – einer der Gründe, warum sie sich einen Job ein paar Stunden von zu Hause entfernt gesucht hatte, wo Ma ihr den Gehaltsscheck nicht abknöpfen konnte.

Trotzdem würde sie keinen Cent opfern, um eines der Kästchen in ihrem Mitarbeiterhandbuch anzukreuzen, mit dem man dem Staat Geld für den Krieg lieh. Die Regierung hatte ihr schon ihre Insel weggenommen, das reichte.

Hinter ihr waren die von gedimmten Laternen nur schwach beleuchteten Straßen nicht so leer wie sonst, sondern ein Scheinwerferpaar folgte ihr durch die Stadt. Die Lichter gehörten zu einem dunklen Coupé. Der Fahrer hatte die Scheinwerfer ebenso wenig abgeklebt wie Ginny und sie musste von dem grellen Licht blinzeln. *Hoffentlich biegt der Wagen bald ab.*

Aber das tat er nicht. Einmal sah Ginny sich um, als sie an einer Ampel in Mayfair Street hielten. Es war nicht hell genug, um sicher zu sein, aber der Fahrer schien die richtige Größe für den Mann mit dem Homburg zu haben, den sie vor der Fabrik gesehen hatte. Als Ginny wieder anfuhr, bog das Coupé nicht ab. Nicht einmal als sie Bristol verließen und auf die Straße mit den vielen Schlaglöchern fuhren, die nach Derby führte.

Ganz ruhig bleiben. Vielleicht ist das einer, der auch in Derby wohnt. Aber Ginny hatte ihn noch nie gesehen und wegen des kostenlosen Essens ging sie so oft zu öffentlichen Veranstaltungen, dass sie inzwischen mit der halben Stadt bekannt war.

Konnte natürlich sein, dass es ganz harmlos war. Aber wie der Typ gelächelt hatte …

»*Vertrau deinem Instinkt, Ginny*«, hatte ihr Bruder ihr mal bei einer Tanzveranstaltung gesagt, als sie ihn zu sich gewunken hatte, damit er sie von einem Fremden loseiste, der seine Hände nicht unter Kontrolle hatte. »*Du hast einen schlauen Kopf auf deinen Schultern sitzen.*«

Als Ginny einen Blick nach rechts warf, sah sie, dass Martina sie beobachtete, und Ginny wurde bewusst, dass sie eine ganze Weile nichts gesagt hatte. »Wie weit bist du eigentlich mit dem Buch übers Bücherlesen?«

Es war genau das richtige Gesprächsthema. Martina wurde munter und plauderte über das Lesen als Entdeckungsreise und darüber, dass der Autor die Leser und Autoren mit Baseballspielern verglich. Ginny gab gelegentlich ein »Ach ja?« oder »Sieh mal einer an« von sich, behielt aber vor allem die Scheinwerfer hinter ihnen im Auge, die ihnen um jede Kurve auf der Landstraße folgten. Ja, der Typ folgte ihnen, da war Ginny sich jetzt ganz sicher.

Drecksack. Ginny umklammerte das Lenkrad und überlegte, was sie tun sollte. Am liebsten hätte sie angehalten, ihren Wagenheber herausgeholt und den Kerl angebrüllt. Solche Typen waren immer feige und machten sich beim kleinsten Anzeichen von Ärger aus dem Staub. Aber das war höchstwahrscheinlich illegal und Ginny war entschlossen, eine schneeweiße Weste zu behalten. Es war nicht leicht, zu Geld zu kommen, wenn man im Knast saß.

Dann ignorieren wir ihn eben einfach. Zeigen ihm, dass wir keine Angst haben.

Aber sie brachte Martina nach Hause. Zu den Kindern. Ginny dachte an die kleine Rosa, die wahrscheinlich noch immer eine Puppe mit ins Bett nahm und vielleicht sogar an die Feen glaubte, von denen sie in Büchern las.

Neben ihr war Martinas Stimme träge geworden und ihre Augenlider senkten sich. *Nicht mehr lange.*

»Halt dich fest, Marti.«

Und mit diesen Worten trat Ginny das Gaspedal durch und bog rechts ab, wo sie eigentlich nach links gemusst hätte.

Wie schnell konnte ihr kleines Auto wohl fahren, ohne dass die rostige Stoßstange abfiel? Ginny beschleunigte noch mehr und spürte, wie die Reifen auf der leicht verschmutzten Straße wegrutschten.

Neben ihr schrie Martina etwas auf Italienisch – Ginny hatte nicht gewusst, dass Martinas Stimme überhaupt so laut klingen konnte – und hielt sich am Türgriff fest.

Augen auf die Fahrbahn. Und ab und zu in den Rückspiegel. In der Ferne waren immer noch die Scheinwerfer zu sehen, aber sie hatte den Typen mit seinem Coupé abgehängt. Und verwirrt, da war sie sich sicher.

Ein paar Haarnadelkurven später ließ sie den Motor auf einer geraden Strecke aufheulen, indem sie noch mal Vollgas gab und in der Dunkelheit Ausschau hielt nach …

Ja, das müsste funktionieren.

Mit einem letzten Blick in den Rückspiegel – keine Scheinwerfer – bog Ginny auf einen Feldweg ab und parkte den alten Ford neben einer baufälligen alten Scheune, bevor sie die Scheinwerfer ausschaltete.

»Das hat doch Spaß gemacht, oder?«, fragte sie fröhlich und wandte sich nach rechts, wo Martina saß und sich eine Hand auf die Brust gepresst hatte.

»Nein«, war alles, was ihre Freundin herausbrachte.

Da sah man mal wieder, dass man es nicht allen Menschen recht machen konnte. Sie selbst hatte die Sache mehr genossen als ein Jahrmarktticket auf Coney Island. Wer hätte gedacht, dass ihr kleiner Ford das Zeug zu einem richtigen Rennwagen hatte?

»Was um Himmels willen sollte *das* denn?«, keuchte Martina.

Weil sie Martina nicht beunruhigen wollte, hatte Ginny bereits beschlossen, den Verfolger nicht zu erwähnen, aber sie hatte sich noch keine andere Erklärung zurechtgelegt. »Ich habe gerade einen Roman gelesen, in dem der Held beim Großen Preis von Monaco mitgefahren ist. Es klang so aufregend, dass ich dachte, ich versuche das auch mal.« Vielleicht ein bisschen zu albern, aber es könnte trotzdem funktionieren.

Tatsächlich rieb Martina sich die Schläfen und sah plötzlich zehn Jahre älter aus. »Nächstes Mal spiel bitte Rennfahrerin, wenn ich nicht in deinem Wagen sitze.« Ein Schauer schien ihr über den Rücken zu laufen. »Und auch nicht, wenn Gio in der Nähe ist.«

Martina bemerkte nicht einmal, dass Ginny immer wieder in den Rückspiegel blickte, nachdem sie den Motor wieder angelassen hatte. Kein Hinweis auf den Homburg-Mann im dunklen Coupé.

Ginny lächelte selbstzufrieden. Gut. Und solange Martina nicht erriet, was an diesem Abend beinahe geschehen wäre, musste sie sich auch keine Sorgen machen.

Am nächsten Tag schienen Martina und die Kinder kein bisschen beunruhigt über irgendwen oder irgendwas. Gio erzählte von einem Braunen Bomber – ein Boxer, wie sich herausstellte, und kein Flugzeug –, während Rosa still neben ihm auf dem Rücksitz las. Als Ginny die drei abgesetzt hatte und wendete, um am Straßenrand zu parken, war sie sich sicher, dass der mysteriöse Mann mit Hut sie in Ruhe gelassen hatte.

Sie klemmte sich das Buch über die Bücher unter den Arm und nickte den Leuten zu, an denen sie vorbeikam. Da waren Mr Hostetler vom Fischimbiss und Lucille Dougherty, die Frau des Gemüsehändlers, die sonntagnachmittags die abgelaufenen Lebensmittel verschenkte. Alle genossen einen perfekten Maisamstag.

Keiner von ihnen war auf dem Weg in die Bücherei. Ginny

nahm sich vor, mit Avis darüber zu reden, wie sie mehr Leute für den Buchclub interessieren könnten. Erster Schritt: Man musste tatsächlich mit den Menschen reden und sie fragen, ob sie kommen wollten. Avis war durchaus gesellig, aber wenn es darum ging, jemanden um einen Gefallen zu bitten oder andere von etwas zu überzeugen, wurde sie rot und stammelte irgendwas wie »wenn es keine Mühe macht« und »vielleicht können Sie ja mal darüber nachdenken«. Das war keine erfolgreiche Verkaufsstrategie.

Mindestens eine Person war ebenso pünktlich erschienen wie Ginny: Louise Cavendish höchstpersönlich stieg gerade in einem schicken Rock mit Jacke aus ihrem braunen Sportwagen, wie eine Prinzessin beim Ball.

Freddy, der heute in seiner Uniform erschienen war, half Delphie vom Beifahrersitz und erntete für seine Mühe eine abwehrende Handbewegung und ein »*Ça suffit!* Ich bin nicht so alt, dass ich nicht allein aussteigen kann.« Ginny winkte den dreien zu.

Delphie warf ihr einen finsteren Blick zu, der aber eigentlich nicht Ginny zu gelten schien, sondern dem Tag insgesamt, deshalb nahm sie es nicht persönlich. Louise nickte wie eine Königin und ohne viel Begeisterung, während sie die Treppe zur Bücherei hinaufstieg. Die beiden hatten sich offenbar gesucht und gefunden.

Freddy hingegen winkte zurück und wartete, bis Ginny zu ihm aufgeschlossen hatte. »Hi, Ginny! Du bist aber früh dran. Willst du noch ein bisschen lesen, bevor wir anfangen?«

»Nicht nötig. Ich habe das ganze Ding quergelesen«, sagte sie, um ihn zu beeindrucken, weil sie stolz darauf war, dass sie sich aus dem Buch den Begriff gemerkt hatte, mit dem man das einfache Überfliegen eines Textes bezeichnete. »Nett von Mortimer, dass er das kleine Schlupfloch eingebaut hat. Wahrscheinlich der nützlichste Teil des Buches.«

Freddy hielt sein Exemplar hoch, aus dem mehrere Papierschnipsel als Lesezeichen herausragten. »Und was hältst du hiervon?«

Ginny tat geheimnisvoll und legte den Zeigefinger auf ihre Lippen. »Von mir erfährst du nichts, bevor das Treffen anfängt. Ich kann schließlich nicht riskieren, dass du meine brillanten Gedanken klaust.«

»Das klingt logisch.« Bei diesen Worten wanderte sein Blick über Ginnys Schulter zu ihrem Wagen, der gleich hinter ihnen stand.

Ginny merkte, dass die Hitze ihren Hals hinaufkroch wie ein Ausschlag, während sie den zerkratzten Lack und die Rostflecken auf ihrem Schrottauto sah, das sie sich zugelegt hatte, um bis nach Derby zu kommen. Und was war, wenn er die fette Delle bemerkte, die bei ihrem gestrigen Manöver ein hochgeschleuderter Stein verursacht hatte, wie Ginny an diesem Morgen entdeckt hatte?

Aber Freddy betrachtete nicht die Schäden an dem Wagen, sondern die Scheinwerfer. »Du fährst doch auch im Dunkeln, oder?«

»Klar. Die Spätschicht ist um Mitternacht zu Ende.«

»Dann solltest du wirklich die Scheinwerfer abkleben. Verdunklungsregeln und so.«

Er sagte es nicht wie ein Mitglied der Ordnungspolizei, das ihr ein Knöllchen verpassen würde, aber Ginny verdrehte trotzdem unwillkürlich die Augen. »Wenn da draußen irgendwo Nazibomber sind, werden sie zuerst einen Fischer mit seiner Zigarre sehen, bevor sie die kleinen Lichtpunkte Kilometer von der Küste entfernt entdecken. Die Verdunklungsregeln sind für die Kaufhäuser und Kinos in der Nähe von Portland und Boston gedacht.«

»Alle denken, die Regeln würden nur andere Leute betreffen. Aber du hast noch nicht in einem Flugzeug gesessen und Schiffe bei der Überquerung des Atlantiks vor U-Booten geschützt.« Er sagte es freundlich, aber ohne eine Spur seines üblichen Humors. »Je mehr wir helfen, desto sicherer ist es.«

Was sollte sie dazu sagen? »Mensch, ich hätte nicht gedacht … kann man wirklich so viel sehen?«

Freddy nickte. »Zwei Wochen nach Pearl Harbor bin ich von

Virginia nach New York geflogen. Die Stadt hat geleuchtet wie ein Weihnachtsbaum. Die Boote im Hafen waren so deutlich zu erkennen, als hätten wir eine Leuchtrakete abgeschossen, um den Deutschen zu sagen: ›Bitte hierhin zielen.‹«

»Hm, jetzt hast du mich ertappt.« Einem Mädchen das Gefühl zu geben, dass es das Todesurteil eines Soldaten unterschrieb, indem es nur durch die Gegend fuhr … »Ich fahre nachher zum Eisenwarenladen und versuche so zu tun, als wüsste ich, wovon ich rede.«

»Soll ich mitkommen? Ich habe erst gestern die Scheinwerfer von Miss Cavendishs Sportwagen abgeklebt.« Er lächelte wehmütig. »Nicht, dass ich damit fahren dürfte. Komisch, wenn man überlegt. Ich habe fast zehn Jahre Erfahrung als Pilot und jetzt kann ich mich nicht schneller fortbewegen als zu Fuß.«

Ginny war nicht besonders gut in Mathe, aber selbst sie merkte, dass da was nicht stimmte. »Du, das kann aber nicht stimmen. Dann wärst du ja fast dreißig Jahre alt.« Nicht, dass das uralt wäre, aber mit dem jung aussehenden Gesicht hätte sie Freddy mindestens fünf oder sechs Jahre jünger geschätzt.

Aber Freddy schüttelte den Kopf. »Schuldig im Sinne der Anklage, fürchte ich.«

Ginny tat schockiert. »Also gut, Mister, da muss ich aber den Ausweis sehen.« Sie streckte die flache Hand aus, die andere Hand in die Hüfte gestemmt.

Er schüttelte den Kopf und trat einen Schritt zurück. »Sorry, ich habe meinen Führerschein nicht dabei. Du wirst mir wohl oder übel glauben müssen.«

Das klang einleuchtend. Aber trotzdem … hatte Freddy gerade nervös gewirkt, als er die Hand in die Tasche geschoben hatte? So wie er seine Erkennungsmarke schnell versteckt hatte, als sie davon gesprochen hatte.

Da geht mal wieder deine Fantasie mit dir durch, Ginny.

Freddy trat von einem Fuß auf den anderen und sah wieder zu ihrem Ford hinüber. »Jedenfalls wegen der Scheinwerfer …«

»Beim Einkaufen könnte ich auf jeden Fall Hilfe gebrauchen.«

Ginny hatte zu solchen Besorgungen immer einen ihrer Brüder mitgenommen. Manche Typen nutzten es schamlos aus, wenn sie den Eindruck hatten, dass eine Frau keine Ahnung hatte.

»Super.« Sein Lächeln war wieder da, als sie die Treppe zur Bücherei hochgingen, und oben hielt Freddy ihr die Tür auf. »Vielleicht können wir ja anschließend noch ein Milchshake trinken.«

Ginny blieb auf der Schwelle stehen. Da war sie. Die rote Linie, von der Ginny selbst mit ihrer begrenzten Erfahrung in romantischen Dingen wusste, dass sie sie nicht überschreiten durfte. Das klang zu sehr nach einem Date. Obwohl Freddy und sie nach dem letzten Buchclubtreffen herumgewitzelt hatten, war Ginny noch nicht so recht dazu gekommen, Mack in die Unterhaltung einfließen zu lassen.

»Das würde ich ja gerne, Freddy, aber ich habe einen …« Wie sollte sie es ausdrücken? »Also, es gibt da draußen auf dem Pazifik einen Jungen, der mich mag, und der würde nicht so viel davon halten.«

»Ah. Du brauchst nichts weiter zu sagen«, gab Freddy zurück und tat ihre verlegene Erklärung mit einem Lächeln ab. »Ich verstehe. Wir beschränken uns auf neutrales Gebiet wie den Eisenwarenfachhandel. Dagegen kann dein Soldat ja nichts haben.«

Ginny gab zu, dass er dagegen kaum etwas einwenden könnte, und sie betraten zusammen die Bücherei.

Jedenfalls hatte Freddy anständig reagiert. Fast zu anständig.

Aber was hatte sie erwartet? Dass er eifersüchtig sein würde oder zumindest enttäuscht, so als wäre er eine Figur in den Liebesromanen, die Avis im Lager versteckte? Das war albern, zumal sie Mack geschrieben hatte: »*An dich zu denken, macht die langen Tage besser*« und »*Voller Zuneigung Deine Ginny*« und so.

Trotzdem kam ihr unwillkürlich der Gedanke, dass so ein Mann irgendein Mädchen ziemlich glücklich machen würde, als sie sah, wie Freddy neben Louise stand und mit ihr genauso entspannt plauderte wie draußen mit Ginny.

Aber sie würde dieses Mädchen nicht sein.

Anthony an Avis

8. Mai 1942

Hallo Schwesterherz,
dachte, ich schreibe dir eine Schützengraben-Postkarte. Das ist eigentlich kein Militärslang – ich habe das Wort gerade erfunden, weil ich sehe, dass so viele meiner Kameraden ganze Romane an ihre Eltern oder Freundinnen schreiben, und ich mir ganz erbärmlich vorkomme. Ich weiß gar nicht, was die anderen alles schreiben; wir tun nichts anderes, als elend herumzusitzen, und sie machen daraus ein Epos wie die Ilias *von Homer. Aber vielleicht erzählen sie auch nur Anekdoten darüber, dass von meinem Schnarchen das ganze Dach wackelt. Haha.*
Du hast mich nach Romanempfehlungen gefragt. Ein Buchclub? Darauf hätte ich längst kommen sollen. Wahrscheinlich sollte ich eine Liste erstellen – aber nicht eine so angestaubte Fassung wie 100 Klassiker, die man im Leben gelesen haben sollte. *(Warnung: Chaucer könnte tatsächlich das Leben verkürzen.) Aber im Moment habe ich andere Sorgen.*
Was mich zu meinem wichtigsten Vorschlag führt: Keine Kriegsromane. Ich habe mir alles reingezogen, bevor wir eingerückt sind: Wem die Stunde schlägt, Im Westen nichts Neues, Die rote Tapferkeitsmedaille *und so weiter. Jetzt würde ich sie nicht mal mit der Kneifzange anfassen. Wenn ich zurückkomme, werde ich wahrscheinlich zehn Jahre lang nichts als Satiren und Liebesromane lesen und keinen einzigen Film sehen, in dem geschossen wird, außer vielleicht Western, die so schlecht gemacht sind, dass sie unfreiwillig komisch sind. Wir alle brauchen auch mal Ablenkung. Des-*

halb lest was Fröhliches für mich. Und erzähl mir hinterher auf jeden Fall davon.
Keine Angst, Schwesterherz. In den Briefen an Mom und Dad lasse ich ein paar Einzelheiten weg, aber die Dinge sind nicht so schlimm, wie es klingt. Erstens hat mein Kumpel Alvin Hagen – Spitzname Daisy, frag nicht, warum – einen herrenlosen Hund gefunden und unsere Einheit hat ihn adoptiert. Ich mochte ihn deutlich lieber, bevor er in meine Stiefel gepinkelt hat, aber er sorgt eindeutig für bessere Laune.
Es wird Zeit, dass ich Schluss mache, bevor diese Postkarte aussieht wie ein richtiger Brief. Ich will schließlich keine falschen Hoffnungen wecken.

Anthony

PS: Nachtrag nach dem Essen, weil mir noch was eingefallen ist – lest irgendwas von P. G. Wodehouse. Miss C. hat mich damit angesteckt. Man sollte es nicht meinen, aber sie liebt seine Bücher.

Buchclubprotokoll vom 30. Mai 1942

Protokoll: Avis Montgomery, leitende Bibliothekarin und Buchclub-Schriftführerin

Anwesende Mitglieder: die üblichen (Namen müssen nicht mehr genannt werden)

Besprochenes Buch: »Wie man ein Buch liest« von Mortimer Adler

Ich habe mich entschieden, Ginny nicht noch mal das Protokoll schreiben zu lassen, nachdem ich ihren letzten Versuch gelesen habe. Außerdem muss ich darauf achten, dass Miss Cavendish das Buch mit den Protokollen nicht in die Finger bekommt.

Die Diskussion fing mit Adlers vier Ebenen des Lesens an, wobei wir die meiste Zeit mit der letzten Ebene verbracht haben: synoptisches Lesen. (Ginny: »Warum kann er nicht einfach vergleichendes Lesen sagen. Wen will er damit beeindrucken?« Freddy: »Wahrscheinlich den Großteil seiner Leser.« Ginny: »Mich jedenfalls nicht. Wenn man die ganzen aufgeblasenen Wörter rauslässt, hat man ein Buch, in dem einfach steht, dass man aufmerksamer lesen soll.«)

Trotzdem waren wir uns einig, dass die meisten von uns die Bücher, die wir lesen, miteinander vergleichen. Obwohl ich nicht sicher bin, ob ich das schon mal getan habe. Muss ich mal drüber nachdenken. Martina hat gesagt, dass sie manchmal überlegt, welche Figuren aus verschiedenen Büchern miteinander befreundet sein könnten. Das hat zu einer Diskussion geführt, bei der alle überlegt haben, was wohl geschehen wäre, wenn Oliver Twist und Huckleberry Finn gemeinsame Sache gemacht hätten, wie es Odysseus ergangen wäre, wenn er nicht zu Penelope, sondern zu Jane Eyre nach Hause gekommen wäre, und ob Sherlock Homes wohl Graf Dracula besiegt hätte.

Bei den meisten dieser Figuren hatte ich keine Ahnung, wer sie waren.

Vielleicht sollte ich noch andere Sachen lesen als unsere offizielle Buchclublektüre – die klangen alle ziemlich spannend.

Dann haben wir uns mit Adlers Gedanken zu Werken der Fantasie befasst. Da brach fast ein Krieg aus, weil der Autor meint, dass man Bücher so schnell wie möglich lesen muss, um die Einheit der Geschichte zu verstehen, anstatt sich lange damit aufzuhalten. Freddy war derselben Ansicht und sagte, er würde Romane immer so lesen, woraufhin Delphie entgegnete, dass er auch mit offenem Mund kaut, was nicht bedeutet, dass jeder das tun sollte. Zum Glück hat Martina sich eingeschaltet, vernünftig wie immer, und gesagt, die Methode sei doch nicht so wichtig wie die Tatsache, dass wir in die Geschichte eintauchen und versuchen, die Charaktere und ihre Welt zu verstehen.

Das war übrigens das, was mir an dem Buch am besten gefallen hat. Mit einfachen Worten gesagt: Menschen brauchen Geschichten, weil sie unser unbewusstes Bedürfnis nach Liebe, Gerechtigkeit, Neuem etc. stillen – endlich habe ich verstanden, wovon Anthony die ganze Zeit geredet hat.

Du liebe Güte, allmählich werde ich schwach, was die Sache mit der Leserei betrifft. Das darf Anthony aber nicht wissen, sonst bildet er sich noch was drauf ein, dass er recht hat.

Mehrere kleinere Bemerkungen haben die restliche Zeit gefüllt. (Freddy selbstgefällig, weil Adler auch sagt, dass man Theaterstücke aufführen und nicht lesen soll; Miss Cavendish auch der Meinung, dass eine Autobiografie nie ganz wahr und unparteiisch sein kann; Ginny neugierig, ob wir glauben, dass Adler die empfohlenen Bücher im Anhang alle gelesen hat.)

Nach der offiziellen Stunde ging die Unterhaltung noch weiter, aber ich wurde von Gio weggezogen, der mehrere Bücher über Gartenarbeit ausleihen wollte. Es besteht der Verdacht, dass seine Bewunderung für einen gewissen Air-Force-Piloten ein Grund für sein plötzliches Interesse am Gemüseanbau ist. Es ist wirklich süß, wie bereitwillig Freddy die vielen Fragen des Jungen beantwortet.

Vorher hatte ich ein paar Bücher von Wodehouse aus dem Regal gezogen, um eins davon als Lektüre vorzuschlagen, wie Anthony mir geraten hatte, aber er muss sich irren, was Miss Cavendishs Vorliebe dafür betrifft. Die Bücher sind viel zu witzig für eine verklemmte alte Jungfer, die vergessen hat, wie man lächelt. Ich bin ziemlich sicher, dass Anthony einen anderen Autor meinte: F. C. Woodhouse eine Etage drunter. Das ist ein Historiker, der fesselnde Titel wie »Mönchtum damals und heute: Prinzipien, Ursprung, Entwicklung, Triumphe, Dekadenz und Unterdrückung« geschrieben hat.

Egal, es war einen Versuch wert. Miss Cavendish hat sich nichts anmerken lassen, als ich »Alter Adel rostet« nicht herausgeholt habe, aber sie hat auch kein Veto eingelegt, also lesen wir Wodehouse.

Werde Anthony nach dem nächsten Treffen schreiben. Ich habe schon zwei Kapitel gelesen. Er hat recht. Es hat gutgetan, zur Abwechslung mal zu lachen.

14

Avis
5. Juni

Schuhe mit Absätzen sind nicht dazu gemacht, um im Sand zu graben. Und der enge Rock von Avis' Kostüm war ebenfalls nicht die richtige Kleidung für ihre jetzige Aufgabe

Zum zehnten Mal an diesem Vormittag wünschte sie, das Büro für Bürgerverteidigung würde sich um seine eigenen Angelegenheiten kümmern. Oder Miss Cavendish würde wenigstens jemand anderen – vielleicht Freddy oder ihren Hausverwalter Hamish – damit beauftragen, die Drecksarbeit zu machen. Aber nein, kaum hatte die Behörde beschlossen, Häuser und Geschäfte müssten mit Sandeimern ausgestattet sein für den Fall eines Brands, der von Bomben verursacht wurde, hatte Louise diese Aufgabe auf Avis' ohnehin schon ellenlange Liste gesetzt.

Trotz der Brise, die vom Meer herüberwehte, lief ihr der Schweiß den Rücken hinunter und ließ die Bluse an ihrer Haut kleben. Zu Beginn des Sommers hatten die Leute angefangen, Ferienhäuser am Ufer zu vermieten, aber noch bevölkerten keine Menschenmassen den Hang aus Sand, der nass in der Sonne glänzte. Der Strand war nahezu menschenleer und die einzigen Farbtupfer und Geräusche stammten von Fischern, die man unten am Anleger sehen konnte, und von den blauen Lupinen, die zwischen den Felsen im Wust aus Grünpflanzen wuchsen.

Neben ihr bewarf Rosa Bianchini Möwen, die sich zu dicht heranwagten, mit Kieseln, bis sie lärmend die Flucht ergriffen. Gio, derjenige von ihren beiden Helfern, der wirklich mit anpacken konnte, trug seine Schaufel wie ein Gewehr über der Schulter, seine Miene ernst.

Avis musste plötzlich an die einzige Gelegenheit denken, bei der ihr strenger Vater über den Großen Krieg gesprochen hatte. Das war am *Armistice Day* gewesen, dem Tag des Waffenstillstands. »*Gräben*«, hatte er gesagt und den Redner auf dem Podium verhöhnt, der von Heldentaten und Patriotismus gesprochen hatte. »*Gräben ausheben und sterben und Dreck. Darum ging es bei dem ›ehrenwerten Kampf‹.*«

Avis fröstelte und schob die Erinnerung beiseite. Wir heben schließlich keinen Schützengraben aus. Wir treffen nur Sicherheitsvorkehrungen, die wir höchstwahrscheinlich niemals brauchen werden.

»Also gut«, sagte sie und blieb an der Stelle stehen, wo der steinige Teil des Strands in Sandstrand überging, während sie versuchte, fröhlich zu klingen – Kinder mochten doch fröhliche Menschen, oder? Auch wenn sie gerne Mutter sein wollte, wusste sie doch ziemlich wenig über echte Kinder. »Hier können wir anfangen. Alle vier Eimer müssen bis zum Rand gefüllt werden.«

Gio lud die Milcheimer ab und drückte sie in den Sand. Dann begann er zu graben, ohne weitere Fragen zu stellen, wie ein braver Soldat.

»Wird der Wagen dann nicht ziemlich schwer?«, fragte Rosa und sah Avis mit ihren dunklen, ernsten Augen an.

»Ja, das wird er. Aber wir sind stark«, erwiderte Avis und stellte sich mit angewinkelten Armen hin wie ein Ringer im Zirkus, was dem Mädchen ein Kichern entlockte. »Wir schaffen das.«

Jetzt, wo die Schule aus war, verbrachten Martinas Kinder die meisten Nachmittage in der Bücherei, während ihre Mutter bei der Arbeit war, deshalb hatte Avis kein schlechtes Gewissen, dass sie die beiden als Helfer rekrutiert hatte.

Gio bestand darauf, die große Schaufel zu benutzen, also begnügte Avis sich mit ihrer kleinen Gartenschaufel, während Rosa ab und zu eine Handvoll Sand nahm und dann von hübschen Steinen oder Muscheln abgelenkt wurde, die sie im Sand fand.

»Wofür machen wir das eigentlich?«, wollte Gio wissen, als sie zwei der Eimer gefüllt hatten.

Avis runzelte die Stirn und überlegte, wie viel sie den Kindern erzählen sollte. »Die Regierung hat darum gebeten, dass jedes Haus und Geschäft mehrere Eimer voll Sand bereithält. So kann man, wenn es –« Sie blickte zu Rosa hinüber, weil sie das Wort *Brandbombe* nicht aussprechen wollte. Der Vater des Mädchens war schließlich bei der Navy. Wahrscheinlich hörte sie genügend Gruselgeschichten. »Wenn jemand ein Feuer anzündet, kann man Sand darauf werfen, um es zu löschen.«

»Weil man dann kein Wasser auf die Bücher spritzen muss«, sagte Rosa und nickte, als erscheine es ihr plötzlich völlig einleuchtend.

Eigentlich, weil die Behörden sich Sorgen machten, dass die Wasserversorgung bei einer Massenbombardierung zerstört werden könnte, wie es zwei Jahre zuvor im englischen Coventry geschehen war.

Avis tätschelte die Schulter des Mädchens. »Genau, Liebes. Wir müssen unsere Freunde, die Bücher, beschützen.«

Dem Blick, den Gio ihr zuwarf, entnahm sie, dass es vielleicht etwas zu viel Singsang gewesen war, aber er strich den Sand im letzten Milcheimer glatt, sodass alle vier bis zum Rand gefüllt waren.

Anstatt den Handgriff des Wagens zu nehmen, sank Rosa auf die Knie, sodass der Saum ihres handgenähten geblümten Kleidchens dreckig wurde. »Können wir jetzt eine Sandburg bauen?«

Avis hatte das Nein schon auf den Lippen, weil sie an ihre Schreibmaschine und den Stapel Karteikarten dachte, die auf ihrem Schreibtisch hinter der verschlossenen Tür mit einem offensichtlich gelogenen *Bin in der Mittagspause*-Schild auf sie warteten. Sie hatte noch so viel zu tun.

Andererseits hatte sie die jetzige Arbeit mit der Hilfe der Kinder in der Hälfte der Zeit geschafft.

»Warum nicht?«, antwortete sie deshalb und Rosas Lächeln

überzeugte sie davon, dass sie die richtige Entscheidung getroffen hatte. Sie kniete sich hin, um ihre Schuhe auszuziehen. Wenn Miss Cavendish sie zwang, die Bücherei zu schließen und Sand zu schleppen wie eine Bauarbeiterin, dann konnte Avis genauso gut auch ein bisschen Spaß haben.

Mit dem Argument, er sei »zu alt für so was«, hockte Gio sich auf einen Felsen in der Nähe und griff in seine Tasche, um ein … war das etwa ein Buch? Sie musste ihn ungläubig angestarrt haben, denn Gio sagte: »Mr Freddy hat gesagt, das ist sein Lieblingsbuch.«

In der gleißenden Sonne hatte Avis Mühe, den ganzen Titel zu lesen, aber sie sah einen ungewöhnlichen Namen: *Doctor Dolittle*. Wie es aussah, hatte Gio bereits das Interesse an Gartenbüchern verloren, was nicht weiter überraschte. Sie mochten zwar praktisch sein, aber sie waren doch nur so spannend wie ein Teller mit ungesalzenem Rübenpüree.

Nachdem Rosa ihr erklärt hatte, wie man eine Sandburg bauen musste – eine Mischung aus nassem und trockenem Sand, aufpassen, dass der Turm nicht zu hoch wurde, und die Fensterlöcher zum Schluss machen –, wurde Avis losgeschickt, um Muscheln für die Verzierung der Sandburg zu sammeln.

Avis wandte sich dem Meer zu und ließ sich vom Wind die Haare aus dem Gesicht wehen, während sie tief Luft holte. Wann hatte sie eigentlich das letzte Mal Sand zwischen den Zehen gespürt? Vielleicht an dem Abend am Old Orchard Beach, als Russell und sie kein Geld mehr für die schicken Tanzsäle und Restaurants gehabt und stattdessen zusammen den Sonnenuntergang genossen hatten, mit Hotdogs und zwei Strohhalmen in einer Dose *Dr Pepper*. Das Gefühl hatte etwas Befreiendes, selbst bei dem kalten Schauer, der ihr über den Rücken lief, als die Gischt über ihre Knöchel schwappte.

Sie griff nach einer leeren Muschelschale und runzelte dann die Stirn. Etwas hüpfte auf der Wasseroberfläche auf und ab, nur ein wenig außerhalb ihrer Reichweite. Avis fischte den dunkelorangefarbenen Stoff mit einem Stück Treibholz heraus und betrachtete ihn näher. Der Stoff fühlte sich steif an, wie Segeltuch, er hatte in der Mitte ein Loch und hinten einen dicken Gurt.

Das war kein weggeworfenes Segel, sondern eine Rettungsweste. Mit seltsamen Metallteilen und Gummischläuchen versehen, aber trotzdem gut zu erkennen.

Was Avis nicht erkannte, war die Bedeutung des Worts, das vorne in weißen Buchstaben draufstand: *Tauchretter*.

Aber sie wusste, dass es ein deutsches Wort war.

Der Klang von Rosas Lachen hinter ihr, die kreischenden Möwen und selbst das Rauschen des Meeres verstummten, als Avis das durchnässte Treibgut in ihren Händen anstarrte.

Ein feindlicher Soldat hatte diese Weste getragen. Ob sie zu einem versenkten U-Boot gehörte oder einer Leiche entrissen worden war, wusste Avis nicht. Aber an einer Ecke war ein dunkler Fleck.

Blut.

Merkwürdig, wie schnell sich ihr der Magen umdrehte. So gar nicht vorhersehbar, ganz anders als die Gezeiten oder das Katalogsystem in der Bücherei oder jede andere feste Größe in ihrem Leben. Sie hielt sich den Bauch und kämpfte gegen die Übelkeit an, während sie die Rettungsweste umklammert hielt, als wäre sie diejenige, die zu ertrinken drohte.

Ein einfacher Wurf würde das Ding wieder ins Meer befördern, wo dieser Müll hingehörte.

Nein. Bestimmt wollten die Behörden davon erfahren. Schließlich stammte es vom Feind.

Avis versteckte die Weste hinter ihrem Rücken und eilte zu ihrem Karren zurück. »Gio? Bringst du mit Rosa bitte die Eimer zur Bücherei zurück? Ich muss … etwas erledigen.«

Zum Glück war ihr Haus nur wenige Häuserblocks von der Bücherei entfernt. Avis wusste nicht, wie spät es war, aber das Viertel war voller Autos, die in Auffahrten parkten, sodass es wahrscheinlich näher an der Abendessenszeit war, als ihr lieb war. Es wäre besser, wenn Russell nichts von ihrer Entdeckung erführe. Er hatte in den vergangenen Wochen so viel gearbeitet, weil er sich eine Beförderung im Büro erhoffte, und sich für seine normalen Tätigkeiten interessiert. Zeit, Fleiß und ein bewusstes Vermeiden aller Dinge, die mit dem Krieg zu tun hatten, wirkten Wunder, so wie Avis es gehofft hatte.

Trotzdem war ihr nichts eingefallen, was sie sonst mit dem schrecklichen Ding tun könnte. Wenn sie es einfach versteckte, bis sie Zeit zum Nachdenken hatte und jemanden anrufen konnte, der wusste, was zu tun war, wäre alles gut. Vielleicht, wenn sie Glück hatte, war Russell noch bei der Arbeit oder wieder mit Herb unterwegs.

Aber kaum hatte sie die Haustür aufgeschlossen und die Fliegengittertür bewusst lautlos hinter sich zugezogen, da sah sie schon, dass Russell im Wohnzimmer saß, die Zeitung in der Hand, ein Lächeln auf dem Gesicht. »Na, wer kommt denn heute zu spät?«, neckte er Avis.

Es hatte keinen Sinn, es zu verbergen. Russell würde sich nicht so leicht ablenken lassen wie die kleine Rosa, die ihre Sandburg zurückgelassen hatte, als Avis ihr Bonbons versprochen hatte. »Hallo, Russell.«

»Was ist denn das …?« Seine Stimme verstummte und die Zeitung sank auf seine Knie, als er den merkwürdigen Gegenstand in ihrer Hand sah.

»Das habe ich unten am Strand gefunden. Es … es hat bestimmt gar nichts zu bedeuten.«

Gleich darauf war Russell bei ihr und untersuchte die Rettungsweste, indem er sie ins Licht hielt. »Ich habe mal Bilder von diesen Dingern gesehen. U-Boot-Crews benutzen sie, um zur Oberfläche zu gelangen, wenn sie aussteigen müssen.«

»Oh«, sagte Avis und es klang ängstlich. Eigentlich hatte sie sich so etwas schon gedacht, aber es ausgesprochen zu hören und sich vorzustellen, wie das U-Boot auseinanderbrach und die Überlebenden flohen … das war etwas anderes. »Was ist das?« Sie zeigte auf den Schlauch und das Metallstück, die an der Seite der Weste befestigt waren.

»Schlauch und Mundstück.« Russell fuhr mit dem Finger über eine leere metallene Halterung. »Da sollte ein Sauerstofftank dranhängen, aber der hier fehlt. Denk dran, dass diese Männer unter Wasser sind – sehr tief unter Wasser – und bis nach oben müssen.«

»Ach du liebe Güte«, murmelte Avis, während sie den Druck in ihrem eigenen Kopf zu spüren begann … oder wahrscheinlich eher den Anfang schrecklicher Kopfschmerzen. *Ich hätte nicht fragen sollen. Ich sollte niemals fragen.*

Sie berichtete Russell, wo genau sie das Teil gefunden hatte.

»Wir müssen die Küstenwache anrufen und es melden.«

Wie sollte sie das tun? »Vermittlung? Bitte verbinden Sie mich mit der Küstenwache? Ich halte eine feindliche, mit Blut verschmierte Rettungsweste in der Hand, es ist also dringend.«

Aber Russell hatte schon zum Telefonhörer gegriffen und nannte bereits seinen Namen und die Stadt – wussten alle außer ihr, was zu tun war, oder lag es nur an Russells Interesse am Militär? Obwohl die ihn ja nicht bei sich haben wollten.

Seine Beschreibung des Gegenstandes und der Stelle, wo Avis ihn gefunden hatte, war detailliert, aber knapp, seine Antworten auf Fragen von der anderen Seite ruhig.

Das hatte sie schon immer an ihm bewundert. Egal, was geschah – Russell wurde nie nervös, hatte nie Angst. Wie ein Fels in der Brandung war er fest und verlässlich, selbst wenn um ihn herum ein Unwetter tobte.

»Sie schicken morgen jemanden vorbei, der das Ding abholt«, sagte Russell, als er aufgelegt hatte.

»Abholen?« Avis hatte gehofft, sie würden sich für die Meldung bedanken und ihnen sagen, sie sollten die Weste im Garten verbrennen. »Wollen Sie das Material noch mal benutzen?«

»Vielleicht. Ich weiß, dass es eine Abteilung gibt, die alles von den Achsenmächten aufbewahrt – Brieftaschen, Uhren, sogar Kaugummi –, um es unseren Spionen zu geben.« Russells Hände fuhren über das Futter der Weste, als wäre er selbst ein Spion, der nach einer verborgenen Botschaft suchte. »Oder vielleicht wollen sie einfach Informationen über die Ausrüstung des Feindes sammeln.«

Avis hatte das Bedürfnis, ihre Hände blutig zu schrubben, als wäre der in Deutschland gefertigte Gegenstand irgendwie ansteckend. »Du hattest recht. Sie sind da draußen, Russ. So dicht vor unserer Küste, dass ich ihre Trümmer am Strand finde.«

Russell drehte sich nicht zu ihr um, sondern blickte in Richtung Meer, während er angewidert den Kopf schüttelte. »Sie sind da draußen und ich bin hier drinnen.«

Beim Abendessen, das aus zu trockenen Koteletts bestand, weil Avis beim Braten mit den Gedanken woanders gewesen war, drehte sich die Unterhaltung um die Atlantikschlacht und die Konstruktion von feindlichen U-Booten und Minenfelder in Casco Bay. Auch als Avis versuchte, das Thema zu wechseln und über die Beförderung zu sprechen, dauerte es nicht lange, bis Russell das Gespräch wieder auf die Gefechte brachte, die direkt vor ihrer Küste stattfanden.

Genau das hatte sie befürchtet. Nach all ihren Bemühungen, den Krieg auszuklammern, war er mitten in ihrem Wohnzimmer gelandet und störte ihren Ehefrieden.

Nur hatte sie ihn diesmal selbst eingeschleppt.

15

Louise
6. Juni

Vielleicht interessierten sie sich nur für Tratsch – in der Stadt hatte sich bereits herumgesprochen, was Avis am Strand gefunden hatte –, aber Louise war trotzdem zufrieden mit dem Besuch der Stadtversammlung, die Bürgermeister Hastings einberufen hatte. Er hatte die Anwesenden selbst nur kurz begrüßt – Louise wusste aus zuverlässiger Quelle, dass nur der stellvertretende Bürgermeister an den Treffen der Bürgerverteidigung teilnahm.

Und deshalb stand sie selbst jetzt auf der vierten Stufe der Treppe zur Galerie der Bücherei und war für die eigentliche Präsentation verantwortlich, weil sie sich beim Roten Kreuz und für Benefizveranstaltungen engagierte. »Nach der Entdeckung eines feindlichen U-Boots, das unserer Küste so nah gekommen ist, dass sein Müll an unserem Strand angeschwemmt wurde, dürfte klar sein, dass die jetzigen Verdunklungsmaßnahmen nicht greifen. Damit meine ich, dass sie nicht genügend beachtet werden.«

Louise blickte streng in alle Augen, die es wagten, nach vorne zu schauen. Der Reverend und Mrs Whitson saßen aufrecht da, als wären sie in der Kirche. Elvira Buckwold hatte das Kinn vorgereckt, um zu signalisieren, dass *sie* ganz gewiss nicht zu den Leuten gehörte, von denen Louise sprach. Der Friseur, der Besitzer des Eisenwarengeschäfts, Schüler, die manchmal die Bücherei besuchten, sie alle waren gekommen.

Es waren Gesichter, die Louise schon oft gesehen hatte – man lebte nicht jahrzehntelang in einer Kleinstadt, ohne die meisten Einwohner zu kennen –, aber wie viele kannte sie wirklich?

Ich würde mehr über sie wissen, wenn sie in mir nicht immer noch jemanden sähen, der nur seinen Sommer hier verbringt.

Es war nicht persönlich gemeint, das wusste sie. Delphie galt immer noch als Zugereiste und ihre Eltern waren in den 1850er-Jahren nach Maine eingewandert und lagen jetzt auf dem städtischen Friedhof.

Louise blinzelte, als jemand im Publikum hustete. Wie lange hatte sie geschwiegen, abgelenkt von ihren Gedanken? Ein Blick auf ihre Notizen verriet ihr, was sie als Nächstes sagen musste. »Nicht nur das – sondern letzte Woche haben Mitbürger nördlich von hier die Leichen von zwei Seeleuten der amerikanischen Handelsmarine am Ufer gefunden. Da draußen sterben tapfere Männer. Und, schlimmer noch, sie sterben, weil wir unser Vergnügen haben wollen – wegen unserer Weigerung, uns an nationale Sperrstunden und Beschränkungen zu halten, um in eine Bar oder ins Kino zu gehen oder einfach eine abendliche Spritztour machen zu können.«

Wie geplant rutschten ihre Zuhörer unbehaglich auf ihren Stühlen herum, den Blick gesenkt wie getadelte Kinder. Einen Moment lang fragte Louise sich, ob sie zu unnachsichtig war.

Gewiss nicht. Hier geht es um Leben und Tod.

»Ich möchte Sie alle dazu anhalten, die Regeln der Behörde für Bürgerverteidigung sorgfältiger zu beachten – beim Ausgang erhalten Sie eine Kopie der Vorschriften.«. Sie deutete auf Ginny, die eine Handvoll Broschüren schwenkte. Sie hatte sich freiwillig gemeldet, um sie auszuteilen. »Jetzt gebe ich Ihnen die Gelegenheit, Fragen zu stellen oder Anmerkungen zu machen.«

Dies löste bei solchen Veranstaltungen in der Regel Gemurmel aus:

»Und was ist mit der Kirche? Müssen die Fenster dort auch mit den schrecklichen Tüchern zugehängt werden? Das ist ja fast Gotteslästerung.«

»Im Eisenwarengeschäft bekommen Sie zehn Prozent Rabatt auf Scheinwerferabdeckungen! Nur diese Woche.«

»Sollte die Küstenwache nicht lieber dafür sorgen, dass erst gar keine U-Boote ans Ufer kommen? Wo waren die denn, als der Tanker versenkt wurde?«

»Wird es nicht mehr Verbrechen geben, wenn die Straßen ganz dunkel sind?«

Louise beantwortete die Fragen, so gut sie konnte – nein, solange die Kirche nicht nach Einbruch der Dunkelheit das Licht brennen ließ, obwohl sie bezweifelte, dass Gott ein Problem mit Verdunklungsvorhängen hatte; ja, die Beamten von der Küstenwache taten, was sie konnten, aber sie hatten nicht genügend Leute; nein, andere Städte hatten nicht von einer Zunahme der Kriminalität berichtet, soweit sie wusste.

Nur einmal verlor Louise ein wenig die Fassung, als Avis zögerlich eine Hand hob, um sich zu Wort zu melden. »Wenn jemand angesichts der kürzeren Geschäftszeiten und Reisebeschränkungen auf der Suche nach einer sinnvollen Beschäftigung ist, lade ich herzlich ein zu unserem Buchclub. Wir treffen uns jeden zweiten Samstag hier in der Bücherei, um eine große Bandbreite bedeutender Literatur zu besprechen.«

Louise runzelte die Stirn. Es kam ihr verantwortungslos vor, in einer ernsthaften Stadtversammlung einfach Werbung für einen Club anzubringen, dessen nächstes »bedeutendes Werk der Literatur« ein trivialer Roman aus England war. Ganz zu schweigen von der Tatsache, dass die Gruppe nicht von Dauer war, was Avis verschwiegen hatte.

Aber hast du den Buchclub nicht deshalb genehmigt? Damit die Leute drinbleiben, so wie du es gerade von ihnen verlangt hast?

Wenn sie ehrlich war … ja.

Warum war sie dann so verärgert?

Ein paar Augenblicke des Nachdenkens und Louise kannte die Antwort. Während die Leute mit leeren Blicken auf ihre Rede reagiert hatten, sahen sie Avis mit Interesse an. Sie war eine von ihnen, ein Mädchen aus dem Ort, das es zu etwas gebracht hatte, und zudem noch eine vorbildliche moderne Frau mit schönen gepflegten Locken und figurbetontem Kostüm, deren perfekter roter Lippenstift sie alle herzlich anlächelte.

Egal. Louise hatte ihre Pflicht getan und ihre Rede gehalten, die Broschüren verteilt und Leben gerettet.

Aber warum war dann alles immer noch so unbefriedigend?

Nach einem überschwänglichen Lob von Bürgermeister Hastings und einem unaufgeregten Handschlag seines Stellvertreters Shinn, die beiden waren wie Stan Laurel und Oliver Hardy, ließ Louise sich in den Sessel neben der Biografieabteilung fallen. Der Sessel, den sie aus dem Arbeitszimmer ihres Vaters gestiftet hatte, protestierte mit einem Ächzen, als wäre er von den Ereignissen des Abends genauso erschöpft wie sie.

Louise hatte gerade die Augen geschlossen, um sich kurz auszuruhen, als etwas sie an der Schläfe traf und sie die Augen gerade noch rechtzeitig aufriss, um zu sehen, wie ein gefaltetes Papierflugzeug neben ihr auf den Boden trudelte.

Mit finsterem Blick sah sie auf. Eine kaum merkliche Bewegung hinter den Regalen verriet ihr, dass die Übeltäter ihren Angriff von der Galerie aus gestartet hatten, in der Kinderbuchabteilung.

Ein kurzes Gebet um Geduld und um jemanden, der sich der Situation annahm, verhallte ungehört, also ging Louise selbst die Treppe hinauf. Dies war schließlich ihre Bücherei und eine Veranstaltung, bei der sie den Vorsitz hatte. Da konnte sie wenigstens die Teilnehmer vor Luftangriffen schützen.

Ein entschieden panisches »Sie kommt!« bestätigte ihre Vermutung, aber es gab keinen anderen Weg nach unten und nur wenige mögliche Verstecke.

Es sieht hier wirklich ein bisschen trostlos aus. Der verblichene Teppich auf dem Boden war die einzige Sitzgelegenheit, und auch wenn die Regale gut gefüllt waren, standen sie an langweilig beigefarbenen Wänden. Das glänzende Eichengeländer mit den gedrechselten Stäben war das einzige dekorative Element. Louise nahm sich vor, einige Verbesserungen zu überlegen, sobald die Renovierung des Kindergartens begann. Noch etwas, wofür sie Geld ausgeben musste – aber der Ort würde dadurch einladender werden.

»Ich weiß, dass ihr hier seid«, rief sie. »Ihr könnt genauso gut rauskommen.«

Die beiden Bianchini-Kinder, von denen Gio versuchte, zwei ordentlich gefaltete Papierflieger in seinem Hemd verschwinden zu lassen, kamen hinter dem letzten Regal hervorgekrochen und blickten schuldbewusst zu Louise auf.

»Und, was habt ihr zu eurer Verteidigung zu sagen?«

»Es tut uns leid«, quiekte Rosa.

»Uns war langweilig«, erklärte Gio gleichzeitig, was weder eine Entschuldigung noch eine ausreichende Erklärung war – jedenfalls nicht für einen zwölfjährigen Jungen, der es besser wissen sollte.

»Wo ist eure Mutter?«, fragte Louise, sorgfältig darauf bedacht, dass ihre Stimme streng genug klang.

»Ich weiß nicht.«

Louise trat hinter die Kinder und schob sie vor sich her wie Jeeves, wenn er seinen Hüteinstinkt nicht unterdrücken konnte. »Dann werden wir sie suchen, in Ordnung?«

Eigentlich war es mehr Martinas Schuld als die der Kinder. Streiche und Ungezogenheit waren doch Teil des Kindseins, aber ein erwachsener Mensch sollte sie nicht unbeaufsichtigt herumlaufen lassen, wohl wissend, dass sie auf dumme Gedanken kommen würden.

Nachdem sie das Erdgeschoss durchsucht hatten, fanden sie Martina schließlich in einem Sessel in der hintersten Ecke, wo sie über *Alter Adel rostet nicht* gebeugt saß, die Augenbrauen vor Konzentration hochgezogen, der Rest der Welt ganz offensichtlich ein weit entferntes Übel.

Selbst als Louise sich räusperte, blickte Martina nicht auf. Louise musste laut vernehmlich ihren Namen sagen, um die Aufmerksamkeit der Frau zu erregen, und selbst dann behielt diese den Finger auf der Seite, als wollte sie so bald wie möglich zu ihrer Lektüre zurückkehren.

Das änderte sich, als Louise die Situation erläuterte. Zu Martinas Ehrenrettung musste gesagt werden, dass sie ihre Sprösslinge umgehend dazu aufforderte, sich zu entschuldigen, und selbst um Verzeihung bat, weil sie die beiden sich selbst überlassen hatte.

Trotzdem machte sie keine Anstalten, den Kindern zu folgen, als die beiden, nachdem Louise die Entschuldigungen angenommen hatte, davoneilten. Stattdessen ertappte Louise Mrs Bianchini dabei, dass sie zu dem Buch hinüberschielte, das auf dem Sessel lag, bevor sie sich wieder auf Louise konzentrierte. »Wie gesagt, es tut mir sehr leid …«

»Nun, ich bin sicher, es wird nicht wieder vorkommen.« Aber war sie sich sicher? Angesichts eines abwesenden Vaters und einer abgelenkten Mutter schien diese Zuversicht unangebracht.

Plötzlich hatte Louise eine Idee. »Würden Sie mich bitte kurz begleiten, Martina? Ich möchte Ihnen etwas zeigen.«

Louise schlängelte sich zwischen den Regalen hindurch – wobei sie auf halbem Weg einen Papierflieger aufhob, der in der Biografieabteilung eine Bruchlandung erlitten hatte – zu einem Schrank an der Ostseite der Bücherei, den Anthony auf Louises Geheiß so hoch angebracht hatte, dass keine Kinder ihre Fingerabdrücke darauf hinterlassen konnten. Nie ausgeliehen, nie angerührt, aber – wie sie zufrieden feststellte – augenscheinlich regelmäßig abgestaubt. Avis Montgomery hatte durchaus ihre Stärken.

Louise schloss den Schrank auf und trat zur Seite, damit Martina hineinsehen konnte. »Das sind die Erstausgaben, die mein Vater gesammelt hat. Ihr Wert und Zustand sind unterschiedlich, aber die meisten sind ziemlich selten.«

Martina machte einen zögerlichen Schritt nach vorn, während

sie die Buchrücken in dem Schrank überflog. »Ich wusste gar nicht, dass die hier stehen.«

»Ich mache kein Aufheben darum. Und das ist auch besser so, weil ich sie versteigern will, um Geld für den Kindergarten zu beschaffen.«

Obwohl sie es wie beiläufig sagte, war dies eine neue Entscheidung, die sie getroffen hatte, nachdem der Bauunternehmer ihr die endgültigen – und ungeheuerlichen – Kosten für die Arbeiten genannt hatte, die im September beginnen sollten. *Kriegsbeschaffungsinflation* hatte er es genannt, im Gegensatz zu Louises bevorzugter Wortwahl: *Halsabschneiderei*. Sie musste etwas tun, um zusätzliches Geld aufzutreiben.

Martina starrte die Bücher sehnsüchtig an, die Hände auf dem Rücken gefaltet, als hätte sie Angst, die vergilbten Seiten durch ihre bloße Nähe zu verderben. »Haben die Bücher nicht einen besonderen Wert für Sie?«

»Weil sie meinem Vater gehört haben?« Louise schüttelte den Kopf. »In gewisser Weise gehört jedes Buch in der Bücherei ihm. Diese Erstausgaben hier hatten für ihn schon eine besondere Bedeutung, darum hat er sie auch extra gestellt. Aber für mich ist heute ihr finanzieller Wert wesentlich entscheidender.«

»Aber … Sie haben hier eine Originalausgabe der Gedichte von William Wordsworth. Und sogar eine Erstausgabe von *Tom Sawyer*.«

Da war sie wieder, diese Ehrfurcht und Bewunderung, die sie auch in der Stimme ihres Vaters gehört hatte, wenn er von seinen geliebten Büchern sprach … Aber wenn er von seinen Kindern gesprochen hatte, hatte er sie kein einziges Mal gezeigt.

»Ich werde Ihnen etwas erzählen, was ich noch nie zu jemandem gesagt habe. Eltern können sich auch zu viel für Bücher interessieren und darüber ihre Familie vernachlässigen, weil sie die ungestörten Lesestunden mit einem solchen Eifer verteidigen, dass alles andere, was auch wichtig ist, in die zweite Reihe zurückfällt. Ich weiß das, weil mein Vater –« Louise holte tief Luft, bevor sie den Satz beendete: »– so ein Mensch war.«

Martina sah sie mit großen Augen an. Eine solche Offenbarung hatte sie offenbar nicht erwartet. Ebenso wenig wie Louise selbst.

»Ich sage das als gut gemeinten Rat für Sie«, fuhr Louise fort und versuchte, ihr Unbehagen zu verbergen, »in Bezug auf Ihre eigenen Kinder.«

Daraufhin drehte sich Martina um und Louise sah, wie sie zu Gio und Rosa hinüberblickte. Die beiden hatten sich um Frederick geschart, der angeblich den Boden fegte, aber stattdessen den Besen wie einen Paradestab drehte. Louise kam der Gedanke, dass vermutlich er es war, der Gio gezeigt hatte, wie man Papierflieger bastelte.

»Aber Ihr Vater muss Sie doch trotzdem geliebt haben.«

Die sanften Worte waren eine Einladung, sich zurückzuerinnern, und Louise versuchte es auch. Sie sah ihren Vater im Geiste vor sich, wie er ihren Bruder für sein Trompetenspiel lobte, hörte die förmlichen Fragen beim Abendessen und dachte an den Nachmittag zurück, an dem er ihnen beigebracht hatte, woran man die verschiedenen Blumen erkennen konnte.

»Oh ja, das hat er sicher, auf seine Weise. Er war nicht grausam oder verschwenderisch oder faul. Aber nach dem Tod unserer Mutter … hatte er einfach nicht das Zeug zu der Aufgabe, vor der er stand.« Sie nahm die Bücher aus dem Schrank, um sie zu zählen, damit sie ihrem Antiquitätenhändler in New York schreiben konnte. Wie viel ihr Vater wohl ursprünglich dafür bezahlt hatte? »Ich habe früh gelernt, dass gute Menschen durchaus schlechte Eltern sein können.«

So. Das war doch gar nicht so schwierig, wenn man die Angelegenheit sachlich formulierte und das Ganze mehr als einen moralischen Rat betrachtete als einen Einblick in die eigene Vergangenheit.

»Das mögen Sie vielleicht von Ihrem Vater gelernt haben«, sagte Martina leise und sah wieder zu ihren Kindern hinüber, die mit Frederick spielten. »Ich selbst habe von meiner Mutter etwas anderes gelernt, dass Lieben und Geliebtwerden die größte Freude und das größte Risiko sind. Manchmal beides gleichzeitig.«

»Ich würde sagen, das ist eine Frage der Perspektive. Ich bemühe mich, Risiken zu minimieren, soweit es geht.« Louise stellte die Bücher eins nach dem anderen zurück auf das schmale Regalbrett.

Einer der Titel ließ Martina hörbar einatmen. »Sie haben eine Erstausgabe von *Stolz und Vorurteil*?«

Ah. Das hatte sie vergessen. »Leider nicht. Das ist das einzige Buch hier, das *keine* Erstausgabe ist. Früher dachte ich, es sei wertvoll, weil Vater es mir in seinem Testament namentlich vermacht hat. Aber mein Anwalt hat mir versichert, dass es zwar von einer frühen, aber keinesfalls seltenen Druckauflage kommt und höchstens dreißig Dollar wert ist.«

Sie schüttelte den Kopf und legte das Buch zur Seite, bevor sie den Schrank wieder verschloss. »Ich sollte es der Leihbücherei spenden. Entweder war mein Vater falsch informiert, was den Wert des Buches betrifft, oder er wollte mich überlisten und mich dazu bringen, es zu lesen.«

»Sie haben noch nie ein Buch von Jane Austen gelesen?« Das klang fast so, als hätte sie Hochverrat begangen.

»Natürlich nicht. Und ich habe es auch nicht vor. Romantik ist eine lächerliche Illusion«, antwortete Louise mit fester Stimme und ignorierte den leisen, aber beharrlichen Gedanken, den sie auch dann nicht loswurde, als sie die Bücherei längst verlassen hatte. *So hast du nicht immer empfunden.*

August 1913

Sie hatte ihn nicht darum gebeten. Oliver hatte es freiwillig getan und einen Kuss auf ihre Stirn gedrückt. »Keine Angst, meine schöne Blume. Wir werden die Sache klären, von Mann zu Mann. Ich werde deinen Vater um deine Hand bitten und mit ein bisschen Glück wird er uns seinen Segen geben.«

Ausnahmsweise fand Louise seine sorglose Art eher irritierend als charmant. Als wäre die Sache so einfach. Niemals würde Vater seiner einzigen Tochter erlauben, den Sohn des örtlichen Kneipenbesitzers zu heiraten, nachdem er Tante Eleanor schon vor Jahren damit beauftragt hatte, eine gute Partie für Louise zu finden. Sie konnte es sich nicht vorstellen.

Und darum schlich Louise jetzt vorsichtig über die knarrenden Dielen im Flur, die Lederstiefel mit ihren Absätzen in der Hand. Sie sollte in ihr Zimmer zurückkehren, anstatt vor dem Arbeitszimmer ihres Vaters herumzulungern, wo das Mädchen oder – das verhüte Gott! – Delphine sie beim Lauschen erwischen konnte.

Aber wie konnte sie das, wo doch ihr Schicksal auf der anderen Seite der dicken Eichentür besiegelt wurde?

Selbst als sie das Ohr an die Tür presste, waren die Stimmen kaum zu verstehen, bis sie den scharfen, wütenden Ausruf ihres Vaters hörte: »Was?«

Sie kniff die Augen zu, bis sie Olivers Stimme hörte. »Bitte, Sir …«

»Was wollen Sie? Geld?«

Als Oliver wieder das Wort ergriff, hatte seine Stimme etwas von ihrem selbstbewussten Klang verloren. »… schwierig … nie meine Absicht … das verspreche ich …«

Dann eine Weile nichts mehr, obwohl Louise wieder näher schlich. Ob Oliver oder Vater zu leise sprach oder ob es zu einer Entscheidung kam, konnte Louise nicht sagen.

Sie hielt die Luft an und begann zu beten … bis ihr wieder einfiel, dass Gott ihr bestimmt nicht zuhören würde, nicht mehr.

»Und jetzt verschwinden Sie!« Dieser Satz war laut und deutlich vernehmbar und Louise wich von der Tür zurück und rannte auf Strümpfen die Treppe hinunter, bevor einer der beiden Männer sie sehen konnte. Hinter ihr hörte sie die Tür zum Arbeitszimmer aufgehen.

Sekunden später kam Oliver die Treppe hinuntergelaufen und betrat die Diele mit versteinerter Miene. Als er Louise sah, blieb er wie angewurzelt stehen. Nachdem sie sich kurz umgesehen hatte, eilte sie zu ihm. »Was ist los? Hat er …?«

»Dein Vater ist sogar noch wütender, als du es erwartet hast.« Die Spannung, unter der er stand, war ihm anzumerken und er sah ängstlich über ihre Schulter zum Arbeitszimmer hinauf. »Er hat mich rausgeworfen und damit gedroht, mich anzuzeigen.«

Nein. Das konnte er nicht – das würde er nicht tun. Diese Worte hatte sie beim Lauschen an der Tür nicht gehört, aber andererseits hatte sie von der Unterhaltung auch nur einen winzigen Teil mitbekommen.

Sie sank zu Boden, zog ihre Stiefel wieder an und band sich die Schnürsenkel zu. Wenigstens hatten so ihre Hände etwas zu tun. »Das verstehe ich nicht. Du … du hast doch gesagt, du könntest ihn zu allem überreden und er würde uns ganz sicher seinen Segen geben und uns heiraten lassen.«

Als Louise ihm diesmal in die Augen sah, die ihr zugezwinkert und sie voller Sehnsucht angeschaut hatten, nahm sie einen ungewohnten Ausdruck darin wahr: Angst. »Ich habe es ja versucht. Aber es sollte wohl nicht sein.«

Louise stand auf, legte eine Hand auf die Knöpfe ihrer engen Jacke und versuchte, tief einzuatmen, obwohl Übelkeit in ihr aufstieg. Dann hörte sie, wie irgendwo im Haus eine Tür ins Schloss fiel, und blickte zum Flur im Obergeschoss hinauf, zur Tür, die in den Küchentrakt führte und zum Eingang gleich hinter ihnen. Es gab andere Fragen, die sie Oliver stellen wollte. Sie wollte Einzelheiten wissen, was genau ihr Vater gesagt hatte, aber hier konnten sie nicht reden, wo jeder mithörte.

Ohne nachzudenken, griff sie nach dem Medaillon, das sie um den Hals trug. Darin befand sich eine Zeichnung von Oliver, die sie im letzten Monat angefertigt hatte. Nein, so leicht würde sie nicht aufgeben.

Jetzt konnte sie nur eines tun und dazu hätte sie von Anfang an den Mut aufbringen sollen. »Dann rede ich selbst mit ihm.«

Olivers Stimme rief ihr hinterher. »Damit machst du alles nur noch schlimmer, Louise …«

Aber sie war bereits an der Treppe, nahm die Stufen immer zwei auf einmal und ging oben den Flur entlang und durch die Arbeitszimmertür ihres Vaters, ohne anzuklopfen. Damit verstieß sie gegen die allerheiligste Regel im Hause Cavendish.

Er blickte von dem Blatt Papier hoch, auf das er schrieb, und seine blauen Augen zeigten erst ein gewisses Erschrecken und dann einen resignierten Ausdruck. So als hätte er ihr Kommen erwartet – oder gefürchtet.

»Vater«, sagte Louise, die Hände zu Fäusten geballt, »was hat das zu bedeuten?«

»Ich glaube, das habe ich sehr deutlich gemacht.« Ihr Vater zeigte auf die Tür und Louise schloss sie hinter sich. »Und bitte schrei nicht so, Louise. Ich weiß, dass du aufgebracht bist, aber ich habe entsetzliche Kopfschmerzen.«

Das würde längst nicht alles sein, was er nach ihrem Gespräch haben würde. Vierundzwanzig Jahre lang war sie die brave Tochter gewesen, mit den besten Schulnoten und vorbildlichen Manieren. Treu war sie jeden Sonntag mit in den Gottesdienst gegangen, sie konnte es mit jeder Heiligen aufnehmen – nur dass Vater nie irgendetwas davon bemerkt hatte.

Aber jetzt war die Zeit reif für einen Wutanfall und den hatte er schon lange verdient. Das Beste war, wenn sie gar nicht erst Zweifel aufkommen ließ. »Oliver und ich werden heiraten, Vater, ob du damit einverstanden bist oder nicht.«

Vaters Reaktion war ausgerechnet ein Seufzer. Als ginge es nur um eine vorübergehende Laune, die bald überwunden war. »Du wirst mir sicher nicht glauben, aber ich sage dir die Wahrheit, Louise. Natürlich würde ich mir Sorgen machen, wenn du beschlossen hättest, außerhalb deiner Gesellschaftsschicht zu heiraten. Aber das ist nicht der Grund, warum ich Mr Goodwin die Erlaubnis verweigert habe, dich zu heiraten.«

»Was ist denn dann der Grund?«, fragte Louise, obwohl sie wusste, dass keine einzige Antwort, die er ihr geben konnte, sie überzeugen würde.

Aber die Worte, die über seine Lippen kamen, waren sanfter als erwartet – und zugleich klangen sie hart. »Er liebt dich nicht wirklich, Louise. Da bin ich mir ganz sicher.«

»W-woher willst du das wissen?« Sollte er es etwa wagen, etwas über diese romantischen Erzählungen zu sagen, die er immer las, so als würde ihn das zu einem Experten machen, was das Leben der echten Menschen um ihn herum betraf? Die ignorierte er doch größtenteils …

Vater machte Anstalten, etwas zu sagen, machte den Mund dann aber wieder zu. Als er schließlich doch sprach, klang seine Stimme wie die eines Mannes, der mit einer verschreckten Stute spricht, um sie zu besänftigen, damit sie ihn nicht zu Tode trampelt. »Du musst mir einfach vertrauen. Ich werde nicht zulassen, dass er dein Leben ruiniert, mein Kind.«

Vielleicht hat er ja recht. Der Gedanke kam ohne Vorwarnung und entsprang diesem schrecklichen, unbändigen Hang zum Pragmatismus. Immerhin war Oliver so gut wie mittellos. Wie sollten sie ohne Vaters Hilfe überleben?

Nein, sie würden es schon irgendwie schaffen.

»Jetzt fängst du an, dir Gedanken über mein Leben und meine Entscheidungen zu machen?«, gab sie hitzig zurück, die Arme wie schützend um ihren Oberkörper geschlungen. »Nach all den Jahren? Es ist dir vielleicht nicht aufgefallen, aber ich bin kein Kind mehr, Vater. Schon lange nicht mehr.«

Er hatte diese Jahre verloren, nachdem ihre Mutter vor zehn Jahren gestorben war und er Louise und ihren Bruder Matthew ins Internat geschickt hatte. Er hatte seine Trauer in einem Garten voll mit Mutters Lieblingsblumen vergraben und die Nase immerzu in seinen geliebten Büchern gehabt, sodass er seinen Kindern kaum jemals in die Augen geschaut hatte, selbst wenn sie zu Besuch waren.

Louise musste ihrem Vater zugutehalten, dass er verlegen wirkte, aber nur kurz. »Das ändert nichts an der Tatsache, dass du zwar eine erwachsene Frau, aber immer noch meine Tochter bist. Und deshalb ist es meine Aufgabe, dich zu beschützen.«

»Vor dem Mann, der mich anbetet?«

»Wie gesagt, ich habe da so meine Zweifel. Zumindest schien er sehr geneigt, die großzügige Abfindung zu nehmen, die ich ihm angeboten habe, nachdem ich ihm deine Hand verweigert hatte.«

Sie hatte sich schon eine scharfe Erwiderung zurechtgelegt, als sie ihn erstaunt ansah. »Ich …«

Oliver hatte Geld von ihrem Vater genommen, um zu gehen? Das konnte doch nicht sein. Er hatte ihr schließlich ein Versprechen gegeben.

Noch während sie das dachte, erinnerte sie sich an den resignierten Blick in Olivers Augen. *»Es sollte wohl nicht sein.«*

»Genau genommen«, fuhr ihr Vater fort, »würde es mich nicht wundern, wenn er bereits seinen Koffer gepackt hat, um mit dem nächsten Zug abzureisen.«

Nur mit Mühe und weil sie wusste, dass die Angestellten sie würden hören können, beherrschte Louise sich und schrie ihren Vater nicht an. »Du hast ihm gedroht und ihn dann bestochen, damit er mich verlässt?«

»Ich habe ihm eine Abfindung dafür gegeben, dass ich ihm gekündigt habe«, korrigierte Vater sie. »Er wird eine andere Anstellung finden – natürlich ohne eine Empfehlung von mir –, und wenn er dich immer noch heiraten will, nachdem er finanziell auf eigenen Füßen steht, werde ich es mir vielleicht noch einmal überlegen.«

Noch nie hatte ein *vielleicht* so vielversprechend geklungen, hatte ihr mehr Hoffnung gemacht als je zuvor. Louise klammerte sich einen Moment lang daran, bevor sie die vertraute Härte in den Augen ihres Vaters sah.

Er glaubt nicht, dass Oliver zurückkommt.

Der flüchtige Gedanke wurde bestätigt, als er ganz ruhig, so als würden sie übers Wetter sprechen, hinzufügte: »Und wenn nicht, werde ich für dein Wohlergehen sorgen. Das habe ich schon immer getan.«

Sie verkniff sich die offensichtliche Antwort, dass nach Mutters Tod nicht er für ihr Wohlergehen, ihre Ausbildung und ihre Erziehung gesorgt hatte, sondern lediglich seine Schecks. Geld und einige wenige Augenblicke am Esstisch hier und dort, normalerweise in Form einer einseitigen Unterhaltung über einen Roman, den Louise nicht lesen wollte, oder die aktuellen Blüten in einem Garten, der sie nur Olivers wegen interessierte.

Oliver, der ihren Verstand bewunderte und ihre Meinung zu aktuellen Ereignissen hören wollte. Oliver, der ihr übers Haar strich und ihr sagte, sie sei hübsch. Oliver, den ihr Vater angeschrien und rausgeworfen hatte wie einen gemeinen Dieb. Alles angeblich aus Sorge um Louises Wohlergehen.

Aber nichts von alldem konnte sie zu diesem Mann sagen, der sie kaum kannte. Stattdessen nahm sie ihre Wut und fasste sie in einfachere Worte, gesprochen aus Trotz gegenüber der herzlosen Ruhe des Mannes, dem sie gegenüberstand, und um den Funken der Angst auszulöschen, den er in ihr entzündet hatte. »Er *wird* zu mir zurückkommen. Das wirst du schon sehen.«

Aber nachdem sie in Windward Hall, im Kutschhaus und sogar im Geräteschuppen nach ihm gesucht hatte, stellte sie fest, dass ihr Vater wenigstens in einem Punkt recht gehabt hatte. Oliver war schon fort.

16

Martina
9. Juni

Gios Radio ließ die satten Klänge von Glenn Miller und seiner Band durch den Wohnwagen erschallen und nur das leise Knistern erinnerte Martina daran, dass im Schlafzimmer keine Big Band stand. Die fröhliche Blechblasmusik entlockte ihr ein Lächeln, während die Nachmittagssonne durch die frisch geputzten Fenster schien. Da sie allein war, hatte sie sogar genügend Platz, um einen oder zwei Tanzschritte zu machen, was ein Luxus war. Der Besen, den sie in der Hand hielt, war der ideale Partner: groß, ruhig und praktisch.

Sie sollte ein schlechtes Gewissen haben, weil sie die Kinder in der Bücherei zurückgelassen hatte, aber was war schon ein weiteres Vergehen angesichts der hundert Gewissensbisse wegen ihres Versagens als Mutter, die sie wie schlecht sitzende Sicherheitsnadeln bei jeder Gelegenheit piesackten? Und so hatte sie wenigstens Zeit, den Wohnwagen zu putzen und ein Abendessen zu kochen, das die beiden zu sich nehmen konnten, wenn ihre Mutter in der Nacht verschwand.

Außerdem hatte Gio es selbst vorgeschlagen. »Rosa gefällt es hier«, hatte er beiläufig gesagt, aber sie hatte schon ein paarmal bemerkt, dass auch er heimlich das eine oder andere Buch aus seinem Rucksack gezogen hatte.

Martina war sicher, dass der nette junge Mann vom Buchclub, Mr Keats, daran schuld war. In dem Augenblick, als Frederick in seiner Uniform die Bücherei betreten hatte, war Gio mit tausend Fragen über ihn hergefallen, was Martina furchtbar peinlich gewesen war, aber er hatte die Fragen des Jungen ohne jede Spur von Verärgerung beantwortet.

Wenn du doch jemanden wie ihn geheiratet hättest, flüsterte eine Stimme, *anstatt dich in den ersten Charmeur zu verlieben, der in die Bäckerei gekommen ist und gesagt hat, dass er dich liebt.*

Sta' zitto! Solche Gedanken brachten überhaupt nichts. Was geschehen war, war geschehen.

Martina kniete auf dem Boden und kratzte unterm Tisch den letzten Erdklumpen vom Boden, als es laut und energisch an der Tür klopfte.

Das war nicht Ginny, die sie abholen kam; bis dahin war noch eine Stunde Zeit. Und es war auch kein Kind, das gekommen war, um ihr zu sagen, dass Gio sich prügelte; er war in der Bücherei. Auch keine Nachbarin, die sich etwas Zucker ausleihen wollte; hier auf dem Platz machte niemand so etwas. Sie hatte keine Verwandten in der Nähe, keine Freunde, niemanden, der einfach so vorbeikam.

Es sei denn …

Martina schaltete das Radio aus und murmelte ein Gebet, von dem sie nicht sicher war, ob sie es brauchte. Sie war nicht abergläubisch – glaubte nicht daran, dass Worte oder Gedanken ihr Pech brachten und plötzlich ein ungebetener Gast auf der Bildfläche erschien. Trotzdem konnte sie das mulmige Gefühl in ihrem Magen nicht leugnen, als sie die Tür öffnete.

Es war Patrick. Einen Augenblick lang, der sich wie eine Ewigkeit anfühlte, starrte Martina ihn an und es war ihr egal, ob das unhöflich war: Sie starrte auf sein kantiges Kinn mit der winzigen Narbe an der Seite, auf die braunen Augen, die funkelten, wenn er lächelte. Was er unglaublicherweise jetzt tat. »Tach, Liebchen. Lange nicht gesehen, was?«

Martina brauchte nicht zu entscheiden, ob sie ihn hereinbitten sollte oder nicht; Patrick trat ein, ohne auf eine Einladung zu warten, und drehte den Kopf hin und her, während er den Wohnwagen begutachtete.

Mamma hatte recht: Sein blaugrauer Anzug war neu und saß perfekt, also hatte Patrick ihn vermutlich nicht von irgendeinem Kerl beim Kartenspielen gewonnen. Als er an Martina vorbeiging, roch sie einen Hauch Rasierwasser und Pfefferminz, statt Zigaretten und Alkohol. Und als sie an ihm vorbei zur Tür hinaussah, entdeckte sie, dass dort ein dunkles Coupé stand – ein älteres Modell, aber sauber und gut in Schuss.

Mit einem Mal war Martina verlegen. Wie unordentlich sie aussah in ihrer schmutzigen Schürze und der Arbeitskleidung, die nach Putzeimern und Gießerei roch.

Es spielt keine Rolle. Mach dich nicht klein. Die Tage, als sie so getan hatte, als ob, in denen sie ihren weicher werdenden Bauch eingezogen und Lippenstift aufgelegt hatte, während sie darauf hoffte, dass Patrick ihr irgendwelche Komplimente wie Brosamen zuwarf, waren längst vorbei.

Schließlich fand sie ihre Stimme wieder und versuchte, selbstbewusst zu klingen, so wie Mamma. »Was machst du hier?«

»Kann ein Mann nicht mal seine Frau besuchen?« Patrick hob den Arm, um an die Decke des Wohnwagens zu klopfen, wobei er sich nicht einmal recken musste. »Bestimmt nicht angenehm, hier in dieser Behausung das Essen zu kochen, oder?«

»Ich schaffe das schon.«

»Tust du doch immer, nicht wahr?« Und wie üblich konnte Martina nicht sagen, ob es ein Kompliment war oder er sich über sie lustig machte.

Noch nie hatte der Wohnwagen sich so klein angefühlt und Patrick so groß und kräftig in ihrer Küche gewirkt, obwohl seine Haltung nichts von einer Drohgebärde hatte.

Sollte sie um Hilfe rufen? Unter einem Vorwand gehen? Ihn mit dem Besen hinausjagen?

Nein. Er wusste, wo sie wohnten. Wenn sie ihm jetzt auswich, würde er nur wiederkommen. Besser, wenn sie herausfand, was er wollte, und ihn dann wieder loswurde, und Gott sei Dank war er gekommen, während die Kinder nicht hier waren.

Er machte keine Anstalten, sich zu erklären, sondern fuhr mit einer Hand über die Schränkte an den Wänden. »Cleveres Design, das.«

»Hast du Urlaub?«, fragte sie, obwohl sie wusste, dass das nicht sein konnte, wenn man bedachte, wann er bei Mamma aufgetaucht war. Die Navy ließ ihre Matrosen nicht wochenlang in der Gegend herumfahren.

Jetzt wandte Patrick sich zu ihr um. »Die Navy … das hat nicht funktioniert.« Ein Funkeln in seinen Augen warnte Martina, nicht nach Einzelheiten zu fragen, also tat sie es auch nicht. Ob ihr Mann desertiert war, entlassen worden war oder eine Verletzung vorgetäuscht hatte, um vom Dienst entbunden zu werden, spielte keine Rolle. Die schlimmste Nachricht hatte sie schon erhalten: Er hatte sie gefunden.

»Ich habe wieder mit dem Fischen angefangen. Hab einen Kredit für einen Kutter aufgenommen und eine eigene Crew angeheuert. Läuft gut, auch wenn ich es selbst sage.« Sein Lächeln strahlte so hell wie die ebenfalls neuen Manschettenknöpfe, die er trug. »Die meisten jüngeren Fischer haben ihren Netzen den Rücken gekehrt, um Onkel Sam zu folgen, also machen wir anderen einen ordentlichen Gewinn. Angebot und Nachfrage. So ist das in Amerika.«

Als wüsste sie nicht, was in Amerika üblich war und was nicht. »Was machst du *wirklich* hier, Patrick?«

»Ich dachte, ich sage dir mal Hallo. Und den Kindern.« Er sah sich um, als könnten sie sich unter dem schmalen Sofa versteckt haben.

»*Wenn sie dir so wichtig sind*«, hätte Martina am liebsten gefragt, »*warum hast du sie dann verlassen? Warum hast du nicht einmal nach ihnen gefragt?*«

Aber es lohnte sich nicht, Ärger zu machen. Zumal Patrick anscheinend nicht gekommen war, um einen Streit vom Zaun zu brechen.

»Vielleicht ist es besser, dass sie nicht hier sind. Sonst müsstest du Gio erklären, dass du kein Soldat mehr bist.«

Ein Schatten huschte über Patricks Gesicht. »Ah. Noch jemand, den ich enttäuscht habe.« Er fuhr mit dem Finger über eine grobe Bleistiftzeichnung eines Hundes, die an einer der wenigen Wandflächen festgeklebt war. »Rosa würde sich freuen, mich zu sehen, auch ohne Uniform.«

Das stimmte. Rosa sah nie die dunklere Seite ihres Vaters, obwohl sie wusste, dass er manchmal länger weg war als die Daddys anderer kleiner Mädchen. Martina hatte versucht, sie so gut wie möglich zu behüten, und Patrick war nie grob zu ihr gewesen. Jedenfalls noch nicht.

»Dann geht es ihnen gut?« Er sprach zögerlich, so als wollte er nicht den Eindruck erwecken, dass es ihm besonders wichtig war.

Aber er hatte gefragt und vielleicht hatte er verdient, wenigstens das zu wissen.

»Ja. Beide sind gesund und glücklich.« Was sie nicht ihrem Vater zu verdanken hatten, der sie schon drei Mal im Stich gelassen hatte, nur um wieder angeschlichen zu kommen, weil er etwas brauchte, um dann erneut zu verschwinden.

»Und du?«, fragte er und quetschte dabei seine breiten Schultern in die Sitzecke am Tisch, offenbar nicht abgeschreckt von Martinas spärlichen Antworten. »Was machst du denn so, Marti?«

Wahrscheinlich wusste er schon, wo sie arbeitete. Wie hätte er sie sonst finden sollen? Trotzdem war es besser, wenn sie mitspielte. Solange sie ruhig blieb und er nüchtern war, wurde Patrick nicht gewalttätig. Normalerweise.

»Ich leiste meinen Beitrag für den Krieg.« Sie drückte sich bewusst vage aus, nur für den Fall, dass er noch nichts von Bristol-Banks wusste. »Ich habe eine gute Arbeit.«

Das entlockte Patrick nur ein verächtliches Schnauben. »Ich hätte nie gedacht, dass meine Frau mal in einer Fabrik arbeiten würde. Bezahlen sie dich wenigstens angemessen?«

»Warum? Brauchst du Geld?« Martina hatte nur wenig gespart, aber wenn es nötig war, um Patrick loszuwerden, würde sie einen

Teil davon opfern, auch wenn sie wusste, dass er es zu irgendeiner Bar oder einem Bordell trug.

»Du glaubst, darum geht es mir?« Seine Stimme klang zornig, aber auch gekränkt. »Kann ein Mann nicht mal seine Frau besuchen, ohne dass sie ihn ins Kreuzverhör nimmt?«

»Ich meinte nur ... wenn du solche Fragen stellst ...« Martina bemühte sich, versöhnlich zu klingen. »Du kannst mir kaum verdenken, dass ich solche Gedanken habe.«

Es reichte, damit Patrick seine Faust lockerte und nach Martinas Kaffeebecher griff. »Vermutlich nicht. Aber diesmal habe ich jede Menge Geld. Im Moment wohne ich zur Miete, während wir die Küste raufziehen.« Er trank einen Schluck und spuckte den Kaffee sofort wieder in den Becher, weil er nach einer Stunde kalt und bitter war. »Wir – die Jungs in meiner Crew – wollen uns für den Herbst und Winter irgendwo niederlassen. Vielleicht hier, wenn das Gewässer zum Fischen taugt.«

Bitte mach, dass es nicht dazu taugt. Der Herr hatte seine Jünger Fische fangen lassen, wo keine waren, da konnte er doch sicher auch für eine Flaute und leere Netze sorgen. Ein umgekehrtes Wunder sozusagen, eine Plage, die das Meer vor Derby in Blut verwandelte. Was immer nötig war, damit Patrick weiterzog.

Patrick seufzte lange und laut, schob die Hände in die Hosentaschen und nickte ihr dann zu. »Hör mal, Martina, ich bin gekommen, um dich zu fragen, ob du nicht aus diesem Loch hier rauswillst.«

Dieser Vorschlag ließ ihr die Röte den Hals hinaufkriechen, wie keine seiner Angebereien und großkotzigen Fragen es vermocht hatte.

Sah er denn nicht die Geranien auf dem Treppenabsatz, den Teppich, den sie gewebt hatte, die Kissen, die sie mit solcher Sorgfalt genäht und auf dem Sofa verteilt hatte? Dass jede Oberfläche in der kleinen Wohnwagenküche sauber und poliert war? Wie konnte er das ein Loch nennen?

»Du bist immer noch meine Frau, Martina, egal, was wir zueinander gesagt haben, als wir wütend waren. Und ich möchte dich zurückhaben.«

Sie wählte ihre Worte sorgfältig und hielt ihren Tonfall ruhig. »In Italien hatten wir ein Sprichwort: Nimm dich in Acht vor *minestra riscaldata* – vor aufgewärmter Suppe.«

»Aber du bist eben nicht mehr in Italien.« Patrick stand auf und berührte Martina an der Schulter. Er schien nicht zu merken, dass sie zurückzuckte. »Das ist dein Problem. Das war immer dein Problem.«

»Es bedeutet«, fuhr sie fort, als würde er es tatsächlich wissen wollen, »wenn etwas abgekühlt ist und man es aufwärmt, dann ist es nicht dasselbe wie vorher.«

Jetzt war wieder die Wut da und flackerte wie das silberne Feuerzeug, das er immer in seiner Hemdtasche trug, nah an seinem Herzen. »Gut. Du willst also die Scheidung, ist es das? Ist das nicht irgendwie eine Todsünde?«

Bei seinen Worten zuckte Martina zusammen. Patrick war gerade katholisch genug, um mit den richtigen Begriffen um sich zu werfen. Alles, was er über Religion wusste, stammte von Father Coughlin, einem antisemitischen Priester, dessen Radiosendung im ganzen Land die Wohnzimmer mit Hass besudelt hatte, bis Präsident Roosevelt die Sendung ohne viel Aufhebens – Gott sei Dank – verboten hatte.

»Bei unserem letzten Gespräch« – ein kaum passendes Wort für die lautstarke Auseinandersetzung, die sie im letzten Sommer gehabt hatten – »hast du gesagt, du wolltest ein freier Mann sein, so als hättest du nie geheiratet.« Patrick hatte noch Schlimmeres gesagt, bevor er die Tür zugeknallt und seine Familie verlassen hatte, um zur Navy zu gehen.

»Vielleicht habe ich ja meine Meinung geändert.«

»Und vielleicht änderst du deine Meinung nach einem oder zwei Monaten ja wieder und ziehst einfach weiter und brichst den Kindern das Herz – wieder einmal.«

Er zögerte, noch immer war er ihr so nah, dass Martina seinen schweren Atem spüren konnte, und zum ersten Mal sah sie, dass sein großspuriges Auftreten Risse bekam.

Konnte es sein, dass sie ihm wirklich wichtig waren?

Als sie sprach, war ihr Tonfall sanfter. »Uns geht es gut hier, Patrick. Siehst du das denn nicht? Die Kinder können doch mit deinem Fischereigeschäft nicht ständig durch die Gegend ziehen. Sie brauchen ein Zuhause.«

»Wie wäre es denn, wenn du sie eine Zeit lang bei deiner Mutter lässt?« Martina schüttelte bereits den Kopf, aber er sprach weiter und ignorierte die Antwort, die für sie endgültig war. »Nur so lange, bis ich genug Geld für ein richtiges Haus gespart habe. Einen schönen Bungalow mit weißem Zaun und so.«

Egal welchen Traum er sich zurechtgelegt hatte, er mochte noch so verlockend sein, er war doch nur ein Produkt seiner Fantasie; wie das Land Oz aus dem Buch, das sie Rosa gerade vorlas. »Ich werde die Kinder nicht verlassen, egal, für wie lange. Sie brauchen ihre Mutter.«

»Und ihren Vater? Den brauchen sie doch auch.«

Darauf gab ihm Martina keine Antwort. Sie konnte Patrick nicht in die Augen blicken, weil sie Angst hatte vor dem, was sie dort sehen würde. Wut oder, schlimmer noch, etwas Echtes, das sie an die Anfangszeit erinnern würde, als er ihr ewige Liebe geschworen und ihr große Versprechungen gemacht hatte.

Also hörte sie sein Seufzen nur und sah es nicht. »Denk darüber nach, Martina. Ich weiß, dass das alles sehr plötzlich kommt. Aber ich werde noch ein paar Monate hier in der Stadt sein und Geschäfte machen. Die Jungs mögen kleinere Städte. Ist sicherer so.« Er kritzelte eine Adresse auf die Rückseite eines Umschlags, den er aus dem Buch zog, das auf dem Tisch lag. »Hier kannst du mich jederzeit erreichen.«

Damit hob er galant den Hut und schlenderte aus dem Wohnwagen.

Martina holte tief Luft und atmete langsam aus, während ihr die Knie weich wurden und sie aufs Sofa sank.

Er war fort und er war nicht betrunken gewesen, er hatte sie nicht angeschrien oder die Kinder bedroht. Er hatte weder versucht, sie zu küssen, noch hatte er eine Entscheidung von ihr verlangt.

Vielleicht hat er sich ja geändert.

Das darfst du nicht einmal denken. Wie oft hatte sie gehofft, es würde anders? Aber das wurde es nie. Der einzige Mensch, für den Patrick Quinn sich wirklich interessierte, war er selbst.

Neben ihr lag *Alter Adel rostet nicht*, das Buch, aus dem Patrick den Umschlag gezogen hatte. Martina hatte ihn als Lesezeichen verwendet, sodass sie jetzt nicht mehr wusste, bis zu welcher Seite sie schon gekommen war. Aber es spielte keine Rolle. Nach nichts stand Martina in diesem Augenblick weniger der Sinn als nach einer Komödie.

Es erschien ihr alles so … wie sagte man? *Belanglos.* Das war es. Das Buch war voller Witze über Internate und Zimmermädchen, die sie nicht verstand. Bertie und Jeeves und die anderen Charaktere in dem Roman gehörten allesamt in eine andere Welt als sie selbst. Eine Zeit lang hatte es Spaß gemacht, der Wirklichkeit zu entfliehen, während Martina von diesen Leuten und ihren Eskapaden las.

Aber die echte Welt hatte wieder einmal an ihre Tür gehämmert und sie an all die falschen Entscheidungen erinnert, an all ihre Sünden, die weniger schlimmen und die Todsünden. Sie hätte wissen müssen, dass man der eigenen Vergangenheit nicht entfliehen konnte, egal, wie weit man lief.

17

Avis
13. Juni

Ein metallener Ventilator an der Kasse bewegte die Luft und sorgte für ein wenig Abkühlung angesichts der drückenden Hitze, aber er brachte auch Unordnung in die Karteikarten, von denen jede einzelne Auskunft über ein ausgeliehenes Buch gab. Fliegen schwirrten um die Fenster der Bücherei und stießen gegen die Scheibe in einem erfolglosen Versuch zu entkommen.

Avis massierte sich die Schläfen und dabei berührten ihre Finger eine Locke, die sich irgendwie aus dem komplexen System aus Haarnadeln gelöst hatte, mit dem sie ihr gewelltes Haar so zu zähmen versucht hatte wie die berühmte Schauspielerin Carole Landis in der aktuellen Ausgabe einer Filmzeitschrift. Ausnahmsweise holte sie diesmal nicht ihre Puderdose aus der Handtasche, um ihre Frisur zu richten. Wem sollte das schon nützen?

Niedergeschlagen starrte sie auf die Liste mit Strategien in ihrem aufgeschlagenen Notizbuch, die sie zwischen die Buchclubprotokolle geschrieben hatte, die meisten von ihnen durchgestrichen.

An die Büchereiverwaltung appellieren. Gescheitert, als Mr Bell ihr im Rathaus erklärt hatte, dass für diese Bücherei – die zwar an den Büchereiverband angeschlossen war, aber mit privaten Spenden und Mitgliedsbeiträgen finanziert wurde – Louise Cavendish als einzige Verwalterin eingetragen war.

Die Stadt davon überzeugen, dass sie das Gebäude kaufen und in eine städtische Bibliothek umwandeln sollte. Dazu hatte Bürgermeister Hastings gesagt, selbst wenn Miss Cavendish bereit wäre zu verkaufen, »haben wir einfach nicht die finanziellen Mittel. Es herrscht Krieg, wissen Sie?«

Eine Bauvorschrift finden, die einen Kindergarten in diesem Gebäude verhindern würde. Dazu hatte sie sich ausgerechnet an Herb Beale wenden müssen, einen Hobbyelektriker, der sich die Pläne angesehen und gemeint hatte, soweit er das sehen könne, sei alles in Ordnung. »Wenn die alte Cavendish jemanden findet, der die Arbeiten übernimmt, steht dem Umbau nichts im Wege.«

Im Laufe der vergangenen Wochen hatte Avis nach juristischen Schlupflöchern und rechtlichen Regelungen gesucht, mit so gut wie jedem in der Stadt gesprochen, der irgendwelchen Einfluss hatte. Sie hatte lediglich davor haltgemacht, sich ein Tuch umzubinden und einen Überfall auf Russells Bank zu inszenieren, um Louises Konto leer zu räumen. Allesamt Sackgassen.

Ein Klopfen an der Haustür ließ sie aufspringen, das Notizbuch zuklappen und den Stapel Bücher neben ihr zurechtrücken, der als Lawine unerledigter Arbeit zu enden drohte.

Wahrscheinlich war es Louise, die etwas zu früh zu dem Buchclubtreffen erschien. Wenigstens war die Lektüre für diese Woche relativ unumstritten. Selbst Avis hatte *Alter Adel rostet nicht* mit einem solchen Vergnügen gelesen, dass sie an zwei Tagen hintereinander Russells Frühstücksspeck hatte anbrennen lassen, weil sie noch ein paar Seiten lesen wollte.

Aber als Avis die Tür aufschloss und in die Morgensonne blinzelte, standen dort – ja, es sah aus wie ein Dutzend Menschen, die hereingelassen werden wollten. Einige von ihnen unterhielten sich leise, ein paar standen etwas abseits, als wären sie selbst nicht ganz sicher, warum sie eigentlich hier waren.

»Na, wird ja auch Zeit!« Ginny löste sich aus der Gruppe und ging die Treppe hinauf. Dann nahm sie Avis die Klinke aus der Hand und riss die Tür weit auf, während sie die versammelte Gesellschaft hereinwinkte.

»Was machen die ganzen Leute hier?«, flüsterte Avis ihr zu, bevor die erste Person in Hörweite war – Mrs Whitson, die Frau des Pastors, die wie üblich übers ganze Gesicht strahlte.

Das Lächeln, das Ginny Avis zuwarf, war ebenso strahlend. »Sie sind zum Buchclub gekommen, was sonst? Deine kleine Rede letzte Woche bei der Stadtversammlung muss was gebracht haben. Und natürlich meine Werbung, als sie gegangen sind. Die persönliche Note gewissermaßen.«

Avis folgte der Gruppe, immer noch ein wenig unter Schock. Ach du liebe Güte, sie hatte nicht genügend Stühle aufgestellt. Aber das konnte warten, bis sie eine richtige Erklärung erhalten hatte. »Sind das alles … Freunde von dir?«

»In gewisser Weise.« Ginny deutete mit dem Daumen hinter sich auf einen Mann mittleren Alters, der einen lustigen langen Schnurrbart trug. »Danny Maloney. Ihm gehört das Pfandleihhaus ein Stück die Straße runter, aber er ist ein anständiger Kerl, mach dir keine Sorgen. Seine verstorbene Frau – sie ist seit sechs Jahren tot – hat Biografien geliebt. Meinst du, wir können auch mal so was lesen?«

»Ich weiß nicht, ob …«

Aber Ginny hatte offenbar beschlossen, dass die Antwort warten konnte, denn sie zeigte auf eine Frau, die sich mit Mrs Whitson unterhielt. »Das da drüben ist Carol Ann Hoper. Ich weiß nicht mehr, ob ich sie vom Mittagstisch der Baptisten kenne oder vom Kaffeetrinken der Kriegsanleihengesellschaft, aber sie näht Patchworkdecken und mag keine Romane, die traurig enden. Gut, dass wir mit *Hamlet* schon durch sind.«

»Aber wir können doch nicht einfach …«

»Und der da heißt Earl Irgendwas. Er geht gern angeln und mag Bücher über Reisen. Er überlegt, in diesem Frühjahr einen Gemüsegarten für den Sieg anzulegen, aber ohne Brokkoli.«

»Das ist doch Mr Bell vom Rathaus«, gelang Avis ein Einwurf. »Den habe ich letzte Woche eingeladen.«

»Ich auch, also können wir uns den teilen.«

Teilen?

Dann fiel Avis ihre beiläufige Bemerkung vom letzten Treffen ein, dass sie Ginny für jedes neue Mitglied, das sie anwarb, eine

Provision zahlen würde. Avis war nicht klar gewesen, dass Ginny das ernst genommen hatte.

Die Vorstellungsrunde ging weiter und Ginny nickte einer Frau zu, die ein Kleid mit großen Punkten trug. »Das ist Arley Lokken, eine von Martinas Nachbarinnen. Liebt Daphne du Maurier, hat also einen super Geschmack.«

Avis hatte aufgegeben, sich zu fragen, wie Ginny sich all diese Dinge merken konnte, und beschloss, sich auf Wichtigeres zu konzentrieren. »Ginny«, sagte sie streng, »hast du all diese Leute hierhergelockt und ihnen versprochen, dass wir ihre Lieblingsbücher lesen?«

Ginny zuckte nur mit den Schultern. »Manchmal habe ich so Andeutungen gemacht. Aber nicht bei allen. Manche von ihnen lesen eigentlich nicht viel, vor allem die aus der Gießerei.«

»Aber warum«, erwiderte Avis langsam, während sie immer ungehaltener wurde, »kommen sie dann zu einem Buchclub?«

»Die Plätzchen waren ein gutes Argument«, gab Ginny zu. »Oder vielleicht hatten manche auch das Gefühl, dass ihr Luftschutzwärter es von ihnen verlangt. Oh, und Mrs Norris – vom Picknick beim Gründungstag der Presbyterianischen Gemeinde – denkt, du würdest verkünden, dass du schwanger bist und deinen Job aufgibst, und wollte die Erste sein, die das Gerücht verbreiten kann.«

Mit jeder weiteren Bemerkung verstärkte sich bei Avis das ungute Bauchgefühl, aber diese letzte Äußerung riss sie aus ihrer Angst. »Ginny!«

»Was denn? Ich habe nur gesagt, dass du was zu verkünden hast. Hab aber nicht gesagt, was.« Sie tätschelte Avis' Schulter, als wäre das ein großer Trost. »Also machen wir bei Mr Bell halbe-halbe und Mrs Follett hat ihre beiden Kinder mitgebracht, die jedes mindestens halb zählen sollten … das heißt, du schuldest mir 1,05 Dollar.«

Ginny streckte die Hand aus, als erwartete sie, dass Avis aus der Kasse mit Überziehungsgebühren, die sie unter dem Tresen aufbewahrte, die Pennys schüttelte.

»Das war ein *Witz.*«

Ginny schien das überhaupt nicht zu beeindrucken. »Da, wo ich herkomme, hält man sich an Abmachungen.«

Avis blickte zur Zeitschriftenabteilung hinüber, von wo jemand drei zusätzliche Stühle und zwei Bänke herangeschleppt hatte. Die Gruppe war größer geworden und die Kinder, auch die von Martina, saßen auf dem Boden. Selbst von hier aus konnte Avis sehen, dass der ganze Teller mit Lebkuchen bereits aufgegessen war. »Was sollen wir denn jetzt machen?«

Ginny kniff die Augen ein wenig zusammen und sah Avis prüfend an. »Ich dachte, du würdest dich mehr darüber freuen. Hast du nicht gesagt, dass du die Unterstützung der Stadt brauchst?«

Ja, schon. Aber abgesehen von Mr Bell bezweifelte sie, dass diese Leute die Bücherei schon einmal betreten hatten. Manche kannte Avis vom Sehen, andere – wahrscheinlich die Arbeiterinnen aus der Fabrik – waren ihr fremd. Irgendwo weinte ein Baby, zwei der Männer schienen Fischereigeschichten auszutauschen und Mrs Norris warf einen prüfenden Blick auf Avis' Leibesmitte.

Dies war nicht die Art Versammlung, die Miss Louise Cavendish beeindrucken würde, die auf ihrem angestammten Sessel Platz genommen hatte und sich Luft zufächelte, während sie das Durcheinander mit einer schwer zu deutenden Miene beobachtete.

»Ich kann nicht behaupten, dass ich *das* hier wollte.« Aus den Märchen, die sie Rosa manchmal vorlas, wusste sie, dass man sich seine Wünsche immer sehr gut überlegen sollte.

»Ob es dir gefällt oder nicht, Avis – nicht jeder ist so intellektuell wie du und Louise. Und sind Bücher nicht für alle da?«

Jetzt bekam Avis Gewissensbisse. Natürlich waren sie das. Aber in all den Jahren hatte eine bescheidene Mitgliedsgebühr die Kundschaft der Bücherei auf eine bestimmte Bevölkerungsschicht von Derby beschränkt. Ginny hatte die Türen der Bücherei weiter geöffnet, als die Cavendishs – oder Avis – es jemals erwartet oder beabsichtigt hatten.

Aber war das eigentlich schlimm?

Sie konnte das schon regeln. Sie würde es regeln. Avis straffte die Schultern und marschierte zu der Gruppe hinüber.

»Alle mal herhören! Darf ich kurz um Ihre Aufmerksamkeit bitten?« Die Leute wandten sich ihr zu, einige von ihnen mit einem Stück Lebkuchen in der Hand. Sie hatte nicht annähernd genug für so viele Personen gemacht und außerdem hatten sie kaum genügend Stühle und es war drückend heiß im Raum und … »Es tut mir schrecklich leid, ich hatte nicht erwartet …«

Sie verstummte, als sie sah, dass Ginny sich bemühte, ihre Aufmerksamkeit zu erlangen. Als ihre Blicke sich begegneten, reckte sie das Gesicht in Richtung Decke. *»Kopf hoch! Du hast das im Griff.«*

»Damit will ich sagen« – diesmal war Avis' Lächeln echt – »willkommen in unserem Buchclub.«

Der Applaus, der folgte, hallte in der kleinen Bücherei wider und die neuen Mitglieder begannen, es sich auf den Stühlen bequem zu machen, wo sie geduldig warteten. Mrs Whitson winkte Avis sogar ermutigend zu.

So. War doch gar nicht so schlimm. Und Ginny hatte recht, dies bewies ein großes Interesse der Stadt an der Bücherei und verschaffte ihnen vielleicht sogar ein paar neue ständige Mitglieder.

Als sie diesmal zu Miss Cavendish hinübersah, konnte sie sich einen selbstzufriedenen Blick nicht ganz verkneifen. *Siehst du? Ich habe doch gesagt, dass den Menschen die Bücherei wichtig ist.*

Die ältere Frau schob nur ihren Fächer zusammen. Dahinter kamen eine hochgezogene Augenbraue und ein Stirnrunzeln zum Vorschein, die vermuten ließen, dass der große Coup möglicherweise doch keiner war.

Aber trotzdem war es ein Anfang. Vielleicht fingen die Dinge ja langsam an, in die richtige Richtung zu laufen.

Buchclubprotokoll vom 13. Juni 1942

Protokoll: Martina Bianchini

Anwesende Mitglieder: Avis listet immer alle auf, aber wir sind diesmal so viele – 21, die Kinder mitgezählt.

Besprochenes Buch: »Alter Adel rostet nicht« von P. G. Wodehouse

Avis hat mir das Notizbuch gegeben und gesagt, ich soll aufschreiben, was die Leute bei dem Treffen sagen. Es ist gar nicht so einfach, alles mitzubekommen, und ich habe auch nicht so eine schöne Schrift, aber ich versuche es trotzdem.

Nur zwei der neuen Mitglieder haben sich gemeldet auf die Frage, wer das ganze Buch gelesen hat. Die meisten sind offensichtlich nur zum Zuhören hier, also haben wir angefangen.

Louise begann mit: »Wodehouse ist der wichtigste Humorist dieses Jahrhunderts.« Die meisten stimmten zu. Freddy fand Oscar Wilde wichtiger, aber er gab zu, dass Jeeves eine tolle Figur ist. Ich habe gesagt, ich hätte viele der Witze nicht verstanden, vor allem die mit spezifisch englischen Ausdrücken. Dann habe ich bereut, dass ich was gesagt habe, weil mich alle angestarrt haben, und es kam mir so vor, als wäre ich die Einzige, der es so ging.

Rosa lachte jedes Mal, wenn Ginny einen Ausdruck aus dem Buch benutzte wie z. B. »blühender Blödsinn«. Gio hat gefragt, ob der Hund von Miss Cavendish nach dem Jeeves im Buch benannt ist (ist er). Ansonsten haben sie den größten Teil der Diskussion still dabeigesessen, zusammen mit den beiden neuen Kindern.

Delphie wollte wissen, ob untätige reiche Leute in England wirklich so dumm sind wie Bertie in dem Roman, und Louise sagte, das sei eine Übertreibung, aber Adelstitel und Reichtum würden Menschen faul machen, weil sie für ihr Geld nicht arbeiten müssen.

Ginny wollte gerade zu Louise sagen: »Sie haben ja auch nicht gerade für

Ihr Vermögen gearbeitet«, aber ich wusste, was sie vorhatte, und habe sie getreten. Mamma würde sagen, das war meine »Franziskus-Tat« – ein wenig Frieden stiften. Obwohl ich glaube, dass Franziskus eine andere Möglichkeit gefunden hätte, Ginny zu unterbrechen. Wir können nicht alle Heilige sein.

Freddy sagte, der letzte Krieg – und vor allem dieser jetzt – könnte die Mauer zwischen Adeligen und Bürgerlichen sogar in England einreißen, weil Männer aus allen Schichten gemeinsam beim Militär dienen. Das war ein schöner Gedanke.

Eins der neuen Mitglieder, ein großer Mann mit leuchtend roter Krawatte, fragte, was wir davon halten, wenn man etwas zurückstiehlt, was einem zuerst selbst gestohlen wurde. Daraufhin haben mehrere Leute durcheinandergeredet und ich habe nicht alles verstanden, aber am Ende waren wir uns einig, dass es bei einer Komödie wahrscheinlich nicht um Ethik geht.

Dann sprach Miss Cavendish von der »großen Gefahr voreiliger romantischer Verbindungen«. Und ich glaube, dabei hat sie die ganze Zeit Freddy angeguckt. Ich hoffe, er ist nicht in Schwierigkeiten.

Avis wollte wissen, wofür das P. G. im Namen des Autors steht. Delphie schlug Peregrine Griswold vor, aber Ginny bestand auf Pudgy George. Miss Cavendish warf Pelham Grenville ein. Das fanden wir alle schrecklich, bis sie erklärte, dass er wirklich so heißt. Sie hatte eine Biografie, um es zu beweisen. Avis entschuldigte sich offiziell im Namen des Buchclubs bei P. G. Wodehouse.

Das war das Ende der Diskussion. Anschließend wollte eine Frau, die ich nicht kannte, von Avis wissen, ob sie noch irgendwelche Ankündigungen machen wollte. Avis wurde rot und sprach stattdessen über unser nächstes Buch.

An dieser Stelle konnte ich nicht mehr mitschreiben. Alle haben durcheinandergeredet, sowohl die alten als auch die neuen Mitglieder, und ich hätte mir am liebsten die Ohren zugehalten. Es wurden bestimmt ein Dutzend Titel vorgeschlagen und diskutiert.

Nachdem Avis um Ruhe gebeten hatte, schlug Ginny mit der lautesten Stimme »Das Böse unter der Sonne« vor, weil die Bücherei schon vier Exemplare davon besitzt. Louise stimmte zu und sagte, der Titel sei ein Zitat aus der Bibel, nämlich dem Buch Prediger.

Ich glaube, sie weiß nicht, dass es ein Krimi von Agatha Christie ist. Freddy hat behauptet, es sei ein »Beitrag zur moralischen Besserung«. Wir anderen waren einverstanden, ohne uns großartig zu beschweren.

Vielleicht hätte ich was sagen sollen? Bei solchen Gelegenheiten bin ich nie sicher, was ich tun soll. Aber ich habe nichts gesagt und deshalb wird im Buchclub als Nächstes über Mord und Totschlag geredet.

18

Louise
17. Juni

Der leise Glockenschlag der Uhr auf dem Kaminsims klang wie ein Gong und riss Louise aus einer Welt blaublütiger Personen und erpresserischer Aktivitäten, glaubwürdiger Alibis und zwielichtiger Hotelgäste mit insgesamt viel zu vielen Geheimnissen, als dass es realistisch gewesen wäre.

Louise zählte die Schläge und blinzelte dann ungläubig. Schon 22 Uhr? Was war denn mit dem Abend passiert? Stapelweise Büroarbeit wartete in dem alten Rollsekretär ihres Vaters darauf, dass sie sich damit befasste. Sie musste die aktuellen Informationen über Kinderbetreuungsstätten recherchieren, das Freiwilligenformular für den Dienst beim Roten Kreuzes erstellen und zumindest an ihrem Peter-Hase-Bild weiterarbeiten, das halb fertig in der Ecke stand.

Aber etwas an der Art, wie Agatha Christie schrieb, hinderte einen daran, das Buch wegzulegen. Schließlich war ein Mörder auf freiem Fuß und Poirot hatte gerade eine Dose mit irgendeiner pulverförmigen Droge gefunden.

Nur noch ein Kapitel, dann würde sie schlafen gehen.

Zugegeben, den gleichen Entschluss hatte sie vor mehr als einer Stunde schon einmal gefasst, aber diesmal war es ihr ernst.

Ein leises Klopfen an der Tür schreckte Louise auf und sie ließ das Buch sinken. Als sie aufblickte, sah sie Freddy im Türrahmen lehnen, mit sauberen Händen, aber in einem von der Gartenarbeit verschmutzten Overall. Vermutlich wollte er sich in sein Zimmer zurückziehen, das im Rahmen ihrer Kost-und-Logis-Abmachung Teil seiner Bezahlung war.

»Ich war auf dem Weg nach oben und habe noch Licht gesehen. Ich hatte nicht erwartet, dass Sie noch auf sind.« Obwohl Louise versuchte, das Buch zu verstecken, sah Freddy es auf dem Beistelltisch und grinste. »Und, was halten Sie davon?«

»Sie meinen den ›Beitrag zur moralischen Besserung‹, wie Sie es genannt haben, wenn ich mich recht entsinne?« Sie zog die Augenbrauen hoch, aber Freddy ließ sich nicht einschüchtern.

»Ich stehe zu meiner Meinung. Die moderne Detektivgeschichte ist nur eine neue Form des mittelalterlichen *Morality Plays.*«

Die Gabe, mit der dieser junge Mann beinahe alles ganz vernünftig erscheinen ließ, war verblüffend – wenn man das spielerische Funkeln in seinen Augen ignorierte. »Sie meinen, das Gute gewinnt, das Böse wird bestraft und am Ende kommt die Wahrheit ans Licht.«

»Genau.«

Sentimentaler Unsinn, aber was konnte man schon von einem jungen Mann erwarten, der um 7 Uhr morgens beim Unkrautjäten »*Blue Skies*« sang? »Es wäre schön, wenn das Leben sich mehr an die Romane halten würde.«

Ein paar Augenblicke lang war es still, und als Louise aufblickte, bemerkte sie Freddys Blick, der nicht auf sie gerichtet war, sondern auf das alte Philco-Rundfunkgerät in der Ecke, das im Hintergrund leise Musik spielte. »Keine Angst, Miss Cavendish. Kurz vor der Morgendämmerung ist es immer am dunkelsten.«

Ah, natürlich. Sie war so in ihre Lektüre vertieft gewesen, dass sie nicht bemerkt hatte, wie das Bach-Konzert von den Abendnachrichten abgelöst worden war. Von einem Deutschen zu einem anderen, beide auf ihre Art Genies, aber mit sehr unterschiedlichen Zielen.

»… nach der Bombardierung von Benghasi«, verkündete der Sprecher, »hat ein Korrespondent aus Kairo angedeutet, dass ein Großteil von Rommels bewaffneten Einheiten sich auf die von den Alliierten verteidigte Grenze zubewegt. Die Berichte sind jedoch noch nicht eindeutig …«

Freddy schaltete das Radio entschlossen aus, sodass alle weiteren Nachrichten ungehört blieben. Aber Louise konnte sich ihren Inhalt schon denken. Der Konflikt in Nordafrika würde nicht durch eine erfolgreiche Bombardierung eines Bollwerks der Achsenmächte beendet werden. Es würde Konsequenzen geben, Vergeltungsschläge. Wie viele Menschen würden im Sand ferner Länder, weit von zu Hause entfernt, sterben?

Und wo war Anthony jetzt wohl stationiert? Als ihr bewusst wurde, dass sie das nicht wusste, regten sich bei ihr Gewissensbisse. Nur wenige Monate nach seinem Marschbefehl hatte Louise aufgehört, Avis nach ihrem ehemaligen Angestellten zu fragen.

»Wir machen den ollen Hitler und seine Kameraden schon fertig«, sagte Freddy und nickte, um seinen Worten Nachdruck zu verleihen. »Es ist nur eine Frage der Zeit.«

Louise richtete sich in ihrem Sessel auf. »Ich glaube, es ist auch eine Frage der Strategie, der Wirtschaft, der globalen Lieferketten, der Kontrolle des Atlantiks und einer raschen Verfügbarkeit medizinischer Versorgung.«

Kaum waren die Worte über ihre Lippen gekommen, wurde ihr bewusst, wie arrogant und zynisch das in den Ohren eines Kriegsversehrten klingen musste. Die Augenklappe des armen Jungen zeugte nur zu gut von seiner Bereitschaft, sein Leben für seine Überzeugungen aufs Spiel zu setzen, auch wenn sie vielleicht etwas naiv optimistisch waren.

Aber anstatt gekränkt zu sein, zuckte Freddy nur mit den Schultern. »Das spielt wohl auch eine Rolle. Aber im Zentrum dieses Krieges steht eine moralische Frage, genau wie bei dem Roman.«

Louise neigte den Kopf ein wenig zur Seite und überlegte. »Ich kann nicht behaupten, eine Expertin in Bezug auf Adolf Hitler zu sein, aber er scheint mir ein so böser Akteur, dass selbst Agatha Christies Detektive sich ducken würden.«

»Vielleicht, aber es gibt eine Menge von uns echten, normalen Menschen, die sich nicht ducken. Deshalb habe ich mich ja auch freiwillig gemeldet, noch bevor die USA offiziell in den Krieg eingetreten sind. Ich konnte nicht weiter Waren ausliefern, während dieser kleine Mann gefährliche Lügen verbreitet. Und es gibt noch andere wie mich.« Er lehnte sich an den Kaminsims und einen Moment lang war Louise sich sicher, dass er in Gedanken meilenweit von ihrem gemütlichen Arbeitszimmer entfernt war, in den Wolken mitten im Eifer des Gefechts. »Ich muss einfach glauben, dass das genügt.«

Als sie ihn beobachtete, verspürte Louise so etwas wie Stolz. Ja, sie hatte von dem Augenblick an, in dem er mit dem Hut in der Hand an ihre Tür geklopft hatte, etwas in dem jungen Mann gesehen. Während andere ihn vielleicht abgewiesen hätten, hatte sie ihm eine Stelle angeboten, ein Dach über dem Kopf und ihr Vertrauen – und das hatte er nicht enttäuscht. »Sie sind ein guter Mensch, Frederick.«

Aus irgendeinem Grund schienen ausgerechnet diese Worte ihm einen Dämpfer zu versetzen und er wandte den Blick ab. »Da bin ich mir nicht so sicher.«

Sie machte eine abwehrende Handbewegung und schnaubte verächtlich, um die Niedergeschlagenheit, die plötzlich auf seinen Schultern zu liegen schien, zu vertreiben. »Unsinn. Jeeves mag Sie und er verfügt über eine hervorragende Menschenkenntnis.«

Jeeves, der in seinem Körbchen vor dem Feuer leise schnarchte, enthielt sich eines Kommentars.

Frederick fuhr sich mit einer Hand durchs Haar, um es sich aus der Stirn zu streichen. »Sagen Sie, Miss Cavendish, ich wollte mit Ihnen über etwas sprechen …«

Ach du liebe Güte. Louise war noch nie besonders gut darin gewesen, Menschen zu durchschauen, aber daran, wie Fredericks Tonfall sich verändert hatte, konnte sie erkennen, dass es schlechte Neuigkeiten geben würde.

Was konnte es sein? Hatte er beschlossen, früher als geplant weiterzuziehen? Unwahrscheinlich, da er ihr erst an diesem Morgen erklärt hatte, was er demnächst in seinem Gemüsegarten ernten würde.

Ein Bild blitzte vor Louises geistigem Auge auf, das sie am Tag zuvor vom Obergeschoss aus durch die Vorhänge gesehen hatte: die junge, lebhafte Ginny Atkins auf dem Zaun sitzend, wo sie Freddy und Gio, seinem neuen Gartenassistenten, aus dem Agatha-Christie-Roman vorgelesen hatte. Sie hatten gelacht und sich über Gios Schulter hinweg Blicke zugeworfen.

Streng genommen war gegen junge Liebe nichts einzuwenden. Trotzdem konnte Louise nicht gutheißen, wenn sie jemanden einstellte und der dann mit den Herzen der Mädchen im Ort spielte, nur um dann weiterzuziehen, wenn es Winter wurde. Das hatte sie Freddy auch gesagt, als sie ihm die Arbeit gegeben hatte, und wenn er darüber mit ihr sprechen wollte … sie würde ihre Meinung jedenfalls nicht ändern.

»Ja?« In ihrer Stimme lag eine Schärfe, die sie auch nicht zu unterdrücken versuchte.

»Ich wollte Sie fragen … meinen Sie nicht, dass Sie die Pläne für die Bücherei auf Eis legen sollten?«

Mehr als ein kurzer Augenblick war nicht nötig, um sich auf das unerwartete Thema einzustellen. Natürlich wusste der Buchclub von der bevorstehenden Schließung der Bücherei. Louise hatte keinen Hehl daraus gemacht. Aber sie hatte nicht damit gerechnet, dass Frederick, der nicht dauerhaft in Derby wohnte, sich etwas daraus machte. »Wieso sagen Sie das?«

»Ich habe mit Mrs Bianchini gesprochen und es klingt so, als wäre es den meisten Frauen in der Gießerei zu peinlich, ihre Kinder in den Kindergarten zu schicken. So als würden sie Almosen annehmen.«

Was für ein Unsinn. »Ich bin sicher, da irrt sie sich. Keine Mutter würde eine so vernünftige Lösung ablehnen.«

»Aber gibt es nicht vielleicht eine andere Lösung?« Sein flehender Blick erinnerte Louise an Jeeves, wenn er auf ein Leckerli aus war.

Das ist deine eigene Schuld, schalt Louise sich selbst. *Dieser Buchclub macht alle ganz sentimental.* Hatten sie denn vergessen, wie dringend eine Kinderbetreuung gebraucht wurde?

Dann würde Louise sie eben daran erinnern. »Das Problem ist, Frederick, dass niemand sich für Frauen interessiert, die ihre Kinder allein aufziehen müssen, nicht einmal die Regierung. Für alle anderen sind sie nützliche Werkzeuge, von denen erwartet wird, dass sie arbeiten gehen und den Haushalt machen und Kinder erziehen – alles auf einmal.«

»Gut möglich, aber was ist mit …«

Nein, er verstand es nicht. Konnte es nicht verstehen. »Überlegen Sie doch mal, wie es ist, eine dieser Mütter zu sein. Der Mann im Krieg gefallen oder lange von seiner Familie getrennt, sodass sie allein für Lebensunterhalt und Kinder sorgen muss.« Louise holte tief Luft und die Leidenschaft in ihrer Stimme überraschte sie selbst. »Sehen Sie, wie dringend ein Kindergarten gebraucht wird?«

Frederick nickte langsam und spielte mit der Kette, die um seinen Hals hing. »Ehrlich gesagt, Miss Cavendish, habe ich noch nie gehört, dass Sie mit so viel Gefühl über … eigentlich über irgendwas gesprochen haben. Es ist, als würden Sie verstehen, was diese Frauen durchmachen.«

»Da irren Sie sich«, antwortete sie schroff. »Ich habe nie ein Kind großgezogen.«

»Ich meinte nur, dass Sie bei diesem Thema viel Mitgefühl zeigen.«

Zum ersten Mal an diesem Abend schien es Louise viel zu spät zu sein, also erhob sie sich aus ihrem Sessel und faltete die Decke zusammen, die sie sich über die Beine gelegt hatte. »Da Sie das als Kompliment zu betrachten scheinen, danke. Aber ich habe alles gesagt, was ich zu diesem Thema zu sagen gedenke. Gute Nacht, Mr Keats.«

Er verstand den Wink und ging zur Tür zurück. »Gute Nacht, Miss Cavendish.« Dann deutete er mit einem kurzen Nicken auf das Buch, das auf dem Beistelltisch lag. »Und viel Glück beim Lösen des Falls.«

Louise nickte nur und kurz darauf hörte sie an den knarrenden Bodendielen, dass Frederick in sein Zimmer im Ostflügel gegangen war, in dem früher der Butler gewohnt hatte.

Wenigstens war es nicht um Ginny gegangen. Diese Unterhaltung, da war Louise sich sicher, wäre noch viel schlimmer gewesen. Ein Junge wie Frederick hatte doch bestimmt genügend Verstand, um zu wissen, dass eine flüchtige Sommerbekanntschaft keine gute Idee war.

Trotzdem würde sie die beiden von jetzt an besser im Auge behalten. Junge Menschen brauchten oft Hilfe, um sich von albernen Ideen zu verabschieden.

Du klingst genau wie dein Vater, flüsterte die alte, kritische Stimme, bevor Louise es verhindern konnte.

Nein, ich werde nie sein wie er.

Aber sie konnte nicht leugnen, dass etwas von ihrem Beschützerinstinkt auf der eigenen Erfahrung beruhte. Es gab Warnungen, die ausgesprochen werden mussten. Herzeleid, das verhindert werden konnte.

Wenn sie nur auf den Rat hören würden.

Mit einem Seufzer nahm Louise das Buch *Das Böse unter der Sonne* an sich, nur für den Fall, dass sie nicht einschlafen konnte und etwas brauchte, um sich die Zeit zu vertreiben.

Eins war sicher: Sie hatte sich geirrt. Sie war nicht unrealistisch, die Ansammlung geheimnisvoller Hotelgäste in Agatha Christies Roman.

Schließlich hatte jeder eine Vergangenheit – und die meisten auch ein paar Geheimnisse.

Mai 1917

Louise faltete die gestärkte Schürze auf ihrem Bett im Wohnheim zu einem ordentlichen Rechteck zusammen, sorgfältig darauf bedacht, dass die Ecken genau übereinanderlagen. Kein einziger Fleck von der Abschlussfeier gestern, bemerkte sie voller Stolz.

»Oh!« Ihre Zimmergenossin, ein verträumtes zwanzigjähriges Mädchen, das mit einer Hochsteckfrisur herumlief, die immer kurz vor dem Kollaps stand, vollführte in ihrer Uniform eine Pirouette. »Ist es nicht wahnsinnig aufregend, Lou?«

Louise unterbrach das Kofferpacken und blickte auf. »Natürlich. Wir haben alle fleißig gearbeitet.«

Nellie ließ sich neben dem geöffneten Koffer aufs Bett fallen, dessen Federn knarrend protestierten. »Das meine ich nicht. Ich meine, dass wir alle getrennte Wege gehen, Abenteuer erleben, an der Seite von attraktiven Ärzten – oder Soldaten – arbeiten werden.« Sie war entschlossen, sich beim medizinischen Dienst der Navy zu melden, und betonte ständig, wie »männlich und heldenhaft« die weißen Sommeranzüge der Marinesoldaten aussahen.

»Es gibt strenge Regeln für das Verhalten von Krankenschwestern im Umgang mit Männern«, ermahnte Louise sie, für den Fall, dass Nellie sich nicht die Mühe gemacht hatte, die ausführlichen Richtlinien zu lesen.

»Ach, das weiß ich doch«, sagte ihre Kollegin mit einer wegwerfenden Handbewegung. Von solchen ernüchternden Bemerkungen ließ sie sich schon seit dem ersten Semester nicht mehr abschrecken, als sie sich schon einmal mit Louise das Zimmer geteilt hatte. »Aber unsere Fantasie können sie nicht regulieren, oder?«

»Ich glaube, du wirst wenig Nahrung für deine Fantasie haben, wenn es um tatsächliche Kampfhandlungen geht.« Nellie schien wirklich wild entschlossen, den Ruf aller Krankenschwestern zu ruinieren. »Amputationen und Morphiumspritzen sind nicht gerade romantisch.«

Trotzdem würde Louise sich den Aufgaben entschlossen stellen, weil sie endlich etwas Sinnvolles tun konnte, auch wenn es bedeutete, dass sie viele Stunden für wenig Geld arbeiten musste, umgeben vom Lärm der Gewalt und dem Geruch von scharfem Desinfektionsmittel, gemischt mit dem Gestank faulender offener Wunden.

Louise hatte vor, wieder eine Zeit lang bei ihrer Tante Eleanor zu wohnen, bis das Rote Kreuz ihre Bewerbung annahm und sie nach Übersee schickte, was hoffentlich in ein paar Monaten der Fall war. Sie brauchten dort gut ausgebildete Krankenschwestern, das wusste Louise aus den Nachrichten. Selbst wenn der Große Krieg schnell enden sollte, wie manche sagten, jetzt wo Amerika sich eingeschaltet hatte, war das Rote Kreuz damit beschäftigt, die klaffenden Wunden zu nähen, die auf dem Schlachtfeld geschlagen worden waren. Ihre Mission erstreckte sich auch auf unschuldige Zivilisten, vor allem die »leidenden Kinder Europas«.

Das war der Satz, der Louises Aufmerksamkeit erregt und sie dazu bewogen hatte, sich nicht in einem Krankenhaus an einem sicheren, vertrauten Ort zu bewerben.

»Du kannst mir die Laune nicht verderben, Lou, also versuch es gar nicht erst.« Nellie blickte in den Spiegel und versuchte vergeblich, ihr dünnes Haar in Form zu bringen. »Komm, sonst verpassen wir den Abschiedstee unten.«

Nachdem sie Louise das Versprechen abgenommen hatte, bald nachzukommen, hüpfte Nellie davon und Louise wandte sich von ihrem Überseekoffer ab, in dem sie gerade ihre Strümpfe nach Farben sortiert hatte. Es gab noch einen persönlichen Gegenstand, den sie einpacken musste.

Mit einem Blick in Richtung Tür zog Louise das Medaillon unter ihrer hochgeschlossenen Bluse hervor. Das Schloss, das lange nicht geöffnet worden war, sprang nur mit Mühe auf. Da, gegenüber der Uhr, war ihre Miniaturzeichnung von Oliver, der sie in feinen, fließenden Tintenstrichen ansah, porträtiert mit dem Auge einer Betrachterin, die ihn sehr attraktiv gefunden hatte.

Louise nahm eine Haarnadel aus der Porzellanschale auf ihrem Schreibtisch und pulte damit das Bild aus seiner Fassung. Der Klecks Kleber, den sie verwendet hatte, bot einen gewissen Widerstand, aber er war ihrer Entschlossenheit nicht gewachsen. Ein Dutzend gezielte Stiche und schon war Olivers Bild aus ihrem Herzen entfernt und lag im Müll – in kleine Fetzen zerrissen, damit Nellie keine Fragen stellte.

Aus ihrer Tasche zog sie den Zettel, den sie sorgfältig auf die richtige Größe zugeschnitten hatte und auf dem mit spitzer Feder die Worte *Inter Arma Caritas* geschrieben waren. »Inmitten der Waffen Menschlichkeit«. Das Motto des Roten Kreuzes und jetzt auch Louises Motto. Hieß es in der Bibel nicht, dass die Nächstenliebe die größte Tugend war? Egal, welche Fehler sie in der Vergangenheit gemacht hatte, allein die Tatsache, dass sie freiwillig im Dienst für andere ihr Leben riskierte, sollte doch Sühne genug dafür sein.

Da sie keinen Klebstoff hatte, musste Louise sich damit begnügen, den Zettel zweimal zu falten und in den Hohlraum zu drücken. Als sie das Medaillon zuschnappen ließ und wieder unter ihrem Kragen versteckte, fühlte sie sich irgendwie … leichter. Als hätte Olivers Bild die Halskette in eine Fessel verwandelt, frei nach dem Roman von Charles Dickens, den Vater immer zu Weihnachten gelesen hatte und der sie an ihre Vergangenheit und ihre Jugendsünden band.

Jetzt nicht mehr.

Während des ersten Jahres nach ihrer Trennung hatte Louise jedes Mal das Herz gestockt, wenn sie rötlich braunes Haar oder eine ausdrucksstarke Nase im Profil gesehen hatte – zuerst, weil sie hoffte, Oliver sei auf der Suche nach ihr zurückgekommen. Selbst nachdem ihr klar geworden war, dass dies eine dumme Hoffnung war, erinnerten diese Augenblicke sie jedoch an alles, was sie riskiert – und verloren hatte.

Nein, Oliver hatte in den vergangenen drei Jahren nicht versucht, sich mit ihr in Verbindung zu setzen. Was er für sie empfunden hatte, war anscheinend so flüchtig wie die Wellen, die an die zerklüftete Küste von Maine schlugen. Jetzt, wo Louise ein neues, klares Ziel hatte, war es an der Zeit, diesen Teil ihrer Vergangenheit endgültig hinter sich zu lassen.

Ein Zettel mit dem auffälligen Logo von *Western Union* flatterte unter der Tür hindurch. So wurden Telegramme übermittelt, wenn der Bote in Eile war. Das war heute ganz normal.

Louise bückte sich, um das Telegramm aufzuheben, und sah auf den Absender. Die Nachricht war von Vater. Er hatte also *doch* an ihren Abschluss gedacht. Mit einem Tag Verspätung, wie immer.

In seinem letzten Brief hatte Vater geschrieben, dass es ihm gesundheitlich nicht gut gehe und er deshalb nicht zu der Feier kommen könne. Die Frage, ob sie ihn dort überhaupt hätte sehen wollen, wenn er in der Lage gewesen wäre zu kommen, wurde nicht gestellt.

Wenigstens hat Vater sich die Mühe gemacht, ein Telegramm zu schicken. Vielleicht gab es ja nach all den Jahren doch noch Hoffnung für ihre Beziehung.

Doch anstelle eines Glückwunsches klang die erste Zeile deutlich unheilvoller.

> Krankheit schlimmer. Tuberkulose im fortgeschrittenen Stadium. Arzt verschreibt Ruhe, Seeluft und ganztägig Krankenschwester. Bin in Windward Hall. Bitte komm.

Louise las die kurze Nachricht noch einmal, auf der Suche nach zusätzlichen Informationen, die nicht kamen. Eine Krankenschwester, die ihn rund um die Uhr betreute. Er meinte doch wohl nicht … sie?

Sich in ihre Sommerresidenz in Maine zurückzuziehen, damit seine Lunge sich von der verschmutzten New Yorker Luft erholen konnte, schien ihr eine vernünftige Maßnahme. Aber Luther Cavendish verfügte durchaus über die finanziellen Mittel, eine Schwester in der Stadt zu engagieren, die ihn betreute.

Aber insgeheim wusste sie es. Ihr zurückgezogener, bücherliebender Vater würde seine Pflege keiner Fremden überlassen – nicht, wenn seine eigene Tochter doch gerade eine Ausbildung zur Krankenschwester absolviert hatte.

Natürlich hatten sie im Unterricht auch Tuberkulose durchgenommen. Sie war die zweithäufigste Todesursache im Land, nur knapp von der Influenza übertroffen. Im Gegensatz zu Grippeopfern lebten jene mit Tuberkulose oft noch Monate oder sogar Jahre mit schrecklichen Hustenanfällen und Schmerzen. Aussicht auf Heilung gab es jedoch nicht.

Wenn Vater erwartete, dass sie ihn die ganze Zeit pflegte … dann würde sie den Krieg verpassen, den Wiederaufbau in Europa, alles, wofür sie gelernt und gearbeitet hatte. Aber wie konnte sie Nein sagen, wenn ihr eigener Vater im Sterben lag?

Louise zerknüllte den Zettel und warf ihn zu Olivers Bild in den Papierkorb. Es ist nicht seine Schuld, flüsterte ein Teil von ihr – der Teil, der immer noch das Mitgefühl ihrer Mutter hatte. Du kannst einem Sterbenden doch nicht grollen.

Aber das konnte sie sehr wohl und das tat sie auch.

Louise knallte den Deckel ihres Überseekoffers zu und unterdrückte nur mit Mühe einen Aufschrei der Enttäuschung.

Inter Arma Caritas. Sie hatten nicht gerade wenige Kämpfe ausgefochten, ihr Vater und sie. Und jetzt verlangte die Pflicht, dass sie ihre Freiheit opferte und Menschlichkeit walten ließ.

Was konnte er ihr noch alles nehmen?

Buchclubprotokoll vom 27. Juni 1942

Protokoll: Leutnant Freddy Keats, Pilot (Army Air Forces), Amateurdetektiv und bester Protokollant, den diese Bücherei je erlebt hat

Anwesende Mitglieder: Ginny, Gio, Louise, Delphie, Avis, Martina, Rosa, Earl Bell, Arley Lokken, Carol Ann Hoper, Diana Follett und Kinder sowie Hamish und Eva Murray (die ich eingeladen habe – wie sich herausgestellt hat, ist Eva verrückt nach Krimis)

Besprochenes Buch: »Das Böse unter der Sonne« von Agatha Christie

Aufgepasst, Buchclub – Freddy ist jetzt Schriftführer! Und es gibt niemanden, der mir über die Schulter schaut und zensiert, was ich schreibe. Wer weiß, was da passieren kann?

Ginny hat alle der Reihe nach aufgefordert zu sagen, wen sie in der Mitte des Buches für den Täter gehalten haben. Sie selbst, Eva und Delphie behaupten, sie hätten es fast von Anfang an gewusst. Ich wollte wissen, wie sie darauf gekommen sind, und Ginny hat es mit »weiblicher Intuition« versucht. Mr Bell hat mir zugestimmt, als ich sagte, das sei die Ausrede jeder Frau, wenn sie im Nachhinein beschließt, sie hätte die ganze Zeit recht gehabt. Mit dieser kleinen Bemerkung haben wir uns den Zorn aller versammelten Frauen zugezogen.

Wir sind in der Unterzahl. Ich muss mehr Männer zum Club einladen oder solche Dinge nicht laut sagen. (Hamish zählt nicht; er hat mich überhaupt nicht unterstützt. Kein Wort hat er bei dem ganzen Treffen gesagt, obwohl er sich einmal geräuspert hat, was seine Frau für eine komplette Rede zu halten schien.)

Avis kam auf Theorien zu sprechen, warum Krimis im Moment so beliebt sind. Delphie hat sie mit Kreuzworträtseln verglichen und dem Gefühl, das man hat, »wenn man genau das richtige Wort findet, das in die Kästchen passt«. Dies wurde allgemein als hervorragende Antwort gewertet. Delphie hat noch nie so stolz ausgesehen, nicht einmal, als ich ihren Coq au Vin gelobt habe.

Ich habe über Poirots Methoden gesprochen, vor allem seine Behauptung, der wichtigste Schritt sei, mehr über das Opfer zu erfahren – warum es möglicherweise ermordet wurde – und von da aus zurückzugehen, was ich für eine brillante Methode halte. Avis fand sie nicht so überzeugend wie Sherlock Holmes' Analyse der Details am Tatort, aber als wir abgestimmt haben, hat Poirot mit 9 zu 4 gewonnen. (Beeinflusst davon, dass wir Christie lesen? Wahrscheinlich. Aber gewonnen ist gewonnen, würde ich sagen.)

Als Ginny fragte, ob Miss C. enttäuscht sei, weil das Buch Prediger nicht wirklich vorkam, war ihre Antwort eher kryptisch: »Natürlich kommt es vor. Es ist überall.« Anstatt ihre Aussage zu erklären, nahm sie eine Bibel aus dem Regal und las (Kapitel 6, Verse 1-2): »Es gibt ein Übel, das ich unter der Sonne gesehen habe, und schwer ›lastet‹ es auf dem Menschen: Ein Mensch, dem Gott Reichtum und Güter und Ehre gibt, und seiner Seele fehlt nichts von allem, was er wünschen mag; aber Gott ermächtigt ihn nicht, davon zu genießen, sondern ein fremder Mann genießt es. Das ist Nichtigkeit und ein schlimmes Übel.«[2]

Das verlieh dem Treffen eine düstere Stimmung. Miss C., sie ist ein Rätsel. Man kommt nicht leicht an sie heran und ich habe es wirklich versucht.

Kurz danach wechselte das Thema zu der nächsten Lektüre. Mr Bell lobte ein Stück mit dem Titel »Pygmalion« in höchsten Tönen, das hat er mit seiner Frau im Parktheater gesehen, als sie frisch verheiratet waren. Wir haben uns darauf geeinigt, es als Nächstes zu lesen, vor allem, damit er uns nicht die ganze Handlung erzählt, zusammen mit der kompletten Route ihrer Hochzeitsreise. Netter Kerl, aber gegen seine Monologe war Hamlet ein Waisenknabe.

Die beste Nachricht des Tages: Ginny hat versprochen, dass sie kommt und Gio und mir vorliest, während wir im Garten arbeiten. Gio tut so, als würde er nur kommen, weil er ein paar Cent fürs Unkrautjäten bekommt, aber ich weiß, dass er jedem Wort gebannt lauscht. Letzte Woche hat er wäh-

2 Nach der Elberfelder Übersetzung

rend eines Verhörs von Poirot dieselbe Stelle im Kürbisbeet dreimal geharkt. Ich kann es ihm nicht verdenken. Ginny hat eine fesselnde Stimme, wenn sie vorliest, und lässt die Geschichten wirklich lebendig werden.

19

Ginny
28. Juni

Methodistische Predigten waren anscheinend für Menschen, die gut kochen konnten, sehr attraktiv, folgerte Ginny, während sie sich einen Nachschlag von dem traditionellen Indian Pudding holte und mit einer dicken Schicht Molasse überzog.

Im Laufe der vergangenen Monate war sie bei der Feier zum 75. Gründungstag der Presbyterianer, bei zwei Mittagessen der Baptisten und einem Kaffeekränzchen der Kongregationalisten gewesen und keine von diesen Gemeinden hatte ein Büfett gehabt, das mit den Methodisten mithalten konnte.

Ginny hielt inne, um Mrs Dougherty, der Frau des Gemüsehändlers, zuzuwinken, die sie zu diesem Kirchenpicknick der Sonntagsschule eingeladen hatte. Die ältere Frau, die etwas entfernt von ihr stand, strahlte sie an, während sie ihre zahlreichen Kinder mit Limonade versorgte. Vermutlich war sie überzeugt davon, dass es einer missratenen jungen Frau gutgetan hatte, sich eine Predigt über … irgendwas anzuhören.

»Na, wenn das nicht Ginny Atkins ist«, sagte eine klangvolle Baritonstimme hinter ihr. »Das ist ja eine Überraschung.«

Ginny drehte sich um, sorgfältig darauf bedacht, dass ihr voller Teller mit Essen nicht aus dem Gleichgewicht kam. Dabei schwang ihr das Sonntagskleid um die Beine. Freddy und Louise standen am Büfett und bedienten sich.

»Hallo!«, erwiderte Ginny fröhlich. Am besten tat sie einfach so, als wäre alles ganz normal und nachbarschaftlich, trotz des fragenden Blicks, mit dem Louise sie bedachte, weil sie Ginny noch nie in der Kirche gesehen hatte.

Zum Glück wurde Ginny von zwei Frauen mit raschelnden Röcken gerettet – Mutter und Tochter, beide hatten die gleichen Himmelfahrtsnasen –, die sich von der anderen Seite dem Büfett näherten.

»Oh, hallo, Mr Keats«, säuselte die mütterliche der beiden Frauen. Ihr Strohhut war auf einer Seite so beladen mit künstlichen Sonnenblumen, dass Ginny sich fragte, wie die Frau überhaupt aufrecht stehen konnte. »Wie ich sehe, haben Sie sich ein großes Stück von dem Rhabarberkuchen genommen, mit dem meine Lillian einen Backwettbewerb gewonnen hat.«

»Meine Lillian« war ein Mädchen, das ungefähr so alt war wie Ginny, nur ohne Sommersprossen und hübscher und mit goldblondem Haar, das so perfekt gestylt war, dass es bestimmt eine Stunde gedauert hatte, es so hochzustecken. Vermutlich stickte sie gerne und presste Blumen, dachte Ginny, und hatte noch nie im Leben einen Fisch ausgenommen.

»Ach, Mama, nicht!«, sagte Lillian jetzt und ihre Stimme klang lauter, als Ginny erwartet hatte. »Das ist doch nichts Besonders. Haben *Sie* etwas mitgebracht, Mr Keats?«

Freddy nickte höflich. »Nur Salat mit Radieschen. Beides habe ich diese Woche frisch im Garten geerntet.«

»Wie reizend!«, zwitscherte Lillians Mutter und suchte auf dem Tisch nach der Schüssel, um eine große Portion davon zu nehmen. »Sie waren Ihrer Zeit wirklich voraus, Louise. Jetzt, wo Konserven rationiert werden sollen, sind alle Zeitschriften voll davon, dass mehr Bürger im Frühjahr einen Gemüsegarten für den Sieg anlegen sollten.«

»Es lohnt sich«, nickte Freddy.

»Oh, darüber würde ich so gerne mehr von Ihnen hören«, gurrte Lillian, was bei Ginny beinahe einen Würgereiz ausgelöst hätte.

»Ich bin sicher, wenn die Stadt Interesse hat, wird Mr Keats gerne *öffentlich* erklären, wie man einen solchen Gemüsegarten anlegt«, erwiderte Louise kühl, während sie sich zwischen ihn und Lillian schob.

Gut, dass Louise ein Machtwort gesprochen hatte. Was sollte dieses Klimpern mit den Wimpern? Das machte doch niemand, außer vielleicht in *Vom Winde verweht*.

»Ich weiß nicht, wie groß das Interesse …«, protestierte Freddy.

»Oh, würden Sie das tun, Mr Keats?« Lillians Lächeln wurde noch breiter. »Wie wäre es mit dem Feuerwehrfest? Da gehen alle in der Stadt hin.«

»Ja«, nickte Ginny mit der gleichen Begeisterung, »dann können *alle* hören, wie du stundenlang über den Nutzen von Regenwürmern und über verschiedene Kürbissorten redest.«

Freddy funkelte sie an. Ginny lächelte reizend, um Lillian zu imitieren und ihn vielleicht ein kleines bisschen zu ärgern.

Zu ihrem Erstaunen nickte Louise nachdenklich. »Ich könnte mir vorstellen, dass das sehr lehrreich wäre.«

Ginny unterdrückte ein Lachen, als Freddy sich wand und seine Miene laut und deutlich *Verrat!* ausdrückte. »Aber …«

»Dann ist es abgemacht.« Die Sonnenblumen wackelten bedrohlich, als Lillians Mutter nickte, so als wäre sie eine Richterin bei der Urteilsverkündung. »Oh, das wird Spaß machen. Komm, Lillian. Wir müssen den anderen davon erzählen.«

Lillian schien hin- und hergerissen zwischen dem Wunsch, den anderen zu erzählen, dass sie Mr Keats überredet hatte, anderen das Gärtnern beizubringen, und dem Wunsch, in seiner Nähe zu bleiben, aber ein finsterer Blick von Louise entschied die Sache und Lillian folgte eilig ihrer Mutter zu einer Gruppe Frauen, die sich im Schatten Luft zufächelte.

»Was sollte das denn?«, protestierte Freddy, als die beiden außer Hörweite waren.

»Mrs Buckwold ist unerträglich – überall mischt sie sich ein«, sagte Louise offen, »aber es *ist* eine gute Idee, Frederick. Das Landwirtschaftsministerium hat zwar Materialien bereitgestellt – Broschüren und Saatgut und Derartiges –, aber eine Einführung wäre trotzdem von sehr großem praktischem Wert.«

Sie waren am Ende des Büfetts angekommen, aber Freddys grimmige Miene schien nichts damit zu tun zu haben, dass es kein Eis mehr gab. »Und derjenige, der die Einführung machen soll, hat da wohl nichts mitzureden.«

»Ich wusste nicht, dass du nicht gerne in der Öffentlichkeit redest«, warf Ginny ein.

»Und ich wusste nicht, dass *du* Methodistin bist«, gab er zurück.

Ein klassischer Themenwechsel, aber Ginny hatte schon eine Antwort parat. »Zu Hause gab es genau eine Kirche. Die hatte noch nicht mal einen Namen, aber alle Inselbewohner, die das Gefühl hatten, sie müssten mit Gott und Jesus ins Reine kommen, ob regelmäßig oder nur für Hochzeiten und Beerdigungen, waren dort willkommen. Da ich keine Etiketten zum Aussuchen hatte, weiß ich nicht, was ich bin, abgesehen von unvoreingenommen.«

»Und damit meinen Sie, dass Sie jede Kirche besuchen, die Sie durchfüttert«, entgegnete Louise trocken.

Sie hatte also Ginnys kleine Strategie durchschaut. So wie Ginny das sah, war die Sache einfach. Je mehr kostenlose Mahlzeiten sie bekam, desto mehr Geld landete in ihrer kleinen Spardose … und brachte sie ihrem Ziel, Land auf Long Island zu kaufen, wenn der Krieg vorbei war und die Navy ihnen ihr Leben zurückgab, ein Stückchen näher. Wenn sie einen Gottesdienst besuchen musste, um ein kostenloses Mittagessen zu kriegen, dann war das auch in Ordnung.

»Wie schon in der Bibel steht«, proklamierte Freddy mit einem Augenzwinkern und dem Tonfall, den er auch bei Shakespeare benutzt hatte: »›Denn er hat die durstende Seele gesättigt, die hungernde Seele mit Gutem erfüllt.‹[3]«

Louise warf einen prüfenden Blick auf Ginnys Teller. »Mir war gar nicht bewusst, dass mit dem ›Guten‹ auch gefüllte Eier und zwei Portionen gebratener Fisch gemeint sind.«

---

3 Psalm 107,9 (Elberfelder Bibel)

»Ich bin ziemlich sicher, dass Jesus Fisch gegessen hat.« Das war ein Detail, das sie in der Kirche zu Hause aufgeschnappt hatte – die Männer, die Jesus folgten, waren Fischer und standen dadurch fast auf derselben Stufe wie Hummerfischer. Man könnte fast meinen, Gott hätte etwas für Leute wie Ginnys Familie übrig. »Aber das Essen wird kalt. Jemand was dagegen, wenn ich mich dazusetze?«

Louise sah aus, als hätte sie etwas dagegen, aber sie war zu höflich, um es zu sagen. Freddy ging voraus zu einer Decke im Schatten der Kirche, ein bevorzugter Flecken. Auf dem Weg dorthin wurde Louise von Mrs Dougherty abgefangen, die etwas über die Blutspendeaktion beim Roten Kreuz wissen wollte. So konnte Ginny versuchen, einigermaßen anmutig auf den Boden zu sinken, ohne dass ihr Teller umfiel oder die Familien drum herum ihre Unterwäsche sahen. Röcke. So unpraktisch. Zum Glück hatte Freddy ihre ungeschickten Verrenkungen nicht bemerkt, während er auf der Decke kniete und sich über sein Essen hermachte.

»Sieht so aus, als wären wir eine Weile ohne Anstandsdame.«

Freddy presste schockiert eine Hand aufs Herz. »Ein wahrer Skandal. Weißt du, das war eine der drei Regeln von Miss C., als es um mein Zimmer in Windward Hall ging.« Er zählte sie an seinen Fingern ab. »Kein Alkohol. Keine ungenehmigten Fehltage. Kein Techtelmechtel.«

»Komische Liste.«

»Ich vermute, sie wollte nicht den ganzen Sommer über Anstandswauwau spielen. Und amerikanische Soldaten haben einen Ruf zu verlieren, musst du wissen. Die Engländer hielten uns für völlig überbezahlte Frauenhelden, komplett überflüssig.«

Die Vorstellung, dass Freddy ein Rudel englischer Frauen bezirzte, war lächerlich. Bei ihm fühlte Ginny sich sicherer als in der Gegenwart einiger Inseljungen, die sie schon ihr Leben lang kannte.

Vergiss nicht die Sache mit der Lüge, ermahnte sie sich selbst. Freddy mochte ein Gentleman sein, aber er war ein Gentleman, der etwas zu verbergen hatte. Hercule Poirot würde sich eine Gelegenheit wie diese keinesfalls entgehen lassen, allein mit dem potenziellen Verdächtigen für … was auch immer. Ginny konnte gelegentlich zum Haus rübergehen, um Freddy vorzulesen, während er im Garten arbeitete, aber Gio war auch immer dabei. Es war nett von Freddy, dass er den Jungen unter seine Fittiche nahm, aber es war schwieriger als gedacht, ein richtiges Verhör zu führen, wenn immer ein Kind in der Nähe war.

Also war es am besten, eine ganz offene Frage zu stellen. »Dann erzähl mir doch mal von dir, Freddy Keats.«

Da war er wieder. Dieser angespannte, misstrauische Blick, den er mit einem Achselzucken überspielte. »Da gibt es nicht viel zu erzählen.«

Na gut, vielleicht musste sie doch etwas genauer nachfragen, damit etwas dabei herauskam. »Wann bist du denn zum Militär gegangen? Vor Pearl Harbor, vermute ich, nach dem, was du erzählt hast.«

Seine Schultern entspannten sich. Dieses Thema war ihm also nicht unangenehm. Das bedeutete wahrscheinlich, dass sie in der falschen Richtung bohrte, aber jetzt konnte sie auch nicht einfach den Rückwärtsgang einlegen.

»Gleich nach Dünkirchen. Danach wusste ich, dass ich mich nicht für immer vor dem Krieg verstecken konnte. Und ich war *bereit*, Ginny. Ich wollte das Fliegerass mit den meisten Auszeichnungen in der amerikanischen Geschichte werden. In den ersten Briefen an meine Eltern habe ich sozusagen das Blaue vom Himmel geprahlt.«

Hatte Mack nicht auch so etwas gesagt? »Du warst bestimmt ein guter Pilot.«

»Das war ich.« Freddy schüttelte angewidert den Kopf, als würden ihn seine Erinnerungen, in denen er im Geiste schwelgte, unsanft wieder auf den Boden herunterholen. »Aber selbst gute Piloten können bei ihrer dritten Versorgungsmission abgeschossen werden und einen Granatsplitter abkriegen. Und jetzt bin ich hier und mache mir höchstens Sorgen darum, ob wir genügend Regen für die grünen Bohnen bekommen.«

Ginny schluckte einen Bissen hinunter und musterte Freddy. Dieser Ausdruck war ihr neu und würde eher nicht auf Werbeplakaten der Armee erscheinen, für die er sonst das ideale Model wäre. »Du darfst aber kein schlechtes Gewissen haben, weil du nicht mehr kämpfen kannst.«

Er nahm etwas von seinem eigenen Teller – Lillians Kuchen, der, wie Ginny zufrieden feststellte, kein Entzücken bei ihm auslöste. »Wenn ich aufhöre, mich wenigstens ein bisschen schuldig zu fühlen … dann werde ich nur wütend. Und ich habe niemanden in der Nähe, auf den ich wütend sein kann, außer vielleicht Gott.«

»Probier's doch mal.«

Freddy starrte sie an und sie nahm noch eine Gabel voll von dem Fisch, ruhig wie das Meer bei Flaute, wie die Leute auf der Insel sagten. »Miss Cavendish hat recht. Du bist ja wirklich eine vollkommene Heidin.«

»Da irrst du dich. Ich bin keine vollkommene Irgendwas.« *Hör auf zu grinsen.* Dies war schließlich eine ernste Angelegenheit. »Ich meine nur, wenn du vor anderen Leuten den Schein wahren willst, ist das deine Entscheidung. Aber heißt es nicht, Gott wüsste sowieso, was du wirklich fühlst?«

Einen Moment lang konnte sie diese ehrlichen Gefühle in Freddys Miene sehen. Aber dann blinzelte er – und lächelte sonnig und herzlich. »Ich glaube, es ist besser, wenn ich mich mit Gott gut stelle. Jedenfalls fragt man sich, wenn man lange genug im Krankenhaus ist, wer man wirklich ist. Und ich habe beschlossen, zu meinen Wurzeln zurückzukehren – im wahrsten Sinne des Wortes.«

Ginny stöhnte. »Hast du mit diesem Spruch etwa Louise dazu gekriegt, dich einzustellen?«

Er blickte zu seiner Arbeitgeberin hinüber, die gerade versuchte, sich von der Plaudertasche Mrs Dougherty loszueisen, aber immer noch außer Hörweite war. »So ungefähr. Ich habe natürlich auch die ganze Werbung für das Anlegen von Gemüsegärten vom Landwirtschaftsministerium erzählt und dass ich mich jahrelang um den Garten meiner Eltern gekümmert habe. Aber sie war gerade dabei, mir zu erklären, dass irgendein Komitee mir einen Fabrikjob beschaffen könnte, und da habe ich gesagt …«

»Was?« Sie hatte sich schon oft gefragt, aus welchem Grund die alte Jungfer einen heimatlosen Veteranen eingestellt hatte.

Freddy wandte den Blick ab und rupfte einen Grashalm ab. »Das ist albern.«

»Erzähl es mir trotzdem.«

»Ich habe Folgendes zu ihr gesagt: ›Ich bin Pilot, Ma'am, und bin dazu ausgebildet worden zu zerstören. Es gibt vieles, was ich vergessen will, aber an manche Dinge möchte ich mich erinnern. Und seit dem Tag, an dem ich Blumen auf das Grab eines Kameraden gelegt habe, möchte ich nichts lieber tun, als zu säen und es wachsen zu lassen.‹«

Dieser Ausdruck in seinem Gesicht, als er das sagte – stark, aber auch ein bisschen traurig … Wenn Ginny an diesem Tag in Louises Haut gesteckt hätte, dann hätte sie genauso gehandelt wie sie.

»Das war richtig poetisch, Freddy. Du und Emily D., ihr solltet Freunde werden.«

»Sie ist tot, Ginny.«

Hm, waren alle Autoren, deren Bücher sie im Club lasen, tot? »Das stimmt. Dann musst du wohl mit mir als Freundin vorliebnehmen.«

»Vorliebnehmen? So wie ich das sehe, kann ich mich glücklich schätzen, dich zu kennen, Ginny Atkins.«

In der Art, wie ihre Blicke sich begegneten, lag etwas so Ehrliches, dass es wehtat, und in einem verrückten Impuls hätte Ginny am liebsten seine Hand genommen. Ihm gesagt, dass alles gut werden würde. Dass er gute Arbeit leistete, dort wo er war.

»Furchtbar heiß heute, nicht wahr?« Louises Stimme ließ Ginny zusammenzucken, was vermutlich nicht die beste Reaktion war, wenn man bedachte, mit welch misstrauischem Blick die ältere Frau sie ansah. Als hätte Freddy ihr in den fünf Minuten, in denen Louise ihnen den Rücken zugewandt hatte, einen Heiratsantrag gemacht.

Während Louise weiter über das Wetter sprach und sich zwischen Freddy und sie setzte, schob Ginny sich eine Dillgurke in den Mund und zog eine Grimasse, weil der Essig so sauer war. Ihre Theorie, dass Freddy Keats irgendeinen von langer Hand vorbereiteten Betrug plante, schien ihr inzwischen nicht mehr sehr überzeugend.

Nach dem letzten Buchclubtreffen hatte Ginny in Louises Gegenwart genügend Andeutungen gemacht, um ihr zu entlocken, dass Freddy nicht um einen einzigen Cent gebeten hatte, der über seinen Lohn hinausging, nicht einmal, um Gio zu bezahlen. Eva, Hamishs Frau und Louises Haushaltshilfe, die zweimal die Woche kam, hatte gesagt, im Haus sei nichts abhandengekommen, und darüber hinaus hatte Louise alle teuren Silberstücke und antiken Vasen sowieso schon verkauft, als sie Windward Hall geerbt hatte.

Das Einzige, was dafür sprach, dass Freddy ein Betrüger war, der eine reiche alte Dame um ihr Vermögen bringen wollte, war die Tatsache, dass er wortkarg wurde, wenn man ihn nach seiner Familie fragte, und dass er manchmal log.

Vor Gericht würde das niemals genügen. Und auch in ihrem eigenen Kopf fiel es Ginny immer schwerer, ihre Theorie aufrechtzuerhalten. Wie konnte jemand, der so unverschämt nett war, ein Verbrecher sein?

Freddy war kein Falschgeld oder selbst gebrannter Schnaps. Er war echt, mitsamt Groll und Schuldgefühlen und Verletzungen, die er hinter diesem charmanten Lächeln versteckte, genau wie jeder andere auch. Genau wie sie selbst.

Sie konnte sich ebenfalls glücklich schätzen, ihn zum Freund zu haben.

Aber aus irgendeinem Grund hatte sie in diesem Augenblick das Gefühl, dass das nicht ganz reichte.

20

Avis
3. Juli

Das Musterbuch hatte ihr blau gestreiftes Kleid als »traumhaft sommerliches Swing-Ensemble« bezeichnet und Avis bemerkte zufrieden, dass die Beschreibung stimmte. Es gab andere bei der Tanzveranstaltung, die elegantere Kleider trugen, aber kein Rock schwang so wirkungsvoll um die Beine wie ihrer, wenn Russell sie herumwirbelte, was er oft tat, um zu vertuschen, dass er die komplizierteren Schritte nicht so gut beherrschte.

Avis machte seine zwei linken Füße wett, so gut sie konnte, und führte die Bewegungen aus, die sie im Sportunterricht der Highschool gelernt hatte.

Als Russell vorgeschlagen hatte, sie könnten einen Ausflug unternehmen und ein richtiges Date daraus machen, hatte sie fast unverzüglich Ja gesagt. Es spielte keine Rolle, dass die Dekoration nur aus einer vom Unabhängigkeitstag vergangener Jahre übrig gebliebenen rot-blauen Girlande bestand oder dass der Raum, der tagsüber als Versammlungsort für eine Bruderschaft diente, zu vollgestopft war mit Paaren, die zur Musik tanzten. Es zählte einzig und allein, wie normal es sich anfühlte, als die Band die vertrauten Töne von *»Moonlight Serenade«* anstimmte. Dabei hatten die vier Musiker kaum mehr Talent als ein Plattenspieler, der bei kleineren Veranstaltungen benutzt wurde.

Avis musste unwillkürlich lächeln und Russell lehnte sich so weit zu ihr herüber, dass sie sein Rasierwasser riechen konnte. »Weißt du noch, wie wir im *Palace Ballroom* zu diesem Stück getanzt haben?«

Natürlich wusste sie das noch. Wenn sie die Augen schloss,

konnte sie noch immer die golden leuchtende elektrische Reklame und die bunten Lichter der Karussells in der Nähe vor sich sehen. Drinnen hatte der Ballsaal hohe Decken, ein elegantes Interieur und eine große Big Band mit glänzenden Blechblasinstrumenten.

Zuerst hatte Avis nicht hineingehen wollen, als sie die ganzen reichen Frauen mit ihren Seidenkleidern und Pelzen sah, aber Russell hatte gesagt: »Komm, Liebling. Wir sind in den Flitterwochen. Wir zeigen diesen Pfauen, was wir draufhaben.«

Und das hatten sie dann auch gemacht – die ganze Nacht hatten sie getanzt und am nächsten Morgen dann ausgeschlafen, bevor sie den Pier, den Vergnügungspark und die Geschäfte erkundet hatten. Nachdem sie am letzten Morgen für das Hotel und das Essen bezahlt hatten, waren noch genau fünfzig Cent übrig, um Andenken zu kaufen. Avis hatte für Russell eine Postkarte gekauft: vernünftig, billig und leicht aufzubewahren. Er hatte den Rest für eine Anstecknadel für Avis ausgegeben, deren eines Ende den Schriftzug *Old Orchard Beach* trug, während das andere Ende ein herzförmiges Schloss zierte.

Avis runzelte die Stirn. Sie hatte die Nadel seit Monaten nicht mehr getragen. Wo hatte sie das Andenken nur hingetan?

»›*A love song, my darling, a moonlight serenade*‹«, säuselte der Sänger und die Paare auf der Tanzfläche applaudierten.

Erst in diesem Moment, in den wenigen Schlägen zwischen zwei Liedern, bemerkte Avis etwas Merkwürdiges. Abgesehen von einigen wenigen Männern in Navy-Uniform, die offensichtlich Heimaturlaub hatten, waren die meisten männlichen Tänzer mittleren Alters oder älter und genossen einen Abend ohne die Kinder oder feierten mit ihren Frauen, mit denen sie schon seit mehreren Jahrzehnten verheiratet waren, ihren Hochzeitstag.

Avis wandte sich ihrem Mann zu. Schon jetzt, nach nur drei Tänzen, konnte sie sehen, dass Russell Mühe hatte, ein leichtes Keuchen zu unterdrücken, so als würde er durch einen Strohhalm atmen.

Ich werde nichts sagen. Auf keinen Fall. Denn dann lief sie Gefahr, der Nörgelei bezichtigt zu werden. Schließlich hatte sie das Buch *Geheimnisse der Liebe und Ehe* gelehrt, dass Männer das mehr als alles andere hassten.

»Komm, wir schnappen ein bisschen frische Luft«, sagte sie stattdessen und lächelte ihn an, während sie so tat, als würde sie nicht merken, dass er in seine Armbeuge hustete.

Sie gingen an den Männern vorbei, die draußen eine Zigarettenpause einlegten. Der Himmel war klar und voller heller Sterne, wie ein Gemälde. Auf der anderen Straßenseite bot ein grasbewachsener Hang einen Blick über die Stadt in Richtung Bucht. Dort konnte Avis die lange Mole aus Granit ins Meer hinausragen sehen mit dem Leuchtturm am Ende.

Guck nicht zu lange dahin. So schön der Leuchtturm auch war, Avis wusste doch, dass die Küstenwache ihn als Aussichtsturm benutzte. Besser, wenn sie auch davon nicht sprach.

»An Sommerabenden«, sagte sie stattdessen, »sollten sie den Tanz nach draußen verlegen, findest du nicht?«

Aber als sie den Blick vom Himmel abwandte und wieder Russell ansah, wand er sich unbehaglich, so als wäre seine Krawatte zu eng gebunden – was aber nicht der Fall war, weil Avis ihm einen perfekten Windsorknoten gezaubert hatte. »Russell? Ist alles in Ordnung?«

»Ja, ja. Es ist nur … ich wollte dir von einer beruflichen Chance erzählen.«

Avis zögerte. »Du meinst die Beförderung in der Bank?«

»Eigentlich nicht. Der Job bei der Bank ist nicht schlecht. Aber …« Russell trat verlegen von einem Budapester auf den anderen. »Der andere Job würde einen Beitrag zu den Kriegsanstrengungen leisten.«

Aha. Daher wehte der Wind. Avis wappnete sich und versuchte, unvoreingenommen zu sein. Sie hatte keine Ahnung, was er da aufgetan hatte. Seit der Sache mit der Rettungsweste hatte sie die Stellenanzeigen durchkämmt, aber alle zivilen Schreibtischjobs, die mit dem Krieg zu tun hatten, zum Beispiel Leitungsaufgaben für Spezialkommandos, waren in größeren Städten angesiedelt.

»Roy hat mir von einer neuen Gruppe erzählt, die sich Küstenpatrouille nennt. Der Kongress hat sie gerade ins Leben gerufen«, begann er und Avis sah, dass er von ihr nun erwartete, ihn mit Fragen zu löchern.

Aber die Zeitschrift *Guter Rat für die Frau* warnte Ehefrauen davor, ihre Männer bei wichtigen Gesprächen zu unterbrechen. »Okay.«

»Die Idee ist, kleinere Boote mit Zivilisten zu besetzen, die die Küste verteidigen und patrouillieren.«

Jetzt konnte Avis eine winzige Frage nicht vermeiden. Oder eher eine Nachfrage. »Ist dafür nicht die Küstenwache da?«

»Na ja, die ist auch für diese neue Gruppe zuständig«, gab er zu, »aber das hier ist anders. Erstens sind die Boote keine teuren Kriegsschiffe und Zerstörer. Ein paar reiche Männer haben ihre Jachten für diese Küstenpatrouille zur Verfügung gestellt – und manche machen auch mit, so wie zum Beispiel Ernest Hemingway. Du weißt schon, der Schriftsteller.«

»Ich weiß, wer Hemingway ist, Russell.« Für was für eine Bibliothekarin hielt er sie denn?

Aber Russell sprach schon weiter und seine Worte klangen gehetzt, so als hätte er Angst, dass Avis ihm nicht die Gelegenheit geben könnte, sie auszusprechen. »Auch wenn die Küstenwache die Oberaufsicht hat, sind die Crews selbstständig und haben einen eigenen Skipper, das ist alles. Keine Uniformen, kein Appell, keine Grundausbildung. Und ich will da mitmachen.«

Natürlich, darum ging es. »Russell …«

»Lass mich ausreden, Avis.« Er hielt inne, um ihre Hände zu ergreifen, was romantisch hätte sein können, wären seine Hände nicht schweißnass gewesen. »Es ist eine wichtige Arbeit, unsere Küsten zu bewachen. Aber … ich wäre dafür eine Zeit lang weg. Das Hauptquartier der Flotte ist in Boston.«

Fast zweihundertfünfzig Kilometer entfernt. Das war etwas anderes. Wenn Russell und ein paar seiner Kumpels einige Wochen lang an der Küste von Maine hin und her fahren und Berichte schicken wollten, wer konnte dagegen etwas einwenden? Aber wenn er dafür von zu Hause wegmusste, getrennt von Avis …

Sie brachte es nicht gerne zur Sprache, aber es ging nicht anders. »Wenn es eine Militäreinheit ist, werden sie dann nicht die gleichen Bedenken wegen deiner Gesundheit haben?«

»Das ist ja der Clou.« Seine Gestik wurde lebhafter und seine Miene leuchtete wie seit Monaten nicht mehr. »Sie suchen gerade Männer wie mich, die nicht für den Kriegsdienst taugen. Was sie brauchen, ist etwas Segelerfahrung und die Bereitschaft, Befehle auszuführen. Ich weiß, dass sie mich nehmen werden, Avis. Das ist meine Chance.«

Zum ersten Mal verspürte Avis so etwas wie Angst. Wenn dies wirklich eine Möglichkeit war und nicht wieder eine von Russells Heldenfantasien …

»Was werdet ihr denn auf diesen zivilen Jachten machen? Die deutschen U-Boote mit Dartpfeilen bewerfen?«

Russell ließ sich von ihrer Stichelei nicht provozieren. »Wir werden überwiegend funken. Das heißt, wenn wir etwas Verdächtiges bemerken, geben wir den Standort durch. Obwohl ich glaube, dass sie uns Wasserbomben geben werden, die wir im Notfall einsetzen können. Vielleicht eine Kanone, wenn wir Glück haben.«

Die Erwähnung von Waffen erinnerte Avis an die wichtigste Frage, mit der sie eigentlich hätte beginnen sollen. »Wie gefährlich ist das denn?«

Er zögerte. Einen Herzschlag lang. Zwei. Drei.

»Russell Montgomery, wage es nicht, mich anzulügen.«

»Es ist jedenfalls riskanter, als an Land zu bleiben«, gab er schließlich zu, als hätte sie sich das nicht schon selbst gedacht. »Wenn wir ein U-Boot entdecken und melden, kann der Feind unser Signal abfangen. Wahrscheinlich werden sie dann abhauen, um einen Vorsprung zu haben, bevor die Bomber kommen …

aber es besteht die Chance – wenn auch nur eine geringe –, dass sie stattdessen eine Dummheit begehen.«

Avis umklammerte seinen Arm und zwang ihn, ihrem Blick nicht auszuweichen. »Und das wäre?«

Ein Ausdruck stoischer Tollkühnheit trat in sein Gesicht, wie bei allen Soldaten, die heutzutage auf jeder zweiten Seite einer Zeitschrift abgelichtet waren. »Auftauchen und auf uns schießen.«

Avis erinnerte sich an das Stakkato von Geschützen aus den Nachrichtensendungen und es ließ sie frösteln.

Wie der Rest des Volkes hatte sie gewusst, dass draußen im Meer U-Boote unterwegs waren, schon bevor sie die Rettungsweste gefunden hatte. Sie hatte von den erbarmungslosen Angriffen auf Tanker und Handelsschiffe gelesen, von Niederlagen wie von Siegen. Aber sich Russell mittendrin vorzustellen, wie er auf einem winzigen Boot saß, das so leicht zu Kleinholz verarbeitet werden konnte wie ein Modellboot aus dem Kaufhaus, war etwas ganz anderes.

Hinter ihrem Rücken ballte Avis die Hände zu Fäusten, damit Russell nicht sah, wie sie zitterte. »Wie lange wärst du denn dann weg?«

»Der Vertrag geht über drei Monate. Das ist alles.«

Das ist alles? Wie konnte er das sagen? Boston war nur eine halbe Tagesreise entfernt, aber angesichts der Rationierung von Diesel und wegen ihrer Arbeit in der Bücherei hätte es auch genauso gut in Burma oder sonst wo sein können. Sie würden sich jedenfalls in der Zeit nicht sehen können.

Sie presste die Lippen aufeinander und Russell legte im letzten Tageslicht die Hand auf ihre Wange und zog sie näher an sich.

Oh nein, ein Kuss würde ihre Antwort nicht verhindern. Avis legte die Hände auf sein ordentlich gebügeltes Hemd und hielt ihn so auf Abstand. »Jetzt weiß ich, warum du heute Abend unbedingt mit mir hierhergehen wolltest und dich ohne irgendwelche Klagen chic gemacht hast. Du tanzt noch nicht mal gerne.«

»Sei nicht so, Avis. Ich wollte dir nur die Nachricht versüßen.«

Es war schwierig, Russell nicht zu glauben, während er ihr besänftigend über den Arm strich. »Und du warst in der Bücherei und abends mit der Hausarbeit so beschäftigt, dass es mir vorkommt, als hätten wir uns kaum gesehen.«

Das war es also. Hatte sie nicht zu Anthony gesagt, dass jeder vernünftige Mann ein Problem damit hatte, wenn seine Frau berufstätig war? Vielleicht war es in Wirklichkeit ihre Schuld, dass Russell so erpicht auf Abenteuer und Flucht war.

»Werden wir uns denn häufiger sehen, wenn du jetzt für drei Monate verschwindest?«, fragte Avis spitz.

»Nein«, gab Russell nach einer Pause zu. »Aber es herrscht Krieg auf der ganzen Welt. Wir müssen alle etwas opfern. Das hier könnte meine Chance sein …«

»Da ist es wieder.« Ihre Worte klangen knackig, während sie die Arme verschränkte, damit er sah, dass sie sich nicht manipulieren ließ. »Deine Chance. Worauf denn? Bist du auf Abenteuer und Ehre aus und gehst auf *Distanz*, weit weg von mir, so wie mein Vater im letzten Krieg? Und wer weiß, was für Frauen du in Boston findest, die meinen Platz einnehmen.«

Avis erstarrte. Hatte sie das wirklich gerade gesagt? Laut?

An Russells gekränkter und verärgerter Miene konnte sie sehen, dass sie das in der Tat getan hatte. »Also, das ist nun wirklich …«

Sie würde sich seine Ausreden nicht anhören. Nicht mehr. Nachdem die ersten Worte heraus waren, kamen die anderen schnell hinterher, vorbei an dem Kloß in ihrer Kehle und den drohenden Tränen. »Erzähl mir nicht, dass so was nicht vorkommt, Russell, denn das tut es. Bei Soldaten und Seeleuten und Junggesellen, die auf Landgang sind. Selbst bei guten Männern wie dir und meinem Vater kommt es vor und ihre Frauen sehen zu und tun so, als wüssten sie nichts davon. Das kann ich nicht ertragen.«

Einen Moment lang schwiegen sie beide und auf der grasbewachsenen Anhöhe war es plötzlich so still wie in einem Bestattungsinstitut.

»So ist das nicht.« Russells Stimme klang jetzt sanfter, als er sie anflehte, ihm zu glauben.

Aber sie erinnerte sich noch ganz deutlich an den Tag kurz nach ihrer Verlobung, als ihre Mutter sie in einem Restaurant zum Tee eingeladen hatte. Sie hatte auf der Kante ihres gepolsterten Stuhls gesessen, der Ring an ihrem Finger noch ein ungewohntes Gefühl, und hatte dabei zugehört, wie ihre Mutter gesagt hatte, sie müsse lüsterne Blicke und sogar Untreue bei ihrem Ehemann erwarten. »So sind Männer eben«, hatte sie gesagt und Sahne in ihren Tee gerührt, die Lippen zu einer dünnen Linie zusammengepresst.

Also hatte Avis sich Bücher gekauft, Zeitschriften abonniert und Anleitungen auswendig gelernt. Sie hatte ihre Kleider nach der neuesten Mode genäht und sich vorgenommen, keine Angestellten zum Kochen und Putzen zu haben. Sie hatte keinen Druck auf Russell ausgeübt, als er gesagt hatte, er sei noch nicht bereit für Kinder, obwohl sie sich danach sehnte, ein Baby im Arm zu halten.

Und nach alldem standen sie jetzt trotzdem hier und fauchten einander an, so wie Avis' Eltern es taten.

»Es tut mir leid«, sagte Avis. Russells Blick, in dem sich ein Gefühl von Verrat spiegelte, schmerzte sie und sie wünschte, sie könnte ihre Worte zurücknehmen und es ehrlich meinen. »Es ist nur … ich bin nicht gern allein.« Die Worte klangen furchtbar klein und zerbrechlich und diesmal wich sie nicht zurück, als Russell die Arme um sie schlang.

»Ich weiß. Aber deine Eltern wohnen nicht weit weg und du hast die Gemeinde und den Buchclub. Und es ist nur für drei Monate. Versprochen.«

Drei Monate. Das war etwas. Etwas Konkretes. Messbares.

Was ist, wenn das der einzige Weg ist, wie er wieder er selbst wird? Nichts, was sie bislang versucht hatte, hatte das Funkeln von früher in seine Augen zurückbringen können, das sie jetzt sah, während er von dieser Jacht-Patrouille sprach.

Avis holte zitternd Luft und zwang sich zu fragen: »Und bis wann musst du dich entscheiden?«

»Die Ausbildung fängt nächste Woche an.«

So bald schon.

»Ich kann nicht …« Sie sog die Nachtluft ein und versuchte vergeblich, die richtigen Worte zu finden. »Ich muss darüber nachdenken.«

Er drückte einen Kuss auf ihre sorgfältig gestylten Wellen. »Natürlich. Natürlich, Liebling. Ich weiß, dass es ein langer Abschied ist.«

Und was ist, wenn du nicht zurückkommst?

Aber es war ungefährlicher als das Militär, überlegte Avis, als er sie wieder hineinführte und sie eng aneinandergeschmiegt zu einem langsamen Stück tanzten. Höchstwahrscheinlich wollte die Regierung damit ein paar reiche Faulenzer besänftigen, die dadurch das Gefühl hatten, dass sie auch einen Beitrag leisteten.

Während es mit den Klängen einer Ballade auf Mitternacht zuging, atmete Avis den Duft ihres Mannes ein, klammerte sich an seinen Arm und prägte sich den Augenblick ins Gedächtnis ein.

Irgendwann würde sie über die Küstenpatrouille nachdenken. Aber nicht heute Abend. Heute würde sie so tun, als hätte Russell sie einfach nur zu diesem Tanz ausgeführt, um sie im Arm zu halten, auch wenn die Lüge nur noch wenige Tänze lang dauerte.

Selbst auf dem Bahnsteig voller Menschen – die sich mit Gepäckkarren durch die Menge schoben, während sie laut riefen, um das Signal zur Abfahrt des Zuges zu übertönen – fühlte Avis sich ganz und gar allein.

Sie sah zu, wie Russell in den Waggon stieg, einer der wenigen Männer, die keine Uniform trugen, aber attraktiver als alle anderen. Heute war sein Schritt beschwingt, und als er sich von ihr verabschiedet hatte, war es eher so gewesen, als führe er in ein Ferienlager und nicht zu einem Sondereinsatz der Küstenwache.

Avis wich den Passagieren und ihren Angehörigen aus und lief in ihren besten Pumps über den Bahnsteig, um mit ihrem Mann mitzuhalten. Nur noch ein Blick. Das würde doch sicher helfen.

Drinnen waren die Abteile überfüllt und hinter den Scheiben winkten und riefen die Männer. Einer von ihnen, der eine Uniformmütze trug, lehnte sich tatsächlich aus dem Fenster, um seine Liebste zu küssen, die auf Zehenspitzen stand und ihre Lippen auf seine drückte. Avis wurde schon von den Blicken und Pfiffen der anderen rot, die das Paar beobachteten.

Zum Glück begnügte Russell sich damit, die schmutzige Scheibe zu polieren und ihr zuzuwinken, während der Zug losfuhr. Mehr sah sie nicht, während sie das aufgesetzte Lächeln im Gesicht behielt.

Ihm würde nichts passieren. Bestimmt nicht.

Sie hatten in der Woche nach der Tanzveranstaltung dreimal über die Küstenpatrouille gesprochen. Jedes Mal hatte Avis einen neuen Einwand vorgebracht. Was war, wenn nach seiner Rückkehr sein gut bezahlter, fester Job bei der Bank nicht mehr verfügbar war? Zählte es wirklich als Segelerfahrung, dass er im College in der Rudermannschaft gewesen war und ansonsten mit Herb angeln ging? Wie sollten sie mit dem geringeren Lohn zurechtkommen?

Jedes Mal hatte Russell eine wohlüberlegte und geduldige Antwort parat. Mr Bloomsbury würde ihn für eine andere Stelle empfehlen, sollte er selbst keine freie Stelle haben. Die Küstenpatrouille hatte ihm bereits eine vorläufige Bestätigung geschickt, dass sie ihn nehmen würden. Mit ihren Ersparnissen würden drei Monate mit einem geringeren Gehalt kaum auffallen.

Den Ehebruch ihres Vaters hatte Avis nicht mehr erwähnt, aber die Worte, die sie in ihrer Angst ausgesprochen hatte, waren immer da und lauerten im Hintergrund.

Als ihr die Gründe ausgingen, hatte sie schließlich gesagt: »Du weißt, dass ich dich nicht davon abhalten würde, deine Pflicht zu tun, Russell.«

»Bist du dir sicher?«, hatte er gefragt, augenscheinlich überrascht.

Und dann hatte sie die größte Lüge ihres Lebens geäußert. »Natürlich. Ich bin sogar froh darüber, dass du diese Gelegenheit bekommst.«

Sie hatte ihm die Chance gegeben zu sagen, dass er zu Hause bleiben würde und dass Avis wichtiger war als alles andere.

Aber Russell hatte diese Chance nicht genutzt.

Vielleicht war er so aufgeregt, dass er ihre schlechte Laune wirklich nicht bemerkte, während er packte und plante – oder vielleicht hatte er sie bemerkt und wollte nicht darüber sprechen, weil er wusste, dass dann seine Chance auf Freiheit und Abenteuer zunichte war.

Und was alles noch schlimmer machte, war die Tatsache, dass sie am Morgen von Russells Abreise mit den verräterischen Anzeichen dessen aufgewacht war, was ihre Mutter bildhaft als den Fluch bezeichnete, und deshalb im Badezimmer in Tränen ausgebrochen war. Nachdem sie eine Damenbinde angelegt und sich das Gesicht gewaschen hatte, war sie wieder ausreichend gefasst gewesen, um Russell ein herzhaftes Frühstück mit Speck und Rührei für seine Reise zu machen.

Es war eine alberne Hoffnung gewesen, aber ihr wurde erst jetzt bewusst, wie sehr sie sich unbewusst daran geklammert hatte: Wenn sie diesmal schwanger gewesen wäre, hätte Russell sich doch sicher entschieden, zu Hause zu bleiben – sie zu versorgen, das Kinderzimmer zu streichen, ihr Heim für ihr gemeinsames Kind vorzubereiten. Oder?

Aber dann müsstest du auch die Bücherei aufgeben, ermahnte sie sich selbst. Ihre Mutter und andere hatten widerwillig zugegeben, dass verheiratete Frauen in diesen nie da gewesenen Zeiten berufstätig sein konnten, aber Avis wusste, dass sie den Tratsch nicht ertragen würde, wenn sie als junge Mutter ihren Job nicht aufgab.

Als sie vom Bahnhof nach Hause fuhr, blickte Avis starr auf die Straße und weigerte sich, ihren Tränen freien Lauf zu lassen. *Du hast ihm selbst die Erlaubnis gegeben zu gehen*, sagte sie sich.

Vielleicht würde Russell in drei Monaten bewusst sein, was für eine gute, selbstlose Ehefrau sie gewesen war, und dann würde er wieder der Alte sein. Dann konnten sie wieder glücklich sein.

Zu Hause versuchte Avis, *Pygmalion* zu lesen, aber das Ticken der Standuhr schien ihr in der Stille so laut wie Kanonenfeuer. Und als sie das Radio einschaltete, um das Ticken zu übertönen, wurde wieder ein Bericht über den Krieg gesendet.

Kein Russell, der sie fragte, was es zum Abendessen geben würde, der sich zu den Leserstimmen in der Zeitung äußerte und seine Zustimmung oder Missbilligung bekundete oder der in der Nacht leise schnarchte. Selbst der Anblick seines leeren Sessels und der freie Platz auf der Hutablage, wo sonst sein Filzhut lag, lösten eine Welle der Melancholie aus.

Ohne weiteres Zögern nahm Avis ihren Regenmantel und schob den schmalen Band mit dem Theaterstück in ihre Tasche. 21 Uhr. Zu spät, um noch draußen unterwegs zu sein, aber sie hatte nicht vor, mit dem Auto zu fahren und die Küste mit ihren Scheinwerfern zur Zielscheibe zu machen.

Sie wusste nur, dass sie keinen Augenblick länger in dem viel zu stillen Haus bleiben konnte, in dem alles sie an Russell erinnerte.

Die Bücherei bot ihr eine willkommene Zuflucht vor dem heftigen Regen auf der Straße. Dort, wo nur eine kleine Bogenleuchte eingeschaltet war, die nicht gegen die Verdunklungsrichtlinien verstieß, konnte Avis – nun, vielleicht keinen Frieden verspüren, aber wenigstens die stille, urteilsfreie Anwesenheit von Millionen Buchseiten.

Umgeben von Arbeit und Zahlen und Checklisten merkte sie gar nicht, wie spät es schon war und wie müde sie wurde, als sie im Sessel eine kurze Pause machte, weil ihr die Augen schwer wurden.

Sie konzentrierte sich nur darauf zu vergessen. Nur eine Weile.

In drei Monaten würde Russell wiederkommen. Das hatte er ihr versprochen.

Aber allein in der dämmrigen Stille fiel es Avis schwer, ihm zu glauben.

Russell an Avis

9. Juli 1942

Liebe Avis,
ich schreibe dir von Boston aus, damit du meine neue Anschrift hast. Es ist gut, dass wir ganze Tage auf See sein werden – dieser Ort ist kein Zuhause, sondern eine Sammlung aus abgelegten Möbelstücken unter einem Dach, das leckt. Der Nachteil ist, dass es schwierig sein wird, dir regelmäßig zu schreiben (keine festen Arbeitszeiten wie in der Bank), aber ich werde tun, was ich kann.
Morgen fängt unsere Ausbildung an. Ein paar Engländer, die früher eine private Küstentruppe hatten, sind auch angeheuert worden. Sie erklären uns, wie man das Funkgerät benutzt, was wir berichten und wonach wir Ausschau halten sollen, solche Sachen.
Ich muss dir ein bisschen von der Crew erzählen, in die sie mich eingeteilt haben. Wir haben uns gestern getroffen und ich sage dir, selbst ein Hörspiel im Radio könnte nicht mit einer Truppe aus so schrulligen Charakteren mithalten. Einer, Lester, ist bestimmt siebzig Jahre alt und behauptet, er hätte Segeln gelernt, als er in den 20er-Jahren die Flüsterkneipen an der Küste versorgt hat und dabei den Behörden

ausweichen musste. Stephen ist der Sohn eines Millionärs und eigentlich im College, aber die Sommerferien verbringt er zu Hause, und er hat richtig viel Segelerfahrung. Dann sind da noch ein paar andere, deren Namen ich mir noch nicht gemerkt habe – ein Typ, der wegen einer Footballverletzung hinkt, ein Student, der zwanzig Pfund mehr wiegt, als das Militär zulässt, ein geborener Seemann mit einem Nagel im Handgelenk, weil er als Kind operiert wurde. Sogar Leutnant Rufus Bud Smith, der Anführer der ganzen Truppe und Herausgeber des Jacht-Magazins, wurde wegen seiner schlechten Augen bei der Navy nicht genommen.

Man könnte meinen, wir wären ein zusammengewürfelter Haufen, aber sobald ich sie alle besser kennengelernt hatte, wusste ich, dass ich am richtigen Fleck bin. Sie sind genauso erpicht darauf, etwas zu tun, wie ich es bin.

Sie haben uns das Boot gezeigt, mit dem wir unterwegs sein werden. Es war einmal ein dreißig Meter langer Schoner namens Gypsy Queen. Schöner Name, nicht wahr? Aber das war einmal, denn jetzt heißen wir CGR-3028 und unser glänzender hölzerner Schiffsrumpf ist grau gestrichen. Unsere Fracht? Ein paar Maschinengewehre aus dem Großen Krieg, Wasserbomben, ein Abhörgerät und acht Männer, die bereit sind, diese feindlichen U-Boote zu versenken.

Wir werden in See stechen, sobald die graue Farbe trocken ist und wir die Grundausbildung hinter uns haben. Ich kann es kaum erwarten.

Eins noch: An dem Abend, als wir tanzen waren, glaube ich, haben wir beide Dinge gesagt, die wir bereuen, und das tut mir leid. Bitte sei mir nicht dauerhaft böse, Avis.

Lass mich wissen, wie es in Derby läuft, aber denk daran, dass ich die Post nur bekomme, wenn ich wieder an Land bin. Wenn ich mich recht entsinne, ist bald das Feuerwehrfest. Wenn du hingehst, iss ein Eis oder zwei für mich mit, ohne dir unsinnige Gedanken um deine Figur zu machen.

An Feiertagen zählt das alles nicht und das ist wissenschaftlich erwiesen.

Dein kampfbereiter
Russell

Buchclubprotokoll vom 11. Juli 1942

Protokoll: Avis Montgomery, leitende Bibliothekarin und Buchclub-Schriftführerin

Anwesende Mitglieder: die üblichen, außerdem Earl und Madeline Bell, Arley Lokken, Carol Ann Hoper, Danny Maloney, Diana Follett und Mrs Whitson (die ich einfach nicht Muriel nennen kann, wie sie es vorgeschlagen hat)

Besprochenes Buch: »Pygmalion« von George Bernard Shaw

Diese Woche führe ich wieder selbst Protokoll, weil ich dann etwas zu tun habe, und mir ist nicht danach zumute, etwas zu sagen, weil ich nur bis zum Anfang von Akt II gelesen habe. Zum Glück gibt es jetzt so viele Mitglieder, dass andere die Unterhaltung bestreiten können. Hoffentlich bemerkt niemand, dass ich stiller bin als sonst.

Ginny hat gleich damit angefangen, dass sie Henry Higgins einen »polternden, eingebildeten Halunken« genannt hat, und wollte noch deutlichere Worte sagen, bis Miss Cavendish sie unterbrach und einen vielsagenden Blick in Rosas Richtung warf. Mr Bell meinte, Higgins sei nur nicht geschult in gesellschaftlichen Umgangsformen. Freddy sagte, das sehe er auch so, woraufhin Ginny sich auf ihn stürzte und mit lauter Stimme die schlimmsten Passagen von Higgins' Text vorlas. Freddy hat schnell einen Rückzieher gemacht. Andere haben sich eingeschaltet – manche, indem sie beklagten, wie der Professor die arme Eliza behandelte, andere, indem sie auf sein mangelndes Selbstbewusstsein hinwiesen oder zwischen den Zeilen Anzeichen von Güte entdecken wollten.

Delphie wollte wissen, ob es tatsächlich möglich ist, seine Sprache ganz zu verändern (»nicht, dass ich das wollen würde«, fügte sie mit ausgeprägtem französischem Akzent hinzu). Wir waren uns größtenteils einig, dass wir nicht viel über Linguistik wissen, aber dass es realistisch klingt und in jedem Fall eine gute Geschichte abgibt.

Dann ging es um Mr Dolittles Beschreibung der Menschen, die unverschuldet von Armut betroffen waren, und um seine Ansichten in Bezug auf Almosen, die Miss Cavendish haarsträubend fand. Der Buchclub macht normalerweise einen Bogen um Themen wie Geld und Politik – aber Mrs Bell gab zu, dass ihre Familie früher so wenig hatte, dass sie nur Boote aus platt gedrückten Konservendosen als Spielzeug hatten, deshalb fand sie Eliza besonders faszinierend. Ich bin in dieser Stadt aufgewachsen und hätte das nie gedacht. Es ist erstaunlich, was man alles nicht weiß über Leute, die man schon sein ganzes Leben lang kennt.

Es gab eine hitzige Diskussion über den Ausgang des Theaterstücks, den ich natürlich nicht gelesen hatte. Higgins und Eliza verlieben sich nicht und heiraten auch nicht. Ginny behauptete steif und fest, das sei auch richtig so und die Rettung des Stücks, siehe vorige Bemerkung über den Halunken Higgins. Mr Maloney sagte, er habe noch nie verstanden, warum in Büchern und Filmen immer Paare vorkommen, die sich nur streiten und sich eigentlich hassen müssten, denen dann aber plötzlich einfällt, dass sie sich furchtbar lieben. »So war das bei meiner Lottie und mir ganz und gar nicht«, fügte er hinzu und guckte richtig sentimental, was ich süß fand.

Mehrere der anderen Frauen, die lieber ein traditionelles Happy End hätten, waren enttäuscht, weil sie die ganze Zeit dachten, das Stück sei eine Liebesgeschichte. Mr Bell beschloss, wenn man genügend Fantasie hat, könne man sich ausmalen, dass die beiden sich kriegen, nachdem der Vorhang gefallen ist, woraufhin Martina mit ungewohnter Entschlossenheit meinte, dafür habe Eliza zu viel Selbstachtung. Alle waren so überrascht, weil sie tatsächlich jemandem widersprochen hat, dass die Diskussion danach stockte.

Abgesehen vom Ende haben die meisten Mitglieder das Stück und den Humor darin genossen. Die Bells waren sehr angetan, weil sie es vorgeschlagen hatten.

Mrs Whitson hat ein Buch vorgeschlagen, das an der Küste von Maine spielt, »Das Land der spitzen Tannen«, das sie im College gelesen hat und das angeblich viel »Lokalkolorit« enthält. Ich fand, das klang gut, also wurde es so entschieden.

Zu müde, um heute noch detailliertere Notizen zu schreiben. Habe letzte Nacht nicht gut geschlafen – das Bett fühlt sich ohne Russell so leer an. Nur drei Monate. Es wird doch bestimmt leichter, oder?

21

Ginny
11. Juli

Wenn man sie in Tee tunkte, sodass sie ganz weich und nass wurden, schmeckten Avis' Scones gar nicht so schlecht, befand Ginny und biss noch einmal ab. Und wenn man die verbrannten Stellen nicht mitaß.

Noch ein Stück von dem Gebäck zu essen, war ihre feierliche Pflicht, weil noch ein ganzer Berg übrig war, nachdem die Leute erkannt hatten, dass Avis' Backkünste sie zum ersten Mal im Stich gelassen hatten. Und die arme Frau sollte sich doch nicht schlecht fühlen.

Kaum hatte Ginny den zerknitterten Rock und die unordentliche Frisur der Bibliothekarin gesehen, hatte sie rundheraus gefragt, was los war. Es war schon doof, dass Mr Montgomery so weit weg bei der Küstenpatrouille war, aber Ginny glaubte zu wissen, wie er sich fühlte. Nämlich rastlos. Was würde sie nicht dafür geben, auf einem Boot zu sein, die salzige Seeluft einzuatmen und den Wind an ihrem Zopf zerren zu lassen. Jetzt war die Hauptsaison, in der die Hummerfischer vom Morgengrauen bis zum Anbruch der Dunkelheit draußen blieben und die vollen Netze einholten …

»… und ich habe gehört, dass Hollywood versucht, die Rechte zu kaufen, um ein Musical daraus zu machen.« Eric Bells Stimme – erstaunlicherweise hatte er bei der Diskussion über das Buch noch nicht alle seine Worte aufgebraucht – drängte sich in ihren Tagtraum.

Ginny lachte. »Der alte Higgins soll singen? Das würde nie funktionieren.« Sie versuchte vergeblich, sich seine linguistischen Übungen in einer Stepptanznummer vorzustellen.

»Ich fürchte, das werden wir nie erfahren«, antwortete Mr Bell, während er sich geistesabwesend mit einem Taschentuch den Schweiß von der Glatze wischte. »Der gute alte George Bernard Shaw hat ungefähr gesagt: ›Nur über meine Leiche‹, und damit war die Sache gegessen. Die Integrität des Werks sei zu erhalten und auch sein Kommentar zu den Klassenunterschieden und so weiter.« Er zuckte mit den Achseln. »Aber der Mann ist schon über achtzig, es ist also nur eine Frage der Zeit.«

»Ach, mit achtzig ist man also schon halb tot, oder was?«, knurrte Delphie und sie sah den armen Mr Bell so vernichtend an wie die Bombe, die den Dom in Coventry dem Erdboden gleichgemacht hatte.

Er tat Ginny leid. Mit Delphie legte man sich besser nicht an. Ihre Gestalt war wuchtig, ihr Busen beeindruckend – wie ein gutes Schiff war sie an den Hüften so breit, dass man Platz machen musste. Doch auch wenn sie vom Hals abwärts überall rund und kurvig war, hatte sie oberhalb nur Linien und Kanten und ihr dünnes graues Haar, das streng zurückgebunden war, und ihre Falten verliehen ihr ein dauerhaft grimmiges Aussehen. Oder vielleicht guckte sie auch wirklich so grimmig und die Falten waren gar nicht schuld.

Während sie diskutierten, ging Avis wie immer herum, um die Exemplare einzusammeln – einige neu, andere älter, manchmal teilten sich zwei Personen auch ein Buch, jetzt, wo der Club so groß geworden war. Die Exemplare, die nicht in der Bücherei bleiben sollten, wurden für einen guten Zweck gespendet.

Als Avis zu ihr kam, umklammerte Ginny das Buch fester. »Darf ich es behalten? Bitte?« Sie widerstand dem Drang, Avis darauf hinzuweisen, dass sie Ginny etwas schuldig war, weil sie drei von den steinharten Scones gegessen hatte, ohne sich zu beklagen.

Avis zog die perfekt gezupften Augenbrauen hoch. »Hat es dir so gut gefallen?«

»Ich möchte mein Exemplar Mack schicken. Bücher sollte man doch teilen, meinst du nicht?«

Und außerdem hatte Ginny ein schlechtes Gewissen, weil sie Mack seit der Grundausbildung kein Päckchen mehr geschickt hatte. Sie hatte die Ausrede, dass sie versuchte, Geld zu sparen, aber die meisten Leute schickten nur Zigaretten, Schokolade und Socken. Nichts Teures. Ginny hatte eher ein Problem damit, dass es sich so nach … fester Beziehung anfühlte, Geschenke zu schicken. Wie etwas, das man tut, wenn man Briefe mit einem Lippenstiftkuss versiegelt oder mit *In Liebe deine* unterschrieb.

War es albern? Sie beschloss, ihm das Theaterstück und Kaugummi zu schicken. Das war doch nicht so schwierig, oder? Mack würde sich freuen, wenn bei der Postverteilung sein Name aufgerufen wurde, das war sicher. Er hatte gesagt, dass er sich auf Ginnys Briefe freute.

Sie versuchte, sich vorzustellen, wie er an Deck eines Kriegsschiffs im Pazifik schwitzte … und dabei wurde ihr bewusst, dass es ihr immer schwererfiel, sich an sein Gesicht zu erinnern, abgesehen von seinem schelmischen Grinsen. »Mack liest nicht besonders viel, deshalb will ich meine Lieblingsstellen anstreichen, um es ihm zu erleichtern.«

»Und wenn es deinem Soldaten nicht gefällt, kann er das Papier wenigstens dazu benutzen, Zigaretten zu rollen«, fügte Mr Maloney hinzu, während er die Stühle zu den Lesetischen zurücktrug.

»Das ist schrecklich!« Ginny schlug nach seiner Schulter, aber er wich aus und lachte. Aber es war ihr Ernst. Komisch, aber vor ein paar Monaten hätte sie sich nichts dabei gedacht. Hatte sie zu Hause nicht eine Schullektüre ihres Bruders unter ein Tischbein geklemmt, damit der Tisch nicht mehr wackelte? Aber jetzt erschien ihr der Gedanke wirklich furchtbar, so als würde man ein Kreuz anspucken oder so. »Bücher sind zum Lesen da, zu sonst nichts.«

Mr Maloney war so schlau, unter seinem Schnurrbart den Mund zu halten. Der Bart war übrigens ordentlicher gestutzt als sonst, bemerkte Ginny. Und war das ein neuer Anzug? Offenbar tat es ihm gut, mal für eine Weile aus dem Pfandleihhaus rauszukommen.

Was die anderen betraf, waren einige der neueren Mitglieder zu der Literaturabteilung gegangen, um nachzusehen, ob Shaw noch andere Stücke geschrieben hatte, und Gio war in eine hitzige Debatte mit Mrs Folletts älterer Tochter vertieft, einem hübschen Ding mit einer gewissen Sturheit, die sich hinter tiefen Grübchen verbarg. Die beiden stritten darüber, ob es sich lohnt, ein Buch zu lesen, in dem der Hund am Ende stirbt.

Anstatt mit ihrer To-do-Liste herumzulaufen und einen Bücherwagen vor sich herzuschieben, als wäre er ein Rammbock, stand Avis immer noch in dem Stuhlkreis, den Stapel Bücher auf dem Arm, und starrte zu den von Verdunklungsvorhängen eingerahmten Fenstern hinüber.

Ach du liebe Güte. Sie war heute wirklich neben der Spur. Da musste Ginny etwas unternehmen. Sie trat zu der Bibliothekarin. »Weißt du, ich war mir ja erst nicht sicher, aber du hast mit dem Buchclub echt was Tolles gemacht, Avis.«

Nur ein langsamer Lidschlag verriet Ginny, dass Avis sie überhaupt gehört hatte, aber dann legte Avis den Kopf ein wenig auf die Seite und sah sie an. »Meinst du wirklich?«

Ginny schlug ihr auf den Rücken, wie Pa es bei seinen Hummerfischkollegen tat, wenn nicht viel los war. »Ja klar.«

Avis' Lächeln war zögerlich, müde, aber es war da. Ginny verspürte einen Anflug von Verärgerung über diesen Russell, der nicht an einem einzigen Buchclubtreffen teilgenommen hatte und jetzt abgehauen war, um irgendein großes Abenteuer zu erleben. Wenn Liebe und Ehe solche Folgen hatten, lohnten sie sich vielleicht ja doch nicht.

Als die anderen nach und nach gingen und nur die Kerntruppe, wie Avis sie gerne nannte, zurückblieb, räusperte Louise sich. »Ich habe gesehen«, sagte sie beiläufig, »dass im Filmtheater an der Ecke *Mrs. Miniver* gezeigt wird.«

Der Film lief schon seit Monaten, aber Louise hatte wahrscheinlich nicht auf die Leuchtreklame geachtet. »Der Film ist ein Riesenhit«, sagte Ginny. »Es heißt, für die ganzen Oscars, die er gewinnen wird, werden sie eine Schubkarre brauchen.«

Louise quittierte das mit einer hochgezogenen Augenbraue und senkte dann den Blick, um sich ihre Handschuhe anzuziehen, die nur reiche Menschen trugen. »Ich dachte, vielleicht wäre es dienlich, die Übertragung eines Romans in ein anderes Medium zu diskutieren …«

Ginny starrte sie mit offenem Mund an. »Louise! Haben Sie gerade vorgeschlagen, dass wir ins *Kino* gehen?

Die Frau errötete ein wenig. »Ja, genau.«

Es geschahen noch Zeichen und Wunder. »Ich weiß ja nicht, wie lange Sie nicht mehr im Kino waren, aber die Filme haben jetzt auch Ton. Und manche sind sogar in Farbe.«

»Das ist mir bewusst, Ginny, vielen Dank.« Die Worte hatten eine gewisse Schärfe, wie ein Löffel Lebertran, aber so war Louise einfach, das wusste Ginny inzwischen. Sie wandte sich an die anderen. »Habt ihr Lust?«

»Ich finde, das ist eine gute Idee«, nickte Freddy mit seinem üblichen entspannten Lächeln.

»Ich bin auch dabei.« Ginny zuckte mit den Schultern. »Auch wenn ich den Film schon zweimal gesehen habe, seit er letzten Monat angelaufen ist.« Kinokarten waren der einzige kleine Luxus, den sie sich gönnte.

Avis lachte. »Und du willst ihn trotzdem noch mal sehen?«

»Was soll ich sagen? Greer Garson ist fantastisch. Außerdem ist es doch etwas völlig anderes, wenn ihr alle mitkommt. Viel besser. Vor allem, wenn Sie uns einladen.« Ginny war immer dafür, ein paar Cent zu sparen, und Martina hatte kein Geld für solche Dinge, zumal Gio alle zwei Monate die Schuhe zu klein wurden.

War das etwa … ein Lächeln in Louises Gesicht? Schwer zu sagen, da es eine Sekunde später wieder verschwunden war. »Das scheint mir nur angemessen, da ich den Vorschlag gemacht habe.«

Gio stieß einen Freudenschrei aus, als er die Neuigkeit hörte, so als hätten sie alle einen Ausflug in den Vergnügungspark gewonnen, und selbst Rosa nahm aufgeregt Martinas Hand und zog sie zur Eingangstür.

Es gingen schließlich nur die Mitglieder des Buchclubs, die von Anfang an dabei gewesen waren, in die Matinee und dazu Freddy und Delphie, weil sie zu Louise gehörten, aber trotzdem besetzten sie fast eine ganze Stuhlreihe. Ginny setzte sich ziemlich in die Mitte und wartete, bis ihre Augen sich an die Dunkelheit gewöhnt hatten.

Die dröhnende Bassstimme, die mit der Wochenschau einsetzte, hatte denselben Tonfall wie immer: ernst, aber ermutigend, wie eine Parade, während Szenen von den Ereignissen der Woche über die Leinwand flimmerten. Ein Geheimtreffen hoher Tiere der Sowjets in Washington, die Grand-Coulee-Talsperre, sogar etwas über Kindergärten, die überall im Land öffneten, »damit Mutter helfen kann, den Krieg zu gewinnen«. Ginny sah, dass Louise bei diesem Beitrag ein wenig aufrechter saß.

Sie sprachen nicht oft über die Tatsache, dass die Bücherei in ein paar Monaten schließen würde, aber sie alle wussten es. Am Anfang hatte Ginny sich deshalb kaum Gedanken gemacht. Sie hatte sich sogar gefragt, ob Avis ihr vielleicht die Romane aus dem Lager vermachen würde.

Aber als sie jetzt im Dämmerlicht des Filmtheaters die vertrauten Gesichter in ihrer Sitzreihe musterte, fragte sie sich, was sie ohne die Treffen des Buchclubs alle zwei Wochen machen sollte.

Es spielt keine Rolle. Du bist sowieso nur so lange hier, wie der Krieg dauert, sagte sie sich.

Während der bekannte Metro-Goldwyn-Mayer-Löwe brüllend auf der Leinwand erschien, lehnte Ginny sich zurück und machte es sich auf dem durchgesessenen Polster bequem. Manchmal tat ein Mädchen gut daran, die echte Welt zu verlassen und übers Meer zu reisen.

Von allen Leuten, die beim Abspann applaudierten, klatschte Ginny sicher am lautesten. Es war aber auch schwer, nicht begeistert zu sein nach einem solchen Ende, auch wenn sie es schon kannte. Freddy wandte sich sofort Gio zu, der links von ihm saß, um zu diskutieren, ob die deutschen Uniformen richtig dargestellt waren, also konnte Ginny ihn nicht fragen, wie er den Film fand. Stattdessen lehnte sie sich zu Louise auf der anderen Seite hinüber, die ihr Urteil mit einem langsamen Nicken ausdrückte.

»Sie ist genau wie Sie, oder?«, platzte Ginny heraus, ohne richtig darüber nachzudenken.

Das genügte, um die Aufmerksamkeit der älteren Frau zu erregen. »Entschuldigung, wer?«

»Mrs Miniver. Schlau, beherrscht, gefasst. Ich wette, Sie würden mitten in einem Krieg Rosen züchten und Tee trinken und einem abgeschossenen Deutschen eine Ohrfeige geben, ohne mit der Wimper zu zucken.«

»Das würde ich ganz sicher nicht. Ich hätte keine Ahnung, was ich tun sollte.«

Na, das war eine Überraschung. »Wirklich?«

Louise blinzelte, als hätte sie nicht ganz so viel verraten wollen. »Also … ja.«

»Hm.« Ginny überlegte einen Moment lang. »Was ist mit den anderen?«

»Ich bin nicht sicher, ob ich verstehe, was Sie meinen.«

Wie konnte Ginny es erklären? So wie die anderen Frauen immer das Richtige sagten, sich ganz genau an die gesellschaftlichen Spielregeln hielten und Manieren hatten, anscheinend nie fluchten oder sich über Geld Sorgen machten oder jammerten.

»Sie alle scheinen zu wissen, was es bedeutet, eine Frau zu sein, das meine ich. Ich könnte nie Mrs Miniver sein, so adrett und würdevoll.«

So, jetzt hatte sie es getan. Sie hatte Louise die perfekte Vorlage für einen Vortrag über wahres Frausein und sittliche Reife geliefert.

Aber stattdessen presste Louise die dünnen Lippen kurz aufeinander und fragte dann: »Glauben Sie, Sie könnten Eliza Dolittle sein?«

Ginny dachte an die temperamentvolle Blumenverkäuferin, die entschlossen war, etwas aus sich zu machen, ohne ihre Seele dabei zu verkaufen.

»Puh, ich hoffe es.«

»Dann seien Sie es.« Louise nickte ruckartig, als wäre das so einfach. »Es gibt verschiedene Arten von Stärke. Ich jedenfalls sehe Elizas Mut in Ihnen, Ginny. Und das ist bewundernswert.«

»Kommt ihr zwei?«

Ginny drehte den Kopf zu Freddy um, der sie vom Ende der Sitzreihe aus rief.

Der Abspann war jetzt zu Ende und die anderen verließen den Saal, um sich über den Film zu unterhalten, ohne die Leute zu stören, die den Film einfach nur auf sich wirken lassen wollten, ohne etwas dazu zu sagen. Ginny wettete, dass Avis den halben Film über Buch darüber geführt hatte, welche Änderungen gegenüber dem Buch die Drehbuchautoren vorgenommen hatten.

Ginny scheuchte Freddy mit einer Handbewegung fort und wischte dabei Popcornkrümel von ihrem Rock. »Hetz uns nicht.«

Er lachte und Ginny musste unwillkürlich lächeln. Ansteckend war es, sein Lachen.

Als sie sich wieder Louise zuwandte, sah diese sie merkwürdig an. »Er geht im Herbst fort, müssen Sie wissen.«

»Klar.« Das hatte er schon gesagt. Zurück zu seiner Familie, über die er nicht viel sprach, auch wenn Ginny freundliches Interesse zeigte. So nannte sie es jedenfalls, nicht *neugierig sein*, wie Avis es formulierte. »Na und?«

»Ich wollte mich nur vergewissern, dass er Ihnen gegenüber nicht etwas anderes angedeutet hat.«

Aha. Ginny erinnerte sich an Louises Regel über romantische Beziehungen.

Vielleicht hatte Louise gesehen, dass Ginny am Ende während der Beerdigungsszene geschnieft hatte und Freddy ihr sein Taschentuch gegeben und kurz ihre Hand gedrückt hatte. »Ich hasse den Krieg«, hatte sie ihm zugeflüstert, nachdem sie sich so leise wie möglich die Nase geputzt hatte.

»Das solltest du auch. Wir alle sollten das«, hatte Freddy erwidert und Ginny wusste, dass sich hinter dem gequälten Blick Geschichten verbargen, bevor er sich wieder der Leinwand zuwandte und der Film weiterlief.

Aber das war kein Flirten, nur weil ein Mann nicht wollte, dass sie das Kino vollheulte und sie während der Vorführung ein paar Worte gewechselt hatten.

»Keine Angst, Louise«, sagte Ginny und tätschelte tröstend die Hand ihrer Nachbarin, bevor die ältere Frau sie wegzog. »Vergessen Sie nicht, dass ich einen Verehrer beim Militär habe.«

Dabei hatte sie schon ein schlechtes Gewissen, wenn sie das nur sagte. Sie sollte das Päckchen schnell auf die Post bringen. Macks Briefe waren nicht mehr so lang wie am Anfang, weil er an der Front viel zu tun hatte und so, aber er deutete immer noch an, dass er gerne öfter von ihr hören würde.

Louise wirkte nicht so richtig beruhigt. »Ich wollte nur sichergehen, dass *Sie* es nicht vergessen.«

Ginny versuchte, ihre Worte zu verdrängen. Nur eine strenge alte Jungfer, die jede Romanze im Keim erstickte, die sie irgendwo witterte. Trotzdem fragte Ginny sich unwillkürlich, ob Louise vielleicht mehr über Freddys Vergangenheit wusste, etwas Unschönes möglicherweise. Irgendeinen Grund, weshalb sie Ginny warnen wollte.

Hör auf. Das bildest du dir ein.

Sie meinte es bestimmt nur gut, die gute alte Louise. Und außerdem hatte sie ihnen allen Popcorn spendiert, deshalb waren sie in Ginnys Augen quitt.

Sie fragte sich gerade, ob sie in der Bücherei drüben wohl noch einen Scone runterwürgen musste, als Gio anfing zu brüllen. Alle drehten sich um und starrten eine schattenhafte Gestalt an, die durch den Hinterausgang des Filmtheaters hinausschlüpfte.

22

Martina
11. Juli

Es musste ihr Mutterinstinkt gewesen sein, der Martinas Puls rasen ließ, kaum dass sie gesehen hatte, wie Gio im Gang des Kinos erstarrte. Sie erriet den Grund, noch bevor der Junge auf den Hinterausgang zeigte und die schrecklichen Worte über seine Lippen kamen.

»Da ist Dad!«

Und da stand er tatsächlich, im flackernden Halbschatten, den der Filmprojektor warf, an die Seitenwand gelehnt, von wo aus er sie beobachtete. Patrick. Aus der Entfernung konnte Martina sich nicht sicher sein, aber sie hatte das Gefühl, dass er sie angesehen hatte, bevor er die Tür neben der Leinwand geöffnet und anschließend hinter sich zugeknallt hatte.

»Dad? Wo?«, rief Rosa und fuhr herum zu der Stelle, auf die Gio zeigte. Noch bevor Martina reagieren konnte, lief ihr Sohn zu der Tür, durch die Patrick gerade entschwunden war, und riss sie auf, sodass helles Sonnenlicht in den Kinosaal strömte.

Schneller, als sie es für möglich gehalten hätte, folgte sie Gio die Gasse hinunter, während sie seinen Namen rief. Aber er blieb nicht stehen, sondern rannte auf die Straße zu. Martina bekam sein Hemd zu fassen, bevor er auf die Fahrbahn gestolpert wäre, auf der reger Verkehr herrschte. Die Hupe eines Lieferwagens ertönte, als Martina den Jungen an den Armen zurückriss.

»Lauf nie wieder so weg.« Ihre Stimme zitterte, aber ausnahmsweise klang sie genauso bestimmend wie Mammas Stimme. »Was, wenn deine Schwester hinter dir hergelaufen wäre?«

Gio war zunächst geschockt, als ihm bewusst wurde, dass er beinahe von einem Auto erfasst worden wäre. Aber dieses Gefühl ließ offenbar schnell nach, denn er wand sich aus Martinas Griff, während er sich nach allen Seiten umsah. Patrick war nirgends zu sehen. »Lass mich! Ich habe ihn gesehen, Mamma!«

Martina wurde wütend. Wie konnte Patrick es wagen, sie so anzustarren? Wenn sie nicht so schnell reagiert hätte, wären ihre beiden Kinder vielleicht von einem Auto angefahren und getötet worden.

Die nächsten Worte kamen ihr so leicht über die Lippen wie die auswendig gelernten Gebete ihrer Kindheit. »Das war nicht dein Vater, Gio.« Und auch wenn Gott sie dafür verurteilte, hatte sie keinerlei Schuldgefühle, als sie ihrem Sohn in die Augen sah und ihn anlog.

Was war sie nur für ein Mensch geworden?

»Aber ich habe ihn auch gesehen!«, sagte Rosa, die sie jetzt eingeholt hatte. Die anderen beobachteten sie aus der Entfernung, offenbar wollten sie sich nicht einmischen, aber Martina sah erleichtert, dass Freddy auf sie zukam und sich zwischen sie und die Straße stellte, für den Fall, dass Gio beschloss, noch einmal wegzulaufen.

»Du hast dich getäuscht, *piccola.*« Sie nahm eine Hand von Gios Arm und strich ihrer Tochter über das Haar. »Ihr wisst doch, dass er weit weg ist und für den Krieg ausgebildet wird.«

Rosa rümpfte die Nase. »Ach ja, das hatte ich vergessen.«

»Matrosen haben aber auch mal Urlaub.« Gio wehrte sich jetzt nicht mehr, aber er reckte noch immer den Hals, um zur gegenüberliegenden Straßenseite hinüberzusehen, auf der Patrick verschwunden war.

»Meinst du denn, er würde uns nicht sagen, wenn er zu Besuch kommt?«

Dieses Argument schienen die Kinder zu akzeptieren, aber Martinas Gedanken überschlugen sich noch immer. Patrick hatte gesagt, dass er in der Nähe bleiben würde. War es ein Zufall, dass sie ihn gesehen hatten, oder hatte er sie beobachtet und war ihnen sogar ins Kino gefolgt?

»Sei nicht traurig, Mamma«, sagte Rosa leise.

Martina antwortete nicht. Es war besser, nichts zu versprechen, was sie nicht halten konnte.

»Er sah aber genauso aus«, sagte Gio, jetzt mit hängenden Schultern.

Freddy stieß Gio freundschaftlich mit dem Ellbogen an. »Komm schon, Kumpel. Wir holen uns ein Eis und reden über den Film, okay?«

Das genügte, um Rosas Laune zu verbessern. Sie war noch klein und nach mehr als einem Jahr ohne Vater war Patrick für sie ein Uniformierter auf einem Foto, eine schöne Erinnerung an irische Balladen und krümeliges Sodabrot in Milch, der Vater, den sie irgendwo haben musste, weil alle kleinen Mädchen einen Vater haben.

Aber während Gio sich wieder ihrer kleinen Karawane anschloss, bemerkte Martina, dass er in die Nachmittagssonne blinzelte, als sie die Straße überquerten, um erneut nach seinem Vater Ausschau zu halten.

Und Martina betete im Stillen, dass er damit keinen Erfolg hatte.

Sie gingen schweigend die Straße entlang, bis die Glocke an der Eisdiele fröhlich schepperte und die Kinder als Erste auf die Glasscheibe zueilten, hinter der sich die Leckereien türmten.

»Ich warte hier.« Martina bedeutete den beiden, allein hineinzugehen. »Ich habe keinen Hunger und … ich brauche die frische Luft.«

Nur Ginny protestierte und sagte, Eisessen hätte doch nichts mit Hunger zu tun, aber Freddy nahm sie am Arm und sagte, sie solle Martina in Ruhe lassen und was sie von einem Eisbecher mit heißem Karamell halte.

Die anderen gingen ebenfalls hinein, aber Avis blieb an der Tür stehen, ließ die Klinke dann wieder los und gesellte sich auf dem

Gehweg zu Martina. »Ich will dir nicht zu nahe treten, aber wie lange hast du deinen Mann nicht mehr gesehen?«

Diese Frage konnte sie beantworten, wenn auch indirekt. »Patrick ist vor mehr als einem Jahr zur Navy gegangen.«

Avis biss sich auf die Unterlippe. »Ich wäre am Boden zerstört, wenn Russell – aber sein Dienst dauert nur drei Monate. Das hat er mir versprochen. Daher kann ich gar nicht verstehen …«

Als sie verstummte, fasste Martina nach. »Was verstehst du nicht?«

»Warum du dir nicht wünschst, deinen Mann zu sehen. Oder nicht enttäuscht bist, dass er es nicht war.« Sie hob eine Hand und fuhr sich übers Haar, das heute nicht so adrett frisiert war wie sonst. »Aber es geht mich natürlich nichts an.«

Sie schuldete der Frau keine Erklärung. Aber Avis war noch so jung und hatte noch viel Zeit, nicht dieselben Fehler wie Martina zu machen. »Behandelt dein Mann dich gut, Avis?«

Avis zögerte, von der persönlichen Frage überrumpelt. »Wir hatten auch schon Meinungsverschiedenheiten. Unsere kleinen Streitigkeiten, aber ja.«

»Dann sei dankbar. Keine von uns heiratet einen perfekten Mann. Aber manche können nur sich selbst lieben und dann wird die Welt ihrer Frau sehr klein. Und eines Tages wird dir bewusst, dass du nicht nur den weiten Blick auf das verloren hast, was sein könnte, sondern dass du kaum atmen kannst.«

Es war schrecklich, vielleicht sogar eine Todsünde, aber Martina zwang sich, sich die Wahrheit einzugestehen. Sie hatte gehofft, die Navy würde für Patrick ein Erfolg werden. Vielleicht, dass die Routine und die Regeln ihn zwingen würden, das Trinken aufzugeben, aber wenn nicht … es bestand immer noch die Chance, dass er gar nicht zurückkam. Viele Männer kamen nicht zurück, die meisten von ihnen viel bessere Männer als Patrick.

Die jüngere Frau blinzelte in die helle Nachmittagssonne. »Ich verstehe.« Natürlich verstand sie nicht. Aber sie versuchte es und in ihren Augen lag eine Freundlichkeit, die Martina noch nie bemerkt hatte. Ihre nächsten Worte waren so leise gesprochen, dass kein Passant sie hören konnte. »Und was machst du, wenn er zurückkommt?«

Das ist er schon, hätte sie beinahe flüsternd zugegeben.

»Wir kommen schon irgendwie klar«, antwortete sie stattdessen.

Avis meinte es gut und Martina sprach gerne mit ihr über Bücher. Aber einige Dinge waren zu intim, zu persönlich und zu gefährlich, als dass man sie erzählen konnte.

23

Louise
18. Juli

»Okay«, sagte Freddy und sah stirnrunzelnd in die Menschenmenge, »Sie hatten recht damit, dass die ganze Stadt hier sein würde.«

»Ich neige nicht zu Übertreibungen.« Louise betrachtete das geschäftige Treiben und versuchte, es mit den Augen eines Neuankömmlings zu sehen, obwohl sie bei diesem Fest schon seit vielen Jahren mitmachte. Derby, dessen Bevölkerung in den Sommermonaten durch die Besucher anschwoll, war beim Feuerwehrfest vollzählig erschienen, wie es aussah, fein gemacht mit karierten Kleidern und Strohhüten. »Seit wir diesen grellen Leiterwagen haben, kommen sie aus dem ganzen Bezirk.«

Louise zeigte auf das Gefährt, als könnte man den leuchtend roten Riesen übersehen, der vor dem Rathaus die halbe Straße blockierte. Mit diesem Feuerwehrwagen machte der Bürgermeister der Stadt seit Jahren Wahlkampf und er ließ keine Gelegenheit aus, ihn seinen Wählern vorzuführen.

Die Leute aus dem Ort wussten, wie wichtig es war, dafür zu beten, dass es während des Festes nirgendwo brannte, denn die Mitglieder der freiwilligen Feuerwehr würden niemals rechtzeitig zum Ort des Geschehens gelangen, ohne die halbe Bevölkerung umzufahren, darunter viele Kinder, die sich neugierig um die Gerätschaften versammelt hatten.

»Trotzdem«, sagte Louise und versuchte, etwas Begeisterung in ihre Stimme zu legen, »ist es sehr feierlich, finden Sie nicht?«

Frederick nickte mürrisch. Er trug trotz der Hitze seine Militäruniform, wirkte aber eher so, als würde er zu einer Hinrichtung geschleppt und nicht zu einem einfachen Vortrag über das Gärtnern. Fast hätte sie es bereut, dass sie ihn dazu gedrängt hatte.

Fast. Aber jeder musste seine Pflicht tun. Alles für die Kriegsanstrengungen.

Stände waren an der Hauptstraße aufgebaut – bei einigen wurde Essen oder Fahnen verkauft, wobei der gesamte Erlös der Feuerwehr zugutekommen würde, während andere die Besucher zu verschiedenen Wettkämpfen einluden: Löschkette bilden, Schlauch aufrollen, Leitern hinaufklettern. Immer richteten diese Aufgaben sich an vorwitzige junge Männer, die sich sicher waren, dass sie ihren Einsatz zurückgewinnen konnten, und deshalb das Risiko eingingen, sich vor den anderen zu blamieren.

Nur, wurde Louise jetzt bewusst, als sie den Blick über die Menschen schweifen ließ, waren in diesem Jahr nicht viele von ihnen da. Merkwürdig, dass Veranstaltungen wie diese nötig waren, um wirklich zu bemerken, wie der Wehrdienst sich auf die Bevölkerung auswirkte. Selbst die Feuerwehrmänner, die in ihren Uniformen vor Hitze umkamen, während sie der Menge stolz zuwinkten, waren älter als sonst, im Durchschnitt über vierzig oder sogar fünfzig.

»So, jetzt wird nicht mehr getrödelt«, sagte Louise energisch und ging mit einer Autorität weiter, die andere zurückweichen und ihr Platz machen ließ. »Ihre Vorführung beginnt gleich.«

Ein schneller Blick über die Schulter zeigte ihr, wie Frederick eine Grimasse zog. »Wie sollte ich das vergessen?«

Sieh mal einer an, er ist wirklich nervös. Es schien ihr unmöglich bei jemandem, der so selbstbewusst und charmant war wie ihr junger Gärtner. Louise wusste, dass sie nicht gut darin war, anderen Mut zu machen, aber da dieser Vortrag auf ihr Konto ging, konnte sie es wenigstens versuchen. »Sie machen das schon. Sie müssen ja nur über das reden, was Sie wissen.«

Er bemühte sich um ein Lächeln, aber es wirkte nicht ganz echt. Aber wenn der Junge erst einmal auf der Bühne stand, würde sich seine Nervosität schon legen. Immerhin hatte seine Familie in New Hampshire seit Jahren einen eigenen Gemüsegarten.

Als sie sich dem Podium näherten, war Elvira Buckwold an ihrem Hut leicht zu erkennen – ein Sonnenhut mit leuchtend roten Bändern zum gegebenen Anlass. Neben ihr erstreckten sich mehrere Reihen Bänke, viele schon gefüllt, und zwei andere Frauen, nämlich Mrs Buckwolds Tochter und Frances Jefferson, standen neben den Stufen zum Podest in ihrer Nähe. Louise fragte sich, ob sie Frederick am Arm packen sollte, damit er nicht die Flucht ergriff, aber er folgte ihr gehorsam, offenbar in sein Schicksal ergeben.

Sie schlängelten sich durch das größer werdende Publikum und Louise wollte gerade Elviras Namen rufen, als sie hörte, wie jemand den Namen von Avis sagte, und sie zögerte.

»… habe sie heute noch gar nicht gesehen, und du?«, fragte Lillian.

»Ich auch nicht«, erwiderte Frances. »Wahrscheinlich hat sie sich wieder in der Bücherei eingeschlossen. Kein Wunder. Ich finde, sie hat sich in letzter Zeit wirklich gehen lassen, schon bevor ihr Mann abgereist ist.«

Elvira, die Louise immer noch den Rücken zuwandte, fächelte sich mit einem der Handzettel, die sie für diese Veranstaltung hatte drucken lassen, Luft zu und beugte sich zu den anderen vor. »Ich habe gehört – aber fragt nicht, von wem –, dass er vielleicht gar nicht zurückkommt. Oder dass er gar nicht der Landesverteidigung dient. Private Jachten, die deutsche U-Boote jagen? Das ist doch absurd.«

»Nein!« Lillian riss schockiert die Augen auf. »So etwas würde sie doch nicht erfinden.«

»Man weiß nie, wozu eine Frau fähig ist, wenn …«

»Moment mal«, sagte Frederick und machte einen Schritt auf die Frauen zu, die sich beim Klang seiner verärgerten Stimme umdrehten und unterschiedlich schuldbewusst dreinblickten.

Louise hob eine Hand und funkelte Frederick warnend an. Daraufhin eilte er zum Podium hinauf, seine Notizen in der Hand. Ihre Botschaft war eindeutig gewesen. *Überlass das mir*.

Bevor eine der anderen Frauen noch etwas sagen konnte, trat Louise näher. »Guten Tag, meine Damen. Wie Sie sehen, sind wir da.« Sie ließ ihre Stimme so frostig klingen wie ein Tauchbad im Meer mitten im Dezember. »Es tut mir leid, dass unsere Verspätung Ihnen Gelegenheit zum Lästern gegeben hat.«

Sie machte eine bedeutungsschwangere Pause, die bei Frances ein nervöses Lachen auslöste, aber Elvira kochte vor Wut.

»Wie auch immer«, stammelte Lillian und schob sich in Richtung Podium, um Reißaus zu nehmen. »Wenn ich nur kurz mit Mr Keats sprechen kann, bevor er anfängt. Ich stelle ihn nämlich vor …«

»Einen Moment, bitte.« Louise verlieh der Aufforderung den Nachdruck einer sanften Drohung, was sie ja auch war. Die Frauen starrten sie an, weil ihnen nichts anderes übrig blieb, und warteten. »Ich möchte deutlich sagen, dass ich jede Art von Tratsch missbillige. Kritik und Korrekturen müssen gelegentlich geäußert werden, aber sie sind nutzlos, wenn man sie nicht an die betreffende Person selbst richtet. Meinen Sie nicht auch?«

Es als Frage zu bezeichnen, wäre überaus mutig gewesen und die Buckwolds wussten das natürlich, denn sie murmelten eine halbherzige Zustimmung.

»Oh, aber wir würden vor Avis nie …«, begann Frances, beendete den Satz dann aber mit einem Husten.

»Dann sollten Sie vielleicht darüber nachdenken«, sagte Louise, »eine anständige und fähige Frau auch nicht in ihrer Abwesenheit zu verleumden.«

Mit diesen Worten ließ Louise die Tratschweiber stehen, ohne ihre Reaktion abzuwarten. Ihre Aufgabe war erledigt. Schließlich mussten die drei sich nicht bei ihr, sondern bei Avis entschuldigen. Wahrscheinlich würden sie hinter Louises Rücken sofort anfangen zu flüstern, dass solche Schimpftiraden bestimmt der Grund seien, warum Louise all die Jahre unverheiratet geblieben war.

Oder vielleicht überlegten sie ja beim nächsten Mal doch erst, bevor sie wieder über andere herzogen.

Louise setzte sich in die dritte Reihe, dicht genug, um gut zu hören, aber weit genug entfernt, um höflich zu sein, bevor sie dann ihr Strickzeug herausholte. Es hatte keinen Sinn, Zeit zu vergeuden, wenn man genauso gut produktiv sein konnte. Der Winter nahte und die Soldaten in Europa würden Fäustlinge brauchen.

Ein leises Lachen neben ihr ließ sie aufblicken und sie sah, wie Ginny sich unangenehm dicht neben Louise auf die Bank fallen ließ, die Beine ihrer braunen Bootshosen auf wenig damenhafte Weise gespreizt. »Mensch, Louise, den Tratschtanten haben Sie es aber gezeigt.«

Louise überlegte, ob sie erwähnen sollte, dass es sich auch nicht gehörte, andere zu belauschen, aber vermutlich hatte sie so laut gesprochen, dass das Mädchen es unweigerlich gehört hatte. »Jemand musste es tun.«

Louise blickte zu den Buckwolds hinüber, die Freddy jetzt abgefangen hatten, wobei sich die Jüngere der beiden kokett zu ihm vorbeugte. »Jedenfalls sollten sie uns leidtun, wenn sie nichts Besseres zu tun haben, als über das Leben anderer Leute zu reden.«

Ginny nickte. »Genau. Beim Buchclub haben wir stattdessen erfundene Leute, über die wir reden können.«

Louise blinzelte, aber es sah nicht so aus, als hätte das Mädchen sich über sie lustig gemacht. Ginnys blaue Augen blickten nachdenklich drein. »Ich … so habe ich das noch nie betrachtet.«

Aber stimmte es nicht? Louise hatte zwar bis spätabends in dem Roman von Agatha Christie gelesen, um zu erfahren, wer den Mord begangen hatte, aber genauso faszinierend waren Poirots Beobachtungen zur menschlichen Natur gewesen und seine Erkenntnisse darüber, was Menschen dazu brachte, zu lieben und zu lügen und zu betrügen. *Pygmalion* und die Diskussion im Buchclub darüber, wie man Gutes tun konnte, ohne den Menschen ihre Würde zu nehmen, hatten dazu geführt, dass Louise sich fragte, ob sie die Sache mit der Kindertagesstätte vielleicht ungeschickt angefangen hatte, so wie Frederick es vermutete.

Vater hatte häufiger so etwas gesagt und Louise konnte sich noch genau an seine Worte erinnern. »*Das verstehen die meisten Menschen nicht*«, hatte er gesagt und auf Louise und ihren Bruder gezeigt. »*Fiktive Charaktere sind oft realer als die Menschen aus Fleisch und Blut um uns herum – zumindest, wenn es um das geht, was wirklich zählt.*«

»Was wissen die schon von unserer Avis?«, fuhr Ginny fort und riss Louise aus ihren Gedanken.

»Ich bin mir sicher, Avis wäre durchaus in der Lage, sich zu verteidigen, wenn sie hier wäre. Aber da sie es nicht ist, muss der Buchclub es eben tun.«

Ginny sah sie aus halb zusammengekniffenen Augen lange an und grinste dann. »Wissen Sie was? Sie sind gar nicht so verkehrt, Louise Cavendish.« Sie hielt eine Pappschachtel in Louises Richtung. »Erdnuss?«

Auch wenn sie sich nichts daraus machte, die Kerne aus ihren Schalen zu pulen, nahm Louise drei Erdnüsse, die vom Wagen neben dem Löschzug noch warm waren.

Es war schon merkwürdig. Louise hatte ihre Schwesternausbildung mit Auszeichnung abgeschlossen, sie war Vorsitzende unzähliger Komitees gewesen und hatte für alle möglichen wohltätigen Aktionen Dankesbriefe erhalten, aber diese wenigen Worte von Ginny fühlten sich an, als wären sie mehr wert als all das.

Louise setzte sich ein wenig aufrechter hin, ein leises Lächeln auf den Lippen, als die Veranstaltung begann, und schob sich eine Erdnuss in den Mund. Wirklich gar nicht so verkehrt.

24

Ginny
18. Juli

Positiv war, dass Freddy da oben auf dem mit Wimpeln geschmückten Podium richtig gut aussah mit seiner ordentlich gebügelten Uniform und den mit Pomade zurückgekämmten Haaren.

Das Problem war, dass er schrecklich klang.

Der arme Kerl. Wahrscheinlich war er die Ruhe selbst gewesen, als man ihn damals, bevor er das eine Auge verloren hatte, in einen Flieger gesetzt hatte. Aber hier, wo er über die Saat und Pflege von Kohlrüben reden sollte, stammelte er wie ein Schüler, der seine Hausaufgaben nicht gemacht hatte. Ginny konnte nur versuchen, ihm freundlich zuzulächeln und zuzuhören, während Freddy nach jedem zweiten Satz eine verlegene Pause machte.

Der Rest des Publikums, überwiegend Hausfrauen, lauschte höflich mit der typischen aufrechten Haltung, die man in New England erlernte, indem man schon als Baby in Kirchenbänke gescheucht wurde, wenn man noch rot und faltig im Gesicht war. Ginny saß auf ihrer Bank und versuchte, dieselbe Haltung einzunehmen.

»Und Brokkoli und Blumenkohl erntet man … ungefähr im September.«

Interessant. Freddy blickte nicht in die Gesichter, um einen Landeplatz zu finden. Sein Blick wanderte immer wieder zur Seite, wo Gio in der ersten Reihe saß.

Wahrscheinlich brauchte er ein freundliches Gesicht. Obwohl es nichts zu nützen schien, denn es sah so aus, als hätte Gio seine Hausaufgaben mitgebracht, denn er schrieb mit dem Bleistift etwas in ein Notizbuch und achtete gar nicht auf den armen stotternden Freddy.

Aber nein, das stimmte nicht. Als Ginny den Jungen genauer beobachtete, stellte sie fest, dass er gelegentlich aufblickte, nämlich immer dann, wenn Freddys Pausen andauerten.

Sagte er etwas … lautlos?

Ginny kniff die Augen ein wenig zusammen und scherte sich nicht mehr darum, ob es unhöflich war, jemanden anzustarren.

»Auch die Schädlingsbekämpfung im Garten ist entscheidend. Gegen Läuse geht man zum Beispiel mit einer Mischung aus Waschmittel und …« Als die Pause unangenehm lange andauerte, blickte Gio von seinem Papier auf und seine Lippen bewegten sich, kein Zweifel. »… Nikotinsulfat.«

Sie hatte oft genug beim Schummeln in der Schule zugesehen – na gut, auch selbst mitgemacht –, um zu wissen, was hier vor sich ging. Entweder war Freddy so nervös, dass er jemanden brauchte, der ihm soufflierte, oder …

Oder er wusste in Wirklichkeit gar nicht, wovon er redete. Immerhin sollte ihm das Ganze längst in Fleisch und Blut übergegangen sein, wenn er doch Gärtner war.

Es war eine Kleinigkeit. Nur ein weiterer winziger Zweifel. Aber was, wenn an diesem Zweifel etwas dran war? Was, wenn sie sich von glatten Worten und einem strahlenden Lächeln hatte einwickeln lassen, so wie all die Gefoppten, die Ma in jungen Jahren beim Pokerspielen ausgetrickst hatte?

Nach weiteren zehn Minuten dieser unerträglichen Rede erlöste Lillians Mutter, die ein kariertes Kleid trug, das ihr viel zu klein war, Freddy von seinen Qualen und dankte ihm, bevor sie die Leute bat, nach vorne zu kommen und sich ein Exemplar des Gartenkalenders mit Samentütchen abzuholen.

Kaum war der höfliche Applaus verklungen, lief Ginny zu Freddy, der auf eine Bank gesunken war. Besser, ihn abzufangen, während Lillian noch ihrer Mutter beim Verteilen der Handzettel half.

»Okay, Freddy«, sagte sie, ohne um den heißen Brei herumzureden. »Dann spuck dein kleines Geheimnis mal aus.«

Und als sie den schuldbewussten Blick in seinen Augen sah, war klar, dass Ginnys Bluff, um zu sehen, wie er reagierte, funktioniert hatte. »Was denn für ein Geheimnis?«

»Dass du genauso viel vom Gärtnern verstehst wie ich. Also so gut wie gar nichts.«

Freddy stieß ein hilfloses Lachen aus. »Komm schon. Hast du die Frühjahrserbsen probiert, die ich geerntet habe?«

»Also gut. Welche Gartenfrüchte muss man im Winter untergraben, um den Boden für die nächste Saison vorzubereiten?« Sie wusste die Antwort selbst nicht, aber solange er nicht wusste, dass sie es nicht wusste …

Freddy schluckte. »Erbsen und Bohnen?«

»Das war geraten.« Er leugnete es nicht. »Ich wette, deine Eltern hatten nie einen Garten. Und du hast den Gärtnerjob bekommen, obwohl du kaum eine Dillgurke von einem Löwenzahn unterscheiden kannst.«

»Dillgurken baut man nicht an, Ginny.«

»Okay, dann verstehst du *etwas* mehr vom Gärtnern als ich.« Sie verschränkte die Arme und versuchte, wie ein Polizist im Film auszusehen. »Wieso hast du die Stelle bei Miss Cavendish angenommen, hm? Bist du vor dem Gesetz auf der Flucht? Hast du dich vor dem Wehrdienst gedrückt? Was versteckst du überhaupt unter deiner Augenklappe?«

Er schob die Hand weg, die Ginny ausstreckte, um nachzusehen, und das hatte sie wohl auch verdient. »Ich versuche nur einen Neuanfang.«

Damit wanderte die Option *Ex-Knacki* auf ihrer Liste weiter nach oben. »Weißt du, ich fand es immer schon komisch, dass ein Fliegerjunge wie du behauptet, vor dem Krieg ein bodenständiger Farmer gewesen zu sein. Das passt nicht zusammen.«

Freddy bedeutete ihr mit einer Handbewegung, sie solle leiser sprechen, während er zu den Frauen hinüberblickte, die gleich auf ihn zukommen würden, Gemüsegartenkalender für den Sieg im Schlepptau. »Das habe ich doch gesagt, Ginny. Ich bin hierhergekommen, weil ich von zu Hause wegwollte. Ich brauchte eine Arbeit. Miss Cavendish brauchte einen Gärtner. Also habe ich meinen Lebenslauf frisiert. Das ist alles.«

Und so ungern Ginny es auch zugab, es klang nicht wie der Haufen Unsinn, den sie erwartet hatte. »Wirklich? Und warum hast du dann Gio in die Sache reingezogen?« Der Junge hatte das Notizbuch versteckt und mampfte zufrieden einen Donut mit Puderzucker. Vermutlich seine Bezahlung.

»Weil ich unbedingt jemanden brauchte, der mir hilft. Er hat im Frühjahr auch die ganzen Gartenbücher für mich in der Bücherei ausgeliehen. So wusste ich genug, um anfangen zu können.«

Wenn er die Wahrheit sagte, war das kein schlechter Plan. So etwas hätte sie selbst sich auch einfallen lassen. »Mensch, ich hoffe, du hast deinen Lebenslauf nicht auch für den Job im Cockpit frisiert.«

»Zum Glück für alle Beteiligten kann man Flugstunden oder Offizierstraining nicht vortäuschen.« Wieder sah Freddy sich um und die Angst stand ihm ins Gesicht geschrieben. »Bitte, Ginny, du darfst Miss Cavendish nichts sagen.«

»Nenn mir einen guten Grund.«

Freddy sah sie flehentlich an. »Du musst mir einfach vertrauen. Freunde vertrauen einander.«

In diesem Moment kam Lillian, der die Handzettel ausgegangen waren, kichernd angelaufen und überschüttete Freddy mit falschen Komplimenten, sodass Ginny sich nachdenklich zu einer Bank weiter hinten zurückzog. Es könnte wahr sein. Ein Ex-Militär, der Arbeit brauchte, und zwar so weit wie möglich vom Krieg entfernt, könnte so tun, als hätte er bestimmte Kenntnisse. So schlimm war das nicht.

Das ist es. Das ist der Grund. Was ihr Probleme bereitete, war die Tatsache, dass sie ihn bei einer kleinen Sache erwischt hatte.

Und plötzlich war Ginny wieder vierzehn und sah dabei zu, wie Pa und Lew im frühen Morgennebel auf der *Lady Luck* in See stachen, sodass Ginny die Chance hatte, ihrer Ma die Frage zu stellen, die sie seit mindestens einem Jahr umtrieb.

Es war verständlich, dass Pa nicht darüber reden wollte, weil er so tat, als wäre seine Braut eine Frau mit makellosem Ruf. Aber Ginny hatte genug gehört, um sich zu wundern. Auf Long Island wurden Kinder nur eine Zeit lang vor Gerüchten bewahrt. Und sie musste es wissen. Also war sie zu Ma geschlichen, hatte angeboten, beim Frühstückmachen zu helfen, und sie dann gefragt, wie genau sie eigentlich so viele Jahre damit durchgekommen war, beim Kartenspielen zu betrügen.

Anstatt empört zu reagieren, klopfte Ma sich nur das Mehl von den Händen, schlug den Brötchenteig ab und sagte: »Dein Pa wird mir das Fell über die Ohren ziehen, wenn ich dir die Tricks verrate.« Ginny hätte beinahe protestiert, doch dann fügte ihre Mutter hinzu: »Jedenfalls bin ich ziemlich stolz auf das System.«

»Was meinst du damit?«

Sie hatte einen verträumten Blick, wie Macks Großmutter, wenn sie anfing, eine der vielen Insellegenden zu erzählen. »Wenn ich ein Opfer gefunden hatte, habe ich mich häuslich eingerichtet und ein bisschen auf dumm gemacht. Dann konnte ich sicher sein, dass ich schon früh dabei erwischt wurde, wie ich den Kopf schief gelegt habe, um die Karten des Mannes neben mir zu sehen.«

Ginny runzelte die Stirn. »Du wolltest erwischt werden?«

Ma nickte. »Manchmal wurde der Kerl neben mir richtig wütend und dann wusste ich, dass es zu gefährlich war weiterzumachen. Aber meistens haben sie mich nur streng angeguckt und gleichzeitig gelacht und mir gesagt, ich soll geradeaus gucken. Schließlich hat ja jeder schon mal gespickt.«

»Und dann hast du die Karten in der Handfläche versteckt oder aus dem Ärmel gezogen oder was auch immer«, nickte Ginny. Mensch, sie hatte nicht gewusst, dass ihre Mutter so schlau war.

»Und niemand hat es gemerkt oder geahnt.« Ma knetete den

Brötchenteig noch einmal kräftig durch. »Denk immer daran, Ginny. Hinter den gewöhnlichen Lügen, die man leicht zugeben kann, steckt oft etwas Schlimmeres.«

Ginny sah zu Freddy hinüber, der jetzt lächelnd für ein Foto posierte, in der Hand einen Spaten, den jemand mitgebracht hatte, während die beiden Buckwold-Frauen rechts und links von ihm standen und strahlten.

Was machte es schon, wenn Freddy ein Lügner war? Ginny war es gewohnt, sich nichts anmerken zu lassen und niemandem zu vertrauen, bis sie die Person in- und auswendig kannte. Das hier war also nichts Neues.

Aber warum tat es dann so weh, wenn es um Freddy ging?

Russell an Avis

20. Juli 1942

Liebe Avis,
unsere ersten Tage auf See haben wir hinter uns und es ist fast schade, wieder an Land zu sein nach der ganzen salzigen Luft. Es war schön, dass deine Briefe hier auf mich gewartet haben. Ich habe sie alle schon zweimal gelesen.
Noch keine tollkühnen Aktionen, fürchte ich. Wir haben nur die Ausrüstung getestet und sind unsere Route abgefahren. Jedenfalls habe ich eine wichtige Aufgabe, weil unser Skipper, Captain Arthur Sherman, gesagt hat, die musikalisch Geschulten seien besser darin, Geräusche zu identifizieren. Jemand mit schlechten Ohren hält vielleicht einen Wal für einen U-Boot-Motor, so was eben. Ich habe ein bisschen übertrieben, was meine Karriere in der Blechblasmusik betrifft, also hat er mich als Tontechniker für die Nachtschicht eingeteilt, wenn die U-Boote am aktivsten

sind. Gut, dass er keine Tuba zur Hand hatte, sonst hätte er gemerkt, dass ich nicht mehr viel von der Highschool-Band draufhabe, außer wie man die Wasserklappe auf die Schultyrannen richtet.

Wir haben eine einfache Unterwasserhöranlage – sieht nicht nach viel aus, nur eine schwere, mit Gummi überzogene Wurst, die an einem Kabel hängt. Wenn es draußen hell ist, haben wir einen Mann auf dem Ausguck, für den Fall, dass wir ein U-Boot sehen. Außerdem sollen wir auf Gerüche achten, vor allem Dieselgestank, den man riecht, wenn ein U-Boot auftaucht. Das müssen sie manchmal, um frische Luft zu bekommen oder weil Leute vom Druck unter Wasser krank sind. Unsere Jacht ist so klein, dass sie nicht auf ihrem Radar erscheint. Sie glauben dann, sie seien allein auf weiter See. Und dann sollen wir sie über Funk melden. Oder, wie es in unserem Handbuch steht: »Wenn der Feindkontakt hergestellt ist, wird er nicht abgebrochen, solange es möglich ist, ihn aufrechtzuerhalten.«

Nichts von alldem ist übrigens streng geheim, soweit ich weiß. Das ist das Geniale daran. Wir haben die Unterstützung der Küstenwache, aber fast keine ihrer Regeln. Keine Uniformen, keine Appelle, keine Zensoren, die unsere Post lesen. Nur das weite Meer und eine Aufgabe.

Schade, dass sie uns nicht auch das Essen der Küstenwache erlassen. Meine Geschmacksnerven sind schon ganz taub von den Militärrationen, die wir runterwürgen, wenn wir keinen Fisch fangen, den wir braten können. Ich kann dir gar nicht sagen, was ich jetzt für eine Scheibe deines Hackbratens geben würde.

Danke für all die Neuigkeiten aus deinem Alltag. Es wundert mich nicht, dass deine Mutter einen Anfall bekommen hat, als sie gehört hat, was ich mache. Sie hatte schon immer einen Hang zum Melodramatischen. Du kannst ja betonen, wie patriotisch meine Aufgabe ist, und ihr sagen, dass ich am 10. Oktober wieder zu Hause bin, dann kriegt sie sich schon wieder ein. Ich bin sogar einverstanden, wenn wir mit ihr zusammen Thanksgiving feiern, um gute Stimmung zu machen. Wahrscheinlich wird es sich ähnlich anfühlen wie der Einsatz gegen bewaffnete U-Boote.

Der Buchclub läuft nach wie vor, wenn ich das richtig verstanden habe? Freut mich. Ich habe nicht viel gelesen, seit ich ein Junge war – Schatzinsel und Robinson Crusoe und solche Sachen. Die stehen wahrscheinlich nicht auf Eurer Lektüreliste, oder?

So, jetzt mach ich Schluss. Die Tage an Land sind die einzigen, an denen ich ein bequemes Bett und anständige Mahlzeiten habe. Das muss ich ausnutzen.

Dein von Hackbraten träumender
Russell

Anthony an Avis

10. Juli 1942

Hallo Schwesterherz,
sieh mal, wer heute bei der Post einen Fang gemacht hat! Ich bin spät dran mit Antworten, aber daran ist die Armee schuld. Es überrascht mich nicht, dass Russell endlich etwas gefunden hat, was er für den Krieg tun kann, aber ich mache mir Sorgen um dich. Du schreibst, du hättest kein Problem damit, dass er weg ist, sondern nur damit, wie du ihn hast gehen lassen. Da ich derzeit in meiner Junggesellenhöhle lebe, ohne Ehefrau oder Freundin weit und breit, muss ich gestehen, dass ich nicht genau weiß, was du damit meinst. Aber wie heißt es so schön? »Narren stürmen blind voran, wo Engel gehen auf leisen Sohlen« (Alexander Pope, langes Gedicht, du würdest es bestimmt grässlich finden), deshalb

dachte ich, ich gebe dir einen Rat: Sag dem Mann, was du denkst. Vermutlich hat er nicht die geringste Ahnung.
Ich habe nie behauptet, besonders weise zu sein. Aber du, meine liebe Schwester, hast dir schon immer zu viele Gedanken gemacht, hast über Dingen gegrübelt und dich gesorgt. Russell ist mein bester Freund, und wenn du dich über ihn aufregst oder Angst hast, ihn verletzt zu haben, oder was auch immer das Problem ist, müsst Ihr darüber reden.
Aber genug der Einmischung von der anderen Seite des Ozeans. Danke übrigens dafür, dass du einen Teil deiner Buchclub-Notizen zu P. G. Wodehouse für mich abgeschrieben hast. Ich habe mich köstlich amüsiert.
Wenn ich es nicht besser wüsste, klingt es so, als würdest du doch tatsächlich Gefallen am Lesen finden. Eigentlich müsste ich beleidigt sein, weil die Tatsache, dass du seit 25 Jahren mit mir verwandt bist, das nicht bewerkstelligt hat, aber ich freue mich über das Wissen, dass du endlich meinem Motto zustimmst: »Er liebte Bücher, weil sie gute und sichere Freunde sind.« Das ist aus Die Elenden. *Ist ein ziemlich umfangreiches Stück – die Franzosen mögen ihre Prosa so wie ihre Baguettes: sehr lang –, aber du solltest es probieren. Vielleicht im Winter, wenn alles gefroren ist und du mit Tee und Wollsocken und dicken Romanen zu Hause bleiben kannst.*
Apropos Frankreich … darüber kann ich leider nichts sagen. Zensur, weißt du. Also beschränke ich mich darauf, das Carepaket mit der Taschenbuchausgabe von Wells’ Der Unsichtbare *zu loben, das du mir geschickt hast. Ich habe das Buch schon drei Kameraden geliehen. Wenn das so weitergeht, gründen wir hier auch einen Buchclub.*
Pass gut auf meine Bücherei auf, Schwesterherz. Sie wird der erste Ort sein, den ich sehen will, wenn ich nach Hause komme (sag das aber nicht Mom).
Dein Bruder
Anthony

Buchclubprotokoll vom 25. Juli 1942

Protokoll: Ginny Atkins, Besitzerin einer fesselnden Lesestimme und definitiv bessere Protokollantin als Freddy Keats, damit du's weißt!

Anwesende Mitglieder: Viele. Avis schreibt sie später auf. Sie kann so was besser als ich.

Besprochenes Buch: »Das Land der spitzen Tannen« von Sarah Orne Jewett (Ich habe gelernt, dass sich ihr zweiter Vorname nicht auf »vorne« reimt, was ich schade finde.)

Ich bin gleich mit der Frage eingestiegen: »Warum gab es eigentlich keinen Mord in dem Buch?« Jede Menge Geheimnisse und großes Bedauern und so (arme Joanna!), aber irgendwie ist nie was draus geworden. Freddy sagt, dass es darum nicht geht, aber ich glaube, er war nur auf Streit aus. Avis hat protestiert und gesagt, dass das Buch voller schöner Beschreibungen ist und dass die Autorin die Menschen wirklich versteht, aber Delphie fand es »zum Gähnen«.

Linda Follett, die vielleicht 10 ist und schiefe Zöpfe hat, hat gesagt, dass sie das Buch nur gelesen hat, um rauszufinden, wie die Erzählerin heißt, und sie war sauer, weil es nie gesagt wird. Sie wollte unbedingt, dass wir sie zur Strafe alle Hildegard nennen.

Freddy sagt, dass er das Kapitel am liebsten mochte, in dem der alte Kapitän von einer Geisterstadt im hohen Norden erzählt. Und dann las er vor: »In seinen Augen lag ein Blick der Erwartung und Freude, ein verträumter Blick, der zum Horizont gerichtet war; man sieht ihn oft in Seefahrerfamilien, bei Mädchen und Jungen gleichermaßen.« Und dann fügte er noch hinzu: »Erinnert mich an jemanden, den ich kenne.« Und dabei hat er mich angesehen! Ich nehme es als Kompliment, ob es das sein sollte oder nicht.

Wir haben über die Stelle gesprochen, in der »Hildegard« sich fragt, ob manche, die auf einsamen Inseln stranden, Angst davor haben, gerettet zu werden. Nicht mal Martina war der Meinung, dass es ihr so gehen würde, »obwohl die Ruhe vielleicht eine Weile ganz schön wäre«. (Gio wirkte beleidigt, als sie das sagte, aber ich habe ihm auf den Rücken geklopft und ihm gesagt, dass es nicht seine Schuld ist, dass er laut ist, sondern dass es einfach so ist, wenn man 12 ist und ein Junge. Ich glaube nicht, dass es was genützt hat.) »Es gibt Ruhe und es gibt Einsamkeit und das eine kann sich leicht in das andere verwandeln«, sagte Mrs Whitson und alle nickten irgendwie, denn als Frau des Pastors muss sie es ja schließlich wissen.

Avis hat ein paar von ihren Lieblingsstellen laut vorgelesen und zum Schluss meinte Mr Maloney: »So ist Maine eben.« Da hat er nicht unrecht. In dem Buch gab es nicht viel Handlung, finde ich, aber es ist hübsch geschrieben und bei der Art, wie sie die Bootsfahrt zu den Inseln beschreibt, habe ich richtig Heimweh nach dem Sonnenaufgang über dem Meer gekriegt. Und es ist lange her, dass ich richtiges Heimweh hatte. Zu lange vielleicht.

Mensch, kaum drückt einem jemand ein Notizbuch in die Hand, schon wird man ganz sentimental. Deshalb darf ich nie Tagebuch schreiben.

Viel besser als das Buch war der Bananenpudding von Avis. Sie macht immer ausgefallenere Sachen, wahrscheinlich weil sie mehr Zeit hat, jetzt, wo ihr Mann weg ist. Ich war rechtzeitig für einen Nachschlag da.

Avis hat gesagt, dass Rosa das nächste Buch aussuchen soll. Sie hat einen Augenblick überlegt, ganz erwachsen, wie sie immer wirkt, und sich dann für »Das Samtkaninchen« entschieden. Es ist erfreulich kurz und hat sogar Bilder. Was für ein Festtag für den Buchclub!

25

Louise
27. Juli

Louise hatte bei Werbeveranstaltungen für Kriegsanleihen Reden gehalten, sterbenden Patienten die schlechten Aussichten mitgeteilt und sogar ohne jedes nervöse Zittern die Testamentseröffnung nach dem Tod ihres Vaters überstanden, trotz der streitsüchtigen Verwandten, die empört waren, weil sie das Sommerhaus der Familie geerbt hatte.

Warum also hatte sie solche Angst davor, die Cafeteria von Bristol-Banks zu betreten?

Es ist kein Problem, sagte sie sich. *Es sind nur Frauen. Genau wie du.*

Was natürlich nicht stimmte. Sie waren nicht wie Louise. Nicht nur, dass sie einer anderen Gesellschaftsschicht angehörten. Louise hatte ihre Perlenkette zu Hause gelassen und trug ihr einfachstes Kleid, um die Kluft zwischen ihr und ihren Zuhörerinnen so weit wie möglich zu verringern, was das betraf. Es war die Tatsache, dass sie hier Ehefrauen und Müttern gegenüberstand, denen eine eingefleischte alte Jungfer sagte, wie sie ihre Kinder erziehen sollten.

Unsinn. Das Ganze ist eine geschäftliche Angelegenheit. Ein sozialer Dienst. Sonst nichts.

Frederick kam mit federnden Schritten aus der Cafeteria, befreit von den Tabletts mit belegten Broten und Krügen voller Limonade, die er für sie hineingetragen hatte, heute in der Rolle des Gepäckträgers und nicht des Gärtners. Er zeigte mit einer schwungvollen Handbewegung in Richtung Tür. »Sie gehören ganz Ihnen, Miss Cavendish.«

Louise sah auf ihre Taschenuhr. 15:45 Uhr, die Zeit zwischen Früh- und Spätschicht, also den beiden Schichten, in denen Frauen mit Kindern meist arbeiteten. Mr Hanover hatte ihr eine Viertelstunde eingeräumt, um sich an die eventuell interessierten Mütter zu wenden.

Sie fühlte, wie Frederick sie ansah. »Sie machen das schon. Sie müssen ihnen nur sagen, was Sie wissen.« Einen Augenblick lang fragte sie sich, ob er sich über sie lustig machte, indem er das wiederholte, was sie vor dem Gärtnervortrag zu ihm gesagt hatte, aber seine Miene war freundlich wie immer. »Die werden ganz hin und weg sein.«

»Ich würde es bevorzugen, wenn sie hierbleiben.« Und trotz ihres spröden Tonfalls lachte er und der tiefe, angenehme Klang erinnerte sie an …

Du liebe Güte, doch nicht jetzt.

An manchen Erinnerungen rührte man besser nicht.

Mit einer Bewegung, die auf Frederick unhöflich wirken musste, wandte sie sich ab, dann straffte sie die Schultern, holte noch einmal tief Luft und marschierte mit klackernden Absätzen und einem aufgesetzten Selbstbewusstsein über den harten Boden der Cafeteria.

In der nordöstlichen Ecke des Raumes hatten sich etwa drei Dutzend Frauen versammelt. Sie trugen praktische Arbeitskleidung: Hosen, Kopftücher und feste Schuhe. Viele hatten jedoch Blusen oder Tücher mit einem Blumenmuster oder wenigstens ein paar Farbtupfern, so als wollten sie nicht jeden Rest ihrer Weiblichkeit aufgeben. Einige fächelten sich mit der Broschüre, die Frederick für Louise verteilt hatte, Luft zu, um die drückende Hitze und den Geruch von verkochtem Billigfleisch zu vertreiben.

Einige Frauen blickten auf, als Louise näher kam. Beobachteten sie. Warteten.

Sie sollte lächeln. Ja, das würde helfen. Louise bemühte sich – und dann sah sie Ginny und Martina in der ersten Reihe sitzen und ihr Lächeln wurde etwas weniger künstlich.

Sie stellte sich vor die Gruppe und fuhr sich mit der Zunge über die trockenen Lippen, als sich weitere Augenpaare auf sie richteten. »Ich grüße Sie alle.« Diese Mitteilung ließ die meisten Gespräche verstummen, obwohl ein paar Frauen am Rand immer noch zu glauben schienen, dass ihre Unterhaltungen zu wichtig waren, als dass sie im Flüsterton weitergeführt oder beendet werden könnten.

»Als Einwohnerin des nahe gelegenen Ortes Derby wurde ich gebeten, mich eines potenziellen Problems anzunehmen. Ich bin sicher, einige von Ihnen haben mithilfe von Verwandten praktische Lösungen für die Betreuung Ihrer Kinder gefunden, während Sie arbeiten. Aber für diejenigen, denen das nicht möglich ist, möchten wir eine kostengünstige Alternative anbieten.«

So. Das war doch gar nicht so schlimm – vor allem, wenn sie den Blick starr auf die Wand gerichtet hielt und die Frauen selbst nicht ansah. Die wenigen Male, bei denen sie es doch tat, wirkten sie … nun ja, nicht gerade begeistert oder eifrig, aber auf jeden Fall höflich.

Louises Selbstbewusstsein nahm zu, genauso wie die Lautstärke ihrer Stimme, als sie ihre sorgfältig vorbereitete Rede hielt und erzählte, dass sie bis Weihnachten eine Kindertagesstätte einrichten wollten. Ginny unterbrach den Verzehr eines Sandwiches, um Informationskarten an die Frauen zu verteilen, die sie ausfüllen konnten, wenn sie Interesse hatten, während Louise die Vorzüge einer professionellen Kinderbetreuung hervorhob und dann zum Ende ihrer zehnminütigen Rede kam.

Applaus gab es anschließend nicht – es war ja auch nicht die *Metropolitan Opera* –, aber Louise war drei Minuten vor der Zeit fertig geworden und niemand war eingeschlafen. Das war doch schon mal etwas.

Die Frauen drückten ihr die ausgefüllten Karten in die Hand, als sie gingen, und ein paar von ihnen bedankten sich für das Essen und die Limonade, aber die meisten wandten schüchtern den Blick ab und eilten entweder nach Hause oder zu ihren Arbeitsplätzen in der Gießerei. Manche, bemerkte Louise, hatten ihre Karten auf dem Tisch bei der Tür abgelegt, anstatt sie ihr zu geben. Es war gar nicht so einfach, nicht einschüchternd zu wirken, wenn man sein Leben lang versucht hatte, genau das zu tun.

Kurz darauf war die Cafeteria fast leer. »Was meinen Sie, wie es gelaufen ist?«, fragte Ginny und setzte sich auf den Tisch neben Louise, während sie das blaue Tuch, das sie um ihre blonden Haare gebunden hatte, neu verknotete.

»Ganz gut, glaube ich.« Louise sammelte die Karten ein und machte einen ordentlichen Stapel daraus. »Wir hatten genug Zeit, um alle wichtigen Informationen zu übermitteln, und ich glaube …«

Sie hielt inne und bemerkte etwas, das sie vorher nicht gesehen hatte: Die oberste Karte war unbeschriftet.

Die nächste ebenso und auch die folgende.

Louise ignorierte Ginnys neugierige Blicke und setzte sich, während sie den ganzen Stapel durchging. Nur drei Frauen, und eine davon war Martina, hatten sich die Mühe gemacht, ihre Kontaktdaten aufzuschreiben, damit Louise sie anschreiben konnte, wenn der Kindergarten aufmachte.

Vielleicht hatte sie ihnen nicht genug Zeit gegeben, um Fragen zu stellen, oder vielleicht war das Formular zu detailliert. Das war es wahrscheinlich. Sie hätte nur nach dem Namen und der Adresse fragen sollen, anstatt die Namen und Geburtstage ihrer Kinder abzufragen. Oder vielleicht konnten gar nicht alle schreiben. Wer wusste das schon?

»Gar nicht so einfach, oder?«, sagte Ginny mitfühlend, als sie Louise über die Schulter gesehen hatte.

Louise spürte, wie ihre Wangen heiß wurden, und nahm die unbeschrifteten Karten schnell in die Hand. »Ich verstehe das nicht. Wenn sie alle ihre Kinder anderswo untergebracht haben, warum sind sie dann zu dem Treffen gekommen?«

»Wahrscheinlich wegen der Limonade«, erwiderte Ginny nachdenklich, bevor sie »Aua!« hinzufügte und Martina anfunkelte, die etwas zu spät den Fuß von Ginnys Fuß genommen hatte, sodass Louise es bemerkt hatte.

»Sie müssen das verstehen«, sagte Martina und in ihren dunklen Augen lag Mitleid. »Für manche Frauen ist es … schwierig, Almosen anzunehmen. Selbst wenn sie darauf angewiesen sind.«

Genau das, was Frederick ihr schon vor Wochen gesagt hatte.

»Aber es ist doch gar kein Almosen. Schließlich dienen sie mit ihrer Arbeit unserem Land. Wir sorgen lediglich dafür, dass ihre Kinder versorgt sind. Es ist ja sogar eine kleine Gebühr für die Betreuung geplant.«

»Vielleicht. Aber wenn Sie an ihrer Stelle wären, würden Sie sich nicht auch wünschen, Sie könnten selbst für Ihre eigenen Kinder sorgen?«

Louise schnaubte verächtlich. »Ganz gewiss nicht. Ich würde die Situation nach praktischen Gesichtspunkten beurteilen und mich für die vernünftige Lösung entscheiden.« So wie sie es getan hatte. Wie sie es immer tat.

Martina schüttelte den Kopf. »Ich kann wohl nicht verlangen, dass Sie das verstehen, weil Sie selbst keine Kinder haben.«

Nicht zucken. Martina meinte es nicht böse, da war sich Louise sicher, also unterdrückte sie eine scharfe Antwort.

Eine Glocke ertönte schrill und laut und Louise erschrak. »Komm«, sagte Ginny und zog Martina am Arm. »Der Vorarbeiter reißt uns den Kopf ab, wenn wir zu spät kommen.«

Also blieb Louise allein zurück – mit einem leeren Krug, der Spuren von Zucker aufwies, und drei Dutzend leeren Namenskarten.

Sie war sich so sicher gewesen, dass dies ein Akt christlicher Nächstenliebe war, mit dem sie die Kriegsanstrengungen unterstützen sollte. Aber was war, wenn sie die Bücherei schloss und ein Vermögen für die Renovierung ausgab, um einen Kindergarten daraus zu machen – und dann niemand seine Kinder schickte?

Du kannst es dir immer noch anders überlegen. Mach die Bücherei nicht dicht.

Aber sie hatte schon zu viel investiert, um jetzt einen Rückzieher zu machen. Die Pläne waren genehmigt. Ein Vertrag war unterschrieben.

Was würde Vater sagen?

Das war keine Frage. Allen anderen gegenüber, sogar vor Delphie, konnte sie so tun, als würde es Luther Cavendish gefallen, dass sein Gebäude für die Betreuung von Kindern und zur Unterstützung des Landes verwendet wurde.

Aber sich selbst konnte sie nicht belügen. Ihr Vater hatte diese Bücherei mehr geliebt als alles andere auf der Welt, bis zu seinem letzten Tag.

Juni 1917

»Auf gar keinen Fall.« Louise runzelte die Stirn und sah ihren Vater an, der sich matt auf die Gartenbank stützte, einen Haufen frisch geschnittener Lupinen neben sich. »Dr. Hoffman macht sich ernsthaft Sorgen, Vater. Du hättest vor Monaten zu ihm gehen sollen. Er hat strikte Anweisung gegeben, dass du das Grundstück nicht verlassen darfst, und ich gedenke, dafür zu sorgen, dass du dich auch daran hältst.«

War es nicht genug, dass sie ihn so oft wie möglich ermutigte, draußen zu sein? Alte mittelalterliche Theorien über schlechte Luft und die Gefahren von Zugluft hatte die moderne Wissenschaft inzwischen widerlegt und die Vorteile von Sonnenlicht, zumindest an warmen Nachmittagen wie diesem, wurden von Ärzten gepriesen. Als Louise in der Woche zuvor zu Hause angekommen war, hatte es ihr Angst gemacht zu sehen, wie schwach und blass Vater geworden war.

Aber in Augenblicken wie diesem, wenn ihr Vater seine sture Miene aufsetzte, wurde Louise bewusst, dass die Diagnose eigentlich nicht viel geändert hatte.

»Dann bin ich also ein Gefangener in meinem eigenen Haus? Als du unter diesem Dach gelebt hast, habe ich dir nie solche Beschränkungen auferlegt. Vielleicht hätte ich es tun sollen.«

Louise holte tief Luft. Er versuchte, sie abzulenken, aber sie würde den Köder nicht schlucken. »Es geht hier nicht nur um dich, Vater. Es geht um die Menschen, mit denen du in einem schlecht belüfteten Raum zu tun hättest, während du ständig husten musst. Du wirst nicht in die Bücherei gehen – weder heute noch sonst irgendwann.«

Als sie sah, dass ihr Vater die Schultern hängen ließ wie eine Pflanze, die Wasser brauchte, zögerte sie. Vielleicht war sie zu schroff gewesen. Vielleicht …

»Aber … meine Bücher.«

Du lieber Himmel. Vater hatte gar nicht an seinen gesundheitlichen Zustand gedacht. »Soweit ich weiß, sind Bücher mobil. Wenn du eine Liste erstellst …« Louise streckte eine Hand aus und ihr Vater zögerte nur kurz, bevor er sich an ihr vorbeischob, sich auf seinen Gehstock stützte und vor sich hin knurrte, vermutlich um zu gehorchen und in sein Arbeitszimmer zu gehen.

Also blieb sie allein mit Delphine zurück, die ihnen Tee gebracht hatte. Die Köchin legte mit ihren von der Arbeit rissigen Händen die Lupinen auf das Tablett und sah Louise dann tief in die Augen. »Jetzt seien Sie nicht so streng mit ihm, Miss Louise. Ausgerechnet heute, wo er nicht er selbst ist.«

»Was meinst du damit?« Trotz Dr. Hoffmans düsterer Warnungen, dass der Mann mit einem Fuß im Grab stand, hatte Louise festgestellt, dass Vater, abgesehen von der farblosen Haut und gelegentlichen Hustenanfällen, sehr wohl der Alte war.

»Nur, weil heute der Todestag Ihrer Mutter ist. Normalerweise fährt er dann nach New York, um zu ihrem Grab zu gehen. Und jetzt … bestimmt fällt es ihm schwer zu wissen, dass er vielleicht nie mehr dorthin kann.«

Die Blumen … sie hob eine Lupine auf, die auf den Boden

gefallen war. Lila war die Lieblingsfarbe ihrer Mutter gewesen, oder? »Ich verstehe.«

»Sie haben nicht daran gedacht?«

Louise war erst dreizehn gewesen, als ihre Mutter gestorben war, und in den anderthalb Jahrzehnten seither waren die Einzelheiten verblasst. »Ich habe im Moment sehr viel um die Ohren.«

»Das kann man wohl sagen.« Die Köchin stützte das Tablett auf ihre Hüfte, sodass die Tassen klapperten – und zögerte dann. »Er dachte, Sie würden gar nicht kommen. Nach allem, was zwischen Ihnen beiden war.«

Wie viel weiß sie wohl?, fragte Louise sich. Dienstboten hörten mehr, als einem bewusst war, und Oliver war einer von ihnen gewesen, obwohl nicht gerade beliebt, weil er den Ruf hatte, Ärger zu machen.

»Ja, aber jetzt bin ich hier.« Als Delphine sich nicht vom Fleck rührte, seufzte Louise. »Gibt es noch etwas?«

»Danke.« Es klang angestrengt, wie die rostigen Angeln eines alten Tores. »Dafür, dass Sie gekommen sind. Er würde es niemals zugeben, aber er braucht Sie.«

Louise konnte sich nicht daran erinnern, dass die mürrische Köchin in all den Jahren jemals irgendjemandem gegenüber ihre Dankbarkeit ausgedrückt hätte, abgesehen von einem kurzen Nicken vielleicht. »Es war meine Pflicht und ich werde bleiben, solange es nötig ist.«

»Gut. Und Sie können mich Delphie nennen.« Mit diesen Worten ging sie, vertraute schwere Schritte, die sich in Richtung Küche schleppten. Dabei murmelte sie leise vor sich hin, dass sie sich jetzt die Mühe machen musste, eine Vase hoch ins Arbeitszimmer bringen zu müssen.

Kurz darauf nahm Louise die Liste von ihrem Vater entgegen und fügte sich in ihre Rolle, nicht nur als Krankenschwester, sondern auch als Lieferantin. Als Vaters Fahrer sie bei der Bücherei absetzte, entfaltete sie das Blatt Papier … und stöhnte.

Einen Roman, dessen Titel in goldenen Buchstaben geschrieben ist.
Ein Buch mit einem Charakter oder Autor, der den gleichen Vor- oder Nachnamen hat wie du.
Ein Lieblingsbuch zum Noch-einmal-Lesen.
Eine Empfehlung eines Kindes.

Dieser schwierige Mann. Schickte er sie doch glatt auf eine Schatzsuche. Aber Louise würde sich nicht abschrecken lassen und mit leeren Händen nach Hause zurückkehren, sodass er einen Grund hatte, wieder von einem Ausflug anzufangen. Ihr blieb also nichts anderes übrig, als zu Mr Cliffton zu gehen, dem Bibliothekar, der mindestens zehn Jahre älter war als Vater, einen weißen Backenbart trug und goldene Knöpfe an der Weste über seinem runden Bauch hatte. »Ah, die Tochter«, sagte er und lächelte matt, als er die Liste betrachtete.

Es klang nicht wie ein Urteil, aber Louise fragte sich unwillkürlich, was Vater ihm über sie erzählt hatte. Sah der Mann in ihr eine arme alte Jungfer mit gebrochenem Herzen, eine selbstbewusste Frau mit einem Beruf, die bewies, dass sie keine Familie brauchte, um zufrieden zu sein, oder eine verlorene Tochter, die nach Hause zurückgekehrt war?

Sie hatte keine Zeit, sich weitere Gedanken zu machen, denn mehrere andere Büchereibenutzer kamen näher und unterbreiteten ihr Vorschläge, als sie von der Liste hörten.

»Für Mr Cavendish? Oh, *Ein Porträt des Künstlers als junger Mann* würde ihm gefallen, da bin ich mir sicher.«

»Wie wäre es mit Dickens' *Weihnachtsgeschichte*? Das hat einen goldenen Titel.«

»Wir haben Juni, du Dummkopf. Warum nicht etwas von Zane Grey?«

»Oder Thomas Hardy.«

»Nein, Keats!«

Die ersten beiden Posten waren im Nu gefüllt. Fast hätten sie einen Philosophieband von Lady Margaret Cavendish nehmen müssen, doch dann fiel jemandem Louisa May Alcott ein und sie beschlossen, dass sie trotz des *a* im Namen zählte.

Es war Louise etwas unangenehm, dass diese Fremden mehr über die Vorlieben und Abneigungen ihres Vaters wussten als sie selbst. Vielleicht hatte er die Liste deshalb so formuliert, um sie zu ärgern, als wäre irgendjemand anders außer ihm selbst schuld daran.

Während sie den wachsenden Bücherstapel auf dem Arm hielt, steckte Mr Cliffton ihr unauffällig ein Exemplar von *Stolz und Vorurteil* zu. »Das hat er mindestens ein Dutzend Mal ausgeliehen.«

Louise runzelte misstrauisch die Stirn. »Ist das nicht eine Liebesgeschichte?«

Der Bibliothekar nickte. »Wahrscheinlich scheut er sich deshalb, einfach ein Exemplar zu kaufen und zu Hause in sein Regal zu stellen. Was mich betrifft, sehe ich keinen Grund, warum ein Gentleman nicht von Miss Austens Witz und Weisheit lernen sollte.«

Dazu konnte Louise nun wirklich nichts sagen, also zeigte sie auf die Liste. »Und der letzte Titel?«

Der Backenbart wanderte nach oben, als der Mann lächelte. »Dafür habe ich genau den richtigen jungen Mann.«

Es war ein Schultag und das einzige Kind, das Louise sehen konnte, schien höchstens vier Jahre alt zu sein. Der Junge saß auf der Treppe, die verkratzten Knie angezogen und das kleine Gesicht hoch konzentriert unter dem strohblonden Schopf, der unter einem Matrosenhut hervorschaute und ihn aussehen ließ, als wäre er einer Versandhauswerbung entstiegen.

Er konnte aber nicht wirklich lesen, so klein, wie er war, oder? Kletterten Kinder in diesem Alter nicht auf Bäume, spielten im Sand und waren an der gesunden frischen Luft?

Mr Cliffton rief ihn zu sich, nach einem kurzen Moment blickte der Junge auf. Vorher legte er noch seinen Finger an die

Stelle im Buch, an der er gerade beim Lesen angekommen war. »Anthony, Mr Cavendish – du erinnerst dich, das ist der Mann, der uns alle diese Bücher geschenkt hat – möchte dich fragen, welches Buch er als Nächstes lesen soll.«

Ohne auch nur einen Moment zu zögern, erklärte der Junge mit derselben Autorität, die Vaters Geschäftspartner an den Tag legten: »Eins von den Hasenbüchern.«

»Ah, Beatrix Potter. Eine ausgezeichnete Wahl, Anthony.«

»Aber das hier kriegen Sie nicht«, platzte der Junge heraus und presste den dünnen Band an seine Brust. »Das habe ich noch nicht zu Ende gelesen.« Dann schien ihm bewusst zu werden, dass er gerade recht ungezogen gegenüber einer Erwachsenen gewesen war, denn er fügte hinzu: »Oben sind noch andere.«

»Danke, Mr Anthony«, erwiderte Louise würdevoll und mit einem Nicken. »Ich möchte dich auf keinen Fall daran hindern herauszufinden, was aus« – sie warf einen Blick auf den Buchrücken – »den Flopsi-Häschen geworden ist.«

Der Junge strahlte, sodass eine Zahnlücke zum Vorschein kam, und Louise musste unwillkürlich lächeln. Vielleicht war es ja doch keine so schlechte Idee, Kinder schon in jungen Jahren zum Lesen zu animieren.

Mr Cliffton zeigte ihr, wo sich die Kinderbuchabteilung befand. »Ich kann da selbst nicht mehr rauf. Schlimmes Knie.«

Also ging Louise allein die Treppe hinauf. Sie war schon einmal hier oben gewesen, als Vater das Gebäude gekauft hatte. Auf der Galerie war ihr an dem wackeligen Geländer mit den fehlenden Stäben ganz schwindelig geworden und so war sie nie wieder dorthin gegangen.

Der Rest des Gebäudes war beinahe ebenso baufällig gewesen, deshalb hatten die Renovierungsarbeiten zwei Jahre lang die Aufmerksamkeit ihres Vaters beansprucht. Während sie früher lange Tage am Strand verbracht hatten, weil ihre Mutter darauf bestanden hatte, und jede Woche in die Stadt gefahren waren, um Eis zu essen und zuzugucken, wie Salzwasser-Toffees hergestellt wurden, hatte Vater Louises Bitte, sie zu begleiten, stets mit einem kurzen »In der Bücherei ist zu viel zu tun« abgeschlagen.

Es hatte nicht lange gedauert, bis sie aufgehört hatte zu fragen. Dann waren ihre Sommerferien in Maine immer kürzer geworden – bis sie in den Zwanzigern war und das Sommerhaus ihr die Möglichkeit bot, Tante Eleanors endlosen Verkupplungsversuchen in New York zu entkommen.

Oben waren die Kinderbücher nach Autoren sortiert und Beatrix Potter stand auf dem untersten Regalbord, sodass Louise sich in ihrem langen Rock hinknien musste. Sie wählte *Die Geschichte von Peter Hase* aus, weil es am wenigsten absurd wirkte – denn die anderen Hauptfiguren hatten Namen wie Wuschelpuschel, Jemima Pratschel-Watschel und Mrs Tiggel-Wiggel. Sie blätterte durch die Seiten.

Einfache Texte natürlich. Aber die Illustrationen hatten etwas Fesselndes, weil sie gleichzeitig realistisch und fantastisch waren. Louise betrachtete die Zeichnung eines schlauen kleinen Hasen in einer blauen Jacke, der eine Karotte aß, und seine Nase war so lebensnah wiedergegeben, dass sie aussah, als hätte sie gerade noch gezuckt.

Als Louise wieder in Windward Hall eintraf, beladen mit Grüßen und besten Wünschen für eine gute Gesundheit von mindestens sechs Besuchern der Bücherei, deren Namen sie schon wieder vergessen hatte, streckte Vater, der in seinem üblichen Lehnsessel saß, begierig die Hände nach den Büchern aus. »Danke, meine Liebe, danke dir.«

Er drückt die Bände an seine Brust und atmete ihren Duft ein, als wären sie einer seiner Blumensträuße, und einen Augenblick lang verspürte Louise so etwas wie Sehnsucht.

Wie es wohl war, Bücher so sehr zu lieben?

Dann kam ihr etwas in den Sinn, das sie bisher tief in ihrer Seele vergraben hatte: Wie war es wohl, so wie diese Bücher von einem liebenden Vater im Arm gehalten zu werden?

Während sie ihren Vater musterte, überkam ihn ein Hustenanfall und er krümmte sich vor Schmerzen, während er Louise mit einer Handbewegung fortscheuchte.

Es war wie immer zu spät.

26

Martina
28. Juli

Martina ließ die Schultern kreisen und versuchte, ihre Müdigkeit so weit zu vertreiben, dass sie mit dem hektischen Tempo im Fabriksaal Schritt halten konnte. Dabei halfen ihr auch die Worte im letzten Brief ihrer Mutter, die Martina im Geiste bei jeder Gussform, die sie auf das Fließband stapelte, vor sich hin sagte. *Dein Vater war der fleißigste Hafenarbeiter in ganz Triest*, hatte Mamma geschrieben. *Er wäre stolz, wenn er wüsste, dass seine Tochter mit den Männern mithalten kann. Du bist stärker, als du ahnst, Martina.*

Und vielleicht stimmte das ja. Im Gegensatz zu einigen anderen Frauen brauchte sie sich keine Gedanken darüber zu machen, dass sich schmale Ärmelmanschetten durch ihre kräftiger werdenden Armmuskeln schwerer zuknöpfen ließen. Schließlich hatte sie keinen Mann zu Hause, den sie beeindrucken wollte oder den sie nicht einschüchtern durfte. Sie machte einfach ihre Arbeit, indem sie während der langen Schichten Gussformen füllte und bewegte, manche nicht größer als ein Schuhkarton, andere mit einem Gewicht von mehr als fünfzig Pfund, bis ihr die Schultern und der Rücken von der anstrengenden Tätigkeit wehtaten.

Was Mamma stattdessen geschrieben hätte, wenn Martina ihr von Patricks Anwesenheit in der Stadt erzählt hätte, wusste Martina nicht. Sie hatte sich nicht überwinden können, es ihrer Mutter zu sagen, weil sie nicht wollte, dass Mamma sich Sorgen machte, und so blieb es ihr kleines Geheimnis.

Die 10-Uhr-Glocke, die eine fünfzehnminütige Pause einläutete, erschreckte sie. Martina lehnte sich an ihren Werktisch und nutzte das eigene Körpergewicht, um die schmerzenden Muskeln in ihren Armen ein wenig zu dehnen.

»Sieh mal an, wer da aus der oberen Etage zu uns heruntergekommen ist«, murmelte Ginny am Arbeitsplatz neben ihr. Sie starrte wie viele andere auf Mr Hanover in seinem makellosen grauen Anzug und den polierten Schuhen, die seit Monaten nicht mehr den scheuernden Sand auf dem Fußboden der Fabrikhalle gesehen hatten. Abgesehen von einem kurzen Vorstellungsgespräch, bei dem sie sich wie ein Stück Vieh gefühlt hatte, das mit einem kurzen Blick begutachtet wurde, hatte Martina Mr Hanover nur bei Werbeveranstaltungen für Kriegsanleihen aus seinem Büro kommen sehen.

Seine Miene war ernst und Arbeiterinnen aus anderen Teilen der Gießerei strömten, angeführt von ihren Vorarbeitern, durch die Tür in den kühleren Raum.

Eine Litanei aus Ängsten und Fragen schlug über Martina zusammen und jetzt fühlte sie sich gar nicht mehr stark. Hatten sie nicht genug produziert? Sollte die Gießerei geschlossen werden? Wurde die Wechselschicht gefeuert?

Aber nein, jetzt, wo der Krieg in vollem Gange war, wurde jede Fabrikarbeiterin für die Produktion gebraucht. Ihr Vorarbeiter, Mr Devon, erinnerte sie schließlich ständig daran.

Nachdem Mr Hanover sicher war, dass alle versammelt waren, sagte er: »Ich mache es kurz. Sicher haben Sie alle von den Pastorius-Prozessen gehört.«

Hatte sie nicht. Mit der Arbeit in der Fabrik und der Versorgung der Kinder und dem Putzen des Wohnwagens – in dieser Woche hatte es viel geregnet, da hatten die Kinder eine Menge Dreck reingebracht –, wann hätte sie da die Zeitung lesen oder Radioberichte hören sollen?

»Wovon redet er?«, flüstert sie Ginny zu, während andere um sie herum murmelten und zustimmend nickten.

»Vor New York und Florida sind Anfang des Monats zwei feindliche Crews mit ihrem U-Boot aufgetaucht«, erklärte Ginny flüsternd. »Die eine Besatzung hat Angst gekriegt und die andere beim FBI verpfiffen.«

Ach ja. Gio hatte ihr vor einiger Zeit davon erzählt, aber sie war zu müde gewesen, um richtig zuzuhören, und ihr war nicht einmal bewusst gewesen, dass es eine echte Nachricht war und kein Krimi-Hörspiel im Radio.

»… und in Augenblicken wie diesem wird die Angreifbarkeit unseres Landes deutlich«, sagte Mr Hanover gerade. Dabei dröhnte seine Stimme noch lauter als die Maschinen. »Der Feind könnte mitten unter uns sein.«

Die versammelten Arbeiterinnen verstummten und Martina blickte ganz bewusst geradeaus, während sie flach ein- und ausatmete. Warf irgendjemand ihr fragende oder misstrauische Blicke zu? Nur weil ihre ehemalige Heimat sich von einem Mann wie Mussolini mit seinen großen Versprechungen ins Unglück stürzen ließ.

»Wir erwarten, dass alle Angestellten erhöhte Wachsamkeit an den Tag legen, bei der Arbeit, aber auch im Privatleben. Selbst ein scheinbar unwichtiger Sabotageakt könnte die Produktion um Wochen zurückwerfen und die kostbarste Ressource zerstören, die wir haben: Zeit und Arbeitsstunden.«

Die Rede endete mit der üblichen überschwänglichen Beschreibung dessen, wie wichtig ihre Arbeit für die Kriegsanstrengungen war, obwohl Martina an den grimmigen Mienen um sie herum erkannte, dass niemand so dumm war, dies für eine positive Rede zu halten.

»Das ist doch alles heiße Luft!«, erklärte Ginny, kaum dass Mr Hanover gegangen war, während sie geschickt ihren Zopf neu flocht, weil er sich während der Arbeit gelöst hatte. »Wenn die Deutschen so verrückte Dinge machen, dann ist es doch offensichtlich, dass sie mit ihrem Latein am Ende sind.«

Martina musste fragen, auch wenn sie die Antwort lieber nicht gehört hätte. »Diese deutschen Saboteure … waren welche davon amerikanische Staatsbürger?«

»Zwei, glaube ich. Warum?« Als Martina nicht antwortete, runzelte Ginny die Stirn. »Nein, Marti, so was darfst du nicht mal denken. Die Leute hier wissen es besser. Sie kennen dich.«

Aber war es wirklich so? Abgesehen von Ginny, die Martina praktisch dazu gezwungen hatte, mit ihr befreundet zu sein, hatte sie mit ihren Kolleginnen kaum mehr als ein höfliches *»Gute Nacht«* gewechselt. Bei den kurzen Pausen und dem Lärm und der Hektik in der Fabrikhalle war keine Zeit für Unterhaltungen. Wie viele von diesen Frauen betrachteten sie als den Feind?

In ihrer Pause ging Martina für gewöhnlich in die Cafeteria, um zu essen oder in der Ecke ein paar Minuten lang die Augen zuzumachen, aber nicht heute. Heute musste sie allein sein. Um nachzudenken, einen klaren Kopf zu bekommen.

Martina eilte zum Hinterausgang, noch bevor die übliche Rauchergruppe sich dort versammelt hatte. Gut. Besser, wenn sie nicht hörte, was die anderen bestimmt sagten. *»Meint ihr, dass es hier ein faules Ei gibt?« – »Keine Ahnung, aber wir müssen die Augen offen halten.«*

Hör auf. Denk an etwas anderes. Die nächste Lektüre im Buchclub, ja, das war ein gutes Thema. Rosa war ganz aus dem Häuschen, weil sie über ihr Lieblingsbuch reden würden. Sie wollte allen ihr Lieblingsbild zeigen, das mit dem Samtkaninchen und dem Pferd aus Leder …

Ein Pfiff in der schmalen Gasse riss sie aus ihrem Traum von Kleefeldern und Spielsachen auf dem Dachboden. An dem Pfeifen selbst war nichts bedrohlich und auch nicht an der Marschmelodie *»Lobt den Herrn und greift zu den Patronen«*.

Es war die Person, die hinter dem Pfeifen steckte, die Martina erstarren ließ.

Patrick.

Seine Lippen entspannten sich und er sang eine Textzeile des Liedes mit einem ironischen Lächeln im Gesicht. »›Lobt den Herrn, denn wir sind immer zwischen Verderben und der tiefen

See.‹« Er baute sich breitbeinig zwischen Martina und der Tür zur Gießerei auf. »Ist doch so, oder, Martina?«

Die Stimme jagte ihr jetzt einen kalten Schauer über den Rücken – und hatte sie doch früher gewärmt wie ein Glas irischer Whiskey.

»Du schon wieder, Patrick.« Eine alberne Antwort, aber was sollte sie sonst sagen?

Er zündete sich mit einer flinken Bewegung eine Zigarette an und tat seinen ersten Zug. Selbst als sie kein Geld für Gios Schulsachen oder Rosas Geburtstagsgeschenke gehabt hatten, war es ihm immer gelungen, seine Chesterfields zu bekommen.

Hatte er zuerst herausgefunden, wo sie wohnte, oder erst, wo sie arbeitete? Wie lange, wie oft war er ihr schon gefolgt – oder den Kindern?

»Du bist nicht zu der Adresse gekommen, die ich dir genannt habe.«

»Nein, und ich habe es auch nicht vor. Worum geht es, Patrick?«

Er seufzte und dabei stieg Zigarettenqualm auf, den sie hustend wegwedelte. »Hör zu, ich brauche einen Kredit. Nur hundert Dollar.«

Martina musterte ihn einen Moment lang, während er wieder an seiner Zigarette zog. Eine gestreifte Krawatte lugte unter dem Kragen seines hellbraunen Trenchcoats hervor, der neu und fleckenlos war, und Patricks Gesicht war immer noch glatt rasiert. Nicht der übliche Anblick, wenn ihm das Geld ausging und er wieder bei Martina angekrochen kam.

»Hast du nicht gesagt, die Fischerei läuft gut?« Vielleicht war ja tatsächlich das Antiwunder eingetreten und diese Flaute würde ihn dazu bringen, Derby zu verlassen.

»Das ist richtig. Aber hier geht es um geschäftliche Investitionen. Ich erweitere meine Möglichkeiten, könnte man sagen.«

Diese Ausrede hatte sie schon häufiger gehört, wenn er früher zu ihr zurückgekommen war, nachdem er erst behauptet hatte, seine Zeit als Familienvater sei zu Ende. Einmal war es das Ausbildungsgeld für den Schmiedekurs gewesen, dann Geld für ein gebrauchtes Auto, damit er als Vertreter im Außendienst arbeiten konnte. Beides hatte nicht länger als ein paar Monate gedauert und wer wusste schon, wo Martinas Geld am Ende gelandet war? Angesichts von Patricks Gewohnheiten hatte sie so ihre Vermutungen.

Aber seine »geschäftlichen Investitionen« gingen sie nichts mehr an – und sie war auch nicht mehr für ihn verantwortlich. Tief in ihrem Innern konnte sie eine neue Entschlossenheit spüren. Nein, sie würde sich von der Angst vor ihrem Mann nicht ihre Zukunft und die der Kinder rauben lassen. Diesmal nicht. Nie wieder.

Ihre Stimme klang fest, beinahe selbstbewusst. »Ich kann dir kein Geld geben. Ich habe keins.« Was nicht ganz stimmte – sie hatte ein schönes Sümmchen von ihrem Lohn in der Gießerei gespart – aber übrig hatte sie es keineswegs. »Aber ich kann dir auf andere Weise helfen.«

»Ach ja?« Seine Miene erhellte sich, während er auf ihre Erläuterung wartete.

»Danny Maloney in der Bond Street«, verwies Martina ihn auf ein Mitglied des Buchclubs. »Er ist Pfandleiher und ein Bekannter von mir. Er wird dir einen fairen Preis machen, wenn du etwas verkaufen musst, um an Geld zu kommen.«

Patricks Mund verzog sich angewidert. »Weißt du, wie viel ein Treibstofftank kostet? Den kann ich nicht bezahlen, indem ich ein paar Kleinigkeiten verhökere.«

»Du hast doch schon einen Treibstofftank.« Martina hatte wenig Ahnung von Schleppnetzfischerei und das wusste Patrick auch, aber sie war nicht so naiv anzunehmen, dass er und seine Crew auf den Atlantik hinausruderten.

Er ignorierte ihre Bemerkung, so als hätte sie ihn nicht gerade bei einer frechen Lüge ertappt. »Außerdem muss ich in den Kreisen, in denen ich mich jetzt bewege … den Schein wahren. Diese Klamotten gehören auch dazu.« Während er sprach, fiel etwas Asche von seiner Zigarette auf seinen Mantelärmel und Patrick fluchte und wischte die Glut hastig fort, doch einen winzigen Brandfleck auf der Manschette konnte er trotzdem nicht verhindern.

»Dummkopf«, murmelte er, »jetzt guck, was du angerichtet hast.«

Martina sog scharf die Luft ein. Er hatte sich nicht geändert. Das durfte sie nicht vergessen, vor allem dann nicht, wenn er später seine Gefühle hinreichend im Griff hatte und wieder den charmanten Gentleman spielte. Geändert hatte sich nur, was er von ihr wollte.

»Den Kindern hast du auch nichts von mir erzählt, oder? Bist du deshalb hinter Gio hergerannt, als er mich im Kino gesehen hat?«

Gut, er hatte ihre Erklärung, dass sie ihm kein Geld geben konnte, geschluckt. Aber auf die Kinder wollte Martina nicht zu sprechen kommen. »Warum interessiert dich das? Du wolltest doch, dass ich sie zu meiner Mutter gebe.«

Einen Moment lang zeigte sich sein Unmut hinter der höflichen Maske, die er aufgesetzt hatte. »Ich will doch nur mit ihnen reden.«

»Nein.«

»Du kannst mich nicht daran hindern. Jedenfalls nicht nach dem Gesetz. Ich bin ihr Vater. Und wir sind immer noch verheiratet.«

Nur, weil sie sich sicher war, dass sie niemals eine Annullierung ihrer Ehe bewirken konnte, und sich zu sehr schämte, um die Scheidung einzureichen. Auch wenn Patrick Forderungen stellte und sie beleidigte, so hatte er immer davor haltgemacht, sie oder, was Gott verhüten möge, die Kinder zu schlagen.

»Bitte, Patrick. Lass uns in Frieden. Das ist alles, was ich will.«

Er trat einen Schritt vor und trotz des ordentlichen Aussehens, trotz des neuen Mantels und des Lächelns schlug Martinas Herz schneller, während ihre Muskeln sich anspannten wie zur Flucht. »Vielleicht ist das aber nicht alles, was *ich* will.«

Er hatte ihr noch nie wehgetan, aber etwas hatte sich verändert und in seinen Augen lag eine Verzweiflung, als er die Arme nach ihr ausstreckte.

»Hey!«

Sie drehten sich beide um und sahen, wie Mr Devon von der Raucherecke mit einem finsteren Blick unter den buschigen Augenbrauen auf sie zumarschiert kam. »Was ist hier los? Alles in Ordnung?«

»Ja, Sir«, brachte Martina heraus und ihre Dankbarkeit angesichts seines rechtzeitigen Eingreifens mischte sich mit Scham. »Ich wollte nur …«

Sie zeigte auf ihren Mann, aber Patrick war im Dunkeln verschwunden, sodass nur der Zigarettengeruch zurückblieb.

»Der Mann hat mich gefragt, ob ich eine Zigarette habe«, sagte sie schließlich.

Das schien Mr Devons Misstrauen nur noch zu erhöhen. »Arbeitet er hier?«

Diese Frage war wenigstens leichter zu beantworten. »Ich glaube nicht.«

Der Vorarbeiter sah Martina prüfend an, so als könnte er Lügen allein mit seinem Blick erkennen, wie Hercule Poirot bei Agatha Christie. »Sie gehen besser wieder rein. Die Pause ist gleich zu Ende.«

Er sagte nicht, sie solle sich vor fremden Männern in Acht nehmen oder vorsichtig sein, wenn sie allein im Dunkeln unterwegs war. Natürlich nicht. Ihre Sicherheit war ihm schließlich gleichgültig.

Hier war sie die Gefahr.

Während der restlichen Nachtschicht hielt Mr Devon sich in der Nähe ihres Arbeitsplatzes auf, sodass Ginny irgendwann knurrte: »Was will denn dieses Adlerauge hier?«, als er ihnen gerade den Rücken zuwandte.

Martina hatte nur mit den Schultern gezuckt und weitergearbeitet, hatte mit höchster Effizienz Sand in die Gussformen gefüllt, ohne innezuhalten, egal, wie müde sie war. Wieder einmal hatte Patrick sie in Gefahr gebracht.

Bitte, betete sie, *lass ihn weggehen. Und zwar für immer.*

Aber wie so oft in letzter Zeit schien der Himmel zu schweigen.

Vielleicht müssen wir diejenigen sein, die gehen. Der Gedanke war ihr schon häufiger gekommen, aber selbst, wenn sie eine andere Stelle fand, bevor ihre Ersparnisse aufgebraucht waren, selbst wenn eine neue Unterkunft so günstig war wie hier in Derby, fand Martina es nicht richtig, die Kinder schon wieder zu entwurzeln. Rosa hatte in der Schule Freundinnen gefunden und Gio überlegte, im Frühjahr bei der Baseballmannschaft mitzumachen, und er und Mr Keats schienen sich wirklich gut zu verstehen. Außerdem war da noch der Buchclub. Wie konnten sie das alles zurücklassen?

Ächzend hievte Martina die gefüllte Gussform auf das Fließband und setzte sie dabei heftiger auf als nötig.

Das Lied hatte recht. Sie war gefangen zwischen dem Verderben und der tiefen See und wusste nicht, wohin sie sich wenden sollte. Und bald würde sie sich entscheiden müssen.

27

Ginny
8. August

Ginny versuchte, den Jubel um sie herum auszublenden und sich auf das Stück Pfannkuchen mit Sirup zu konzentrieren, das sie gerade mit ihrer Gabel aufgespießt hatte.

Andererseits war das vielleicht gar keine so gute Idee, wenn man bedachte, dass es schon ihr siebter Pfannkuchen war.

Hör auf zu jammern und mach die Klappe auf. Das tat sie und kaute. Warm, weich, wie ein Schwamm, der sich mit Spülwasser vollgesogen hatte – waren diese Dinger nicht irgendwann lecker gewesen?

Mit einer schwungvollen Geste ließ sie die Gabel auf ihren Teller fallen und winkte der Freiwilligen mit der »Helft dem Roten Kreuz«-Schärpe über ihrer ordentlich in den Rock gesteckten Bluse zu. »Ich nehme noch einen!«

Der stämmige Mann, der ihr am Tisch gegenübersaß, grinste. Harry, den Anfeuerungsrufen seiner Kumpels nach zu urteilen, Nachname unbekannt. »Oho! Lässt langsam nach, was, Mädchen?«

»Im Leben nicht«, schoss Ginny zurück und versuchte, dabei nicht zu tief einzuatmen. Dafür war in ihrem Bauch kein Platz mehr.

Die Umstehenden, die sich versammelt hatten, um zuzusehen, nahmen die Worte eines sommersprossigen Jungen auf, der neben Harry stand: »Nummer 8.« Es war, als säße Ginny in einem dieser Boxringe fest, von denen Gio so oft sprach – und sie war angezählt.

Ganze zwei Dollar standen auf dem Spiel und es hatte nur fünfundzwanzig Cent gekostet, an dem Pfannkuchenwettbewerb teilzunehmen, der vom Roten Kreuz zu wohltätigen Zwecken veranstaltet wurde.

Fünfundzwanzig Cent ausgeben. Zweihundert Cent gewinnen. Das waren …

Ginny runzelte die Stirn, aber die Registrierkasse in ihrem Gehirn, die den Profit sonst im Nu errechnete, schien zu klemmen. Wahrscheinlich lag es an dem vielen Sirup. Jedenfalls war es ein ordentlicher Gewinn. Etwas, um ihr Sparschwein zu füllen, und dazu noch eine kostenlose Mahlzeit – oder drei.

»Ich habe mich gerade erst warmgegessen«, prahlte sie und es musste überzeugend geklungen haben, weil sie einen Anflug der Angst in Harrys Zügen entdeckte.

Sie hatte ihre Chancen von Anfang an sorgfältig eingeschätzt. Das Geschirr auf dem Tisch verriet, dass Harry vor ihrer Wette zwei ganze Becher Kaffee geleert hatte, während Ginny gar nichts getrunken hatte. Außerdem vermutete sie, dass er auch das Essen am Abend zuvor nicht hatte ausfallen lassen und wie sie mit leerem Magen bis Mitternacht gearbeitet hatte, um sich auf das Frühstück heute vorzubereiten. Den Manschettenknöpfen und den glänzenden Schuhen nach zu urteilen hatte der Mann einen Bürojob. Er war mittleren Alters und kein Student, der einen ganzen Stapel auf einmal verschlungen hätte.

Die Chancen standen also nicht schlecht. Allerdings war Ginnys Gegner fast dreißig Zentimeter größer als sie und mindestens hundert Pfund schwerer.

Um ihren Magen zu überlisten, faltete sie das letzte Viertel von Pfannkuchen Nr. 8 zusammen und schob es an ihrem Würgereflex vorbei. Harry machte es ebenso.

»Komm schon, Harry! Du wirst dich doch wohl von dem Mädchen nicht unterkriegen lassen«, rief einer der Zuschauer und schlug ihm auf den Rücken, während die Dame vom Roten Kreuz die nächsten Pfannkuchen auf ihren Tellern platzierte.

Die anderen lachten und klatschten. Einer pfiff sogar. Ein gutes Publikum war das. Kein Wunder. Es war ein sonniger Samstagmorgen, sie waren satt und zufrieden und unterstützten einen guten Zweck. Und keiner von ihnen bekam den neunten Pfannkuchen wie einen gestrandeten Wal in einem Priel von Sirup auf den Teller geklatscht.

Ginny drehte ihre Gabel zwischen den Fingern, bevor sie den nächsten Bissen aufspießte.

Ihr gegenüber stieß Harry ein Stöhnen aus. Er nahm die Serviette, die neben ihm lag, aber anstatt sie sich auf den Mund zu drücken, schwenkte er sie und ließ sie anschließend auf seinen halb gegessenen neunten Pfannkuchen fallen. »Mir reicht's, Leute. Ich weiß, wann ich mich geschlagen geben muss.«

Buhrufe, Gelächter und Applaus ertönten, als Ginny ihrem unterlegenen Gegner mit klebrigen Fingern die Hand schüttelte. »Alle Achtung, Fräulein«, sagte der Mann mit dem gutmütigen Lächeln, das er schon die ganze Zeit an den Tag gelegt hatte.

Und das war der letzte Faktor in Ginnys Berechnungen gewesen: Sie hatte Harry beobachtet, bevor sie in den Wettkampf eingewilligt hatte. Die Art und Weise, wie er mit seinen Freunden herumalberte – und es waren echte Freunde, so wie Pas Fischerkumpels –, verriet ihr, dass Harry auch über sich selbst lachen konnte. Mit Leuten, die es überhaupt nicht vertrugen, wenn sie besiegt wurden, und einen des Betrugs bezichtigten, einem böse Blicke zuwarfen und einem überhaupt jedes erdenkliche Hindernis in den Weg legten, sollte man sich niemals auf einen Handel einlassen.

Vielleicht hatte sie doch etwas von der Spielernatur ihrer Mutter geerbt.

Aber ich werde es nicht übertreiben. Dem Pfandleihhaus allen möglichen Plunder zu verkaufen und an einem Wettessen teilzunehmen, war eine Sache. Ehrlich verdientes Geld. Na ja … halbwegs ehrlich. Aber Glücksspiel war etwas anderes. Alles gewinnen oder alles verlieren. Das konnte eindeutig eine Falle sein.

Harry kramte in seiner Hosentasche nach den zwei Dollar und legte sie auf den Tisch. »Das hast du dir verdient, Mädchen.«

Ein paar seiner Freunde warfen noch ein paar Münzen dazu, die Ginny mit einer Verbeugung einsammelte, während sie sich den Bauch hielt und stöhnte, was nur ein bisschen geschauspielert war.

Keine schlechte Ausbeute. Außerdem würde sie kein Mittagessen brauchen – und Abendessen auch nicht.

Sie würde ihren Eltern schreiben und von ihrem Erfolg heute erzählen. Das brachte sie vielleicht zum Lachen. Wie lange war es eigentlich her, dass Ginny ihnen einen Brief geschrieben hatte?

Es war albern, dass sie ein schlechtes Gewissen hatte, wo sie doch zwei Dollar in die Spardose stopfen würde, sobald sie nach Hause kam.

Eine halbe Stunde noch bis zum Buchclub und das reichte, um wenigstens mit einem Brief anzufangen. Ginny zog den letzten Brief heraus, den diesmal Pa geschrieben hatte, und las ihn noch einmal. Offenbar war die Baubranche im Moment stabil, und auch wenn er die *Lady Luck* und die Insel vermisste, hatten seine Freunde von zu Hause ihm erzählt, dass es dort gar nicht mehr wie früher war, seit die Insel voller Navy-Offiziere mit ihren Familien war. Die Jungen wurden immer größer und sie hatten einen regelmäßigen Schnorrer, eine streunende Katze – das durfte sie Ma aber nicht erzählen –, und dann wollte er noch wissen, ob sie bald mal zu Besuch kommen würde.

Was Pa schrieb, klang fröhlicher als die Briefe ihrer Mutter … war aber vielleicht auch nicht so vertrauenswürdig. Er war schon immer ein Optimist gewesen, ihr Vater, der von guten Tagen auf dem Hummerboot berichtete, selbst wenn das Meer leer war, der Geschichten über Erfolge in seiner Jugend ausschmückte und immer glaubte, dass seine hübsche Frau sich diesmal von den Spieltischen fernhalten würde.

Manchmal hatte er recht. Manchmal nicht. So war das eben.

Ginny hatte sich gerade mit einem neuen Blatt Papier hingesetzt, um eine Antwort auf seinen Brief zu beginnen, als sie von einem Klopfen an der Tür unterbrochen wurde.

Es war ein Mann von *Western Union* – oder eigentlich ein Junge, dem seine Uniform viel zu groß war. Wahrscheinlich ein Schüler der Oberstufe, der noch zu jung war fürs Militär. Er murmelte Ginnys Namen mit einer Stimme, die offensichtlich noch im Stimmbruch war, und als sie nickte, drückte er ihr das Papier in die Hand, bevor er die Flucht ergriff und das Treppenhaus hinunterpolterte.

Warum bezahlte jemand Geld, um ihr ein Telegramm zu schicken?

Langsam faltete Ginny das Telegramm auseinander und zwang sich, die in Blockbuchstaben geschriebenen Worte zu lesen. Erst den Absender. Macks Mutter.

> ARMEE BERICHTET MACK AN INFEKTION GESTORBEN. VERWUNDET BEI MIDWAY.

Nein – das kann nicht sein. Die Schlacht von Midway war doch ein Erfolg, ein Wendepunkt.

Die acht Pfannkuchen drehten sich in Ginnys Magen um und sie lief zum Klo, gerade noch rechtzeitig, bevor der Mageninhalt sich auf die Fußmatte ergossen hätte.

In Kriegszeiten wollte niemand ein Telegramm bekommen. Und jetzt wusste Ginny auch, warum.

Russell an Avis

> *5. August 1942*
>
> *Liebe Avis,*
> *bis jetzt nicht viel zu berichten. Ruhige See, gute Sicht. Nicht, dass wir irgendwas Wichtiges sehen würden, obwohl Stephen, der Junge aus der Stadt, einmal geschrien hat, er hätte*

ein Periskop entdeckt. Zum Glück habe ich nachgesehen, bevor sich jemand das Funkgerät schnappen und an Land Bescheid sagen konnte. Es war nämlich eine Flosse, die einem Delfin gehörte. Einem amerikanischen.
Abgesehen von dieser Aufregung haben wir zur Übung mit einem Maschinengewehr auf ein paar schwimmende Gummizielscheiben geschossen und sie haben uns sogar erlaubt, eine Wasserbombe auszuprobieren. Ehrlich gesagt, sieht sie fast so aus wie eine schlichte Farbdose aus Metall mit einem Zünder, nur schwerer. Man soll das Ding über Bord werfen, so nah wie möglich an das Ziel, und es dann sinken lassen, während man wegrudert. Nach den Sicherheitsübungen der Küstenwache dachten wir, man würde die Fontäne nach einer Explosion meilenweit sehen. Klar, man hat den Knall gehört, aber das Wasser ist höchstens einen Meter hoch gespritzt. Ehrlich gesagt, waren wir ein bisschen enttäuscht.
Wir haben gehört, dass wir von manchen Leuten als Hooligan-Navy bezeichnet werden. (Mir ist der Name egal, aber als Lester davon hörte, hat er sich eine Viertelstunde lang über die Respektlosigkeit aufgeregt.) Nur, weil die Küstenwache mehr Regeln hat als wir, heißt das nicht, dass wir keine echten Matrosen sind. Wenn du mich fragst, sind wir sogar echtere Seeleute als die. Wir folgen unserem Instinkt, unserem Seesinn, und nicht Regeln in einem Buch.
Wenn ich überlege, dass ich das alles fast verpasst hätte! Weißt du, ich bin nicht mal mehr wütend darüber, dass ich wegen meines Asthmas ausgemustert wurde. Es hat sich doch alles zum Besten gewendet, nicht wahr?
Wir fischen auch ab und zu. Lester, der alte Schmuggler, hat mir gezeigt, wie man mit einer Harpune Schwertfische jagt, aber ich kann es noch nicht gut. Die größten Gefahren sind bis jetzt Sonnenbrand und Hitzschlag. Wir mussten uns alle daran gewöhnen, mehr Wasser zu trinken.
Sollte Hemingway jemals einen Roman schreiben, der auf

der Hooligan-Navy beruht, dann wird es darin mehr um lange Tage mit Angeln und Aufs-Meer-Starren gehen als um gefährliche Heldentaten, das kann ich dir sagen!
Mensch, wie ich dich vermisse. Viele der anderen Männer hier sind echte Junggesellen, junge Kerle, die noch keine Familie gründen wollen, oder Witwer wie Lester. Manchmal ziehen sie mich auf, weil ich diese Briefe schreibe, aber ich glaube, sie sind nur eifersüchtig, dass sie niemanden haben, der da draußen auf sie wartet.

Dein sonnenverbrannter und dich vermissender
Russell

Buchclubprotokoll vom 8. August 1942

Protokoll: Avis Montgomery, leitende Bibliothekarin und Buchclub-Schriftführerin

Besprochenes Buch: »Das Samtkaninchen« von Margery Williams, mit Illustrationen von William Nicholson

Anwesende Mitglieder: die üblichen, ohne Ginny, aber mit Danny Maloney, Muriel Whitson, Earl Bell, Arley Lokken, Carol Ann Hoper, Diana Follett und Kinder (Linda, 10, und ein Kleinkind, das sie »Duckie« nennen), Hamish und Eva Murray, Tom und Hazel Joyce und Susanna (neun Jahre alt, Linda hat ihr vom Club erzählt)

Merkwürdig: Martina und ihre Kinder kamen fast eine halbe Stunde zu spät, weil sie den Bus in die Stadt nehmen mussten. Offenbar ist Ginny nicht erschienen, um sie abzuholen. Wahrscheinlich hat sie verschlafen oder es einfach vergessen. Rosa war ganz außer sich, aber wir haben ihr versichert, dass wir nicht ohne sie angefangen haben.

Als wir alle saßen, habe ich gesagt, dass das Buch eine reizende Kindheitsgeschichte ist, aber auch ein bisschen unrealistisch. Mrs Whitson behauptete, es sei mehr als das – es sei ein Gleichnis über das Risiko, zu lieben und geliebt zu werden. Delphie war anderer Meinung und sagte, es gehe mehr darum, dass man andere nicht nach ihrem Äußeren beurteilen oder verachten soll. Martina fragte, warum sie nicht beide recht haben könnten, und damit war die Sache mehr oder weniger geregelt.

Rosa erklärte, als sie gefragt wurde, dass sie die Kaninchen mag, vor allem, wie sie tanzen, und ihre buschigen Schwänze, und dass die Fee am Ende alles rettet. Diese Meinung wurde als literarische Kritik des Abends gewürdigt und mein Teller Hasenplätzchen mit Zuckerguss wurde zur Feier herumgereicht. Rosa hat die Aufmerksamkeit sehr genossen.

Irgendwie hatte ich Lust, das Buch noch mal zu lesen, nachdem ich gehört habe, was den anderen an der Geschichte gefallen hat.

Wir haben auch länger darüber diskutiert, was es bedeutet, »echt« zu sein, vor allem der Satz, den das Pferd sagt: »Wenn man echt ist, ist man verletzlich.« Richtig rührend.

Jedenfalls war »Das Samtkaninchen« wieder ein voller Erfolg. Miss Cavendish hat zwar gemeckert, Kinder könnten auf die Idee kommen, dass ihre Plüschtiere echt sind, und sich über die Maßen an sie hängen, aber wir anderen waren alle der Meinung, dass diese Gefahr kaum besteht.

Falls ich irgendwann Kinder habe – ich meine, wenn ich dann Kinder habe –, möchte ich ein Bild aus diesem Buch im Kinderzimmer aufhängen.

Insgesamt eine gute Diskussion. Miss Cavendish war so zufrieden, dass sie nicht einmal ihre üblichen spitzen Bemerkungen gemacht hat, dass unsere Zeit hier bald zu Ende ist.

Natürlich haben wir Gio das nächste Buch aussuchen lassen, weil Rosa letztes Mal dran war, und das hat uns weiteren Streit erspart. Er hat sich für »Die Schatzinsel« entschieden. Hat Russ nicht geschrieben, dass das eins seiner Lieblingsbücher war? Ich sollte ihm schreiben und es ihm erzählen.

28

Ginny
16. August
Long Island, Maine

Beim Leichenschmaus würde es Fischsuppe geben, das wusste Ginny. Vielleicht sogar Hummer, und zwar mehr als genug für alle. Die Conways hatten kein Geld dafür, aber die ganze Insel half aus, wenn einer von ihnen starb.

Selbst die Aussicht auf eine gute Mahlzeit konnte Ginny nicht vom Friedhof weglocken, jetzt, wo alle anderen nach der kurzen Trauerfeier gegangen waren. Irgendwie fand sie es leichter, Mack die letzte Ehre zu erweisen, während sie allein vor dem schlichten Grabstein stand und nicht den donnernden Worten des Predigers in der winzigen Inselkirche ausgeliefert war. Die Kirche schien das einzige unveränderte Gebäude auf der Insel – Ginny hatte es wehgetan zu sehen, dass das Ufer jetzt von einem Betonklotz einer Kesselanlage beherrscht wurde und in der Wharf Street lauter niedrige, hässliche Navy-Baracken standen.

Wenigstens hier, auf dem Friedhof, gab es keine hässlichen Bunker oder Artilleriegeschütze.

Ginny trat in ihren unbequemen Schuhen, die sie sich geborgt hatte, von einem Fuß auf den anderen, während sie auf einem Erdhaufen stand, unter dem kein Leichnam begraben war. »Du wurdest geliebt, Mack. Sehr.« Vielleicht hatte Ginny ihn nie so lieben können, wie er es sich gewünscht hatte, aber er war ein guter Freund, der als Held gestorben war.

Es fühlte sich nicht wie ein richtiger Abschied an. Sie hätte wenigstens eine Blume ins Grab werfen oder ein Gebet sprechen sollen, aber beides hatte sie nicht zur Hand. Also musste es so genügen.

Als sich plötzlich eine Hand auf ihre Schulter legte, wäre Ginny beinahe in Ohnmacht gefallen. Sie fuhr herum. Es war ihr Bruder, nach ihr der Zweitälteste in der Familie, in einem dunkelgrauen Anzug, der ihm an den Schultern viel zu weit war – vermutlich von Pa ausgeliehen.

»Lew!« Sie funkelte ihn an. »Du kannst dich doch auf dem Friedhof nicht einfach so an eine Dame anschleichen.«

Er zuckte mit den Schultern. »Ich dachte, du willst mich vielleicht sehen.«

»Natürlich will ich das.« War er gewachsen? Ginny hatte nicht den Eindruck, dass er geweint hatte.

Lew musterte sie ebenso. »Schickes Kleid.«

Mit einem Mal war Ginny sich der Perlenknöpfe, des geflochtenen Gürtels und der perfekt polierten Schuhe bewusst, die sie trug. Diese Dinge hatte sie alle von Avis bekommen, auch eine große Portion Mitgefühl, mehr als sie hatte haben wollen. »Von einer Freundin geliehen.« Er konnte doch unmöglich glauben, dass sie für so etwas Geld verschwenden würde. »Ich habe dich im Gottesdienst gar nicht gesehen.«

»Ich bin später gekommen. Hab ganz hinten gesessen.« Lew wandte sich dem Tor zu, das aus dem Friedhof hinausführte, und Ginny folgte ihm, aber anstatt den Weg zu den Conways einzuschlagen, ging er den gewundenen Pfad zum Wasser hinunter.

»Ist sonst noch jemand von unserer Familie gekommen?«

»Nee. Sie kannten Mack nicht so gut.«

Was sagte man zu jemandem, gleich nach einer Beerdigung? Es war schon an normalen Tagen schwierig genug, ihrem Bruder irgendwelche Äußerungen zu entlocken. Bevor ihr etwas einfiel, warf Lew ihr einen Blick zu. »Du schreibst nicht mehr oft.«

Es lag nicht daran, dass sie es nicht versuchte. »Ich bin im Moment einfach … sehr beschäftigt.«

Er räusperte sich. »Mit diesem Buchclub?«

Warum hatte sie ihnen überhaupt davon erzählt? »Auch. Und Arbeit und andere Dinge. Es ist doch schließlich kein Verbrechen, ein Leben neben der Arbeit zu haben, oder?«

»Ma ist sauer, weil du kein Geld geschickt hast.«

Das wusste Ginny bereits. In jedem der kurzen Briefe, die sie von ihrer Mutter erhalten hatte, hatte sie es zwischen den Zeilen lesen können. »Ich dachte, es wäre besser so.«

Der Blick, den sie sich zuwarfen, bestätigte Ginnys Befürchtungen. Weit weg von zu Hause und mit Geld von dem Verkauf ihres Grundstücks war Poker-Betty Atkins wieder im Geschäft. Wie viel vom Geld ihrer Familie hatte sie wohl diesmal verspielt?

Es hatte keinen Sinn, Lew Vorwürfe zu machen, weil er sie nicht daran gehindert hatte. Vermutlich hatte er es versucht. Von ihnen allen hatte nur Ginny, die einzige Tochter, jemals Erfolg in dieser Hinsicht gehabt.

Und ich bin weggegangen.

Klar, damals schien es klug zu sein. Pa hatte ihr einen Teil des Geldes vom Hausverkauf als Startkapital gegeben und seitdem hatte sie jeden Cent gespart. Die Regierung hatte ihnen versprochen, dass sie das Land zurückkaufen konnten, aber darauf verließ Ginny sich nicht. Trotzdem ruhte auf ihr und ihrem gesparten Geld die Hoffnung der Familie, zumindest wieder irgendwo auf der Insel leben zu können.

Sie musste nur ihrer Mutter aus dem Weg gehen.

»Was macht Pa?«, fragte sie und wechselte schnell das Thema.

»Immer noch dasselbe. Er arbeitet gelegentlich auf dem Bau. Fährt zu Baustellen. Es ist kein fester Job, aber er will sich nicht zu sehr festlegen, weil er davon ausgeht, dass der Krieg bald zu Ende ist.«

Ginny wusste aus den Gesprächen mit Freddy, dass das nicht sehr wahrscheinlich war, aber das sagte sie nicht. Schließlich wollte sie ihm nicht die Hoffnung nehmen.

Sie waren den ganzen Weg bis zum Strand hinuntergegangen und befanden sich jetzt auf John »Patsy« Pattersons Land. Und dort, an einem Anleger vertäut, lag die *Lady Luck* und hüpfte auf den vom Wind aufgewühlten Wellen auf und ab.

»Willst du sie sehen?«, fragte Lew und es klang beiläufig, aber Ginny wusste, dass er extra deswegen mit ihr hierhergekommen war.

»Natürlich.«

Sie kletterten über die Steine zu der Stelle, an der das Boot festgemacht war. Hier gab es keinen Sand, weil die Inselküste nicht für Sonnenhungrige und Picknickfreunde gemacht war, sondern für zähe Leute, die bereit waren, sich in den flachen Prielen zwischen den Granitschichten, die bis zum Wasser hinunterreichten, mühsam ihren Lebensunterhalt zu verdienen.

Das Boot war klein, aber wunderschön mit einem hohen, schrägen Bug vor der Windschutzscheibe und einem breiten, flachen Heck. Es war sauber, wirkte aber kahl und nackt ohne all die Taue, Kisten und Fallen, die sie jeden Tag benutzt hatten.

»Sieht aus, als würde er sich um die *Lady* kümmern«, brachte Ginny mit Mühe heraus, weil sich ihr Herz plötzlich zusammenzog.

Lew räusperte sich. »Pa hat gesagt, dass er Patsy umbringt, wenn er es nicht tut.«

»Dann kommt er zurück?«

»Das hat er jedenfalls gesagt.« Einen Moment lang waren die Wellen, die ans Ufer schlugen, das einzige Geräusch, das zu hören war. »Ich habe ihn gefragt, weißt du.«

Ginny sah ihren Bruder fragend an. »Was hast du wen gefragt?«

»Warum Pa für uns nicht ein Haus in der Nähe der Küste gesucht hat, wo er seine Tour weitermachen kann, nur mit einer Stunde Fahrt zusätzlich, anstatt ins Landesinnere zu ziehen.«

Das hatte Ginny sich auch gefragt, aber sie war so mit ihrem neuen Job in der Gießerei beschäftigt gewesen, dass sie sich nicht die Mühe gemacht hatte, ihren Vater zu fragen.

»Zuerst hat er gesagt, dass er sich nicht an die neuen Richtlinien der Regierung halten wollte. Man darf kein Funkgerät mitnehmen, die Küstenwache kann willkürliche Kontrollen vornehmen, um deinen Treibstofftank zu überprüfen, so was.«

»Warum das denn?«

Lew zuckte mit den Schultern. »Wegen der Dieselrationierung haben sie Angst vor Schmugglern. Dass die Leute Diesel horten und zu überhöhten Preisen an andere Schiffe verkaufen. Vielleicht sogar an deutsche U-Boote.«

Typisch. Die übliche Einmischung der Regierung, die für die kleinen Leute alles schwieriger machte. Aber so schlimm war es in Ginnys Augen auch nicht, zumal wenn Krieg herrschte. »Das ist alles?«

»Nicht ganz. Dann hat Pa gesagt, dass er dem Käufer in Portland nicht traut und der Preis für Hummer würde runtergehen im Krieg und dass er für das alles eh allmählich zu alt wird.«

An Lews Miene konnte Ginny erkennen, dass all das gelogen war – oder zumindest nur die halbe Wahrheit.

Sie liebte ihren Pa, aber wenn er gewollt hätte, dann hätte er weitermachen können. Er hatte nur den Willen nicht mehr, nachdem er das Haus verloren hatte. Mit Veränderung konnte er nicht gut umgehen. Er hatte eine ganze Woche lang nur aus dem Fenster gestarrt, während alle anderen gepackt und geputzt hatten, und immer wieder gemurmelt, dass es »nicht fair« war.

Und das war es auch nicht. Aber so wie Ginny es sah, konnte man entweder zulassen, dass der Sturm einen gegen die Felsen schleuderte, oder man entschied sich dazu, auf den Wellen zu reiten.

Es war ein bisschen windig, aber keine einzige Gewitterwolke hing am Himmel und es würde noch ein paar Stunden hell sein. »Hast du Lust rauszufahren? Die *Lady Luck* könnte ein bisschen Aufmerksamkeit gebrauchen.«

Er sagte nicht Ja, hob das Kinn aber ein bisschen, was für Lew so viel wie begeisterter Jubel bedeutete. »Nach Westen können wir nicht. Sperrnetze wegen der U-Boote.«

Ginny zog eine Grimasse. Klar, es ging darum, die Leute zu

beschützen, aber der Gedanke, dass diese riesigen, hässlichen Dinger auf der alten Route ihres Vaters das Meer verschandelten … das war eine schlimmere Veränderung als die Fähre, mit der sie zur Insel übergesetzt war und die jetzt nicht mehr weiß war, sondern zur Tarnung in Metallgrau gestrichen war.

Kurz darauf sang der leise tuckernde Motor der *Lady Luck* die zweite Stimme zu dem hohen Kreischen der Möwen, während Lew das Boot am Ufer entlangsteuerte. Das war immer seine Aufgabe gewesen, wenn er mit Pa unterwegs gewesen war. Ginny hielt immer gerne nach Bojen Ausschau und legte die Ankerleine über die Winde, wenn sie dicht genug herangekommen waren. Der Augenblick, wenn das Tau sich spannte und sie die hölzerne Falle voller nasser und sich windender Beute hinaufzog, wurde nie langweilig.

Heute blickte sie einfach aufs Meer hinaus, während sie neben ihrem Bruder stand. Die Gezeitentabelle war immer noch neben dem Kompass angepinnt und trug Pas handschriftliche Notizen und es wurde Ginny trotz des kalten Wassers, das auf ihre nackten Arme spritzte, ganz warm ums Herz. »Er kommt wieder«, flüsterte sie dem Kalender zu und blätterte zum aktuellen Monat vor. So viel vergeudete Zeit. »Keine Sorge. Wir werden alle wiederkommen.«

Eine Weile standen sie schweigend nebeneinander. Die *Lady Luck* war ein Boot für zwei Personen und Lew und Ginny hatten sich immer abgewechselt – seit ihrem zwölften Geburtstag, als Ma ihnen erlaubt hatte, von der Schule abzugehen.

Normalerweise würden sie im Nebel nach Bojen Ausschau halten, die Pas Nummer trugen und die sorgfältig auf einer Karte verzeichnet waren. Tief unten auf den Meeresbänken warteten die Fallen darauf, hinaufgezogen zu werden, voller Hummer, die vom Geruch des Köders in der äußeren Kammer, dem »Wohnzimmer«, angezogen wurden. Von dort krochen sie in die »Küche«, wo sie bekamen, was sie haben wollten … aber ihre Freiheit verloren. Durch den trichterartigen Eingang konnten sie nicht zurück. Also war es ihr Schicksal, in einen Scheffelkorb geworfen zu werden, der gerade genug Wasser enthielt, dass die Hummer am Leben blieben. Ein letzter Schluck Meer, bis sie ans Ufer kamen, wo sie an der Empfangsstation ausgeladen und gewogen wurden.

»Früher haben sie mir leidgetan«, sagte Ginny nachdenklich.

»Hummer haben keine Gefühle, Schwesterherz«, sagte Lew – so wie er es damals gesagt hatte, als Ginny weinend von ihrer ersten Fahrt mit Pa zurückgekommen war.

»Aber Mädchen wie ich haben welche«, hatte sie damals erwidert – und tat es jetzt wieder. War das ein Lächeln, das in Lews Gesicht zuckte? Das musste die salzige Luft sein. Sie heilte Menschen, füllte die Risse der Einsamkeit und Trauer, gab ihnen einen Sinn.

Es roch nach Heimat.

»Geht es dir gut?« Vielleicht war er ja geneigter zu reden, wenn er durch den Windschutz auf die raue See hinaussah. »Ich wette, es war schlimm, das mit Mack zu hören.«

»Er war nur zwei Jahre älter als ich. Bevor er eingezogen wurde, habe ich noch zu ihm gesagt, wenn ich im Dezember achtzehn werde, würde ich rüberkommen und ihm Gesellschaft leisten. Und mehr Feinde erschießen als er.«

»Und jetzt?«

»Weiß nicht.«

Bei Beerdigungen konnte einem der Patriotismus für das eigene Land schon im Halse stecken bleiben. Ginny versuchte nicht, ihm zu sagen, was er tun sollte. Lew würde sowieso nicht auf sie hören, und wer war sie denn schon, dass sie ihm raten könnte? Wenn man selbst am Ertrinken war, konnte man keinen anderen Ertrinkenden retten.

»Und du?«, fragte Lew und überraschte sie damit. »Ist wohl was anderes, deinen Schatz zu verlieren.«

»Wahrscheinlich nicht so viel anders. Es wird mit der Zeit heilen, wie ein gebrochener Knochen.«

Hier, bei Lew, brauchte sie sich nicht zu verstellen. Sie hatten beide einen Freund verloren, mehr nicht. Aber auch nicht weniger – und ein Freund war etwas Wichtiges, hier auf einer einsamen Insel.

»Da ist es«, sagte Lew schließlich und zeigte mit dem Finger geradeaus. Als hätte Ginny diesen Küstenstrich nicht erkannt, dessen Kurven vertrauter waren als die Fotografie eines geliebten Menschen. Obwohl sie, wenn sie ehrlich war, bewusst nicht hingesehen und stattdessen aufs offene Meer hinausgeblickt hatte.

Jetzt zwang sie sich dazu, sich dem Ufer zuzuwenden – und ihre Finger krallten sich fester um das Geländer.

Sie hatten ihr Zuhause in eine Tankstation für die Navy verwandelt. Lange, hässliche Anleger ragten ins Wasser hinaus, an denen unbekannte Schiffe lagen.

Die Verteidigung der Küsten ist wichtig, sagte sie sich. *Damit wir einen Stützpunkt haben und das Ufer beschützen können, falls wir angegriffen werden.*

Aber es klang zunehmend wie die schönen Worte, die Leute wie Louise Cavendish von der Regierung ausrichteten, damit man Kriegsanleihen kaufte und lächelnd mit seinen Essensmarken Schlange stand.

Schon an Louise zu denken, war komisch hier draußen in dem, was sich wie die echte Welt anfühlte. Der Buchclub mit seinem Teegebäck und den literarischen Themen schien angesichts der Sperrnetze und Öltanks völlig bedeutungslos zu sein.

Ginny schüttelte den Kopf und fröstelte, als das Kap, das einmal ihre Heimat gewesen war, aus ihrem Blick verschwand. Der Wind peitschte inzwischen gemeine Wellen gegen den Bug ihres Bootes. »Wir sollten besser umdrehen.«

Lew nickte und wendete. Keiner von ihnen sagte etwas, bis sie wieder an Patsys Dock anlegten.

Aber als Ginnys Bruder ihr die Hand hinhielt, um ihr an Land zu helfen, ergriff er zum ersten Mal von sich aus das Wort. »Mach dich nicht zu abhängig, Gin.« Seine Stimme klang leise, hatte aber einen drängenden Unterton, den sie nur selten bei ihm gehört hatte.

Sie versuchte, das unbehagliche Gefühl mit einem Lachen abzutun. »Was soll das denn heißen?«

»Von diesen Städtern, mit denen du dich angefreundet hast.«

War das alles? »Keine Sorge. Sie sind nett und man kann mit ihnen auskommen, bis der Krieg zu Ende ist. Aber sie sind nicht wie wir von der Insel.«

»Trotzdem musst du vorsichtig sein, wenn du bei denen ins Wohnzimmer gehst. Sie wollen immer was von dir. Und wenn du in die Küche gehst … zack! Dann fangen sie dich.« Und jetzt sah Lew ihr zum ersten Mal in die Augen, sein Blick ernst und düster. »Und dann kommst du nicht zurück.«

29

Avis
17. August

Avis schnaubte frustriert, während sie noch einen Scheck über fünfundsiebzig Cent ausstellte. Wozu war das gut?

Bei ihren früheren Recherchen hatte sie in Erfahrung gebracht, dass ein Büchereiverein nicht aus öffentlichen Mitteln, sondern teilweise von seinen Mitgliedsbeiträgen finanziert wurde; also durch eine Jahresgebühr für jeden, der das Vorrecht genießen wollte, Bücher auszuleihen. Und jetzt, wo Miss Cavendish bestimmt hatte, dass die Bücherei am 30. September ihre Türen für immer schließen würde, schuldete die Bücherei den Mitgliedern ein Viertel ihrer Jahresgebühr. »Das ist schließlich nur gerecht«, hatte Miss Cavendish gesagt.

Avis schüttelte ihre Hand aus, weil sie vom Schreiben ganz verkrampft war. Louise hatte gut reden. Sie musste die Schecks nur unterschreiben, nicht ausfüllen oder übergeben.

»So, Feierabend«, verkündete sie. Sie hatte sich angewöhnt, laut mit sich selbst zu sprechen, wenn die Bücherei leer war, weil sie wusste, dass zu Hause auch eine leere Wohnung auf sie wartete. »Zeit für Entspannung, bis die Tyrannin morgen wieder die Peitsche schwingt.«

Sie hörte ein zünftiges tiefes Lachen, bevor sie die Person sehen konnte, von der es kam. »Ach, nun kommen Sie. So schlimm kann es doch wohl nicht sein.«

Avis stieg sofort die Röte ins Gesicht, als ein Buchclubmitglied zwischen den Regalen hervortrat. »Mr Maloney, ich wusste gar nicht, dass Sie noch hier sind.« Wie konnte sie nur so leichtsinnig sein? »Wenn es Ihnen nichts ausmacht, dürfte ich Sie vielleicht bitten …?«

»Dass ich es nicht weitersage?« Sein Schnurrbart zuckte, als er lächelte. »Ich habe ein Pfandleihhaus, Mrs Montgomery. Ich weiß, wer finanzielle Probleme hat, das aber nach außen nicht zeigen will, wessen Verlobung gelöst wurde, wer seine Großmutter schon immer gehasst hat, egal, was sie ihm im Testament vermacht hat. Und ich verliere nie ein Wort darüber. Kommen Sie bei Gelegenheit mal in meinen Laden. Da können Sie die Geheimnisse förmlich riechen.«

Das war eine Idee. Wie Geheimnisse wohl rochen? Nach Chardonnay? Nach Zigarrenrauch? Oder nach getrocknetem Blut und Salz auf einer deutschen Rettungsweste, die ans Ufer gespült wurde?

Avis fröstelte. Es war besser, wenn sie solche Gedanken Dichterinnen wie Emily Dickinson überließ, die etwas Produktives damit anfangen konnten.

»Kann ich Ihnen denn irgendwie behilflich sein?«, fragte sie, wie ihr Bruder es immer tat.

»Nein, ich muss los.« Aber er machte keine Anstalten, zur Tür zu gehen. »Es ist schön, dass ich einen Grund habe, wieder hierherzukommen. Hier fühle ich mich meiner Charlotte näher.«

Einen Augenblick lang war Avis verwirrt, bis ihr wieder einfiel, dass Mr Maloney bei einem Buchclubtreffen etwas von einer verstorbenen Frau erzählt hatte.

Er fuhr mit den Fingern über die Buchrücken. »Ich wünschte, ich wüsste, welche sie gelesen hat. Damals habe ich nicht darauf geachtet. Ich kann mich nicht an die Titel erinnern, aber sie hat immer was über Missionare in China und Afrika gelesen.«

»Die haben eine 270er-Signatur«, erwiderte Avis automatisch und ging mehrere Regalreihen weiter.

Mr Maloney zog ein Buch heraus, um den Einband zu betrachten, dann schüttelte er den Kopf und stellte es wieder zurück. »So hat sie die Welt bereist, aber weil es um Gott und Religion und so ging, hat es sich für sie nicht egoistisch angefühlt, hat sie gesagt. So war sie, meine Lottie.«

Es war eine reizende Geschichte … und eine, die Louise mit ihrer Neigung zur Wohltätigkeit bestimmt begrüßt hätte. »Würde es Ihnen etwas ausmachen, wenn ich das aufschreibe?«, fragte sie spontan. »Vielleicht auch für … andere?«

»Sie meinen Miss Cavendish? Glauben Sie wirklich, Sie können diese Frau umstimmen?«, fragte Mr Maloney skeptisch.

So viel zum Thema Raffinesse.

»Ich weiß nicht.« Nachdem ihre bisherigen Pläne zu nichts geführt hatten, gingen Avis allmählich die Ideen aus – und die Zeit lief ihr davon. »Aber ich muss es wenigstens versuchen.«

»Dann von mir aus gerne.« Mr Maloney kratzte sich nachdenklich am Kinn. »Wissen Sie, es gibt viele Menschen in dieser Stadt, die sich für diese Bücherei einsetzen würden. Vielleicht haben sie alle solche Geschichten zu erzählen wie meine Lottie und ich.«

Avis, die gerade das Regal mit den Büchern zur Kirchengeschichte untersucht hatte, um zu sehen, ob es Stellen gab, an denen sie nicht Staub gewischt hatte, blickte auf. Das war eine Idee. Dutzende Mitglieder hatten in der kurzen Zeit, die sie jetzt hier war, Bücher ausgeliehen und abgesehen davon, dass sie die ausgeliehenen Titel und die Fälligkeitsdaten notiert und die Leute gegebenenfalls an die Rückgabe erinnert hatte, war ihr nie in den Sinn gekommen, sich zu fragen, wer diese Menschen eigentlich waren. Vielleicht hatte Louise sich das auch nie gefragt.

Ich wette, Anthony schon.

Daran, wie er seine Arbeit beschrieben hatte und dass die Leute immer fragten, ob es Neuigkeiten von ihm gab, und an der Zuneigung, die selbst Miss Cavendish für ihn zu empfinden schien, konnte Avis erkennen, dass Anthony die Leserinnen und Leser genauso liebte wie die Bücher, die sie ausliehen.

Es ist zu spät für dich, jetzt damit anzufangen.

Aber war es das wirklich?

Avis kramte in dem Materialschrank hinter dem Tresen nach

einem weiteren Notizbuch. Nur musste sie diesmal nicht gegen ihren Willen Dinge aufschreiben. Diesmal würde es anders sein.

Auf die erste jungfräuliche Seite schrieb sie: *Wie wichtig eine Bücherei ist.* Es klang wie der Anfang eines Schulaufsatzes, aber Avis hatte seitdem nichts mehr geschrieben, also musste es genügen.

Mit dem Stift in der Hand blickte sie zu Mr Maloney hinüber. »Erzählen Sie mir mehr von Charlotte.«

Ein breites Lächeln erschien auf dem Gesicht des Mannes. »Liebend gerne.«

Vier Tage später hatte Avis alle Erstattungsschecks ausgeliefert, viele von ihnen persönlich an Mitglieder, die ihr Bedauern darüber ausdrückten, dass die Bücherei geschlossen werden sollte. Die Beileidsbekundungen klangen, als wäre ein Freund gestorben. Die perfekte Gelegenheit, sie zu fragen, was sie an der Bücherei so geliebt hatten. Sie konnte sich Notizen machen und Geschichten sammeln.

Nicht alle hatten das Gefühl, etwas Bedeutendes mitteilen zu können, aber Avis' Notizbuch war schon bald voller Erinnerungen: Marilyn Carlson hatte ihren Mann in der Abteilung »Umwelt und Natur« kennengelernt und ihre gemeinsame Liebe zu Muscheln hatte sie zusammengebracht. Mr Bloomsbury, Russells ehemaliger Vorgesetzter in der Bank, hatte die Bücherei benutzt, um für seine Aufnahmeprüfung am College zu lernen – nachdem seine Familie ihm gesagt hatte, er würde es sowieso nicht schaffen. Mr Bell gab zu, dass er jede Woche zuerst die Cartoons in der *Times* gelesen hatte, wobei er aber immer versucht hatte, die Zeitung so zu halten, dass niemand es bemerkte.

Irgendwann war Avis bewusst geworden, dass es hier nicht nur um ihren Ruf in der Stadt ging und um den Verlust, den sie empfinden würde, wenn sie in Russells Abwesenheit nichts Sinnvolles mehr zu tun hatte. Es ging nicht einmal um Anthony und darum, dass er diesen Ort so liebte.

Auch anderen Menschen war die Bücherei wichtig. Und ihr selbst inzwischen auch.

Vor allem diese Tatsache gab ihr den Mut, den sie brauchte, um den Mund aufzumachen, als Miss Cavendish zu ihrem wöchentlichen Besuch kam. »Miss Cavendish, wie schön, Sie zu sehen.«

»Ja, guten Morgen, Avis. Ich habe wunderbare Neuigkeiten.« Sie schwenkte einen maschinengeschriebenen Brief mit einem offiziellen Stempel darauf. »Ich habe eine Antwort von der *Maine State Library* erhalten, nachdem ich gefragt habe, was wir mit den Büchern machen sollen, wenn die Bücherei schließt. Offenbar organisieren sie in diesem Winter eine Sammelaktion, um Bücher für unsere Soldaten zu spenden.«

»Die Soldaten?«, wiederholte Avis und drückte ihre Ledertasche fester an sich. Das war nicht das Argument, auf das sie vorbereitet war.

»Ja genau. Sie haben herausgefunden, dass unsere Männer in Übersee in Ermangelung sinnvoller Aktivitäten regelrechte Bücherwürmer geworden sind und alles verschlingen, was man ihnen schickt.« Miss Cavendish strich mit der Hand über einige der Buchrücken und lächelte ein wenig, als stellte sie sich die Bücher schon in den Händen der GIs vor. »Zuerst habe ich mir Sorgen gemacht, wo ich ein gutes Zuhause für die Bücher finden soll, wenn wir im September schließen. Es war geradezu Gottes gnädiges Eingreifen, dass ich von dieser Kampagne gehört habe.«

Avis hätte beinahe laut aufgestöhnt. Warum schien Gott immer auf der Seite von Miss Cavendish zu sein?

Wahrscheinlich wegen ketzerischer Gedanken wie diesem.

»Hier ist eine Liste von Kategorien, die besonders gebraucht werden. Wenn Sie neben Ihren anderen Pflichten Zeit haben, möchte ich Sie bitten, die Liste durchzugehen und alles, was geeignet ist, herauszusuchen und einzupacken, am besten innerhalb der nächsten vier Wochen.«

Avis nahm das Blatt Papier und überflog die Liste.

Für Militärbüchereien wird um aktuelle Sachbücher oder Lexika gebeten. Als Freizeitlektüre für die Soldaten suchen wir Abenteuerromane, Komödien, Bücher über Sportler und ihren Sport, Detektivgeschichten, Western etc.

Damit würden Wodehouse, Stevenson und Christie in Kisten wandern, um nach Übersee verschifft zu werden.

Bitte keine Kinderbücher, Liebesromane oder Bücher, in denen es überwiegend um Frauenthemen geht.

Das Samtkaninchen war also nicht in Gefahr, genauso wenig wie Ginnys Schmöker in ihrem geheimen Lager.

Aber vor allem dürfen die Bücher keine Eselsohren oder eingerissene Umschläge haben; sie sind kein Abfall, der entsorgt werden soll. Nur Bücher in erstklassigem Zustand können bei diesem Kampf für die Verbesserung der Moral eingesetzt werden.

Das bedeutete, dass Avis nicht einfach ein paar Dutzend Bücher aus dem Regal ziehen konnte. Diese Beschreibung konnte auf Hunderte Titel in der Sammlung der Bücherei zutreffen.

Avis dachte an Anthonys Brief, in dem er geschrieben hatte, dass er das Buch, das sie ihm geschickt hatte, unter seinen Waffenbrüdern weitergereicht hatte, und stellte sich vor, wie sein Buchclub im Schützengraben mit lebhaften Stimmen über das inzwischen ganz zerfledderte Exemplar diskutierte. Hatten sie auch freundschaftliche Auseinandersetzungen wie in Avis' kleiner Gruppe? Waren sie der Meinung, dass ein gutes Buch sie aus der brutalen Wirklichkeit des Krieges herausreißen konnte, wenn auch nur für eine Weile?

»Das klingt wirklich nach einem guten Zweck«, musste sie zugeben, »aber wir hier in Derby brauchen auch Bücher – und zwar an einem Ort, an dem wir uns versammeln können. Verstehen Sie das nicht? All diese neuen Clubmitglieder kommen nicht nur her, damit sie etwas zu tun haben. Sie kommen immer wieder, weil sie es leid sind, allein zu sein. Das sind wir alle.«

Als Avis verstummte, um Luft zu holen, bemerkte sie, dass Louise ihr Klemmbrett ein wenig hatte sinken lassen. Und der Blick in ihren Augen …

Vielleicht verstand sie es ja doch. Vielleicht war der Buchclub auch für sie eine Zuflucht.

Louise räusperte sich. »Ich habe lange darüber nachgedacht. Der Buchclub kann gerne etwas weniger oft – vielleicht einmal im Monat oder auch nur einmal im Quartal – weiter stattfinden, und zwar in Windward Hall. Und ich kann auch Mittel für die ausgewählten Bücher zur Verfügung stellen, solange sie angemessen sind.«

Das war nicht die Antwort, die Avis erwartet hatte. Ohne es zu merken, hatte sie die Luft angehalten und atmete nun tief aus. Es war vielleicht nicht so schlimm, wenn sie sich weiter treffen konnten, auch wenn der Buchclub nicht so oft zusammenkam. Die Stühle in Windward Hall waren bestimmt bequemer als die steifen Holzstühle in der Bücherei.

Aber trotzdem … »*Sie schlägt ihre Krallen in alles, oder?*« Ginnys Bemerkung von vor ein paar Monaten kam Avis wieder in den Sinn und diesmal versuchte sie nicht dagegenzuhalten.

Weißt du eigentlich, fragte sie sich, als sie Louises schlaues Gesicht sah, während ihre Finger auf der Inventarliste trommelten, als könnte sie die Unterhaltung beschleunigen, *wie kontrollierend du geworden bist?*

Vermutlich nicht. Ihr Haus als Versammlungsort für den Buchclub anzubieten, war noch eine weitere gute Tat, die sie ihrem Lebenslauf hinzufügen konnte.

»Auch wenn das ein sehr großzügiges Angebot ist«, sagte Avis in dem Versuch, diplomatisch zu sein, »ist es nicht dasselbe. Die Bücherei und ihre Bücher geben den Menschen die Gelegenheit, etwas zu suchen, sich auszutauschen, Dinge zu erkunden.«

»Und jetzt werden Hunderte Soldaten dazu die Gelegenheit haben und das Gebäude selbst wird ein einladender Ort für bedürftige Kinder werden.«

Avis steckte in einem Dilemma. Es war ein vertrautes Gefühl von Enttäuschung, das in ihr aufstieg, und jetzt konnte sie es auch endlich benennen: das Gefühl, zwischen zwei guten Dingen hin- und hergerissen zu werden, als würde sie, indem sie die Schließung der Bücherei verhindern wollte, behaupten, dass die Soldaten keine Carepakete erhalten und die Kinder von Arbeiterinnen in der Rüstungsindustrie vernachlässigt werden sollten.

Aber jeden Tag, an dem sie die antiken Eichenholzregale abstaubte, an dem sie immer besser darin wurde, den Besuchern Literatur zu empfehlen, wenn sie mit obskuren Fragen zu ihr kamen, und sich während der Zeiten, in denen nicht viel los war, in Geschichten verlor, wurde Avis bewusst, wie sehr sie diesen Ort vermissen würde. »Warum?«, platzte sie heraus. »Warum wollen Sie die Bücherei unbedingt schließen?«

Anstatt der erwarteten Rede überlegte Miss Cavendish einen Moment lang. »Inmitten der Waffen Menschlichkeit.«

»Wie bitte?«

»Das Motto des Roten Kreuzes. In Zeiten großer Not müssen wir alle Opfer bringen, Avis. Und ich meine nicht nur Zuckerrationierung oder die Tatsache, dass man sich keine neue Waschmaschine kaufen kann. Opfer müssen etwas kosten.«

Nach so vielen Buchclubtreffen wusste Avis, dass Miss Cavendish nicht herablassend klingen wollte. Sie sprach einfach in diesem Ton, wenn sie eine Rede hielt. Trotzdem konnte Avis nicht verhindern, dass Ärger in ihr aufstieg. »Ich glaube, ich weiß, was ein Opfer ist, Miss Cavendish, nachdem ich gesehen habe, wie mein Bruder in den Krieg gezogen ist, und ich mich von meinem Mann verabschiedet habe, damit er im Atlantik nach feindlichen

U-Booten sucht.« Ihre Finger schlossen sich fester um die Liste der Bücherkampagne, sodass das Papier zerknitterte. »Es ist gut und schön, Geld zu spenden und in Komitees zu sitzen, aber wie viele nahestehende Menschen haben Sie denn geopfert, Louise?«

Avis hatte gewollt, dass ihre Worte sie trafen, aber selbst sie war nicht auf den Schmerz vorbereitet, der plötzlich in Miss Cavendishs Blick lag.

Die Wahrheit überfiel sie wenige Sekunden zu spät, um ihre wütende Erwiderung zu unterdrücken: *Sie hat keinen Menschen, der ihr nahesteht. Nicht wirklich jedenfalls.*

Ihre Eltern waren beide tot. Es gab einen Bruder und seine Familie, soweit Avis wusste, aber sie hatten keinen Kontakt. Louise hatte nicht geheiratet, hatte keine Kinder und nur wenige Freunde, jedenfalls keine in einem Alter, in dem sie zum Militär einberufen wurden.

Es war, wie Gio sagen würde, ein Schlag unter die Gürtellinie, aber als die Worte heraus waren, konnte Avis sie nicht wieder zurückholen.

»Darauf habe ich wohl keine Antwort.« Louise wandte sich ab und ihre Schultern waren gebeugt, im Gegensatz zu ihrer sonst üblichen selbstbewussten Haltung. Selbst ihre Schuhe klangen gedämpfter auf dem Boden der Bücherei. »Auf Wiedersehen, Avis. Lassen Sie mich wissen, wenn Sie Fragen zu der Bücherkampagne haben.«

So hatte ihre Begegnung nicht laufen sollen. »Warten Sie! Ich habe etwas, das ich Ihnen zeigen möchte.« Avis nahm ihre Handtasche, kramte hastig darin, während sie noch Zeit und Nerven dazu hatte. Ihre Hände fanden die Spiralbindung des Notizbuches und sie hielt es Miss Cavendish hin, die es stirnrunzelnd betrachtete.

»Was ist das?«

»Ich dachte, Sie würden vielleicht gerne wissen, was die Bücherei Ihres Vaters so vielen Menschen in der Stadt bedeutet.«

Es war nur eine zaghafte Bewegung, fast nur ein Zucken, aber

Avis sah, dass Louise auf die Erwähnung ihres Vaters reagierte. Vielleicht hätte sie sich eine andere Taktik überlegen sollen.

»Ich verstehe.« Louise nahm das kostbare Buch, das die gesammelten Geschichten enthielt, mit zwei Fingern entgegen, so als wollte sie es in den nächsten Abfalleimer werfen.

»Versprechen Sie mir, dass Sie es lesen?«

»Wenn es sein muss.« Ihr Rückzug zum Eingang der Bücherei ging jetzt eiliger vonstatten, so als hätte sie Angst, dass Avis noch etwas sagen würde. »Bis Samstag.«

Avis blickte ihr lange nach. Das hätte besser laufen können. Aber Miss Cavendish war dafür bekannt, dass sie ihre Versprechen hielt. Sie würde die Geschichten, die Avis gesammelt hatte, lesen und vielleicht würde das ja irgendetwas bewirken.

Widerwillig verbrachte Avis die nächsten beiden Stunden bis zur Schließung damit, Bücher für die Soldaten herauszusuchen. Als sie schließlich ihre Sachen packte, griff sie in ihre Tasche, um Miss Cavendishs Liste von der Bücherkampagne in das vordere Fach zu schieben. Dabei berührte ihre Hand ein Notizbuch. Avis zog es heraus und runzelte die Stirn, als sie die erste Zeile sah: *Wie wichtig eine Bücherei ist.*

Aber was …?

Nein. Das konnte doch nicht sein.

Doch während die Sekunden verstrichen und Avis in ihrer Tasche kramte, nur um sicher zu sein, trafen sie Gewissheit und Angst im selben Augenblick. Es hatte zwei sehr ähnliche Notizbücher in ihrer Tasche gegeben, beide aus dem Vorrat der Bücherei.

Und sie hatte Louise Cavendish versehentlich die Notizen vom Buchclub gegeben.

All die bissigen Bemerkungen, die sie selbst und die anderen über Louise gemacht hatten – über ihre hochgestochenen Ansichten, den Mangel an Humor, die moralische Spießigkeit –, fielen Avis wieder ein. Ganz zu schweigen von den persönlichen Dingen über Russell und die Existenz eines Lagers voller romantischer Schmuggelware.

»Oh, Anthony«, flüsterte Avis. »Jetzt ist es mit deiner Bücherei endgültig aus. Und diesmal ist es meine Schuld.«

Russell an Avis

17. August 1942

Liebe Avis,
endlich ist was passiert!
Wahrscheinlich sollte ich einen Brief an meine Frau nicht so beginnen, aber ich dachte, du weißt schon, dass wir nicht in die Luft gejagt wurden, weil ich hier sitze und das schreibe. Das heißt, ich habe die Pointe vermasselt.
Kurz vor Tagesanbruch habe ich ein seltsames, neues Geräusch gehört: ein mechanisches Flirren aus dem Abhörgerät, das lauter war als die Meeresgeräusche, die in der Regel ziemlich einschläfernd sind. Ich wusste, dass sie vom Feind stammten, Avis, so sicher wie das Amen in der Kirche. Als ich an Deck lief, zeigte der Mann im Ausguck in eine Richtung. Wasser so schwarz wie Teer, aber wir konnten es trotzdem etwa 15 Meter entfernt sehen: die Oberseite eines deutschen U-Boots, das aus dem Wasser auftauchte.
Captain Sherman hat sich daraufhin das Funkgerät geschnappt – er wusste, dass die Leute in dem U-Boot ihn auch hören konnten – und hat Meldung gemacht, mit Angabe unseres genauen Standorts.
Einen Moment lang haben wir alle die Luft angehalten.
Dann ist das U-Boot wieder untergetaucht. Sie haben mit eingezogenem Schwanz die Flucht ergriffen, genau wie ich es dir gesagt habe. Aber sie waren nicht schnell genug.
Zwei Flieger kamen und haben das Wasser mit Bomben gelöchert, sodass die Gischt bis zum Himmel spritzte. Dann

wurde ein Treffer bestätigt und wir erhielten den Befehl, uns aus dem Staub zu machen, während sie sich um die Sache kümmerten. Das war nicht gerade ein Ausdruck übertriebener Dankbarkeit, aber wir haben trotzdem an Deck gefeiert und noch mal, als wir wieder an Land waren.

Wir haben es geschafft, Avis! Endlich. Ja klar, wir waren auch vorher schon nützlich. Eine Präventivmaßnahme, sagt der Käpt'n immer. Damit meint er, dass die Deutschen nicht mehr auftauchen können, um Luft zu holen, wenn überall die Patrouillenboote unterwegs sind. Da werden sie zu leicht entdeckt.

Aber es war ein gutes Gefühl – mehr noch als gut –, tatsächlich eins von den Dingern zu entdecken und auszuschalten.

Nur Stephen hat sich immer wieder umgesehen und nach dem verräterischen Ölfilm auf den Wellen Ausschau gehalten. »Die Besatzung ist wohl komplett umgekommen.«

Das hat uns alle ernüchtert. Im Krieg heißt es töten oder getötet werden, nicht wahr? Das hat mich an die Rettungsweste erinnert, die du gefunden hast. Der Mann, dem sie einmal gehört hat, hat auch nur Befehle befolgt, genau wie wir. Aber seine Befehle kamen von einem Verrückten auf der anderen Seite des Ozeans, der beschlossen hat, sich ganz Europa unter den Nagel zu reißen. Und das können wir nicht zulassen. Wir werden es nicht zulassen.

Ich konnte es kaum erwarten, dir zu schreiben und dich wissen zu lassen, dass du den Kopf jetzt ein bisschen höher tragen kannst. Dein Ehemann hat endlich seinen Beitrag zum Krieg geleistet. Und denk daran, dass meine Zeit in acht Wochen rum ist. Kopf hoch, Avis. Ich bin bald wieder da und kann dir jede Menge Geschichten erzählen. (Ich verspreche, sie nicht zu sehr auszuschmücken.)

Dein Held (endlich!)
Russell

PS: Beinahe hätte ich vergessen zu schreiben, wie sehr es mich freut, dass du Die Schatzinsel *gemocht hast. Der Junge hat Geschmack. Ich würde ihn gerne irgendwann kennenlernen. Behalte ein Exemplar, ja? Ich will das Buch noch mal lesen, wenn ich wieder zu Hause bin.*

Buchclubprotokoll vom 22. August 1942

Protokoll: Lt. Freddy Keats

Anwesende Mitglieder: die üblichen, nur Ginny ist noch nicht wieder dabei. Martina sagt, seit der Beerdigung geht es ihr nicht so gut. Wir anderen haben sie schon eine Weile nicht mehr gesehen. Es fehlt einfach etwas, wenn sie weg ist.

Besprochenes Buch: »Die Schatzinsel« von Robert Louis Stevenson

Avis hat mir eine neue Kladde geben, diese hier ist größer und hat breitere Linien. Ich frage mich, was mit dem anderen Buch passiert ist – es war nur zu einem Viertel voll.

Die anderen haben Witze gemacht, dass meine Augenklappe gut zum Thema des Buches passt und ob wir uns in Zukunft alle verkleiden sollen. Mir hat es nichts ausgemacht. Wenn die anderen einen erst mal aufziehen, weiß man, dass man echte Freunde gefunden hat. Obwohl ich gesagt habe, bei Kittel und Strumpfhosen könnten sie nicht mit mir rechnen, falls wir jemals »Robin Hood« lesen, wie Danny Maloney es vorgeschlagen hat.

Selbst Miss C. hat zugegeben, »dass die Geschichte fesselnd ist«, obwohl sie Gio und Rosa einen strengen Vortrag gehalten hat, dass echte Piraten nicht so romantische und tragische Helden sind, wie die Geschichte es darstellt.

Die anderen Männer in der Gruppe und ich versuchten, sie zu beruhigen, dass niemand wirklich glaubt, Räuber wären Vorbilder: Sie mögen nur die Abenteuer, die damit verbunden sind. Man würde es nie glauben, wenn man ihn sieht, aber Earl Bell hat offenbar mal eine Phase erlebt, als er versucht hat, seine Eltern davon zu überzeugen, dass Piraterie eine legitime Berufswahl ist. Ich habe als Kind Schwerter aus Holz geschnitzt und meine Freunde über die Planke gehen lassen. Hamish hat behauptet, er hätte immer einen Papageien als Haustier haben wollen. Die Frauen in der Gruppe haben uns angeguckt, als wären wir verrückt.

Wir haben gesagt, Gio soll die Fragen stellen. Er hatte gleich zu Anfang eine richtig gute: was wir alle von Long John Silver halten? Es gab unterschiedliche Meinungen; kein Wunder. »Gentleman-Schurke« war der Ausdruck, den ich benutzt habe, und auch wenn Danny Maloney dachte, Long Johns Freundlichkeit Jim gegenüber wäre die ganze Zeit nur vorgetäuscht, hat Mrs Lokken behauptet, dass er auch seine guten Seiten hatte.

Nur Martina schien ihn überhaupt nicht zu mögen. »Ich habe ihm von Anfang an nicht über den Weg getraut«, sagte sie leise zu mir. »Bei manchen Männern weiß man das sofort, egal, wie vornehm sie klingen.« Ich habe gesagt, dass sie ganz schön klug ist, wenn sie so was vorhersagen kann. Aber dann fiel mir der Mann im Kino ein, hinter dem Gio hergerannt ist. Da fragt man sich schon. Jedes Mal, wenn ich Gio frage, sagt er aber, zu Hause wäre alles in Ordnung, und erzählt, dass sein Dad als Funker arbeitet, also ist vielleicht doch nichts dran.

Als Nächstes ging es darum, dass Habgier korrupt macht, und wir alle haben Gios Frage beantwortet, was wir mit unserem Anteil an dem Schatz machen würden. Avis wollte uns weismachen, sie würde alles für wohltätige Zwecke spenden, und als wir sie für ihre abgedroschene Antwort ausgebuht haben, gab sie zu, sie würde sich auch einen neuen Hut kaufen. Delphie wollte Paris besuchen bzw. »das, was noch davon übrig ist, wenn dieser schreckliche Kerl damit fertig ist«. Was mich betrifft, habe ich gesagt, dass man die meisten Dinge, die ich mir wünsche, sowieso nicht mit Gold kaufen kann. Nach mir hat Rosa gesagt, sie würde alle Zuckerstangen auf der Welt kaufen, und alle haben gelacht.

Es hat allen Spaß gemacht. Selbst Louise hat das gesagt und Gio hat gestrahlt. Er ist ein guter Junge und wirklich fleißig. Ich werde die langen Tage im Garten mit ihm und die Gespräche über Gott und die Welt vermissen, wenn die Ernte erst mal erledigt ist.

Als es darum ging, die nächste Lektüre auszusuchen, hat Delphie sich zu Wort gemeldet und Edgar Allen Poe als großen amerikanischen Schriftsteller vorgeschlagen. Das Werk, von dem sie sprach, »Das verräterische Herz«, klingt verdächtig nach einer Liebesgeschichte, aber Miss C. hat kein Wort gesagt. Kein Wunder. Sich mit Delphie anzulegen, ist nicht ohne. Ich probiere es jedenfalls nicht noch mal, das steht fest.

PS: Habe anschließend Edgar Allan Poe nachgeschlagen. Zwei Erkenntnisse: Erstens ist »Das verräterische Herz« eine Kurzgeschichte und kein Roman und zweitens ist es definitiv keine Liebesgeschichte.

Das wird spaßig.

30

Louise
25. August

Louise konnte spüren, wie die Temperatur sich veränderte, als sie vom Esszimmer in Delphies Reich trat. Obwohl alle Fenster weit offen standen, ähnelte die Küche einem Inferno, in dem Dampf von riesigen Töpfen auf dem Herd aufstieg und auf der Arbeitsplatte ein Chaos aus matschigen Tomaten herrschte, aus denen Saft und Kerne quollen.

Ihre Köchin stand mit leuchtend rotem Gesicht am Herd und goss Wasser von einem Kessel in einen Suppentopf, in dem Gläser standen, und drehte sich nicht einmal um, als Louise sich räusperte. Vielleicht hatte sie es bei dem laut blubbernden Wasser nicht gehört. »Ich muss mit dir reden, Delphie.«

Nicht mal ein Blick in ihre Richtung. »Geht nicht. Einmachtag heute. Verschwinden Sie.«

Niemand, nicht einmal Delphie, sagte Louise, sie solle »verschwinden«. Also blieb sie mit ihren praktischen Pumps genau da stehen, wo sie war, und rührte sich nicht vom Fleck. Vielleicht war es sogar besser, mit Delphie zu sprechen, während sie abgelenkt war und nicht damit rechnete. »Warum hast du vorgeschlagen, diese abscheuliche Geschichte zu lesen?«

Jetzt war Delphies Aufmerksamkeit geweckt und sie drehte sich um, eine metallene Zange in der Hand. »Wie war das?«

Louise hielt es hoch wie ein Beweisstück bei einem Gerichtsprozess. »Die Geschichte von Poe. Über das vergrabene Herz.« In der ein Mann, der versuchte, seine Übeltaten zu verbergen, am Ende von einem zerstückelten Leichnam überführt wurde, der die Wahrheit ans Tageslicht brachte.

Die Pause, bevor Delphie antwortete, war zu lang. »Ich dachte, den jungen Leuten würde es gefallen. Ist das ein Verbrechen?«

Nein, aber es war auch nicht die Wahrheit. Da war sich Louise sicher. Sie erkannte es daran, dass Delphies Erwiderung trotzig und laut klang. Als die Köchin diesmal einen Korb mit ganzen Tomaten aus dem zweiten Kochtopf mit kochendem Wasser zog, zitterten ihre Hände, sodass Wasser auf ihren Arm schwappte. Ein Strom aus Beinaheflüchen auf Französisch folgte und Louise eilte mit einem Anflug von schlechtem Gewissen und einem Geschirrtuch zu ihr.

»Geht schon«, murmelte Delphie und schob Louise beiseite, während sie die Tomaten zur Spüle beförderte.

»Aber das ist nicht der eigentliche Grund, oder?«, hakte Louise nach. »Warum hast du die Geschichte noch ausgesucht?«

Das einzige Geräusch in der Küche war das Spritzen des kalten Wassers, das über die Tomaten lief, damit sich die Haut löste.

»Vielleicht dachte ich, Sie könnten was daraus lernen«, gab Delphie schließlich zu.

Und das war alles, was Louise brauchte, um ihre Theorie zu bestätigen. Der Gedanke war ihr schon vor ein paar Tagen gekommen, aber sie hatte ihn verdrängt, weil sie sich sicher war, dass ihr Gehirn ihr einen Streich spielte. Jetzt musste sie es sagen.

»Deshalb wolltest du nicht, dass Freddy den Garten erweitert. Du wusstest, dass er diese schreckliche Statue dort finden würde. Weil du sie dort vergraben hast.«

Ohne im Geringsten in ihrer Bewegung zu stocken, zog Delphie ein Messer aus einer Schublade. »Das stimmt.« Keine Spur von Scham auf dem faltigen Gesicht, während sie ruhig die Haut von den Tomaten zog und das glänzende Fruchtfleisch darunter zum Vorschein kam.

Obwohl Louise es vermutet hatte, tat es weh, dieses simple Geständnis zu hören. »Warum? Wo ich doch ausdrücklich befohlen hatte …«

»Ihre Befehle gehen mich nichts an. Haben sie noch nie.« Noch eine geschickte Bewegung und die entkernte Tomate war in zwei Hälften zerteilt. »Jedenfalls dachte ich, dass es nicht schaden würde, sie zu vergraben. Ihr Vater hat sie jedenfalls geliebt.«

Das war es also. Delphie war Louises Vater gegenüber immer loyal gewesen.

»Und Sie mochten sie auch«, setzte Delphie nach, als Louise nicht antwortete. »Davor.«

Vor was, sagte sie nicht, aber Louise wusste, was sie meinte.

Hatte Delphie gesehen, wie Louise sich damals in den heißen Sommernächten hinausgeschlichen hatte, um Oliver zu sehen, nachdem sie unter dem Fuß der Statue nach einer Botschaft gesucht hatte? Sie hatte es niemals offen zugegeben, aber Louise wusste, dass der Aufmerksamkeit der alten, scharfsinnigen Köchin nicht viel entging.

»Ich dachte, vielleicht wollen Sie sie irgendwann wiederhaben. Wegen der schönen Erinnerungen, die mit den schlechten gemischt sind. Ihr Vater hat Sie geliebt, das wissen Sie.

Nein, das wusste Louise nicht. Nicht so richtig. Er hatte es jedenfalls nie gesagt, nicht einmal am Ende.

Ein Wecker klingelte und Delphie rannte zum Herd, hob einen Deckel hoch, um den Topf mit den vollen Tomatengläsern darin zu inspizieren, die jetzt fest versiegelt waren.

Einmal, als Louise noch klein gewesen war, hatte sie sich in die Speisekammer geschlichen, weil sie vor dem Essen etwas Süßes stibitzen wollte, nur um dort den furchterregenden Anblick von Tomaten zu sehen, die auf der ganzen Wand der Kammer verteilt waren und aussahen wie etwas, das Edgar Allan Poe zu einer seiner makabren Erzählungen inspiriert haben könnte. Als sie gefragt hatte, was da passiert war, hatte Delphie ihr erklärt, dass der Deckel im Wasserbad nicht richtig verschlossen worden war, sodass die Tomaten fermentiert und irgendwann explodiert waren.

Jetzt spürte Louise, wie dasselbe in ihrem Innern geschah: eine langsame, wachsende Bitterkeit, die ein gefährliches Niveau erreicht hatte. »Nichtsdestotrotz hattest du kein Recht, es vor mir geheim zu halten.«

»Spielt es denn eine Rolle? Dieser Gärtner, den Sie eingestellt haben, hat sie nicht rausgerückt, nicht mal den Kopf der Statue, als ich rausgelaufen und ihn angefleht habe. Er hat gesagt, er hätte es versprochen und würde sein Versprechen halten. Die Statue ist weg.«

Der gute Frederick. Er hatte sein Wort gehalten. Dieser kleine Trost verflüchtigte sich jedoch gleich wieder wie das Wasser in dem offenen Topf zwischen ihnen. Denn das war eigentlich noch nicht das Entscheidende. »Wenn du nach all den Jahren der Meinung warst, ich hätte eine falsche Entscheidung getroffen, hättest du es einfach sagen sollen. Anstatt dich hinter einer Geschichte zu verstecken.«

Zuerst antwortete Delphie nicht, sondern stellte mit ihren in Handtücher gewickelten Händen jedes versiegelte Glas auf die Arbeitsplatte. »Manchmal helfen Geschichten. Ich wollte nur, dass Sie darüber nachdenken, das ist alles.«

»Worüber nachdenken?«

»Zum einen, warum Sie immer noch wild entschlossen sind, die Bücherei Ihres Vaters zu schließen.« Sie hielt in ihrer Tätigkeit inne und hob eine Hand, bevor Louise protestieren konnte. »Ich weiß, Sie haben mir gesagt, dass es um die Kinder geht. Aber ich frage mich, ob das wirklich der Grund ist.«

»Natürlich.« Warum glaubte ihr denn niemand? »Außerdem habe ich den Vertrag unterschrieben und schon einen Teil der Kosten zugesagt.«

Erst Avis und jetzt Delphie. Sah denn keine von ihnen, dass die Sache jetzt nicht mehr zu ändern war?

Delphie trocknete sich die Hände an der Schürze ab, offenbar allein zu dem Zweck, sie in die Hüfte zu stemmen, und wandte sich mit einem anklagenden Blick an Louise. »Geben Sie es ruhig zu: Sie lieben diesen Buchclub genauso wie wir alle.«

Aha. Daher wehte der Wind. »Er ist durchaus nett, aber es ist kaum mehr als ein Kaffeeklatsch. Die Hälfte der Leute fände es ohnehin besser, wenn ich nicht dabei wäre.«

»Das ist eine Übertreibung und das wissen Sie auch. Seien Sie ehrlich, Louise. Würden Sie diese Gruppe vermissen, wenn es sie nicht mehr gäbe?«

Sie dachte an das Gelächter über klirrenden Teetassen, die Gespräche, die auch nach der Diskussion andauerten, die Menschen, mit denen jetzt Geschichten und Ansichten verbunden waren und nicht nur Namen. »Ja, das würde ich wohl.«

Delphies zufriedenes Nicken war schärfer als das Tomatenmesser, das auf dem Schneidebrett lag. »Dann sollten Sie sich gut überlegen, was Sie verlieren, wenn Sie noch einen Ort zerstören, den Ihr Vater geliebt hat. Und ob es sich wirklich lohnt.«

Wie konnte Delphie nach all den Jahren noch so verbittert sein wegen des Gartens? »Es hat keinen Sinn, sentimental zu sein. Wir müssen alle irgendwann nach vorne blicken.«

»Das mag sein.« Delphie rollte eine Tomate zwischen den Händen, bevor sie Louise in die Augen sah. »Aber je älter ich werde, desto mehr weiß ich, dass diese Geschichte den Nagel auf den Kopf trifft. Die Vergangenheit bleibt nicht begraben. Das ist die schlichte, schmerzhafte Wahrheit, Louise. Die Frage ist nur, wer sie wieder ausgräbt.«

November 1918

Der Arzt, der aus einer der größeren Städte an der Küste hergefahren kam, war nach seinem monatlichen Besuch wieder gegangen. Im Gehen hatte er Louise nur hinter seinem Mundschutz zugenickt, ein vertrauter Anblick seit Beginn des Herbstes, und seine Miene hatte nicht erkennen lassen, wie die Besprechung gelaufen war.

Sie brauchte von ihm keinen medizinischen Bericht zu hören.

Es war für jeden offensichtlich, dass die Gesundheit ihres Vaters sich verschlechtert hatte, so wie es bei den meisten Patienten war, wenn sie beinahe zwei Jahre lang an Tuberkulose litten.

Louises Sorge betraf eine ganz andere Krankheit: die Grippe.

In den USA war diese Grippe in Fort Devens bei Boston zum ersten Mal ausgebrochen, nachdem ein Fünftel der Soldaten, die aus dem Großen Krieg zurückgekehrt waren, eine neue, tödliche Form der Grippe aus dem Ausland mitgebracht hatten. Manche behaupteten, die Deutschen hätten die Pest als letzte Kriegsoffensive geschickt, aber die Krankenschwestern des Roten Kreuzes, die sich um die Kranken und Sterbenden kümmerten, wussten es besser.

In Maine ging man davon aus, dass die Epidemie sich bis nach Portland ausbreiten würde … aber auch einen Weg nach Bath finden würde, das nicht weit entfernt war, und dann zu den kleinen Küstenstädten wie Derby. Im Oktober wurden alle Jahrmärkte und Sammelaktionen für Kriegsanleihen abgesagt und irgendwann wurden auch Schulen, Theater und schließlich auch Kirchen geschlossen – abgesehen von einigen wenigen wie der St. Patrick's Church in der Nähe, die sich weigerte, ihre Türen zu schließen, weil behauptet wurde, dass »Gottesdienst an einem Sonntag wichtiger ist als jede andere Arbeit der Welt«. Dort und in einigen anderen katholischen Kirchen wurde die Messe trotz der bitteren Herbstkälte im Freien gefeiert und für göttliche Hilfe gebetet, die aber auf sich warten ließ, wie es schien.

In Derby blieben ebenfalls zwei Kirchen offen – und zwar als Krankenhäuser. Dort hatte Louise helfen wollen und seit Wochen flehte sie ihren Vater an.

Nicht, weil sie als erwachsene Frau seine Erlaubnis brauchte. Obwohl sie sich bereit erklärt hatte, ihn zu pflegen, konnte ein solches Versprechen in einem Notfall wie diesem sicher gebrochen werden.

Louise wartete ab, bis sie Dr. Hoffmans ärztlichen Rat eingeholt hatte, weil ihre Entscheidung auch für das Leben ihres Vaters einschneidende Folgen haben würde. Denn wenn sie die Grippe von der improvisierten Pflegestation zu ihrem von der Tuberkulose geschwächten Vater brachte, würde er mit an Sicherheit grenzender Wahrscheinlichkeit sterben.

Diesmal klopfte Louise zögerlicher als sonst an die Tür des Krankenzimmers, und als ihr Vater mit kratziger Stimme »Herein« rief, wartete sie.

»Hol Benson«, war alles, was er sagte, seine Stimme bemüht kräftig. »Ich möchte noch einmal nach Pemaquid Point, bevor der Winter kommt.«

Es war schon jetzt zu kalt für einen Spaziergang zu Vaters Lieblingsplatz ganz in der Nähe, aber daran, wie er die Augenbrauen hochzog, erkannte Louise, dass er keinen Widerspruch dulden würde. Sie hatte längst aufgegeben, ihn an Windward Hall zu fesseln, solange er Kontakt zu anderen Menschen mied. Wenn er sich Zeit lassen wollte, um ihr seine Entscheidung mitzuteilen, würde sie mitspielen.

Als sie in Bristol ankamen, half Benson, der zugleich als Fahrer und als Butler fungierte, dabei, Vaters Rollstuhl zu dem Ausblick zu schieben. Obwohl sie ihren Vater in mehrere Decken und Schals gewickelt hatte und die Temperatur noch nicht unter den Gefrierpunkt gesunken war, wusste Louise, dass sie auf einem kurzen Aufenthalt bestehen musste.

Der Leuchtturm hatte etwas Beeindruckendes an sich, ein hohes, weißes Signal vor dem blauen Himmel, neben dem das Pförtnerhaus winzig wirkte. Er blickte über ein Ufer aus gestreiften Felsbrocken hinaus, zwischen denen hier und da vergilbtes Gras wuchs, das abgestorben war wie so viele Dinge, seit der Winter unwiderruflich auf dem Vormarsch war.

Einen Moment lang beobachtete Vater nur, wie das Meer gegen die Felsen schlug. »Der Arzt hat mir erzählt«, sagte er schließlich, »dass du auf einer Station helfen willst, die speziell für Kinder eingerichtet wurde.«

»Ja, sie sollten so weit wie möglich abgeschirmt werden, mit allen Mitteln, die wir erübrigen können, da sie ein höheres Risiko haben.« Selbst junge und starke Menschen waren in Gefahr, wie die Soldaten bewiesen, die scharenweise starben. Noch schlimmer waren schwangere Frauen dran.

Die Alten.

Diejenigen mit Tuberkulose.

Ein Hustenanfall unterbrach sie, gedämpft mit einem blutbefleckten Taschentuch, und als Vater wieder das Wort ergriff, klang seine Stimme schwach. »Du kannst sie nicht alle retten.«

»Aber manche schon.«

»Eine gute Antwort. Mutig.« Seine Worte überraschten Louise so, dass sie den Blick senkte. Sie sah, dass seine dünne, blasse Hand die hölzerne Armlehne des Rollstuhls umklammerte. »Aber Louise … es ist nicht dein Kind, das du behandeln wirst.«

Louise kniff die Augen zusammen und versuchte, die Kopfschmerzen abzuwehren, die sich anbahnten. Sie wusste, was Vater immer dachte, wenn das Thema Kinder zur Sprache kam. Ihre Kampagnen für striktere Gesetze gegen Kinderarbeit. Ihr Wunsch, sich nach dem Krieg für die verhungernden Kinder in Europa einzusetzen. Und jetzt die Kinderstation für Grippepatienten.

Als versuchte sie, mit jedem Kind, dem sie half, Buße zu tun für das Kind, das sie weggegeben hatte.

Nur hatte er es bis heute nie rundheraus gesagt, sondern war immer auf Distanz geblieben, um einen Konflikt zu vermeiden. *Er muss wirklich im Sterben liegen.*

Louise bemühte sich, leidenschaftslos zu klingen, wie es sich für eine gute Krankenschwester gehörte. »Das ist mir bewusst, Vater.«

Obwohl, wenn die Dinge anders gewesen wären, würde sie sich jetzt vielleicht um das Wohlergehen ihres eigenen Kindes sorgen. Wenn sie nicht eingewilligt hätte, bei Tante Eleanor zu leben und heimlich zu entbinden; wenn sie nicht darum gebeten hätte, dass eine andere Familie das Baby großzog …

Dummheit. Es gab keinen Weg zurück, nicht nach so vielen Jahren.

»Ich bin sicher, die Grippe kann ihm nichts anhaben, wo immer er ist«, sagte Vater.

»Sie«, berichtigte Louise ihn, weil sie nicht schweigen konnte. Sie hatte das Baby nach den stundenlangen Wehen nicht im Arm gehalten, hatte nie um irgendetwas gebeten außer um Tabletten gegen die Schmerzen, bevor sie das Kind weggebracht hatten, also wusste sie nicht mit Sicherheit, welches Geschlecht ihr Baby hatte. Trotzdem war sie davon überzeugt gewesen, dass es ein Mädchen war. Hatte immer wieder dafür gebetet, während sie die Tritte des Babys in ihrem Bauch gespürt hatte.

Ein Junge konnte schließlich werden wie sein Vater – unzuverlässig und habgierig, während ein Mädchen, so Gott wollte, die pragmatische Natur seiner Mutter erben würde. Mehr konnte Louise ihr nicht hinterlassen, abgesehen von einem Brief und einem dicken Scheck von Vater, um irgendwann für die Ausbildung der Kleinen zu bezahlen.

Der Wind war jetzt schneidender und Louise fröstelte. Das alles war die Vergangenheit und nichts davon, so schmerzlich es auch war, konnte die Frage klären, vor der sie jetzt standen. »Bitte, Vater, ich bin nicht einer von deinen fiktiven Charakteren, über deren Motive du endlos debattieren kannst. Ich bin ausgebildete Krankenschwester und warte auf eine Antwort, ob ich in einer globalen medizinischen Notsituation helfen darf.«

Seine Miene war resigniert. »Das bist du. Obwohl ich gehofft hatte, du würdest mehr sein als das.«

Lass dir nichts anmerken. Vier Jahre später war es einfacher, sichtbare Anzeichen von Gefühlen zu unterdrücken, aber es tat immer noch weh. »Es tut mir leid, dass ich dich enttäusche.« *Wieder einmal.*

»Dr. Hoffman war strikt dagegen, dass ich dir die Arbeit auf der Station erlaube. Er war der Meinung, dass das Risiko zu groß ist, dass ich dadurch infiziert werden könnte.«

Das war keine Überraschung. Dr. Hoffman hatte bei diesem Besuch fast ebenso abgemagert ausgesehen wie Louises Vater, vermutlich weil er viel zu viel arbeitete, wie alle, die in diesem Land medizinisch tätig waren. Seine oberste Priorität war sicher sein wohlhabender Patient und nicht die Armen von Derby.

»Er hat empfohlen«, fuhr Vater fort, »dass wir andere Krankenschwestern nach Derby kommen lassen.«

Daran hatte Louise auch schon gedacht und es aus Angst als Ausrede gebraucht, als die Epidemie sich auszubreiten begann. »Niemand wird kommen, nicht in eine so kleine Stadt.« Nicht, solange Großstädte wie Boston und New York Zehntausende Fälle zu verzeichnen hatten. »Jedenfalls nicht vor dem Frühjahr.«

»Das habe ich Dr. Hoffman auch gesagt.«

Louise ließ die Luft entweichen, die sie eingeatmet hatte, um weiterzudiskutieren. »Wieso hast du deine Meinung geändert?«

»Charles Cliffton war neulich hier, um Bücher vorbeizubringen. Er hat mir erzählt, dass Anthony, einer seiner jüngsten Kunden, erkrankt ist.«

Es ging also gar nicht um ihre guten Argumente oder ihr Verhandlungsgeschick.

Aber was spielte das für eine Rolle? Louise erinnerte sich an den blonden Jungen, der über sein Kinderbuch gebeugt war und jede Silbe laut vor sich hersagte, und sie stellte sich vor, wie er mit Schüttelfrost in dem improvisierten Krankenhaus lag und vor Fieber glühte.

Was auch immer ihren Vater zu diesem Sinneswandel bewogen hatte, jetzt konnte sie endlich nützlich sein.

»Ich kann dich nicht länger für mich behalten. Nicht, wenn die Not so groß ist in der Stadt, die ich lieben gelernt habe.«

»Ich werde gute Arbeit leisten, Vater. Das verspreche ich.«

»Sorge für die Kinder, Louise.« Sein Blick wanderte über die Felsen. »Was mich betrifft, so liegt mein Schicksal in den Händen unseres gnädigen Gottes.«

Übertrieben theatralisch, wie immer. Trotzdem konnte Louise

nicht anders, als zu fragen: »Hast du Angst vor dem Sterben, Vater?«

Er blickte überrascht auf. »Ich weiß, wohin ich gehe. Mein himmlischer Vater erwartet mich. Andererseits bin nicht gerade begeistert von dem Gedanken, so viele gute Bücher noch nicht gelesen zu haben.«

Es war sein Versuch, dem Augenblick die Schwere zu nehmen, aber Louise spürte trotzdem, wie sie sich verkrampfte. Das war es also, was er bedauerte?

Wieder schwiegen sie und Louise überlegte bereits, was für Material sie bestellen musste, wie viele Stunden sie wohl arbeiten konnte, ohne zusammenzubrechen, die hygienischen Maßnahmen, die sie ergreifen musste, bevor sie jeden Tag nach Hause fuhr.

»Leuchttürme sind tragisch, weißt du.«

Die Bemerkung, die kaum etwas mit Übelkeit und Krankenstationen zu tun hatte, ließ Louise innehalten. »Wie kommst du denn darauf, Vater?«

Er zeigte auf das Gebäude an der Spitze der Landzunge, unberührt von den Neuigkeiten vom Großen Krieg oder von der Spanischen Grippe oder der schwierigen Unterhaltung zwischen Vater und Tochter. »Sie sind stark, sogar mutig. Sie sind ein weithin sichtbares Licht mitten im Sturm. Alle bewundern sie … aber nur aus der Entfernung.«

Louise fragte sich, ob sie Benson ein Zeichen geben sollte, damit er Vater zurückschob. Wenn er in einer so merkwürdigen Stimmung war, würde er sich nur überanstrengen. »Natürlich tun sie das. Das ist ihr ganzer Daseinszweck – sie dienen als Warnung vor Gefahren.«

»Und deshalb kommt niemand an sie heran.« Als ihr Vater sie ansah, wurde Louise bewusst, dass sie nicht mehr über Leuchttürme sprachen.

Natürlich war das sentimentaler Unsinn. Was konnte eine Frau mehr erstreben, als nützlich zu sein? Jetzt hatte sie endlich die

Gelegenheit, alles wiedergutzumachen und denen zu dienen, die in großer Not waren.

Und jeden Abend betete sie, dass irgendwo eine andere Mutter für ihr Kind sorgen und es beschützen möge, weil sie selbst es nicht konnte.

31

Ginny
26. August

An den meisten Tagen schlief Ginny jetzt bis nach Mittag und stand erst auf, wenn es Zeit war, sich für ihre Wechselschicht fertig zu machen. Sie konnte nachts nicht mehr gut einschlafen, weil sie immer an Mack und das alles denken musste. Außerdem, was konnte sie schon machen, wenn sie aufstand? Nach Lesen war ihr in letzter Zeit nicht zumute gewesen.

Heute jedoch hob sie die Zeitung auf, kaum dass der Bote sie gebracht hatte. Anstatt sie aufzuschlagen und nach Pfannkuchenwettkämpfen oder Wohltätigkeitsessen zu suchen, fuhr sie mit einem Finger über die Rubrik mit den Stellenanzeigen.

Sie hatte länger darüber nachdenken müssen, aber schließlich hatte Ginny beschlossen, dass Lew recht hatte. Immerhin würde der Buchclub bald aufhören, was sie Louise zu verdanken hatten, und je heißer es in der Gießerei wurde, desto öfter dachte sie an die Morgenstunden zurück, die sie mit Pa auf der *Lady Luck* verbracht hatte, ohne Werksirene und Mitternachtsschichten und öde Arbeit.

Ein Tapetenwechsel, etwas Neues. Das brauchte sie, damit sie vergessen und nach vorne blicken konnte.

FASS MIT AN UND HILF! verkündete eine Anzeige in dicken Buchstaben.

> *Der Mangel an Farmarbeitern bedeutet, dass unsere Ernte nicht eingefahren werden kann – jedenfalls nicht ohne Sie! Frauen willkommen. Körperliche Gesundheit und Bereitschaft zu anstrengender Arbeit Voraussetzung, September bis November. Gute Bezahlung, Unterkunft wird gestellt.*

Das klang doch vielversprechend. Ginny malte einen Kringel um die Anzeige und die Nummer, die man anrufen sollte. Es war zwar keine Hummerfischerei, aber es war bestimmt besser, als den ganzen Tag drinnen zu hocken. Sie konnte das Unkrautjäten in Louises Garten als Erfahrung verkaufen, wenn sie nicht erwähnte, dass sie dabei die meiste Zeit Freddy und Gio Bücher vorgelesen hatte.

Sie hatte gerade gelesen, dass eine Stenotypistin gesucht wurde, als ein Klopfen ihren Bleistift mitten in der Luft erstarren ließ.

Noch ein Telegramm?

Vielleicht stand ja in diesem, dass sie die Erkennungsmarken verwechselt hatten und Mack in Wirklichkeit am Leben war und sich irgendwo in einem Feldlazarett erholte und die Krankenschwestern mit seinen Abenteuergeschichten bezirzte.

Oder vielleicht war es die Nachricht, dass ihre Mutter wieder auf die schiefe Bahn geraten war und Geld für ihre Kaution brauchte, oder Pa hatte einen Unfall auf einer Baustelle gehabt oder einer der Jungs war auf die Straße gerannt, weil Ginny nicht da war, um auf sie aufzupassen …

Hör auf. Sie stand auf und der alte Fußboden knarrte, als sie einen zögerlichen Schritt in Richtung Tür machte. Wahrscheinlich nur die Vermieterin, die kam, um die Miete für diese Woche zu kassieren.

Aber stattdessen sah sie, dass Freddy Keats vor der Tür stand, eine Papiertüte in der Hand und nach der Gartenarbeit frisch gewaschen. Der Teil von ihr, der grinsen und ihn reinbitten wollte, kollidierte mit dem Teil, der ihm am liebsten die Tür vor der Nase zugeschlagen und abgeschlossen hätte, also stand sie einfach nur da und überlegte, was los war.

»Ich bringe Grüße vom Buchclub mit«, sagte Freddy mit einer Verbeugung. »Und auch Beileidswünsche, aber ich dachte, dabei willst du dich sicher nicht lange aufhalten.«

Wenigstens war er so schlau, das zu erraten. »Okay. Danke.«

»Die anderen machen sich Sorgen um dich, musst du wissen.« Seine Stimme war freundlich, wie immer, also konnte sie nicht sagen, dass sie niemanden sehen wollte und er besser ging.

Stattdessen schlang sie die Arme um ihre Taille und versuchte, sich keine Gedanken über ihre ungepflegten Haare und den Stapel von schmutzigem Geschirr zu machen, der hinter ihr zu sehen war. Wenn sie gewusst hätte, dass sie Besuch bekommen würde, hätte sie wenigstens ein bisschen aufgeräumt. »Haben sie dich geschickt?«

»Nee, ich bin ganz freiwillig hier.« Er hielt die Tüte hoch, die an einer Ecke Fettflecken hatte. »Das Shortbread habe ich aber nicht gebacken. Das war Avis, wenn das hilft.«

Es half, aber als sie die Hand nach der Tüte ausstreckte, zog Freddy sie weg, so wie er Jeeves vielleicht mit einem Knochen neckte. »Hast du Lust auf einen Spaziergang über die Klippen?«

Das klang verdächtig. »Ist das eine Erpressung?«

»Auf jeden Fall.«

Sie überlegte einen Augenblick. Es wäre deutlich einfacher gewesen, wenn Freddy ihr die Plätzchen gebracht hätte und wieder abgehauen wäre. Andererseits würde der Buchclub dann nur jemand anderen schicken, wenn sie nicht den Beweis lieferte, dass es ihr gut ging.

Und war sie nicht diejenige, die immer zu Avis sagte, sie solle rausgehen, bevor der Winter anfing? Jeder, der in Maine geboren war, wusste das. »Na gut«, murrte sie und nahm ihr Lieblingstuch von dem Stapel neben der Tür, damit der Wind ihr nicht die Haare ins Gesicht wehte. »Aber ich habe nicht viel Zeit.«

Sie verließen die Stadt und gingen stille Straßen entlang, jetzt, wo die Sommergäste für dieses Jahr abgereist waren und verblasste Schilder mit Werbung für Fotoentwicklung und Eiscreme zurückgelassen hatten.

Erstaunlicherweise fragte Freddy sie gar nicht, wie es ihr ging, und er versprach auch nicht, dass Mack jetzt an einem besseren Ort war oder so was. Dafür hatte Ginny sich gewappnet, aber nicht für einen langen Spaziergang im Wind, bis hin zu den Klippen, die fünf Meter tief zum Meer hin abfielen.

Die Einheimischen, hatte sie gelernt, nannten dies den Klippenweg, als gäbe es nur den einen. Die Giebel von Windward Hall ragten in fünfzehn Meter Entfernung in den Himmel, teils verborgen hinter struppigen Baumgruppen aus Zedern und Tannen.

Freddy blieb stehen und trat an den Rand der Klippe, wo er sich hinsetzte und die Beine vor den glatten, fleckig grauen und vom Wind abgeschliffenen Gesteinsschichten baumeln ließ.

Okay. So einfach würde sie sich einem einäugigen Veteranen nicht geschlagen geben. Ginny setzte sich neben ihn und ignorierte das leichte Schwindelgefühl, als sie auf die Felsen unter ihnen hinunterblickte, die von der Gischt umspült wurden. Damals auf der Insel hatten sie viele Bäume gehabt, drei Sandstrände und sogar Felsen, von denen aus man Wale beobachten konnte – aber sie alle waren flach und ebenerdig gewesen, so hatte Gott sie geschaffen, nach seinem Willen. »Das geht ganz schön tief runter.«

Freddy nickte und zeigte auf den Strand. »Da drüben sind wir uns zum ersten Mal begegnet, als ich mit Jeeves Gassi gegangen bin.«

»Hättest ihn mitbringen sollen.« Wenigstens hätten sie dann etwas gehabt, worüber sie reden konnten. »Ich habe gehört, Hunde sollen bei Trauer helfen. Dann könntest du mich von deiner Liste streichen und mich in Ruhe lassen.«

»Hey.« Er runzelte die Stirn. »Wie redest du denn, Ginny? Ich bin hier, weil wir uns nur vergewissern wollen, dass du klarkommst.«

Also doch. Er hatte nur so lange gewartet, bis sie weit genug vom Haus entfernt waren. Jetzt konnte sie sich nicht mehr so einfach in ihre vier Wände verkrümeln, dazu war die Entfernung zu groß. »Mir geht es gut.«

»Delphie hat gesagt, dass du das sagen würdest. Aber sie hat auch gesagt, dass ich dir nicht glauben soll.«

Ganz schön schlau, die Alte. Vielleicht ging es Ginny nicht wirklich gut, aber daran konnte Freddy auch nichts ändern. »Manchmal muss man einfach eine Weile allein sein, wenn … wenn man jemanden verloren hat.«

»Da hast du recht. Das habe ich selbst auch schon gemacht.«

Zum ersten Mal war Ginny froh, dass sie ausgerechnet Freddy geschickt hatten, auch wenn sie immer noch skeptisch war, was seine Vergangenheit betraf. Er wusste besser als die anderen, wie ungerecht eine Beerdigung ohne eine Leiche war. Und wie schwer es war, um jemanden zu trauern, wenn da keiner war, dem man die Schuld geben konnte.

»Aber es ist schon eine Weile her und wir hatten das Gefühl, dass du uns auf Distanz hältst. Wir alle.«

Es war ja nicht so, dass sie von langer Hand geplant hätte, nicht mehr zum Buchclub zu kommen. Sie hatte sich nur nicht aufraffen können, als es schließlich Samstag war, weil ihr alles zu viel war. »Was macht das schon? Ich habe doch gleich gesagt, dass ich nicht lange hierbleiben werde.«

Er zuckte mit den Schultern. »Was hat das denn damit zu tun? Ich will auch nach der Ernte zu meiner Familie zurück, aber ich igle mich deswegen nicht ein und tue so, als wäre mir das alles nicht wichtig, nur damit mir hinterher der Abschied nicht so schwerfällt.«

Jetzt stellte er sich aber wirklich an. »Das mache ich ja auch gar nicht. Es ist nur … das hier ist nicht mein Zuhause.«

»Das muss es doch auch gar nicht sein. Wichtig ist, dass es *hier* ist.« Freddy lehnte sich zurück und stützte die Hände auf den Fels auf, während er zusah, wie die Wellen unter ihnen ans Ufer schlugen. »Wenn man's genau nimmt, sind wir alle nur auf der Durchreise und steigen in dieser Welt so schnell ein und aus wie ein Passagier in einem Zug, der zu seinem endgültigen Ziel unterwegs ist. Bis dahin kann man sich genauso gut auch mit den Mitreisenden anfreunden. Denn ob es dir passt oder nicht, Ginny, du brauchst uns. Und wir brauchen dich.«

Ginny starrte den jungen Piloten an, der immer noch aufs Meer hinausstarrte.

Wenn er das sagte, klang es so einfach. Als wäre ein »Leb wohl« nur ein »Bis bald«, so als könnte man ein Stück seines Herzens weggeben wie ein Bonbon, das man seinem Sitznachbarn anbot. So als würde es nicht wehtun, wenn man sie verließ oder sie einen verließen, wenn Menschen einen anlogen oder einem die kalte Schulter zeigten oder von einem gingen und im Pazifik getötet wurden.

Als hätte er ihre Gedanken gelesen, fügte Freddy hinzu: »›Wenn man echt ist, ist man verletzlich.‹«

Das hatte sie doch schon mal gehört …

Rosas Buch, das mit dem Plüschkaninchen. Das erste Buchclubtreffen, das sie verpasst hatte, als sie durch das Telegramm von Mack erfahren hatte.

Ginny seufzte. »Wir leben nicht in einem Bilderbuch, Freddy. Hier gibt es keine Feen, die durch Zauberkraft alles wieder in Ordnung bringen.«

Er setzte eine beleidigte Miene auf. »Soso, wofür hast du mich denn sonst gehalten?«

Das Lachen platzte ohne Vorwarnung aus ihr heraus, als sie sich das ausmalte. »Vor allem für jemanden, der mir auf die Nerven geht.« Sie warf einen Kiesel und sah zu, wie er den schrägen Abhang hinunterrutschte. »Aber was kümmert es dich überhaupt?«

Er antwortete nicht sofort, sodass sie genug Zeit hatte, ein schlechtes Gewissen zu haben, weil sie so schroff geklungen hatte. »Wahrscheinlich sollte ich mir nichts daraus machen. Aber das tue ich nun mal.«

Ginny rutschte von der Kante zurück und setzte sich auf ihre Beine. Es war fast so, als würde ihr Bruder Lew mit finsterer Miene hinter ihr stehen, obwohl sie ganz genau wusste, dass er meilenweit entfernt war. »Sobald die Ernte vorbei ist und du weiterziehst, vergisst du mich wieder ganz schnell.«

»Oh, das bezweifle ich.« Als sie nicht antwortete und auch sein Lächeln nicht erwiderte, hustete er und nahm die Papiertüte zur Hand, die er neben sich gelegt hatte. »Zeit für die Plätzchen, würde ich sagen. Die sind von unserem letzten Buchclubtreffen übrig. Sollen eigentlich wie Goldtaler von der *Schatzinsel* aussehen. Avis wird immer kreativer.«

Ginny nahm den Keks an, nicht aber das Kompliment. Es fühlte sich irgendwie falsch an, wie er mit ihr flirtete, wo Mack doch erst ein paar Wochen tot war.

Und, was noch schlimmer war – was war, wenn Lew recht hatte und Freddy oder die anderen versuchten, sie zum Bleiben zu überreden … oder wenn sie vielleicht sogar hierbleiben wollte?

Sie musste auf die Insel zurück. Die Leute dort hatten schon genug verloren.

Freddy sprach erst weiter, als sie in das Plätzchen gebissen hatte, während er die Hand hob, sich den Nacken rieb und tief Luft holte. »Es gibt übrigens noch einen Grund, warum ich heute nach dir sehen wollte. Weißt du, was ich dir beim Feuerwehrfest erzählt habe, stimmt, aber es ist nicht die ganze Wahrheit.«

»Ha!«, platzte Ginny los, sodass die Plätzchenkrümel flogen. »Wusste ich's doch!« Ihre Gedanken überschlugen sich, während sie die verschiedenen Theorien durchging, die sie in ihrer Trauer völlig verdrängt hatte. »Dann bist du also ein Spion für die fünfte Kolonne oder die Kommunisten?«

»Du machst es mir wirklich nicht leicht.« Sein Seufzen war lang und tief. »Ich hatte ein Ziel, als ich nach Windward Hall gekommen bin. Ich wollte Louise kennenlernen – ich meine, Miss Cavendish.«

»Weil sie so reich ist?« Gab er tatsächlich zu, dass er irgendeinen Betrug geplant hatte?

Aber seine nächsten Worte brachten Ginny so aus dem Gleichgewicht, dass ein kräftiger Windstoß genügt hätte, um sie über den Rand der Klippe zu wehen: »Weil sie meine Mutter ist.«

Auch wenn sie ihn noch so lange anstarrte – Freddy machte

keine Anstalten zu lachen oder zuzugeben, dass es ein Witz war. »Deine …«

Jetzt ergab plötzlich alles einen Sinn. Nicht nur das, was Freddy betraf, sondern auch Louise, dass sie Liebesgeschichten hasste und sich immer sozial engagierte, so als müsste sie irgendetwas wiedergutmachen.

Aus irgendeinem Grund war das Erste, was sie sagte: »Ist Freddy dein richtiger Name?«

»Mein zweiter Vorname, aber alle nennen mich so. Samuel Frederick Powell. Ich habe den Nachnamen geändert und mich nach einem Dichter benannt, den ich mag, für den Fall, dass Louise den Namen meiner Eltern erfahren hat – also der Leute, bei denen ich aufgewachsen bin.«

Ginny beugte sich eifrig vor. »Was hat sie denn gesagt, als du es ihr erzählt hast?« Louise wirkte nicht wie jemand, der in Ohnmacht fiel, aber wenn etwas eine alte Jungfer umhauen würde, dann diese Neuigkeit.

»Ich habe ihr … also genau genommen … noch nichts gesagt.«

»Was?« Ginny starrte Freddy voller Empörung an, während er seine Fingernägel einer genauen Inspektion unterzog.

»Ich wollte es ihr gleich am ersten Abend sagen, als ich an ihre Tür geklopft habe.« Er zuckte hilflos mit den Schultern. »Aber … du kennst sie ja. Sie hat mich ganz steif begrüßt und die Unterhaltung war von Anfang an ein Vorstellungsgespräch. Ich hatte das Gefühl, wenn ich ihr die Wahrheit sage, würde sie … also …«

»Dir Zementschuhe verpassen und dich im Meer versenken?«

Freddy lachte auf. »Das nicht, aber vielleicht alles abstreiten und sagen, ich solle verschwinden. Und das durfte ich nicht zulassen, nachdem ich so lange über sie und meinen Vater nachgedacht habe. Ich dachte, vielleicht wäre es besser, wenn ich sie zuerst kennenlerne.«

Das ergab durchaus Sinn, obwohl Ginny wusste, dass sie an seiner Stelle keine fünf Sekunden durchgehalten hätte, ohne damit herauszuplatzen. »Und erzählst du es ihr jetzt?«

»Also …«

»Freddy«, sagte sie streng. »Das musst du. Deiner eigenen Mutter!«

»Ich habe Angst, dass sie wütend wird oder mich rauswirft. Sie kann Lügen nicht ausstehen – oder überhaupt irgendwelche Sünden.«

So wie Ginny es sah, würde jemand, der ein uneheliches Kind bekommen hatte, deswegen nicht allzu kleinlich sein, aber bei Louise wusste man nie.

»Jetzt sei kein Feigling. Jeder wäre doch stolz darauf, einen Sohn wie dich zu haben.«

»Mein Vater aber nicht, wie es aussieht. Sein Name stand nicht mal auf der Geburtsurkunde.«

Wenn das keine Überraschung war! Louise Cavendish, Teil einer verbotenen Liebe. Das war besser als jedes Hollywood-Drama. »Sie muss es trotzdem erfahren. Und zwar bald.«

»Ich weiß.« Auf Freddys Gesicht erschien das vertraute Grinsen, das Ginny so verdächtig gefunden hatte. »Wenn ich verspreche, Louise die Wahrheit zu sagen, versprichst du mir dann, wieder zum Buchclub zu kommen?«

Oh, er war ein kluges Kerlchen, dieser Freddy. Ginny nahm sich noch einen Keks und überlegte. »Kommt drauf an. Was lest ihr diesmal?«

»Wir fangen gerade mit *Das verräterische Herz* von Edgar Allan Poe an. Ich bin ziemlich sicher, dass er nicht alle Tassen im Schrank hatte, wenn du verstehst. Du wirst die Geschichte mögen.« Ginny schnaubte, weil sie nicht sicher war, ob es als Kompliment gemeint war oder als Beleidigung, bis Freddy grinste. »Sie ist schön kurz.«

Kurz war gut. Davon könnte Shakespeare sich mal eine Scheibe abschneiden.

Und was schadete es eigentlich, wenn sie zum Buchclub zurückging? Mack würde dadurch nicht wieder lebendig werden, das Problem mit ihren Eltern löste es genauso wenig und es würde auch nicht ihr Bankkonto füllen. Aber vielleicht war es besser, als allein zu sein.

»Wenn das so ist, fange ich besser an zu lesen.«

Auf dem Rückweg stellte sie ihm weitere Fragen – ja, der falsche Name war der Grund, weswegen er ihr seinen Ausweis nicht hatte zeigen wollen; nein, die Augenklappe war keine Verkleidung.

»Und was ist mit deinen Eltern? Wissen sie, warum du hier bist?«

»Sch!«, schnitt Freddy ihr das Wort ab, während sie die Treppe zu Ginnys Wohnung hinaufgingen. »Lass uns später da- rüber reden.«

»Warum?«

Aber als er die Tür öffnete, verstand sie. In ihrer Wohnung waren Leute. Die sich benahmen, als wären sie dort zu Hause, als gehörte ihnen das Haus.

Avis blickte schuldbewusst von der vollen Kehrschaufel auf und sprach als Erste. »Wir räumen nur ein bisschen auf.« Mrs Whitson versuchte nicht einmal, ihr Lächeln zu verbergen, und strich weiter die zerknitterten Pullover in Ginnys Wäschekorb glatt.

»Das heißt«, sagte Ginny und drehte sich zu Freddy um, der kein bisschen schuldbewusst wirkte, »das Ganze war eine Falle.«

»Nur ein bisschen«, widersprach er. »Ich wollte wirklich mit dir reden.«

»Das ist Hausfriedensbruch, das wisst ihr, oder?«, protestierte sie.

»Die Tür war nicht abgeschlossen«, kam Delphies Stimme aus der Küche. »Also keine Straftat.«

Ginny stapfte zu der korpulenten alten Frau, die sich eine karierte Schürze wie einen Munitionsgürtel umgebunden hatte und mit einem Holzlöffel in einem Topf rührte, in dem etwas Heißes und Appetitliches köchelte.

»Gut, dass wir daran gedacht haben, Essen mitzubringen. Du

liebe Güte, Mädchen, da haben ja die Leute in den Elendsvierteln besser ausgestattete Speisekammern!« Delphie zeigte auf den offenen Schrank. »*C'est pas vrai!* Ist das … Schinken in Dosen?«

»Es geht Sie überhaupt nichts an, was ich esse.« Also wirklich! Sollten alte Frauen nicht voller Katzenhaare sein und Pfefferminztee und Küsschen verteilen?

Wenn, dann hatte Delphie eindeutig beschlossen, links abzubiegen, wo alle anderen nach rechts gingen. »Das werden wir ja sehen, sagte sie schnippisch. »Und jetzt setz dich, nimm die Ellbogen vom Tisch und iss.«

Avis warf Ginny einen entschuldigenden Blick zu, aber Freddy schob ihr einen Stuhl hin, auf den Ginny sich fallen ließ. Als Delphie die Fischsuppe in den Teller füllte, in der Sahne und Gemüse und Krabben schwammen, lief Ginny unwillkürlich das Wasser im Mund zusammen. Und während Mrs Whitson ein Dankgebet für das improvisierte Festmahl sprach, war es, als würde Gott doch zuhören.

Ginny war noch immer nicht sicher, dass diese Leute sie brauchten, wie Freddy es gesagt hatte. Aber … na gut, vielleicht brauchte Ginny sie. Zumindest ein bisschen.

Russell an Avis

27. August 1942

Liebe Avis,
heute muss ich immerzu an das denken, was unser englischer Freund während der Ausbildung gesagt hat: »Das ist das Problem mit euch Amerikanern. Wir haben schon 1939 gelernt, dass Unabhängigkeit keine Tugend ist. Nicht auf See.«
Dann hat er uns finster angesehen und wir haben uns alle

geduckt, weil wir dachten, wir hätten etwas falsch gemacht, aber wie sich herausstellte, richtete sein Zorn sich auf etwas ganz anderes. »Das versuche ich eurer Navy schon die ganze Zeit klarzumachen, aber sie scheinen wild entschlossen, eure ganze Handelsmarine in Stücke reißen zu lassen, bevor sie auf mich hören. Eskorten, Konvois, Stärke in der Übermacht – das sind die Strategien, die funktionieren. Wir müssen zusammenhalten. Der Krieg ist nicht der richtige Zeitpunkt für Alleingänge.«

Er war ein bisschen sauer, weil Admiral Ernest King nichts davon hielt, den Rat eines Engländers anzunehmen. Aber wir haben auf ihn gehört – wir, ein zusammengewürfelter Haufen mit einer beschlagnahmten Jacht – und wir haben seither zusammengehalten. Ich habe noch nie so sehr das Gefühl gehabt, am richtigen Ort zu sein. Nicht in meiner Familie, nicht im College oder bei der Bank. Hier gehöre ich zur Mannschaft. Meine Seemannskollegen – Stephen, Lester, sogar Captain Sherman – sind jetzt wie Brüder.

Vielleicht fragst du dich, warum ich dir das alles erzähle. Gestern haben sie verkündet, dass wir die Möglichkeit haben, unseren Dienst um sechs Monate zu verlängern, also bis April. Und das will ich tun. Ich würde trotzdem über Weihnachten zu Hause sein, aber Hitler wird sich mit seinen Männern nicht zurückziehen, wenn es kalt wird. Jemand muss sie aufhalten.

Hör zu, Avis, wahrscheinlich war es schrecklich von mir zu gehen, obwohl ich wusste, dass es für dich so schlimm war, aber ich dachte, du gewöhnst dich vielleicht an den Gedanken, dass ich unter die Soldaten gegangen bin. Deshalb habe ich dir auch geschrieben, was genau wir hier machen, damit du siehst, dass es wichtig ist.

Aber ich habe noch nichts zugesagt und diesmal müssen wir darüber reden, wie Eheleute es tun sollten.

Als ich die Situation erklärt habe, hat der Captain mir Ur-

laub gegeben. Ich werde also zehn Tage zu Hause sein, und zwar komme ich am 1. September mit dem Zug um 17 Uhr an. Ich weiß, dass das plötzlich kommt und viel zu bedenken ist. Aber wir können zusammen darüber nachdenken.

Dein erwartungsvoller
Russell

Anthony an Avis

9. August 1942

Hallo Schwesterherz,
ich habe gerade deinen Brief von vor ein paar Wochen bekommen – wahrscheinlich dürfen wir nicht erwarten, dass ein Land, das ganze zwei Jahre gebraucht hat, um in den Krieg einzutreten, besonders schnell ist. Ich wünschte, du hättest mir früher von der Schließung der Bücherei erzählt, Schwesterherz. Das ist hart.
Hör mal, es sieht vielleicht schlecht aus, aber gib nicht auf. Ich kenne dich – du bist eine wunderbare Mischung aus pragmatisch, klug, fleißig und dazu noch stur. Das hat den guten alten Russell ja damals so fasziniert. Ich habe dir das nie erzählt, aber wie es sich für einen großen Bruder gehört, habe ich ihm ordentlich die Leviten gelesen, nachdem er dich zum ersten Mal ins Kino eingeladen hatte. Er hat die üblichen kitschigen Sachen über deine schönen Augen und dein Lächeln gesagt, aber dann hat er hinzugefügt: »Ich bin noch nie einem Mädchen wie Avis begegnet.« Nur deshalb habe ich bei dem »Rede jetzt oder schweige für immer«-Teil eurer Hochzeit nichts gesagt.
Damit will ich sagen, dass wir beide eine Klassefrau mit einem klugen Kopf auf den Schultern erkennen, wenn wir sie sehen. Was du brauchst, ist ein bisschen mehr Mumm. Und

dafür bin ich ja da, um dich daran zu erinnern, dass man etwas, das man liebt, nicht kampflos aufgibt.
Aber wenn du dein Bestes gibst und es trotzdem nicht klappt, dann ist das in Ordnung. Wirklich. Menschen finden die Geschichten, die sie brauchen, genau dann, wenn sie sie brauchen. Das tun sie immer – auch du.
Unterm Strich will ich sagen: Ich bin stolz auf dich, Schwesterherz. Und werde es immer sein.

Von jenseits des Atlantiks feuert dich an dein
Anthony

Notiz an der Tür der Cavendish-Bibliothek am 1. September 1942

Die Bücherei ist bis auf Weiteres
wegen eines familiären Notfalls geschlossen.
Wir entschuldigen uns für die Unannehmlichkeiten.

32

Avis
1. September

Avis war mit ihrem hektischen Staubsaugen des Flures erst halb fertig, als sie die Wohnungstür zuschlagen hörte.

Russell war wieder da.

Avis holte tief Luft und rieb über die Anstecknadel von Old Orchard Beach, die sie sich angesteckt hatte. »Hallo, Liebling«, rief sie und stellte den Staubsauger ab. »Ich bin gleich bei dir.« Sie warf ihren geblümten Hausmantel über, band sich den Gürtel um und eilte ins Wohnzimmer.

Da stand er, braun gebrannt, in einem kurzen, wetterfesten braunen Mantel mit schmutzigen Manschetten und mit einem kleinen Koffer zu seinen Füßen. Müde von der langen Reise und der Zeit auf See, aber so attraktiv wie eh und je.

Avis lächelte zögernd. »Na, du hast aber nicht viele Sachen eingepackt.«

»Nach zwei Monaten bin ich daran gewöhnt, mit leichtem Gepäck zu reisen.«

Ein Moment der Verlegenheit folgte und Avis errötete, als Russell sie zu mustern schien. Sie war froh, dass sie Lippenstift aufgelegt hatte, bevor sie sich ans Staubsaugen gemacht hatte. »Wie war die Zugfahrt?«

»Die Bahn war wie immer voll mit Soldaten.« Aber diesmal lag nicht der leiseste Anflug von Bitterkeit in seiner Stimme, als er seine Brüder erwähnte, die man zur Armee eingezogen hatte. »Ich hatte allerdings gehofft, du würdest mich abholen.«

»Ich bin seit Monaten nicht mehr mit dem Auto gefahren, Liebling. Diesel sparen und so.« Außerdem hatte sie das Abendessen gekocht, das Haus geputzt und so kurzfristig trotzdem nur die Hälfte geschafft …

Aber obwohl sie nicht zum Staubwischen gekommen war und die Fenster schmutzig waren, sah Russell sich anerkennend um. »Schön, wieder hier zu sein. Die Quartiere, in denen wir untergebracht sind, wenn wir an Land gehen, sind die reinsten Junggesellenbuden.«

Einen Moment lang standen sie da und starrten sich an und Avis glaubte zu wissen, was Russell dachte. So vieles war unausgesprochen. Und es gab so viele schwierige Fragen, mit denen sie sich jetzt auseinandersetzen mussten. Diesmal konnten sie nicht weglaufen.

»Willkommen zu Hause, Liebling«, sagte sie und ging auf ihn zu, um ihn kurz zu umarmen. »Es ist so schön, dich zu sehen … auch wenn du nicht lange bleiben kannst.«

Das schien Russell unangenehm zu sein, denn er wippte auf den Fußballen auf und ab. »Dann hast du meinen Brief bekommen? Über die Verlängerung?«

»Ja, das habe ich.«

»Und du hast wahrscheinlich schon entschieden, oder?« Er sagte es mit einer so resignierten Stimme, dass Avis die nächsten Worte fast im Halse stecken blieben.

Es war eine schreckliche Idee gewesen. Er würde sie für einen Dummkopf halten. Und dann würden sie sich wieder streiten. Es war zu lange her und sie waren zu lange getrennt gewesen, als dass irgendetwas davon noch eine Rolle spielen könnte.

Aber durch den Lärm der Angst und Einsamkeit drangen die Worte aus Anthonys Brief so deutlich, dass sie fast hören konnte, wie er sie in ungeduldiger Großer-Bruder-Manier aussprach: *»Sag dem Mann, was du denkst. Vermutlich hat er nicht die geringste Ahnung.«*

»Ich wollte sagen, dass es mir leidtut.« Als sie die Überraschung in Russells Gesicht sah, hätte sie beinahe an dieser Stelle aufgehört, aber sie ließ die Worte sprudeln, ohne sich zu vergewissern, dass sie sich an die Ratschläge aus irgendeiner nutzlosen Zeitschriftenkolumne hielten. »Dass ich nicht ehrlich zu dir war. Dass ich alles, was wichtig ist, verdrängt und mich in Zeitschriften und Arbeit und … und Hackbraten vergraben habe, während ich so getan habe, als ginge es dir gut, obwohl ich sehen konnte, dass du gelitten hast. Und dass ich dich mit meinem Vater verglichen habe und dass … dass ich so selbstsüchtig bin.«

Russell starrte sie an, als wäre er nicht sicher, woher diese Flut an Wörtern kam, von der er nicht wusste, wie er damit umgehen sollte.

Diese Dinge sagten sie einem in all den Romanen über Heldinnen und ihre klugen Reden nicht: dass der schwierigste Augenblick erst noch kam, voller Ängste, die in der Stille nach einem wirklich ehrlichen Geständnis nachhallten.

Als ihr Mann endlich den Mund aufmachte, waren seine Worte nachdenklich. »Also, ich – ich danke dir, Avis. Für alles, was du gesagt hast. Ich wasche mich nur kurz, während ich das sacken lasse. Und dann reden wir.«

Er wandte sich dem Badezimmer zu und Avis erstarrte, bevor sie auf ihn zueilte. Sie hatte keine Zeit gehabt, ihm zu sagen …

»Geh nicht da rein!« Sie schloss die Augen und wünschte, der Erdboden würde sich auftun.

Seine Hand erstarrte auf dem Türknauf, als erwartete er eine Art Minenfeld. »Warum nicht?«

»Weil die Badewanne voller Sand ist.« Ausgeliehen von der Bücherei, an deren Eingang vier Milcheimer standen, die – dem Himmel sei Dank – nicht zum Kampf gegen Brandbomben hatten benutzt werden müssen, seit Gio und Rosa sie dort abgestellt hatten.

»*Was* ist in der Badewanne?«

»Und ein Hummer im Waschbecken.« Russell starrte sie noch immer an und Avis fühlte sich ganz elend, als sie kleinlaut ergänzte: »Er heißt Long John Silver.«

Die Schockstarre, in die Russel verfiel, dauerte nur kurz, dann öffnete er die Badezimmertür. Mit einer Schnur hatte Avis den Türgriff mit der Nadel des Plattenspielers verbunden und so ertönten – wie geplant – mit dem Öffnen der Tür die ersten Klänge von »*Moonlight Serenade*«.

Während sie ihrem Mann über die Schulter sah, erkannte Avis, wie das ganze peinliche Spektakel auf ihn wirken musste. Auf dem Boden hatte sie eine dünne Schicht Sand verteilt, an einigen Stellen schimmerte die braune Plane darunter durch. In die Mitte hatte sie eine große Muschel gelegt. Der Plattenspieler auf dem Fußboden bekam gelegentlich einen Wasserspritzer vom Waschbecken ab, in dem der Hummer, der auf den Namen Long John Silver getauft war, verweilte und herauszuklettern versuchte. Und der Schleier von Avis' Brautkleid hing über dem Fenster, wo die hellrosa Rosen am Kranz mit dem Grün der Wände kollidierten.

»Ich verstehe nicht.«

Avis band den Gürtel ihres Hausmantels los und ließ ihn zu Boden fallen, sodass sie im knallroten Badeanzug vor ihm stand, den sie sich für ihre Flitterwochen gekauft hatte – und der seitdem ungetragen im Schrank lag. Auch wenn nur zwei Jahre vergangen waren, spannte er ein wenig um ihren Bauch und der gewagt kurze ausgestellte Rock offenbarte Oberschenkel, die kräftiger geworden waren. Aber vielleicht würde Russell es ja nicht bemerken bei allem anderen.

»Ich versuche nicht, dich zu manipulieren oder dich zu überreden, dass du die Hooligan-Navy aufgibst, Russ. Ehrlich. Es ist nur so lange her, dass wir glücklich waren, und da dachte ich, wir könnten … auf diese Weise einen glücklichen Augenblick noch mal erleben.«

Die Idee, die ihr so romantisch erschienen war, nachdem sie Russells Brief erhalten hatte, wirkte jetzt nur noch albern auf sie – eher wie Dick und Doof denn wie Rita Hayworth und Fred Astaire.

Russell betrachtete die Szene immer noch ungläubig und wandte sich von dem kleinen, aber lebhaften Hummer, der Wasser auf die Fliesen spritzte, ab und sah Avis an.

»Es tut mir leid. Ich habe dich vermisst und … du warst so lange weg …«

Aber bevor sie weitersprechen konnte, trat Russell zu ihr, mit seinem Geruch nach Schweiß und nasser Wolle und Meer, und hob sanft ihr Kinn an. »Das glaube ich dir, Avis.«

Wirklich?

»Und ich bin es, der selbstsüchtig war, weil ich einfach gegangen bin, obwohl ich eigentlich wusste, dass du es nicht wolltest.«

Avis konnte jetzt nicht aufhören, bevor sie alles gesagt hatte, was sie sich vorgenommen hatte. »Ich will, dass du glücklich bist. Und ich weiß, dass du deine Arbeit bei der Küstenpatrouille liebst. Aber ich muss auch wissen, dass du nach Hause kommst, wenn das alles vorbei ist, und dann auch bleibst – und dass dir das dann genügt. Dass ich dir genüge.«

Sie hatte versucht, sich alle möglichen Szenarien vorzustellen, was Russell darauf antworten könnte. In keinem dieser Szenarien hatte sie vorhergesehen, dass er einen Schritt zurückmachen und sich verbeugen würde.

»Darf ich um diesen Tanz bitten?«

Wie benommen nahm Avis seine Hand und glitt in die vertraute Schrittfolge, während sie darauf wartete, dass er noch etwas sagte. Irgendetwas. Aber das tat er nicht.

Dass er inzwischen Seemannsbeine hatte, machte ihn nicht unbedingt zu einem besseren Tänzer, aber er führte Avis in einem langsamen Walzer, während die Platte die letzte Strophe spielte.

Selbst dann machte Russell keine dramatische Liebeserklärung. Er brachte keine neuen Argumente vor und stellte auch keine Fragen. Er kniete sich nur neben die Badewanne und nahm eine Handvoll von ihrem notdürftigen Strand und ließ ihn zwischen den Fingern hindurchrieseln. »Sand?«

»Das war wirklich albern.«

Diesmal war alle Verwirrung verschwunden, als er zu ihr aufblickte, und stattdessen sah Avis in seinem Gesicht das jungenhafte Lächeln, das damals ihr Herz erobert hatte. »Meinst du, ich sollte die Dusche aufdrehen? Um uns daran zu erinnern, wie wir in diesen schrecklichen Sturm geraten sind?

Avis musste lachen. »Das hatte ich ganz vergessen. Mein ganzes Make-up war verschmiert. Ich war ein einziges Wrack.«

»Du warst trotzdem schön.«

Das unerwartete Kompliment ließ Avis verschämt zu Boden blicken. Russell war wirklich lange fort gewesen, wenn es nicht mehr brauchte, um sie wieder in einen vor Verliebtheit stammelnden Teenager zu verwandeln. »Jetzt brauchen wir nur noch die Postkarte, die ich dir gegeben habe.«

»Meinst du die hier?« Er fischte sein Portemonnaie aus der Hosentasche, kramte zwischen einigen Geldscheinen und holte ein silbernes Herz aus Papier heraus, das etwa die Größe eines Dollars hatte. Als er es umdrehte, sah man, woher es stammte: die Ecke eines Riesenrades und darüber der weiße Text vom Motto der Postkarte: *Wo Liebende sich treffen.*

Bei dem Anblick stockte Avis der Atem. »Du hast die ganze Zeit ein Stück davon behalten?«

Er legte die Hände auf den glatten Stoff ihres Badeanzugs und zog sie an sich, um ihr einen Kuss zu geben. »Man muss sich doch an die Flitterwochen erinnern, oder etwa nicht?«

Das Platschen von Wasser nahm dem Augenblick die Feierlichkeit und Avis und Russell wandten sich beide dem Hummer im Waschbecken zu, der einen Aufstand machte, weil er dazu verdonnert war, Zeuge dieser Szene zu sein. Russell lachte. Wie sie dieses tröstliche Geräusch vermisst hatte! »Ich kann immer noch nicht fassen, dass du das alles hier gemacht hast.«

»Ich hatte Hilfe.«

Und zwar mehr, als sie zu dem Zeitpunkt erwartet oder gewollt hatte. Als sie den Zettel am Eingang der Bücherei gesehen hatten, waren die Mitglieder des Buchclubs gekommen oder hatten angerufen, weil sie sich Sorgen machten. Da sie nur einen Tag Zeit hatte, um ihren Plan in die Tat umzusetzen und ihren Haushalt, den sie monatelang vernachlässigt hatte, wieder auf Vordermann zu bringen, war Avis gezwungen gewesen, ihre Freunde einzuspannen.

Ginny hatte den Hummer besorgt und ihn stolz in einem Eimer Wasser angeschleppt, lebend anstatt tot, wie Avis es erwartet hatte, denn sie bestand darauf, dass er bei lebendigem Leibe gekocht werden musste. Mrs Whitson hatte ihr den Plattenspieler geliehen, Freddy hatte den Rasen gemäht und sogar Hamish hatte sich angeboten, mit Miss Cavendishs Wagen zum Bahnhof zu fahren, um Russell abzuholen. Alle schienen erfreut zu sein, weil sie helfen konnten – außer Delphie natürlich, die Avis aber dennoch einen Korb mit frisch gebackenem Brot in die Hand gedrückt hatte, auf eigenen Wunsch.

Und obwohl in keinem der Bücher, die Avis über die Aufgaben einer Hausfrau im Regal stehen hatte, etwas davon stand, dass man Freunde um Hilfe bitten konnte, war es eigentlich gar nicht so schlimm gewesen.

»Ich dachte, wir könnten unsere Unterhaltung beim Essen fortsetzen.« Falls sie es übers Herz brachte, den armen Long John zu kochen. Ihm einen Namen zu geben, war wirklich ein Fehler gewesen.

»Bei Kerzenlicht?« Russell grinste schelmisch.

»Natürlich. Verdunklungsregeln, weißt du doch«, erwiderte Avis ernst.

»Klar.« Russell schlang wieder die Arme um sie und diesmal legte sie den Kopf auf seine Brust und lauschte seinem Herzschlag. »Ich bin froh, wieder zu Hause zu sein. Bei dir.«

Und als sie sich aus der Umarmung lösten, kam es Avis zum ersten Mal seit Monaten so vor, als wäre der Krieg Tausende von Kilometern entfernt.

33

Martina
4. September

Martina sah zu, wie Gio den Büchereischlüssel in seine Hosentasche steckte und versuchte, ganz geschäftstüchtig zu wirken, obwohl dabei trotzdem ein Anflug seines Zahnlückengrinsens durchkam.

»Aber verlier ihn nicht«, warnte Avis streng und ging voran zu dem Tresen, an dem er gerade gelernt hatte, wie man die Karten in dem Ausleihkasten sortierte.

»Das tu ich nicht. Versprochen.«

»Gut.« Avis nickte mit ihrem perfekt festgesteckten eleganten, dunkelblauen Hut. »Und jetzt sieh mal, ob du die Signatur für die Sachbuchkategorien findest, die wir für die Soldaten-Buchkampagne brauchen.«

Gio machte sich mit mehr Eifer an die Arbeit, als er jemals für seine Schulaufgaben aufgebracht hatte, bemerkte Martina. Sie war an diesem Morgen mit den Kindern zur Bücherei gegangen, um sich zu vergewissern, dass der Job, den Avis in der Bücherei angeboten hatte, echt war und nicht nur eine wohltätige Aktion. Martina hatte gestaunt, als Gio bewies, dass er bereits viele Aufgaben in der Bücherei beherrschte, angefangen vom Einräumen der Bücher bis hin zum Betätigen der Schreibmaschine hinter dem Tresen. Seine jungen Augen sahen mehr, als ihr bewusst gewesen war.

»Er wird sich als Page sehr gut machen«, versicherte Avis ihr. »Mit zwölf Jahren ist er der jüngste, den wir bis jetzt hatten, aber nur knapp.«

Bei der Bezeichnung *Page* musste Martina immer lächeln, weil es so klang, als wäre Gio ein Diener bei Hof, wie sie in Rosas Märchenbüchern vorkamen. »Es wundert mich, dass Miss Cavendish zugestimmt hat.«

»Oh, das hat sie nicht. Gios Lohn kommt von meinem Gehalt.« Martina wollte protestieren, aber Avis schüttelte entschlossen den Kopf. »Sag nichts. Es mag nur für kurze Zeit sein, weil die Bücherei geschlossen wird, aber Miss Cavendish hat mir eine erstaunlich lange Liste mit Aufgaben gegeben und da brauche ich die Hilfe mehr denn je. Gio ist seinen Lohn wert.«

Sie summte eine fröhliche Melodie und bewegte sich tanzend durch die Bücherei. Dazu schwang sie ihren karierten Glockenrock. Von einem der Wagen nahm sie einen Bücherstapel, der ihr fast bis zum Kinn reichte. Als Martina ihr gesagt hatte, der neue Lippenstift stehe Avis gut, hatte diese zugegeben, dass sie sich heute besonders viel Mühe gegeben hatte, weil ihr Mann eine Woche lang auf Heimaturlaub war.

»Und jetzt«, sagte sie, während sie mit den Büchern auf Martina zukam und nur ihr Kopf darüber zu sehen war, »wäre ich froh, wenn du mir bei einer Besorgung helfen könntest.«

Martina sah sich in der Bücherei um, in der nur wenige Besucher zwischen den Regalen zu sehen waren, darunter auch Rosa, die wie immer in der Kinderbuchabteilung untergetaucht war. »Bist du dir sicher, dass wir ihn allein lassen sollten?«

»Wir müssen nur ein paar Häuser weiter. Dauert nicht lange. Und Gio kommt schon klar, nicht wahr, Gio?«

Er salutierte regelrecht – Martina wusste nicht, ob er damit seinen Vater oder Freddy nachahmte –, bevor er sich wieder entspannte. »Ja, Ma'am.«

»Natürlich schafft er das«, stimmte Martina zu und sah die stolzgeschwellte Brust ihres Sohnes, als sie ihn so lobte. Vielleicht würde er ja trotz ihrer Fehler und ihres Versagens als Mutter zur richtigen Sorte Mann heranwachsen.

Avis klemmte sich den halben Bücherstapel unter den Arm. »Wir müssen eine Speziallieferung zu Danny Maloney bringen.«

Martina betrachtete den ansehnlichen Stapel Bücher. Es waren allesamt Biografien über Menschen, die als Missionare in der ganzen Welt unterwegs gewesen waren. Und die waren alle für den Mann, der beim Buchclub immer wieder aufpassen musste, dass seine Sprache in Anwesenheit der Kinder nicht zu unflätig wurde, und der bei einer Diskussion mit Gio über den Empire-Boxkampf im Halbschwergewicht in London mühelos mithalten konnte.

»Bist du dir sicher? Die scheinen mir nicht … also …« Aber dann verstummten ihre Einwände. So oft war sie schon überrascht gewesen, welche Vorlieben und Meinungen die anderen Buchclubmitglieder hatten. Miss Cavendish liebte komische Literatur aus England, Freddy trug Shakespeare vor wie jemand vom Theater und die liebe Mrs Whitson hatte Martina anvertraut, dass sie als nächste Lektüre *Der seltsame Fall von Dr. Jekyll und Mr Hyde* vorschlagen wollte.

Avis wischte ihre Bedenken mit einem verschmitzten Lächeln beiseite. »Du wirst schon sehen.«

Draußen erinnerte die Mischung aus bewölktem Himmel und kühlem Wind Martina daran, dass der Sommer bald zu Ende war. Am Dienstag fing für die Kinder wieder die Schule an. Einige Bäume hatten bereits rötliche und gelbe Farbtöne angenommen, aber die meisten klammerten sich noch trotzig an ihr grünes Blätterkleid, das sie nicht so einfach aufgeben wollten. Selbst das Pfandleihhaus von Danny Maloney hatte sich der neuen Jahreszeit angepasst, denn im Fenster war ein Pelzmantel zu sehen, der die Passanten anlocken sollte.

Drinnen ließ Mr Maloney zwar die Schultern ein wenig hängen, als er sah, dass sie keine zahlenden Kunden waren, aber er überspielte seine Enttäuschung gekonnt. »Guten Tag, liebe Nachbarinnen! Was kann ich für Sie tun?«

»Eigentlich sind wir hier, weil wir etwas für Sie tun wollen.« Avis legte die Bücher auf den Tresen und gab Martina ein Zeichen, ihren Stapel ebenfalls abzuladen.

Aber Mr Maloney war bereits mit erhobenen Händen zurückgewichen. »Tut mir leid, Ma'am. Ich kaufe keine Bücher, außer vielleicht ab und zu ein mehrbändiges Lexikon. Damit kann man kein Geld machen.«

»Keine Angst, wir wollen sie nicht verkaufen. Wir wollen Ihnen nur welche leihen, die für Sie vielleicht von Interesse sind.« Mit diesen Worten schlug Avis das erste Buch auf und zeigte mit ihrem hübsch manikürten Finger auf eine Zeile in der Mitte der Karte, die hinten im Buch steckte: *Charlotte Maloney*.

Mr Maloney drehte das Buch zu sich und seine Miene blieb so lange unverändert, dass Martina schon fürchtete, es gehe ihm nicht gut. Dann hüpfte sein Adamsapfel, als er schluckte. »Sie haben sie gefunden.«

Avis nickte. »Jeder, der Bücher ausleiht, unterschreibt die Karten und in der Abteilung, von der Sie gesprochen haben, gibt es nicht so viele Bücher. Die mussten wir nur aufschlagen und hinten auf der Liste nachsehen.«

»Und Charlotte hat alle diese Bücher gelesen?« Maloneys Augen glänzten feucht und eine Träne lief ihm über die Wange und tropfte auf seinen Schnurrbart. »Meine Lottie war schon immer schlau.«

Martina kramte in ihrer Handtasche nach einem Taschentuch für ihn – zum Glück fand sie eins, das keine Ölflecken von der Gießerei hatte. Er nahm es dankbar an und putzte sich seine Nase mit Orkanstärke. »Danke«, sagte er und strahlte Avis und Martina an, während er die Bücher an seine Brust drückte, als wäre nie ein größerer Schatz durch seine Ladentür gekommen.

»Sehr gerne.« Avis leuchtete förmlich vor Freude.

»Ich werde sie alle lesen.« Er fuhr mit dem Finger über die Unterschrift seiner Frau und drückte sich dann das Taschentuch vor die Augen. Martina wandte den Blick ab, um ihm einen ungestörten Augenblick zu geben, und betrachtete derweil die Auslagen in den Vitrinen mit ihren ordentlich beschrifteten Preisschildern. Ein Satz Golfschläger hing neben zwei guten Tennisschlägern.

Auch gebrauchte Musikinstrumente in offenen Koffern waren ausgestellt, von einer Violine bis hin zu einem verbeulten Horn. Avis schien sich für einen Stubenwagen mit weißer Spitze zu interessieren.

Martina blieb vor der Porzellanvitrine stehen und musterte die zerbrechlichen Gegenstände darin, darunter auch ein braunes Kaninchen mit zurückgelegten Ohren und rosafarbener Nase. Das würde Rosa gefallen!

Mit einem Mal wurde ihr bewusst, dass jemand direkt hinter ihr stand, obwohl sie keine Schritte gehört hatte. Martina zuckte zusammen und fuhr herum … und lachte dann erleichtert auf. Nur eine Schaufensterpuppe, aber der wadenlange Herrenmantel verlieh der Puppe ein menschliches Aussehen.

Moment mal. Diesen Mantel hatte sie schon einmal gesehen.

»Tut mir leid, dass wir gleich wieder gehen müssen«, sagte Avis gerade zu Mr Maloney, als der aus dem Hinterzimmer zurückkam, um den zweiten Bücherstapel zu holen, »aber die Bücherei ruft.« Sie nickte Martina zu, offensichtlich in der Erwartung, dass sie mitkommen würde.

»Geh schon mal vor. Ich komme gleich.«

Selbst in einer Kleinstadt wie Derby gab es vermutlich Dutzende Mäntel dieser Art. Martina beugte sich ein wenig vor und versuchte, möglichst unauffällig am Kragen des Mantels zu schnuppern. War das wirklich Patricks Rasierwasser oder bildete sie sich das nur ein?

Martina hob den linken Ärmel an. Und da entdeckte sie, kaum sichtbar, den ovalen Brandfleck von der Chesterfield, die Patrick auf der Gasse hinter der Gießerei geraucht hatte.

Er war also wirklich hier gewesen. Der Gedanke beunruhigte Martina. Wenn Patrick so unter finanziellem Druck stand, dass er einen Teil seines sorgfältig kreierten Erscheinungsbildes verkaufte … was führte er dann wohl im Schilde?

»Suchen Sie etwas für den Mann in ihrem Leben?«

Obwohl sie wusste, dass die dröhnende Stimme nur Mr Maloney gehörte, zuckte Martina unwillkürlich zusammen und ließ den Mantelärmel los. Sie zwang sich zu lächeln, als er hinter seinem Tresen hervorkam, einen Anflug von Sorgenfalten auf seinem Gesicht. »Nein, ganz und gar nicht.«

»Ist alles in Ordnung, Mrs Bianchini?«

Dies war ihre Chance. Wenn Patrick etwas von seinem Besitz verkauft hatte, war er ja vielleicht weitergezogen, weil er hier in Derby kein Geld mehr machen konnte. Wenn sie das sicher wüsste … »Der Mann, der Ihnen diesen Mantel verkauft hat … was können Sie mir über ihn sagen?«

Mr Maloney zögerte und zupfte nervös an seinem Kragen. »Nichts für ungut, Ma'am, aber ich rede gewöhnlich nicht über meine Kundschaft.« Er sagte es so, als wären die Menschen, die in sein Pfandleihhaus geschlurft kamen, ebenso würdevoll wie die Kunden einer Parfümerie in einem vornehmen Kaufhaus.

Martina musste ihm einen Grund nennen, gemischt mit so viel Wahrheit wie möglich. »Bitte, ich … ich glaube, ich kenne ihn aus Boston und ich möchte ihm aus dem Weg gehen, wenn er hier in der Stadt ist.«

Ihre Worte und die echte Angst in ihrer Stimme schienen den Ausschlag zu geben. Mr Maloney zeigte zehn, zwanzig Zentimeter über seinem Kopf eine Höhe an. »Ein großer Typ, besser gekleidet als die meisten, die hier reinkommen, aber das ist auch nicht so ungewöhnlich. Braune Haare, Narbe am Kinn, leicht schiefe Nase.« Er zuckte mit den Schultern. »Hilft das?«

Jeglicher Zweifel war sofort verflogen. Obwohl sie selbst es anders ausdrücken würde – Mr Maloney hatte offenbar nicht das Gehabe und die Attraktivität bemerkt, die einer Frau sofort auffallen würden –, klang es nach Patrick, aber eine Beschreibung seines Äußeren würde Martina nicht die Information liefern, die sie brauchte. »Könnte sein.«

Mr Maloney lehnte sich an die Vitrine und runzelte die Stirn. »Ehrlich gesagt, hat mir seine Nase nicht gepasst.« Als Martina ihn fragend ansah, fügte er hinzu. »Ich hab vergessen, dass Sie nicht von hier sind. Das sagt man hier, wenn einem das Aussehen eines Menschen nicht gefällt.«

Dann fuhr er fort: »Sie müssen wissen, dass ich die Leute meist dann sehe, wenn es ihnen nicht gut geht. Sie sind verzweifelt, einsam, stecken in irgendwelchen Schwierigkeiten. Man muss ein bisschen genauer hinsehen, um das Gute im Menschen zu sehen, wenn sie so niedergeschlagen sind.« Seine Augen wanderten zu dem Stapel Biografien hinter ihm auf dem Tresen. »Das habe ich von Charlotte gelernt.«

Bevor ihm wieder die Tränen kommen konnten, fragte Martina schnell: »Was meinen Sie denn mit seinem Aussehen?«

»Bei Typen wie ihm sehe ich mir die Geldscheine immer etwas genauer an, wenn Sie wissen, was ich meine. Und er hat die ganze Zeit versucht, mir mehr Geld aus den Rippen zu leiern. Aalglatt war er, konnte reden.«

Das war eindeutig Patrick. »Hat er Ihnen noch etwas verkauft?«

»Einen Koffer und eine goldene Uhrenkette. Und …« Er ging um die Vitrine herum und zog die Glastür auf, um ein Tablett herauszuholen, auf dem verschiedene Schmuckstücke aufgereiht lagen. Aber es war die schlichte Goldkette, auf die Mr Maloney zeigte, die Martinas Herz beinahe stillstehen ließ.

»Die hier. Hat gesagt, dass da echte Türkise drin sind.«

Martina griff nach dem Kruzifix. Es war bereits durch die Hände mehrerer Generationen gegangen, der Leib Christi, der mit vier kleinen blauen Steinen versehen war, um seine Wunden anzudeuten, war schon fast unkenntlich und es hatte ein Schloss, das sich nur mit Mühe schließen ließ. Martinas Kruzifix.

Sie hatte es Patrick gegeben, als er ihr in der Kirche in Boston aufgelauert hatte, weil sie sonst nichts Wertvolles hatte. Das hatte sie nicht einmal ihrer Mamma gebeichtet, weil sie sich zu sehr wie Judas fühlte, nachdem sie ihren Herrn verraten hatte – nicht für Silber, sondern für das kurzzeitige Versprechen, dass Patrick sie in Ruhe lassen würde.

Hatte er es aus einem Aberglauben heraus so lange behalten? Aus Sentimentalität? Hatte es ihn vielleicht das Beten gelehrt?

»Ich habe eine Juwelierslupe und genügend Erfahrung, um echte Edelsteine von Glas zu unterscheiden«, fuhr Mr Maloney fort, das Kinn immer noch auf das Samttablett gesenkt, sodass er Martinas Reaktion gar nicht bemerkt hatte, »aber mit den ausländischen Türkisen, also … damit habe ich nicht oft zu tun. Als dieser Kerl meinen Preis nicht akzeptieren wollte, habe ich zu ihm gesagt, ich würde das Teil schätzen lassen und dass er in drei Tagen wiederkommen sollte, wenn ich wüsste, was es wert ist.«

Martina glaubte, das Ende der Geschichte zu kennen. »Er hat lieber den niedrigeren Preis genommen, oder?«

Mr Maloney nickte. »Entweder war es eine Fälschung und er wollte nicht erwischt werden oder er brauchte das Geld sofort. Vielleicht auch beides.«

»Und wann war das?«

»Gestern erst.« Mr Maloney schüttelte den Kopf. »Er wollte, dass ich den Mantel im Hinterzimmer hängen lassen, er würde nächste Woche wiederkommen und ihn zurückkaufen. Als ich gesagt habe, das könnte ich nicht tun, weil es schlecht fürs Geschäft ist, wurde er wütend. Ich bin es gewöhnt, dass Leute behaupten, sie würden bald ein Vermögen besitzen und sich ihre Sachen dann zurückholen. Passiert allerdings nur selten.«

Martina runzelte die Stirn. »Er hat gesagt, er würde nächste Woche ein reicher Mann sein?«

»Klar. Machen sie das nicht alle?«

Merkwürdig. Das passte nicht zu ihrer Theorie, dass Patrick Geld brauchte, um im Hafen zu trinken, oder dass er Pech gehabt hatte und weiterziehen musste.

Trotzdem war es – von dem Kruzifix mal abgesehen – kein Verbrechen, dass Patrick einige Sachen verkauft hatte. Hatte sie es nicht selbst vorgeschlagen? Selbst seine Bemerkung, er würde bald Geld haben, konnte seine übliche Angeberei sein.

»Glauben Sie, es ist der Kerl, den Sie kennen?«

Die Frage riss Martina aus ihren Gedanken. Ja, es war derselbe Patrick … und doch nicht derselbe. Er hatte schon immer andere schikaniert, aber derjenige, mit dem er sich nach seiner Zeit bei der Navy zusammengetan hatte, schien ihn in irgendetwas Dunkleres hineingezogen zu haben. »Kann sein. Aber bitte machen Sie sich meinetwegen keine Gedanken. Nur … wenn er zurückkommt, könnten Sie mir dann Bescheid sagen?«

An seiner Miene sah Martina, dass Mr Maloney nicht überzeugt war. »Sind Sie sicher, dass alles in Ordnung ist, Mrs Bianchini? Wenn jemand Sie zur Bücherei zurückbringen soll …«

»Nein, nein, wirklich.« Martinas Hand wanderte zu ihrer Tasche mit den wenigen Geldscheinen und Münzen darin. »Aber ich möchte gerne dieses Kruzifix kaufen.«

Ausnahmsweise war Martina froh darüber, dass die Arbeit in der Fabrikhalle stupide war, nichts als endlose Wiederholungen.

Die beiden Hälften der Gussform einpassen. Mit Puder bestäuben. Sand einfüllen. Andrücken. Einige verstärkende Stahlstangen hineinlegen. Mehr Sand. Wiederholen, bis die Form randvoll war, und dann festdrücken. Den überschüssigen Sand abkratzen. Ein Loch bohren, damit die Gase beim Metalleinfüllen entweichen können.

Inzwischen war jede Bewegung effizient und geübt, was man von ihren Gedanken nun wirklich nicht behaupten konnte. Das Kruzifix, das sich nach all der Zeit schwer unter ihrer Bluse anfühlte, war eine beständige Erinnerung an Patricks merkwürdige Begegnung mit Mr Maloney. Martinas Instinkt sagte ihr laut und deutlich, dass hier etwas nicht stimmte.

Als sie schließlich neben Ginny im Speiseraum saß und in dem Abendessen stocherte, das sie von zu Hause mitgebracht hatte, bemühte sie sich schon lange nicht mehr, ihre Sorgen zu verdrängen. Sie schloss die Augen und versuchte, sich an Gespräche zu erinnern, die Patrick in Boston mit Freunden geführt hatte. Keiner von ihnen gehörte zu den Menschen, die sie zum Essen zu sich nach Hause einladen würde, aber hatte einer von ihnen etwas von einem Verbrechen oder Beziehungen zur Mafia gesagt? Martina glaubte es nicht.

»Tina?« Sie öffnete die Augen und sah, dass Ginny sie besorgt ansah. »Das ist das dritte Mal, dass du eingenickt bist. Ist alles in Ordnung?«

»Ich bin nicht eingenickt. Ich mache mir nur Sorgen.«

Ginny kräuselte neugierig die Nase. »Worüber denn?«

Da war sie, die Einladung. Niemand hier wusste, dass Martinas Geschichte von einem ehrenwerten Ehemann, der in der Navy diente, nicht der Wahrheit entsprach. Sie war genauso erfunden wie die Bücher, die sie im Buchclub lasen. Beinahe hätte sie Mr Maloney die Wahrheit erzählt, aber das war dann doch nicht nötig gewesen.

Die Menschen, die im North End wohnten, hielten zusammen. Es war fast so, als gäbe es ein unsichtbares Band, das sie vereinte, vor allem zwischen den Frauen. Man konnte sich darauf verlassen, dass man Hilfe bekam, wenn man in schweren Zeiten einen Kredit brauchte oder in normalen Zeiten einen guten Rat, einen Babysitter oder ein offenes Ohr.

Seit sie von der Beerdigung ihres Freundes zurückgekommen war, hatte Ginny nicht mehr so viel herumgealbert und gelacht. Aber sie war immer noch vertrauenswürdig, eine wahre Freundin.

»Mein Mann steckt vielleicht in Schwierigkeiten«, platzte Martina heraus, bevor sie es sich anders überlegen konnte. »Oder vielleicht macht er auch welche.«

Anstatt überrascht zu wirken, biss Ginny nur nachdenklich in ihr Butterbrot. »Wirklich? Dein Mann? Ich war mir sicher, dass er dein Ex ist.«

»Du … wusstest das schon?«

»Natürlich nicht. Aber es ist offensichtlich, dass ihr zwei euch nicht grün seid.« Bevor Martina protestieren konnte, hob Ginny eine Hand. »Ich weiß, ich weiß, sag den Kindern nichts. Verstanden. Du hast also Neuigkeiten von ihm erfahren?«

»Mehr als das.« Und dann erzählte Martina ihr alles: dass er in der Stadt aufgetaucht war, dass er Geld verlangt hatte, dass er verdächtige Dinge gesagt hatte, als er seinen Mantel verpfändet hatte.

»Wofür brauchte er denn das Geld?«, war Ginnys erste Frage, als Martina geendet hatte.

»Er hat gesagt, für einen Treibstofftank« – bei diesen Worten beugte Ginny sich vor – »aber ich weiß nicht, wofür er es tatsächlich ausgegeben hat.«

Ginny schnipste mit den Fingern und in ihren Augen lag ein Funkeln, das Martina seit der Beerdigung nicht mehr gesehen hatte. »Schmuggel. Das muss es sein. Deshalb braucht er einen zweiten Tank.«

»Sch!« Martina blickte sich nervös um, aber die anderen Arbeiterinnen schienen alle mit ihren eigenen Sorgen und Gedanken beschäftigt zu sein. Das Letzte, was sie jetzt gebrauchen konnte, war jemand, der Mr Devon erzählte, dass die Italienerin von Schmugglern gesprochen hatte.

Genau genommen stammte alles, was Martina über die Schmuggelei wusste, aus Daphne du Mauriers Roman *Jamaica Inn* und nichts davon schien auf ihre Situation zuzutreffen. »Aber was kann er denn in dem Treibstofftank eines Fischkutters schmuggeln?«

Ginny starrte sie an, als wäre sie dumm wie Stroh. »Na, Treibstoff natürlich.«

Und dann erzählte Ginny ihr, was sie von ihrem Bruder über den Schwarzmarkt wusste. Eine Sache fiel Martina dabei auf: »Ich habe gehört, man kann zwei oder drei Mal so viel Geld für das Zeug bekommen.«

Das würde erklären, wie Patrick so schnell an Geld kommen wollte.

Die schrille Pfeife, die sie vom Abendessen an ihre Arbeitsplätze zurückrief, unterbrach ihre Unterhaltung, aber als sie aufstand, um die Reste ihres Essens in die Papiertüte zurückzutun und wegzuwerfen, zog Ginny an Martinas Ärmel. »Du musst die Sache melden, Martina. Sofort.«

»Das ... das kann ich nicht. Jedenfalls nicht, bevor unsere Schicht zu Ende ist.«

Die anderen Arbeiterinnen strömten schon in die Fabrikhalle zurück, wie Zinnsoldaten, denen man die Prinzipien der Produktivität eingetrichtert hatte. Jede Verspätung würde den Kriegsanstrengungen schaden.

»Hör mal, Martina, das ist eine ernste Angelegenheit.« Ginny senkte die Stimme zu einem Flüstern und zog Martina näher. »Manche von diesen Kriegsgewinnlern verkaufen das Zeug sogar an deutsche U-Boote.«

Das konnte doch nicht sein. »Wie können sie denn ...?«

Ginny zuckte mit den Schultern. »Keine Ahnung. Deshalb sagt die Küstenwache wahrscheinlich, dass man kein Funkgerät an Bord haben darf, außer es ist auf den genehmigten Sender eingestellt. So kann man bestimmt mit U-Booten Kontakt aufnehmen. Und ich wette, die bezahlen noch mehr, um die Gegenseite dafür zu entschädigen, dass es Verrat ist und so.«

Verrat. Martina hatte versucht, die Schlagzeilen über die acht deutschen Spione, die auf amerikanischem Boden gelandet waren, zu ignorieren, aber wenn man wusste, wonach man suchte, konnte man die Meldungen kaum übersehen. Zwei der Männer – diejenigen, die das FBI informiert hatten – waren ins Gefängnis geworfen worden. Die anderen sechs hatte man hingerichtet. Elektrischer Stuhl.

Martina lief ein Schauer über den Rücken. Obwohl sie Patrick nicht mochte und ihm ganz sicher nicht traute, stand ihm vielleicht die gleiche Strafe bevor, wenn sie ihn anzeigte. Hatte er das wirklich verdient? Und natürlich würden ihre Kinder davon erfahren, wenn ihr Vater in den Schlagzeilen der Zeitungen erschien.

Hatte Gio es verdient, dass ihm sein Vater auf so grausame Weise entrissen wurde?

»Vielleicht betrügt er ja nur bei der Rationierung. Indem er mehr Diesel nimmt, als ihm zusteht.« Das war zwar illegal, aber nichts Ernstes.

»Das würde ihm aber keinen Gewinn bringen, mit dem man angeben kann«, erwiderte Ginny, »sondern dann könnte er höchstens zum Fischen weiter rausfahren. Dafür lohnt sich das Risiko nicht.«

»Wir haben aber keine Beweise. Nur einen Verdacht.« Es konnte doch sein, dass die Behörden sein Boot durchsuchten und nichts fanden, und dann würde Patrick sauer sein und sich fragen, wer ihn verpfiffen hatte.

»Wen kümmert das? Lew hat mir erzählt, dass die Küstenwache sowieso stichprobenartige Durchsuchungen durchführt, jedenfalls in der Nähe von Portland. Vielleicht hier oben nicht so oft.«

Was hatte Patrick gesagt, als er das erste Mal bei ihrem Wohnwagen aufgetaucht war? *»Die Jungs mögen kleinere Städte. Ist sicherer so.«* Wie lange war er schon in den Schmuggel verwickelt?

Lange genug, um für den Anzug, die Manschettenknöpfe und den Wagen zu bezahlen, so viel stand fest. Und sie hatte ihm geglaubt, dass die Fischpreise gestiegen waren, und er hatte gewusst, dass sie ihm glauben würde.

Aber würde Patrick wirklich Treibstoff an feindliche U-Boote verkaufen?

Ja, wenn der Preis stimmt.

Trotzdem war es nicht so einfach. »Die Polizei würde nie auf mich hören.«

Ginny überlegte einen Moment lang. Sie waren wieder an ihrem Arbeitsplatz angekommen und umgeben von dem hektischen Treiben der Fabrikhalle. »Russell Montgomery ist auf Urlaub zu Hause und er gehört zu der Patrouille der Küstenwache. Bestimmt weiß er, mit wem du reden müsstest, und sein Wort wird Gewicht haben.«

Etwas wie Hoffnung flackerte in Martina auf. Ja. Avis würde für sie bürgen. Das würde nicht so schwierig sein.

Sie nickte und holte zitternd Luft. »Gut. Sobald unsere Schicht zu Ende ist, werde ich ein Telefon suchen und Avis anrufen.«

»Aber dann ist Mitternacht. Was ist, wenn sie schläft und das Telefon nicht hört? Oder nicht aufsteht, um dranzugehen?«

Daran hatte Martina nicht gedacht. Nicht jeder hatte ein Zuhause, das so klein war wie ihr Wohnwagen, wo man ein lautes Geräusch überall hören konnte.

Sie hatte keine Armbanduhr und in der Halle waren keine Uhren zu sehen, aber die Essenspause endete um halb acht. Jetzt war Avis sicher noch wach und wahrscheinlich zu Hause. Aber Martina konnte nicht einfach ihren Platz verlassen. Sie produzierten gerade tellergroße Teile, die in einer neuen Rüstungsfabrik benutzt werden sollten. Eine wichtige Arbeit, die nicht unterbrochen werden durfte wegen …

Wegen der nationalen Sicherheit? Das sollte doch ein guter Grund sein.

»Du musst es *jetzt* machen«, sagte Ginny streng und legte dabei Martina die Hände auf die Schultern, sodass sie wirkte wie einer der Boxtrainer mit seinem Schützling, die in Gios Zeitschriften abgebildet waren. »Also, du gehst jetzt zu Mr Devon und sagst, dass du das Telefon im Büro benutzen musst.«

Das war wenigstens etwas, das sie tun konnte. Wie die Heldinnen auf den Propagandaplakaten in der Cafeteria, die Gerüchte unterbanden und verdächtige Aktivitäten meldeten und nach Saboteuren Ausschau hielten.

Aber als Martina dann durch die Halle zu Mr Devon ging, der gerade mit den Männern, die ihnen die Gussformen brachten, den Produktionsplan durchging, löste ihre Entschlossenheit sich schon bei den Worten »Was wollen *Sie* denn?« fast gänzlich in Luft auf.

Sie holte tief Luft, und als sie wieder ausatmete, warf sie ihm ihre Antwort entgegen: »Ich muss das Telefon benutzen.«

Mr Devons Gesicht schien rot zu leuchten, obwohl sie wusste, dass es nur an den Temperaturen in der Gießerei lag. »Sie wollen *was*?«

»Es ist ein Notfall.« Mr Devon sah sie schweigend an, als erwarte er nähere Einzelheiten, aber was sollte sie sagen, was nicht völlig abwegig klang? »Ein … familiärer Notfall.«

»Ein Notfall wäre es, wenn wir unser Soll nicht schaffen, weil jede Mutter, die ihre Kinder anrufen will, am Telefon hängt.«

Martina zuckte zusammen. Darüber gab es auch Plakate. *Halte die Produktion nicht auf!*, warnten sie.

»Bitte, Sir. Ich verspreche, dass ich nie wieder um so etwas bitten werde.«

Er sah sie an und Martina konnte beinahe sehen, was er dachte. *Faule Italienerin. Will wahrscheinlich die Kriegsanstrengungen sabotieren.* Er schüttelte nachdenklich den Kopf, bevor er sich abwandte. »Nein, Ma'am, das kann ich nicht erlauben. Und jetzt ab an die Arbeit.«

Sie könnte erklären, dass sie potenzielle Schmuggelaktivitäten melden wollte.

Nein, das würde nur wie die erfundene Ausrede einer verzweifelten Frau klingen. Jetzt war es zu spät, mit einer anderen Geschichte zu kommen.

Also gehorchte Martina und schlich zu ihrem Arbeitsplatz zurück. Sie war keine Heldin. Nicht einmal eine so einfache Sache konnte sie richtig machen.

Es half nicht, dass Ginny keinerlei Mitgefühl für sie aufbrachte. Stattdessen schlug ihre Freundin sich mit der sandigen Hand an die Stirn. »Tina, Tina, was soll ich nur mit dir machen?«

Diesmal gab Martina sich keine Mühe, ihre Verärgerung zu verbergen. »Er ist der Boss, Ginny. Er macht die Regeln. Wir befolgen sie.«

»Regeln sind für Leute, die keinen guten Grund haben, gegen sie zu verstoßen.« Ginnys Hände füllten geschickt Sand in die Gussform und Martina hatte die Hoffnung, dass ihre Freundin aufgegeben hatte, doch dann drehte sich Ginny mit leuchtenden Augen wieder zu ihr um. »Hör zu, ich habe eine Idee. An der Bushaltestelle in der Mayfair Street gibt es eine Telefonzelle. Kennst du sie?«

Martina nickte und Ginny kramte in der Tasche ihres Overalls nach Geld und drückte ihr ein paar Münzen in die Hand. »Warte eine Weile und tu dann so, als müsstest du aufs Klo. Stattdessen rennst du zu dem Telefon, so schnell du kannst, und rufst an.«

»W-was? Das kann ich nicht.«

»Natürlich kannst du«, sagte Ginny besänftigend, als würde das Martinas plötzlich rasenden Herzschlag beruhigen. »Ich gebe dir Deckung. Erfinde irgendeine Geschichte, dass dir schlecht war, falls jemandem auffällt, dass du länger weg bist. Niemand will, dass du dich in der Fabrikhalle übergibst.«

Martina hatte nie gewollt, dass jemand für sie log. »Nein, das geht nicht. Ich warte bis Mitternacht und rufe Avis an. Oder die Polizei. Oder …«

Ginny sah sie mit gerunzelter Stirn an und fuchtelte mit der Stahlstange, die sie in den Sand hätte legen sollen. »Martina, das ist deine Chance. Wer weiß, was passieren könnte, wenn du wartest?«

Diese Frage und die Antwort darauf waren es, die Martina schließlich auf die Straße hinaustrieben, wo sich der dunkelgraue Himmel über ihr ausbreitete. Es war fast schon dunkel genug, dass Patrick und seine Männer zu ihrer geheimen Mission aufbrechen konnten, und dann wäre das alles umsonst.

Nein, daran darfst du nicht denken.

Um sich abzulenken, während sie die Straße hinunterrannte, summte Martina das melancholische Lied, das ihre Mutter ihr vorgesungen hatte, bevor sie nach Amerika gekommen waren, als die Straßen voller Aufständischer gewesen waren und sie beide gewusst hatten, dass Papa vielleicht nicht nach Hause kam. Das Lied, das nach demselben Mond betitelt war, der jetzt gerade genug Licht spendete, dass Martina den Gehweg unter ihren Füßen erkennen konnte.

»Oh, abnehmender Mond, der du auf menschenleeres Wasser scheinst.«

Die Sohlen ihrer Schuhe waren so dünn, dass Martina jeden Stein spürte, den sie zur Seite stieß, aber sie hielt nicht an. Wie weit war diese Telefonzelle denn noch entfernt? Wie viel Zeit war schon verstrichen?

»Oh, abnehmende Sichel, welche Ernte aus Träumen hier in deinem blassen Scheine wogt!«

Da. Die schmale hölzerne Hütte stand an der Kreuzung und Martina riss die Tür auf und lehnte sich einen Moment lang an die Wand, während sie um Atem rang.

»Kein Lied, kein Schrei, kein Geräusch durchdringt die weite Stille.«

Nicht heute Abend. Heute Abend würde sie die Stille durchbrechen.

Nachdem sie Ginnys Münzen eingeworfen und die Telefonistin sie mit fröhlicher Stimme gefragt und verbunden hatte, erzählte sie Avis wenig später in schnellen, keuchenden Worten von der möglichen Schmuggelei.

Die Pause am anderen Ende der Leitung war so lang, dass Martina schon fürchtete, der Anruf sei unterbrochen worden, doch dann sprach Avis: »Du meinst, dass ein Fischer zusätzlichen Treibstoff gesammelt hat, um ihn an die Deutschen zu verkaufen?«

Martina schätzte den Tonfall ein. Schockiert, aber nicht skeptisch. Im Gegensatz zu Mr Devon glaubte Avis ihr.

»Ja. Russell arbeitet doch für die Küstenwache, oder?«

»In gewisser Weise ja, aber …«

»Er muss jemanden dazu bringen, Derbys Anleger zu kontrollieren, heute in den frühen Morgenstunden, bevor die Boote in See stechen.« Es hatte schon viel zu lange gedauert, Avis' verwirrte Fragen zu beantworten. »Ich muss los. Aber bitte sorg dafür, dass sie etwas unternehmen. Und zwar schnell.«

»Hast du den Namen des Typen gehört? Dieses Kapitäns?«

Martina starrte blind in die Nacht hinaus. Sie hatte ihr nicht verraten, dass es sich bei dem Mann um ihren Ehemann handelte, sondern nur gesagt, sie hätte gehört, wie ein Fischer von einem zweiten Treibstofftank und einem erwarteten Gewinn gesprochen hatte. Sie konnte immer noch so tun, als wüsste sie den Namen nicht.

Aber wenn es half, ihn zu finden …

»Patrick Quinn.« Martina kniff die Augen zusammen. »Schreib es auf.«

»Ich habe alles mitgeschrieben.« *Danke, Gott, für Avis und ihr stets griffbereites Notizbuch*, murmelte sie in Gedanken vor sich hin. »Und sein Boot?«

Warum hatte Martina nicht daran gedacht, das herauszufinden? »Das weiß ich nicht. Nur, dass es ein Trawler ist, der außerhalb der Stadt vor Anker liegt. Das ist alles, was ich weiß, Avis, das schwöre ich. Und jetzt muss ich Schluss machen.«

»Warte. Russell will bestimmt selbst mit dir …«

Aber Martina hatte schon aufgelegt, in dem Vertrauen darauf, dass Avis die Informationen an ihren Mann weitergab. Martina ließ die Tür der Telefonzelle zuschlagen und ihre ausgetretenen Schuhe klapperten auf dem unebenen Gehweg zurück zur Fabrik und unterlegten das tröstliche Lied ihrer Mutter mit einem Rhythmus.

»Niedergedrückt von der Liebe, vom Vergnügen, schläft die ganze Welt tief und fest.«

Wenigstens kam ihr zu dieser späten Stunde auf dem Gehweg niemand entgegen. Alle waren drinnen und arbeiteten oder sie waren zu Hause hinter ihren Verdunklungsvorhängen. Martina griff nach dem kalten Stahl der Türklinke und zog daran.

»Oh abnehmende Sichel, welche Ernte aus Träumen …«

Sie war zehn Minuten fort gewesen, vielleicht etwas länger. Bestimmt war nichts geschehen. Bestimmt …

Aber als Martina in die Fabrikhalle schlüpfte, schien es ihr, als würden alle Arbeiterinnen von ihrer monotonen Arbeit aufblicken und sie anstarren, und schon bald war klar, warum.

Mr Devon stand an ihrem Arbeitsplatz neben einer besorgt dreinblickenden Ginny und seine Miene war eiskalt.

Buchclubprotokoll vom 5. September 1942

Protokoll: Avis Montgomery, leitende Bibliothekarin und Buchclub-Schriftführerin

Anwesende Mitglieder: Russell und beinahe alle, die jemals beim Buchclub dabei waren, außer Louise Cavendish.

Besprochene Geschichte: »Das verräterische Herz« von Edgar Allen Poe

Als ich Delphie fragte, wo Louise sei, habe ich nur ein kryptisches »Manche Leute stellen sich eben nicht gerne den Tatsachen« geerntet. Russell murmelte, dass sie sich wahrscheinlich nicht hertraute, nachdem wir alle wussten, dass sie die Bücherei schließen will. Das hätte er nicht sagen sollen, aber ich wusste die Unterstützung sehr zu schätzen.

Selbst Ginny war wieder da. Wir waren uns alle einig, dass die Diskussionen viel lebendiger sind, wenn sie dabei ist, und ich habe gemerkt, wie gut es ihr getan hat, vermisst zu werden. (Außerdem hat sie sieben Kekse mit Himbeermarmelade gegessen. Sieben!)

Vielleicht, weil Louise nicht dabei war, brach das Chaos diesmal *fünf* Minuten *früher* aus als sonst, also sofort.

Aus der Buchbesprechung wurde bald ein Prozess gegen Delphie. Anschuldigung: Wieso hast du diese schreckliche Geschichte ausgesucht? Anklage: ich, Martina, die meisten anderen anwesenden Frauen. Verteidigung: Ginny, Mr Maloney, Freddy und ausgerechnet Mrs Whitson. Neutral: Gio und Rosa, weil sie die Geschichte nicht lesen durften.

Martina hatte aufgehört zu lesen, als ihr klar wurde, wohin die Sache führte, und das Buch vor Gio versteckt. Ich habe die Albträume aufgeschrieben, die ich nach der Lektüre in zwei aufeinanderfolgenden Nächten hatte, und dass ich die Uhr in den Wandschrank stecken musste, damit ich sie nicht ticken höre. Mrs Follett fand die Geschichte ganz und gar unpassend. (»Es gibt einen Unterschied zwischen gruselig und makaber.«)

An dieser Stelle sagte Delphie etwas Merkwürdiges, nämlich: »Wir könnten alle etwas über den Preis von Geheimnissen lernen«, und dann hat sie nichts mehr gesagt. Mrs Whitson versuchte zu argumentieren, dass die entsetzliche Beschreibung von Schuldgefühlen einen geistlichen Wert habe, und Freddy sagte, die Sätze der Geschichte hätten einen Rhythmus, fast wie ein Gedicht. Aber das war kein ausreichendes Gegengewicht zu der Vorstellung, dass eine Leiche zerstückelt und unter den Fußbodendielen versteckt wird. (Als wir dazu kamen, hat Gio besonders aufmerksam zugehört. Ginny hat es vielleicht etwas zu detailliert nacherzählt.)

Die anderen versuchten, eine geordnete Diskussion über unzuverlässige Erzähler zu führen. Am Ende kamen wir zu dem Ergebnis, dass die meisten in der Gruppe Horrorgeschichten nicht wirklich mögen. Russell lehnte sich zurück und beobachtete das Ganze. (»Besser als ein Radiokrimi«, sagte er.)

Delphie zeigte keine Reue. Ginny hat sich »Ausgewählte Werke« von Edgar Allan Poe ausgeliehen. Freddy war der Meinung, »Dracula« würde uns gefallen. Der Vorschlag fand keine Unterstützung, sodass nichts daraus wurde.

Stattdessen einigten wir uns auf einen neuen Titel, nämlich »Das Gewand« von Lloyd C. Douglas. Wenn ich es richtig verstanden habe, ist es der Bericht eines römischen Zenturios, der den Tod Jesu Christi untersucht. Diese Lektüre wäre ein gutes Gegengewicht gegen die mörderisch-wahnsinnigen Neigungen im Club und sollte mit diesen aufräumen.

Ich hatte das Gefühl, erwähnen zu müssen, dass der nächste Samstag vielleicht unser letzter Buchclub in der Bücherei sein wird, weil die Renovierungsarbeiten kurz danach beginnen sollen. Das dämpfte die Stimmung etwas, auch meine eigene. Bis jetzt war ich nur einmal in Windward Hall gewesen, das war bei einer Veranstaltung vom Roten Kreuz, aber es erinnert mich an ein schlecht eingerichtetes englisches Landhaus wie aus einem Wodehouse-Roman.

Ich muss Anthony glauben, dass es nicht meine Schuld ist. Aber trotzdem komme ich mir wie eine Versagerin vor, wenn ich die grimmigen Mienen sehe und die Kisten mit Büchern, die gespendet werden sollen, und die immer leerer werdenden Regale.

PS: Anschließend fragte Martina mich nach dem Hinweis, den sie mir gegeben hatte, und war enttäuscht, weil ich noch nichts davon gehört habe. Die Küstenwache behält Informationen in der Regel für sich. Wahrscheinlich würden sie sogar leugnen, dass es überhaupt U-Boote gibt, wenn die Leute vom Strand aus nicht die Brände auf den Tankschiffen sehen könnten.

Dann hat Martina mir erzählt, dass sie ihre Arbeit verloren hat, weil sie den Vorfall gemeldet hat. Das stelle man sich mal vor! Ich war so aufgebracht, dass ich ihr angeboten habe, sie und die Kinder bei mir wohnen zu lassen, während sie sich nach einer neuen Stelle umsieht. Russell reist in ein paar Tagen ab – wir haben uns geeinigt, dass er um drei Monate verlängert und wir an Weihnachten noch einmal neu überlegen –, also haben wir genügend Platz. Es wird schön sein, nicht allein zu wohnen, auch wenn es nur vorübergehend ist.

34

Louise
7. September

Als Freddy und Hamish die zwölfte Bücherkiste abgestellt hatten, bereute Louise es schon, dass sie vor Jahren so viele Regale ihres Vaters herausgerissen hatte, um Platz für ihre Malutensilien zu schaffen. Also gut, dann würde sie füllen, was an Regalplatz da war, und sich später um den Rest kümmern.

»Wohin soll die hier?«, fragte Hamish und Louise zeigte auf einen kleinen noch freien Platz neben dem Teppich. Atlanten, wie sie dem Etikett entnehmen konnte, obwohl das kaum zu entziffern war. Nicht die ordentlichen Buchstaben von Avis – es sei denn, ihre Handschrift hatte sich seit dem letzten Mal rapide verschlechtert. *Ich frage mich, ob sie irgendjemanden angeheuert hat, der die Arbeit für sie macht.*

Nun, ihr sollte es egal sein. Louise hatte nicht gesagt, wie die Arbeit getan werden sollte, sondern nur, *dass* sie getan werden musste.

Sie bahnte sich einen Weg durch das Labyrinth aus Kisten, sorgfältig darauf bedacht, mit dem Rock nicht an den rauen Holzlatten hängen zu bleiben. Ja, das ganze Dutzend war hier.

Hamish verschwand wie immer lautlos, aber Freddy blieb in der Tür stehen. »Brauchen Sie Hilfe dabei, die Bücher einzuräumen, Miss Cavendish? Es sind eine ganze Menge.«

»Ich bezweifle, dass Sie mein System verstehen würden.« Es war anders als das der Bücherei. Schwere Bände unten hin, diejenigen, die am häufigsten benutzt wurden, auf Augenhöhe, Sammlerstücke ganz nach oben – und alle ungefähr nach Themen sortiert.

»Ach, das kriege ich schon hin«, beharrte er, während er seine Mütze in den Händen hin und her drehte. »Ich wollte sowieso mit Ihnen sprechen, wenn es Ihnen zeitlich passt.«

Louise wandte sich ab und öffnete eine der Kisten. »Es tut mir leid, Frederick, aber das muss warten. Außerdem hat Delphie vor, heute wieder Gemüse einzukochen, und erwartet deshalb, dass sie kontinuierlich mit Nachschub versorgt wird.«

Frederick lächelte schwach. »Ich würde es nicht wagen, mich zwischen Delphie und ihre grünen Bohnen zu stellen.«

»Ein Narr, wer das täte.«

Als sie wieder allein war, beäugte Louise skeptisch die Kisten. Sie hatte gehofft, wenn sie etwas zu tun hatte, würde das einen Energieschub mit sich bringen.

Alles lief mehr oder weniger nach Plan. Sie war am Tag zuvor in der Bücherei gewesen, hatte die gestapelten Bücherkisten für die staatliche Kampagne, die halb leeren Regale und ein *Geschlossen*-Schild im Fenster gesehen. Avis hatte erklärt, dass sie ihre gesamte Arbeitszeit für das Sortieren brauchte, und wer wollte schon in dem Chaos nach einem Titel suchen, der vielleicht gar nicht mehr verfügbar war?

Das alles hatte Avis mit der resignierten Miene eines Menschen gesagt, der nach einer Reihe schwerer Schlachten einsehen musste, dass das Ende des Krieges nur durch die Kapitulation erreicht werden konnte, nicht durch den Sieg. Sie hatte nur widerwillig zugestimmt, dass der Club sich von jetzt an in Windward Hall traf.

Vielleicht würde es eng werden, wenn die üblichen Mitglieder sich alle in Louises Salon quetschten. Windward Hall war als Ferienhaus geplant, nicht als Anwesen, in dem größere Gruppen zu Gast waren. Aber wenn sie den Flügel rausbringen ließ und ihn durch ein weiteres Sofa ersetzte …

Trotzdem wird es nicht dasselbe sein.

Es hatte etwas Tröstliches, von Regalen umgeben zu sein, wie die hohen Fenster das Morgenlicht hereinließen, wenn der Geruch der alten Bände sich mit dem Gebäck mischte, das Avis für alle mitgebracht hatte.

Aber es war zu spät, um alles rückgängig zu machen.

Es ist nie zu spät.

Ach ja, der alte sentimentale Optimismus, den sie von ihrer Mutter geerbt hatte, machte sich bemerkbar. Louise versuchte, ihn zu verdrängen, indem sie die erste Kiste mit Büchern in Angriff nahm, doch dann sah sie die Beatrix-Potter-Bücher obenauf, um die sie extra gebeten hatte.

Hatte sie eigentlich jemals Rosa von diesen Büchern erzählt? Das kleine Mädchen würde sie lieben.

Mit einem Seufzer erhob Louise sich. Was konnte eine einfache Nachfrage schon schaden? Schließlich konnte sie keine überlegte Entscheidung treffen, wenn sie nicht alle Informationen hatte.

Im Flur hielt sie sich den Telefonhörer ans Ohr und sagte der Vermittlung, sie wolle mit Milton Hanover sprechen.

Er schien überrascht, von ihr zu hören, zumal ihre übliche monatliche Besprechung zu dem Kindergartenprojekt erst in einer Woche stattfinden sollte. »Also, ich dachte, Sie sollten wissen, dass es … Komplikationen gibt.«

»Vielleicht wollen Sie das näher erklären?«

Das wollte sie ganz sicher nicht, aber natürlich kam sie nicht drum herum. Also fing sie mit dem einfachsten Punkt an, nämlich den Zweifeln des Bauunternehmers, dass er die Arbeiten vor dem ersten Schneefall abschließen konnte. Als Nächstes erwähnte sie die Abneigung der Frauen, Almosen anzunehmen.

Mr Hanover unterbrach sie ausnahmsweise kaum einmal, abgesehen von gelegentlichen Nachfragen. »Ist das alles?«, fragte er, als Louise wieder eine Pause machte.

Diesmal wählte sie ihre Worte sorgfältig. »Es hat in letzter Zeit … ein zunehmendes Engagement der Stadtbevölkerung gegeben, was die Bücherei betrifft, und dieses Engagement möchte ich nicht verlieren. Wie es aussieht, haben die Menschen entdeckt, dass die Bücherei ein guter Ort für Bürgerbeteiligung ist. Das gilt auch für mich.«

»Ich verstehe«, antwortete Mr Hanover tonlos, obwohl Louise vermutete, dass er es ganz und gar nicht verstand. »Ich frage mich, warum Sie das nicht schon früher erwähnt haben, Miss Cavendish?«

Du liebe Güte, wie unangenehm! Louise ignorierte die Frage, anstatt die offensichtliche Antwort zu geben: Stolz. »Damit wir uns nicht missverstehen, Mr Hanover – ich habe nicht vor, mich vor meinen Pflichten zu drücken. Es ist noch nichts entschieden. Ich wollte nur anrufen und fragen, ob es vielleicht andere Möglichkeiten gibt.« Eine andere Gruppe vielleicht, der sie etwas spenden konnte, eine vielversprechende Wohltätigkeitsorganisation in der Nähe von Bristol, irgendetwas.

Ein Summen am anderen Ende der Leitung. »Tatsächlich hat der Stadtrat gerade einer Gruppe Geschäftsleute mitgeteilt, dass ein Zuschuss des Landes, der kürzlich vom Kongress verabschiedet wurde, vielleicht für die Finanzierung eines Kindergartens zur Verfügung steht. Wir können es erst im neuen Jahr mit Sicherheit sagen, aber es ist eine Möglichkeit.«

In diesem Augenblick wurde Louise klar, warum Personen in albernen Hollywoodfilmen ständig den Telefonhörer fallen ließen, wenn sie überrascht waren. Es lag nicht daran, dass sie zu ungeschickt waren, sondern daran, dass sie gedanklich so mit anderen Dingen beschäftigt waren, dass sie einfach nicht in der Lage waren, den Hörer festzuhalten.

Doch gleich darauf hatte sie den Hörer und auch ihre Stimme wieder im Griff. »Sie hatten doch gesagt, es würde noch Jahre dauern, bis die Regierung etwas unternimmt.«

»Das ist ja auch richtig. Onkel Sam hat einen vollen Terminkalender und deshalb bin ich skeptisch. Letzten Endes ist es Ihre Entscheidung. Ob Sie weitermachen mit der Renovierung der Bücherei, sodass die Kinderbetreuung bald geregelt ist, oder ob

Sie abwarten, bis ein Kindergarten mit dem Geld vom Staat und ohne Ihre Hilfe realisiert wird.«

Ohne Ihre Hilfe. Die Formulierung schmerzte, weil sie implizierte, dass Louise doch nicht gebraucht wurde.

Sie dankte Mr Hanover geistesabwesend und legte auf, während ihre Gedanken sich überschlugen.

Was sollte sie jetzt tun?

Später an diesem Abend zog sich Louise den Schal zum Schutz vor der Kühle der Dämmerung fester um die Schultern. Der halbe Garten, der sich vor ihr erstreckte, war abgeerntet. Was gesät worden war, konnte nun als Ertrag eingenommen werden.

Auch nachdem sie den ganzen Tag hin und her überlegt hatte, war Louise nicht zu einem Entschluss gelangt. Wenn sie mit dem Projekt wie geplant weitermachte, riskierte sie, einem staatlichen Kindergarten Konkurrenz zu machen. Wenn sie die Arbeiten stoppte, musste sie sich darauf verlassen, dass die Regierung Wort hielt, ganz zu schweigen von dem Verlust ihrer Anzahlung – und ihres Stolzes, wenn sie ehrlich war.

Ihr Vater würde sagen, dass es irgendwo ein Buch gab, zu dem sie Zuflucht nehmen konnte, um die Antwort zu finden und zu erkennen, was sie tun sollte.

Aber sie hatte sich längst angewöhnt, die Flucht zu ergreifen, sich zu verstecken, zu lügen. Sie hatte sogar das letzte Treffen des Buchclubs ausfallen lassen, weil sie Angst hatte, jemand könnte anfangen, über Schuld zu sprechen, und bei Louises Anblick ihr lange verborgenes Geheimnis erraten.

Die anderen konnten mehr übereinander erfahren, aber sie selbst würde immer gezwungen sein, auf Abstand zu bleiben. In Sicherheit. Wo niemand wusste, dass sie ihr Herz einem Mann geschenkt hatte, der sie verlassen und dann das Kind, das sie gemeinsam gezeugt hatten, aufgegeben hatte.

»Die Vergangenheit bleibt nicht begraben. Das ist die schlichte, schmerzhafte Wahrheit, Louise. Die Frage ist nur, wer sie wieder ausgräbt.«

Sie stand auf und lehnte sich an den Zaun, während sie den kühlen Geruch der umgegrabenen Erde einatmete … und an eine andere Nacht dachte, kurz nachdem Windward Hall ihr rechtmäßiger Besitz geworden war. Die Nacht, in der sie den Garten ihres Vaters abgebrannt hatte.

März 1919

Die Rosenbüsche knisterten, als sie in Flammen aufgingen.

Louise sah wie gebannt dabei zu, wie das Feuer sich ausbreitete und der Rauch in die schneidend kalte Winterluft aufstieg. Die Hitze, die von den getrockneten Ästen rund um die einstürzenden hölzernen Lauben ausging, versprach ein dramatisches, wenn auch kurzlebiges Spektakel.

Sie hatte Vaters Dienstboten mit Wassereimern am Rand des Grundstücks aufgestellt, damit sie die Funken löschen konnten, die über den von ihnen ausgehobenen Graben übersprangen, obwohl sie, wenn Louise sich nicht irrte, mehr Angst vor ihr hatten als vor dem Feuer, das sich durch die toten Gladiolenbeete fraß.

Sollte ihr recht sein. Bald würden die Bediensteten, die nicht von hier stammten, gehen und für Louises Bruder arbeiten, der das Anwesen der Cavendishs in New York geerbt hatte. Der Tod von Louises Vater hatte sie von ihrem Exil an dieser einsamen Küste von Maine befreit. Bis dahin konnte sie den einen oder anderen misstrauischen Blick gut ertragen.

Die Bäume im Garten waren gefällt, die Hecken entwurzelt, die Pflastersteine Stück für Stück aus dem kaum angetauten Boden gegraben worden. Aber wenn sie den Dienstboten nur gesagt hätte, sie sollten die mehrjährigen Stauden ausreißen, wären die

Pflanzen – die sturen Dinger – einfach im nächsten Jahr nachgewachsen. Außerdem hätte es viel zu lange gedauert. Den ersten Rosenstrauch hatte Louise selbst angezündet, um dann dabei zuzusehen, wie die nackten, dornigen Stiele sich bogen und schwarz wurden. Eine angemessene Farbe, eine Farbe der Trauer, für den Mann, den sie so geliebt hatte.

Und über allem, auf ihrem hüfthohen Podest thronend, verhöhnte die Statue der Persephone sie, schön, rein, unberührt. Bald würde sie in tausend Scherben zerbrochen sein, denn das hatte Louise Benson aufgetragen, obwohl dieser wegen der Kosten protestiert hatte. Ohne einen Garten gab es keinen Grund für eine Statue, eine Hüterin geheimer Botschaften mit Geheimnissen der Liebenden. Nicht mehr.

Früher hatte Oliver ihr zwischen diesen verwunschenen Lauben Lügen der Liebe ins Ohr geflüstert. Louises Vater war beinahe jeden Tag in diesem Garten verschwunden und hatte das Mädchen ignoriert, das sich so danach sehnte, von ihm wahrgenommen zu werden. Jetzt hatten beide sie verlassen und die Flammen waren wie der heilige Zorn Gottes und verzehrten den Garten.

»Ihr Vater hatte seine Fehler, das gebe ich zu, aber er ist tot.«

Die Stimme neben ihr ließ Louise zusammenzucken und sie entspannte sich nur wenig, als sie erkannte, dass es Delphie war, mit einer finsteren Miene, als hätte sie gerade ein Glas Essig getrunken, und mit erhobenem Zeigefinger, als wäre Louise noch immer ein Kind, das dafür getadelt wurde, dass es in Vaters kostbare Bücher gemalt hatte. »Sie können ihn nicht mehr ärgern, indem sie sich an seinem Garten rächen. Das hilft nicht.«

»Es soll ja auch gar nicht helfen«, murmelte Louise, während sie dem Muster der tanzenden Flammen zusah. »Es soll wehtun.«

Und obwohl sie das nie zugegeben hätte, stellte sie überrascht fest, dass es wirklich wehtat.

Als Delphie nichts erwiderte, sprach Louise weiter. »Ich dachte, ich würde dann vielleicht etwas fühlen.«

Nach fünf Monaten der Pflege todkranker Menschen, erschöpft von den langen Arbeitstagen ohne Pause, waren Louises Emotionen ganz abgestumpft. Sie konnte nur noch morgens aufwachen, ihre Schwesternuniform anziehen und in das Kirchenlazarett voller stöhnender Patienten wanken, die nur durch improvisierte Vorhänge, die sie selbst aufgehängt hatte, voneinander getrennt waren. Viele Einwohner von Derby wurden mit den begrenzten Mitteln so gut wie möglich behandelt und erholten sich nach einer Woche Krankheit. Einige – mit Fieber, geschwächt und nach dem Wüten der Spanischen Grippe anfällig für Lungenentzündung – taten es nicht.

Bis Weihnachten war die Zahl der neu Infizierten stetig zurückgegangen, aber Louise hatte in ihren Sicherheitsvorkehrungen nicht nachgelassen und weiterhin einen Mundschutz getragen und sich jeden Abend die Haut wund geschrubbt, bevor sie nach Windward Hall zurückgekehrt war. Außerdem hatte sie mit ihrem Vater nur dann Kontakt gehabt, wenn es sich gar nicht vermeiden ließ, und seine Pflege ansonsten Delphie und anderen überlassen.

Und trotzdem war er nur einen Monat nach der Jahreswende eines Nachts in aller Stille gestorben. Dr. Hoffman hatte Grippesymptome als einen Faktor bestätigt und Louise mit steinernem und feindseligem Blick angesehen.

Vater wäre sowieso bald an der Tuberkulose gestorben. Es war ein herzloser Gedanke, aber zutreffend, und nur das hatte sie im vergangenen Monat weitermachen lassen, hatte sie die Beerdigung und die vorwurfsvollen Blicke der Verwandten, sogar ihres eigenen Bruders ertragen lassen. Als glaubten sie, Louise hätte ihren eigenen Vater getötet, weil sie andere Menschen gerettet hatte.

»Ich habe ihn nicht umgebracht. Oder jedenfalls war das nicht meine Absicht. Er wollte es doch auch, dass ich diene«, hätte Louise ihnen am liebsten entgegengeschrien.

Am Ende hatte Luther Cavendish von seinen Büchern und seinen Blumen aufgeblickt und eine große, selbstlose Tat vollbracht. Und Louise hatte ihr Versprechen gehalten. Nicht ein Kind in ihrer Obhut war gestorben, nicht einmal Anthony, ihr erster Patient, der mit Husten und fiebriger Erschöpfung zu ihr gebracht worden war, wie Tiny Tim in dem Roman, den ihr Vater so geliebt hatte. Es hatte zwei Wochen gedauert, bis der Junge wieder zu seiner Familie zurückkonnte, vor allem, weil er eine Schwester hatte, die noch ein Kleinkind war, aber die gesunde Röte seiner Wangen hatte Louise noch entschlossener gemacht, ihre Arbeit zu tun.

Delphie sagte nichts weiter. Vielleicht konnte sie nicht. Vielleicht spürte die ältere Frau auch eine Rauheit in ihrer Kehle, die nicht vom Rauch kam, sondern von der Trauer, dem Verlust und den schwierigen Entscheidungen, die sie alle treffen mussten.

In jener Nacht hatte Louise den Geruch des Rauchs eingeatmet, der in ihre Kleider und Haare gedrungen war, und auf ein Triumphgefühl gewartet, auf Erleichterung oder auch Kummer. Doch das Gefühl kam nicht, selbst als sie ihr Fenster öffnete und von oben auf die schwarze Furche im Rasen hinabschaute, während der kalte Wind den beißenden Geruch zu ihr herüberwehte.

Es war vielleicht nicht richtig. Aber es war getan.

Louise seufzte und stellte sich den Garten von damals vor, als würde man ihn über den jetzigen Garten legen. Damals hatte sie behauptet, sie wolle mit dem Feuer die Erinnerungen an ihr altes Leben mit seinen Erwartungen, dem Herzeleid und dem Versagen auslöschen.

Jetzt, wo sie zwischen den Zweigen und ordentlichen Beetreihen saß, konnte sie endlich zugeben, dass es ihr damals nicht um einen Neuanfang gegangen war. Es war ein hilfloser Versuch der Rache gewesen. An Oliver, an ihrem Vater und sogar an sich selbst.

Die verbrannte Erde hatte sich längst erholt. Eine Zeit lang hatte sie den Boden unfruchtbar und öde gelassen, wie Bilder, die sie von der Schlacht an der Somme gesehen hatte. Aber in den frühen 30er-Jahren, als sie Hamish als Hausmeister angeheuert hatte, war sein Vorschlag gewesen, Grassamen auszusäen, um die hässlichen Flecken zu bedecken, und Louise hatte eingewilligt. Schon bald hatte ein gepflegter Rasen die Ruinen ersetzt und jetzt wuchs hier wieder etwas. Etwas Nützliches und Praktisches, Gemüse statt Blumen und Sträuchern. Nicht etwas, das zart und lieblich war – ein Schmuckstück eben –, wie Vater es von seinen Gärten immer verlangt hatte. Und von seiner Tochter.

Es war eine stille Nacht, nur ein leiser Windhauch ging, sodass Louise die Schritte hinter sich hörte, und als sie sich umdrehte, kam Freddy näher.

Sie hob die Hände, um zu beweisen, dass sie nichts in den Händen hielt. »Keine Angst, diesmal werde ich ihn nicht niederbrennen. Nicht nach all Ihrer Arbeit hier.«

Frederick sah sie entsetzt an. »Ich wollte nicht …«

»Aber Sie wussten, dass ich es schon mal getan habe.«

»Ja«, gab er zu. »Ich habe davon gehört.«

Natürlich hatte er das. In Derby blieben Geheimnisse nicht verborgen, erst recht nicht, wenn es um die Tat ging, die erst zu Louises Isolation geführt hatte, egal, wie sehr sie sich anschließend bemüht hatte, sich in der Stadt zu engagieren. All die Jahre hatte sie nichts gegen die Gerüchte unternommen, weil sie hoffte, dass sie dann als reiche Exzentrikerin in Ruhe gelassen wurde und niemand ihr Fragen stellte.

Ihre Nachbarn hielten reiche Sommergäste für Menschen, die am Strand in der Sonne lagen, extravagante Dinge von den Ortsansässigen verlangten und gelegentlich verrückte Dinge taten, wie einen Garten anzuzünden.

Wie alt sie gerade aussah und wie erschöpft, wurde ihr klar, als Freddy einen vorsichtigen Schritt näher kam und Louise mit besorgter Miene ansah. »Ist alles in Ordnung?«

»Nein.«

Es war eine Antwort, die sie in all den Jahren noch nie auf diese Frage gegeben hatte. Aber an diesem Abend hatte sie nicht die Kraft, die Fassung zu bewahren und sich zu verstellen, erst recht nicht vor diesem entwaffnenden jungen Mann, der wusste, was Verlust bedeutete.

»Delphie hat mir erzählt, dass Sie beide sich letzte Woche wegen des Gartens gestritten haben.«

Das Mitgefühl in seiner Stimme war beinahe mehr, als Louise ertragen konnte. Es gab nichts, was sie hier hielt, nicht einmal gesellschaftliche Erwartungen. Sie konnte – und sollte – dem Jungen Gute Nacht sagen und sich zurückziehen.

Aber etwas ließ sie weiter an dem rauen Holzzaun lehnen, vielleicht nur die ermüdende Vorstellung, wie mühsam es sein würde, den zugigen Hausflur zu betreten und eine Stufe nach der anderen hinaufzusteigen.

»Das kommt öfter vor. Wir sind beide ziemlich festgefahren in unseren Gewohnheiten. Vielleicht haben Sie das schon bemerkt. Aber eigentlich verstehen wir uns ganz gut.«

»Vielleicht.« Frederick lehnte sich neben sie an den Zaun, gerade so nah, dass sie sich denselben Raum teilten, aber weit genug entfernt, dass Louise sich nicht bedrängt fühlte. »Menschen verletzen uns. Diejenigen, die wir lieben, am häufigsten und tiefsten, weil wir sie in unser Herz gelassen haben.«

»Dann sollten wir vielleicht nicht so dumm sein, das zu tun.«

»Das ist nicht dumm, sondern mutig.«

Sie prustete unwillkürlich los und Freddy wandte sich mit gerunzelter Stirn ihr zu.

»Haben Sie noch nie jemanden verletzt, Louise? Jemanden enttäuscht?«

Irgendwie, in der Erschöpfung nach all den Erinnerungen, rutschte es ihr raus: »Meine Tochter.«

Hatte sie das laut gesagt? Oder hatte sie sich nur den winzigen, schreienden Säugling vorgestellt, den sie nur ganz vage, benommen von den Schmerzmitteln, einen kurzen Moment lang gesehen hatte, bevor man ihn weggebracht hatte?

Nein, sie hatte diese Worte tatsächlich laut ausgesprochen, aber auf Freddys Miene zeigte sich nicht, dass er schockiert war.

»Oder Sohn«, sagte er leise.

»Nein. Auch wenn man es mir nicht gesagt hat, war ich immer sicher …«

Jeder Nerv in ihrem Körper spannte sich an. Selbst wenn Freddy irgendwie ein Gerücht gehört hatte, gab es keinen Grund, warum er eine solche Bemerkung machten sollte.

Es sei denn …

Anstatt in den Garten hinauszublicken, sah er sie an, mit festem Blick. Und wartete.

»Mein … Sohn?« Der ganze Schock, den Louise empfand, lag in diesen beiden Worten. Es konnte nicht sein, nicht nach all diesen Jahren.

Er holte tief Luft. »Samuel. Mein erster Vorname ist Samuel, so wie mein Adoptivvater heißt, weshalb ich manchmal mit meinem zweiten Vornamen Frederick angesprochen werde.«

»I-ich habe Anweisungen gegeben«, stammelte sie. »Ein Brief. Mein Kind sollte einen biblischen Namen bekommen.« Jedes Mal, wenn sie ein Kind in dem richtigen Alter sah, eine Hannah oder Esther oder Mary, stieg die Frage in ihr auf: Könnte sie es sein? Sie hatte für ein kleines Mädchen gebetet, für jemanden, der keine Ähnlichkeit mit Oliver hatte – aber jedenfalls nicht für diesen groß gewachsenen, charmanten jungen Mann, der jetzt vor ihr stand.

Frederick nickte und seine Hand verschwand in seiner Manteltasche, aus der er ein vergilbtes Blatt Papier zog, das er ihr gab. »Du hast ihn auch unterschrieben.«

Louise erkannte die Worte, die in ihrer eigenen Handschrift verfasst und an den Mann und die Frau gerichtet waren, die ihr Kind großziehen würden. Die Schrift verschwamm vor ihren Augen und sie blinzelte, um die Tränen zurückzuhalten, während sie sich daran erinnerte, was sie in finanziellen Angelegenheiten bestimmt hatte; ihre Wünsche, was die Gesundheit des Kindes betraf; die Bitte, dass sie keinen Kontakt zu ihr aufnahmen. Ganz kalt und sachlich. Sie hatte sich schwergetan damit, was sie schreiben sollte, hatte ein Dutzend Entwürfe zusammengeknüllt und schließlich entschieden, dass es falsch war, einen tränenreichen Abschied von einem Kind zu nehmen, das sie anderen Leuten überließ.

»Meine Adoptiveltern haben mir nie irgendetwas über dich erzählt – auf dein Geheiß hin, sagen sie. Dieser Brief ist mir erst vor Kurzem in die Hände gefallen.«

Louise nickte wie betäubt. Es war ihr damals das Beste erschienen. Ein sauberer Schnitt. Eine Chance, noch einmal von vorne anzufangen.

»Als ich in dem Krankenhaus in England war, habe ich ihnen geschrieben und nach dir gefragt. Es war vielleicht nicht richtig, die ›Ich muss es wissen, bevor ich auf dem Schlachtfeld sterbe‹-Karte zu ziehen, aber ich wollte dich schon immer kennenlernen.«

Wirklich? Louise hatte über lange Zeiträume hinweg versucht, nicht an ihr Kind zu denken – und durch immer neue Projekte ihrer Wohltätigkeit die Erinnerung daran zu verdrängen, dass sie überhaupt jemals ein Kind bekommen hatte. Während die Jahre verstrichen, hatte sie immer seltener an ihr Baby gedacht und die nutzlosen Fragen, wo das Kind jetzt sein könnte, beiseitegeschoben.

Sie räusperte sich, weil ihre Kehle plötzlich ganz trocken war, und gab Freddy den Brief zurück. »Und sie haben es dir erzählt?«

Er nickte. »Deinen Namen und den Namen der Stadt, in der du gewohnt hast. Das war alles, was sie hatten. Zum Glück ist Derby so klein, dass es nicht schwierig war, nach dir zu fragen, als ich herkam.«

Das erklärte, warum er damals so nervös gewirkt hatte, als er an ihre Tür geklopft hatte. Sie hatte angenommen, er schäme sich, als verwundeter Veteran um Arbeit zu bitten, und sich sofort in praktische Überlegungen gestürzt, ohne sich zu fragen, ob es einen anderen Grund geben könnte, der Frederick – Samuel – zu ihr geführt hatte.

Und dann stiegen die Schuldgefühle auf, die sie so lange verdrängt hatte. Sie erhoben sich wie ein totgeschwiegenes Gespenst aus dem Stück Gartenland, das er beackert hatte. »Ich wollte nur, dass du das bestmögliche Leben hast.«

»Ich weiß. Und das hast du mir auch gegeben. Wie du sicher an meiner beeindruckenden Zucchini-Ernte sehen kannst, habe ich mich zu einem gebildeten jungen Mann entwickelt.« Er lächelte, aber es wirkte etwas zögerlich, so als fürchtete er immer noch, sie könnte ihn rauswerfen.

Sie hatte Dutzende Fragen und gewiss ging es ihm genauso, aber die Frage, die ihr zuerst über die Lippen kam, war: »Warum hast du es mir nicht eher gesagt?«

»Beinahe hätte ich das, ein paarmal. Aber … vielleicht hatte ich auch Angst, verletzt zu werden.«

Er stand da, die Hände gefaltet, als würde er die Luft anhalten. Verletzlich auf eine andere Weise, als sie es gewesen war, als sie damals von ihm als Baby Abschied genommen hatte, aber trotzdem irgendwie zerbrechlich.

Louise wappnete sich und trat vor, um dann die Arme um ihn zu legen. »Danke, dass du gekommen bist.«

Ihn im Arm zu halten, war nicht so schmerzhaft, wie sie es sich vorgestellt hatte. Vielmehr schien etwas plötzlich geradegerückt zu sein, als wäre das Glück, nach dem sie so lange gesucht hatte, endlich gekommen, als sie aufgehört hatte, es erzwingen zu wollen.

Als Louise sich von dem jungen Mann löste, musterte sie sein Gesicht, auf der Suche nach etwas von ihr selbst. Das braune Haar vielleicht oder die Form seines Kinns. Aber in seinem Zwinkern und Lächeln sah sie Oliver. Louise wusste jetzt, warum Frederick sie gelegentlich an ihre große Liebe erinnert hatte.

Und damit gesellte sich die Angst zu den gemischten Gefühlen in ihrem Herzen. Der Junge würde sicher nach seinem Vater fragen und nach seinem Großvater. All die Geschichten, die sie hatte vergessen wollen, mussten erzählt werden. Und das würde wehtun.

Was hatte Martina noch gleich von ihrer Mutter gelernt? *»Lieben und Geliebtwerden ist das größte Risiko und die größte Freude.«*

Ob das stimmte oder nicht, spielte auf einmal keine Rolle mehr. Dies war ihr Sohn und er war endlich nach Hause gekommen.

»Komm mit rein«, hörte Louise sich sagen. »Wir haben eine Menge zu besprechen.«

35

Martina
8. September

Es war ein bittersüßes Gefühl, nach weniger als einem Jahr erneut die Kisten auszupacken, nachdem sie den Kindern versprochen hatte, dass sie jetzt ganz lange nicht mehr umziehen müssten. Martina hatte gezögert, als Avis das Haus für sie geöffnet hatte, aber es war näher an der Schule und sie würden nicht lange dort wohnen.

Vor allem würde Patrick nicht wissen, wo sie waren. Selbst ohne ihren Lohn von der Gießerei hätte Martina mit ihren Ersparnissen die geringe Miete für den Wohnwagen bis in den Winter hinein zahlen können. Aber zu wissen, dass die Kinder an einem sicheren Ort waren, während sie selbst auf Stellensuche ging … das war etwas, das mit Geld nicht zu bezahlen war.

Es kann sein, dass er schon im Gefängnis sitzt, sagte sie sich. Avis hatte versprochen, dass Russell ihre Informationen an die Küstenwache weitergeleitet hatte, auch Patricks Namen. Die Beamten hatten doch sicher entsprechend reagiert, wo heutzutage alle solche Angst vor Spionen und Sabotage hatten.

Seit Samstagvormittag hatte sie jeden Tag Gios Radio eingeschaltet, um die Nachrichten zu hören, in der Hoffnung, dass sie irgendetwas erfuhr, aber das war albern. Selbst von dem deutschen Spionagering hatte die Presse erst eine Woche später erfahren. Über lokale Schmugglerbanden würde nicht gleich am nächsten Morgen im Radio berichtet.

Denk an schönere Dinge, ermahnte Martina sich selbst. Die Schule hatte heute angefangen, aber als Avis Gio gesagt hatte, er könne seinen Job in der Bücherei aufgeben, hatte er entschieden

den Kopf geschüttelt. »Ich bin noch nicht fertig mit den Büchern für die Soldaten.« Das war ein Projekt, in das der Junge sich mit Begeisterung gestürzt hatte. Wahrscheinlich war ihm noch immer nicht ganz klar, dass die Bücherei schließen würde, während er die besten Stücke aus der Sammlung einpackte. Er wusste nur, dass Männer wie sein Vater alles lesen würden, was er aussuchte, und das war für ihn Grund genug, um nach der Schule in die Bücherei zu gehen. Dort war er jetzt auch, obwohl die Bücherei schon geschlossen hatte, weil er unbedingt die Romansammlung fertigstellen wollte.

Rosa war bei ihr und holte aus den Kisten die Kleider heraus, die Martina aus abgelegten Kleidungsstücken für Rosas Puppe genäht hatte, während sie ein Militärlied summte, das sie von Freddy gelernt hatte.

Alles würde gut werden. Sie würden nicht viel Platz haben und Gio musste auf dem Sofa im Wohnzimmer schlafen, aber das war nach Monaten im Wohnwagen nichts Neues.

Es klopfte an der Tür und Avis kam herein. Sie hatte sich eine Schürze umgebunden, um das Abendessen zuzubereiten. »Wer hilft mir, Paniermehl für den Hackbraten zu machen?«

Rosa sprang vom Bett auf und eines der Puppenkleider glitt zu Boden. »Ich!«

Clever, diese Avis. Sie würde irgendwann eine gute Mutter sein.

»Kommst du mit dem Auspacken voran?«, fragte Avis, während Rosa an ihr vorbeilief.

Martina nickte. »Wir bleiben ja nicht lange. Ich bin mir sicher, dass ich schnell wieder eine Arbeit finde. Selbst wenn es nicht in einer Fabrik ist – ich kann auch nähen und backen und … «

Avis schüttelte den Kopf. »Jetzt hör auf. Ihr seid herzlich willkommen hier, solange ihr mögt.«

»Aber dein Mann …«

»Sieht das genauso.«

Zuerst hatte Martina gedacht, die Ehe von Avis wäre wie jeder andere Teil ihres Lebens: geordnet und perfekt. Aber schon nach einem Tag in ihrem Haus hatte sie die angespannten Momente bemerkt, die kleinen Ärgerlichkeiten des Alltags, die sehnsüchtigen Blicke, wenn Avis daran dachte, dass Russell bald wieder abreisen würde.

Sie waren jung, aber sie gaben sich Mühe. Das war mehr, als man von Patrick sagen konnte, denn er lief lieber weg, wenn schwere Zeiten kamen.

»Apropos Russell«, fuhr Avis fort, »er möchte mit dir sprechen. Ohne Rosa.«

Martina ließ das Buch, das sie auf das Regal am Fenster stellen wollte, fallen. Das konnte nur eins bedeuten: Sie hatten endlich etwas von der Küstenwache gehört.

Sie eilte auf die Veranda, auf der Russell mit strahlender Miene am Geländer lehnte. »Wie es aussieht, sind Sie regelrecht eine Kriegsheldin, Mrs Bianchini.«

Konnte sie zu hoffen wagen? »Wie meinen Sie das?«

»Der Trawler, den Sie gemeldet haben – ich habe heute Morgen meinen Kumpel bei der Küstenwache angerufen, um zu fragen, ob es etwas Neues gibt. Wie sich herausgestellt hat, haben sie die Treibstofftanks ausgelotet und doppelt so viel Diesel gefunden, wie ein Boot vorrätig haben darf, und dazu noch ein illegales Funkgerät.«

Weil er nichts von ihren persönlichen Beziehungen wusste, würde Russell nicht verstehen, wie erleichtert Martina war, als sie gegen die Hauswand sank. »Gut«, brachte sie heraus. »Das freut mich.«

»Ich wusste erst nicht, was ich davon halten sollte, als Avis mir von Ihrem Verdacht erzählt hat, aber an Bord haben sie außerdem einen Zettel gefunden, auf dem etwas in Deutsch stand.« Er schüttelte angewidert den Kopf. »Offensichtlich wollten sie sich mit den Typen treffen, die meine Küstenwache-Kumpels abschießen wollen, also habe ich auch ganz persönlich einen Grund, Ihnen zu danken.«

»Gern geschehen.« Es war eine Entscheidung, die ihr nicht

leichtgefallen war, aber Gott sei Dank, dass es sich gelohnt hatte. Patrick war eingesperrt. Ein Glied in der Schwarzmarktkette war zerbrochen. Vielleicht hatte sie sogar Leben gerettet, wenn ein U-Boot nach Deutschland zurückkehren musste, um aufzutanken, anstatt noch einen Monat durch den Atlantik zu streifen.

»Mein Freund von der Küstenwache konnte es mir erst heute sagen, weil der Zoll sich eingeschaltet und die Crew festgenommen hat. Die Verhaftungen werden morgen in der Zeitung stehen.«

Dann würde sie es heute Abend den Kindern sagen müssen. »Was wird mit den Männern geschehen?« *Bitte nicht der elektrische Stuhl.*

Russell zog gleichgültig die Schultern hoch. »Sie haben die Kerle nicht auf frischer Tat ertappt. Deshalb wird versuchter Verrat alles sein, wessen man sie beschuldigen kann. Ich vermute, sie werden nur wegen Treibstoffschmuggels verurteilt. Das ist bestimmt eine Gefängnisstrafe. Vielleicht zehn, fünfzehn Jahre? Jedenfalls genug, um sie für den Rest des Krieges aus dem Verkehr zu ziehen, obwohl sie mehr verdient hätten.«

Martina rechnete im Kopf nach. Nach zehn Jahren im Gefängnis wäre Gio zweiundzwanzig und Rosa achtzehn, falls Patrick zurückkam. Ein Mann und eine Frau. Immer noch verletzlich, aber wenigstens würden sie ihre Kindheit nicht in Angst verbringen müssen.

Der Atem, den sie entweichen ließ, war ein Dankgebet, bis Russell sich mit gerunzelter Stirn wieder auf dem Geländer niederließ. »Es gibt nur ein Haar in der Suppe. Den Kapitän haben sie nicht erwischt.«

All die Ängste, die gerade verflogen waren, kamen mit doppelter Wucht zurück. »Haben sie nicht?«

»Die Razzia musste erfolgen, während das Schiff noch im Hafen lag. Also haben sie zugeschlagen, aber er war nicht an Bord. Muss wohl in der Nähe gewesen sein und die Jungs von der Küstenwache gesehen haben, sodass er abgehauen ist.«

Natürlich war er abgehauen. Er war immer nur auf sein eigenes Wohl bedacht.

Nach allem, was sie geopfert hatte, nach all ihren Gebeten war Patrick noch immer ein freier Mann.

»Keine Sorge, Mrs Bianchini«, sagte Russell besänftigend, als er ihr Entsetzen bemerkte. »Sie haben das Boot mitsamt Inhalt konfisziert, also kann er nichts mehr unternehmen. Außerdem steigen Verbrecher, die in die Schmugglerszene geraten, nicht wieder aus. Irgendwann werden sie ihn kriegen.«

Irgendwann war nicht früh genug. Nicht für die Kinder.

Martina konnte sich nicht überwinden, Russell zu erzählen, dass der Kapitän ihr Ehemann war und dass sie das Haus der Montgomerys vielleicht in Gefahr gebracht hatte. Bestimmt passierte nichts und ihre Sorgen waren völlig unnötig.

Trotzdem ließ eine flüchtige Angst sie in die Küche eilen, wo Avis Rosa gerade zeigte, wie man Salz mit einem Teelöffel abmaß. »Es ist schon spät. Ich sehe besser nach, ob Gio allein zurechtkommt.«

»Bist du dir sicher?«, fragte Avis, während sie ihre Hände an der Schürze abwischte. »Er müsste in einer halben Stunde wieder da sein und dann ist es noch nicht dunkel.«

»Er vergisst schon mal, wie spät es ist.« Das stimmte auch, aber hier ging es nicht um ein ungutes Gefühl einer überfürsorglichen Mutter. Patrick war da draußen. Und wenn er ihnen zum Kino gefolgt war, hatte er vermutlich auch gesehen, wie sie aus der Bücherei gekommen waren. Wenn er nach ihnen Ausschau hielt und es beim Wohnwagen, bei der Gießerei und der katholischen Kirche um die Ecke versucht hatte, ging er vielleicht als Nächstes zur Bücherei.

Es waren die Verdunklungsvorhänge, beschloss Martina, die der Bücherei nach Geschäftsschluss etwas Düsteres verliehen. Ohne diese Vorhänge würden die Regale schweigend aufragen, aber sie hätten nicht dieses todernste Aussehen, das Martina niederdrückte, kaum dass sie das Gebäude betreten hatte.

Zögernd ging sie weiter. Die Stimmen, die an ihr Ohr drangen, ließen sie erstarren und ihr drehte sich der Magen um.

Im großen Saal der Bücherei sah sie Gio im schwachen Lichtschein der Schreibtischlampe und Patrick stand neben ihm, schlug ihm auf die Schulter und lachte. Die perfekte Szene mit Vater und Sohn, die man für ein Zeitschriftencover hätte fotografieren können.

Die Fußbodendielen knarrten unter Martinas Schritten und die beiden blickten auf. »Martina«, sagte Patrick ganz ruhig und mit einem triumphierenden Blick. Er genoss diese Situation, oder?

Sie ignorierte ihn und konzentrierte sich auf ihren Sohn, während sie sich eilig zwischen die beiden schob. »Gib mir deinen Schlüssel, Gio. Ich schließe ab.«

Auf seinem Gesicht erschien der trotzige Ausdruck, den sie in letzter Zeit häufiger sah. »Ich will aber noch bleiben.«

Was er wollte, spielte keine Rolle, weil es gefährlich war. Aber das konnte sie ihm nicht sagen und erklären konnte sie es jetzt auch nicht. »Gio, geh nach Hause. Dein Vater und ich müssen reden – allein.«

Diesmal waren der herausfordernde Blick und sein vorgerecktes Kinn anders und seine Worte trafen Martina wie ein K.-o.-Schlag. »Nur, wenn du versprichst, mir zu sagen, warum du gelogen hast.«

Martina fasste sich wieder, holte tief Luft und leugnete seine Anschuldigung nicht, auch wenn sie ungerechtfertigt war. »Versprochen.« Wenigstens gab er ihr eine Chance, sodass sie die Gelegenheit hatte, alle Lügen zu entkräften, die Patrick vielleicht erzählt hatte.

Kaum war Gio gegangen – *Bitte, Gott, lass ihn heil zu Hause ankommen* –, wandte Martina sich an Patrick. »Was hast du ihm erzählt?«

Er verschränkte die Arme. »Eigentlich nicht viel. Ich habe nur gesagt, dass ich schon länger zu Besuch kommen will. Ich habe ihn gefragt, wie es in der Schule läuft, was er davon hält, dass Joe Louis und so viele andere Champions zum Militär gehen. Er hat mir erzählt, dass du ihn nicht mehr die Boxkämpfe anhören lässt.«

Das stimmte nicht, jedenfalls nicht ganz, aber sie versuchte nicht, sich zu verteidigen. Wenn Patrick auf Streit aus war, würde er ihn selbst vom Zaun brechen müssen.

»Pass lieber auf, sonst wird er noch eine Memme.« Patrick zeigte auf die Regale um ihn herum. »Mein Sohn sollte nicht hier arbeiten. Er sollte sich die Hände schmutzig machen.«

Fast hätte er Martina dazu gebracht, ihm zu antworten. Zu erzählen, dass Gio den ganzen Sommer über im Garten gearbeitet hatte. Zu erklären, dass nichts gegen einen Sohn sprach, der fleißige Arbeit unter freiem Himmel ebenso liebte wie die Befriedigung, Bücher in hohen Räumen in Regale einzusortieren. Aber das war ein Aspekt der Vaterschaft, den Patrick nicht zu kennen brauchte, nach allem, was er getan hatte.

Martina überlegte krampfhaft, wovon sie reden sollte. Nicht vom Pfandleihhaus, vom Schmuggeln, von den Verhaftungen. Vielleicht dachte er ja, dass es eine zufällige Razzia gewesen war.

Aber seine nächsten Worte machten diese Hoffnung zunichte. »Ich habe diese Küstenwachetypen gehört. Habe von Weitem zugesehen, weil ich wusste, dass da was nicht stimmte. Sie haben nach einem Patrick Quinn gefragt.« Seine Augen verengten sich gefährlich. »Nur dass ich hier diesen Namen gar nicht benutze. Wegen meiner unehrenhaften Entlassung konnte ich keine Fischereilizenz bekommen. Vor dir steht Rick Sullivan.«

»Ach ja?« Martina kämpfte gegen den eisernen Griff der Panik an, der ihre Worte wie ein Quieken aus ihrer Kehle presste. Sie musste Ruhe bewahren und nachdenken.

»Und das bedeutet, dass du der einzige Mensch in dieser elenden Stadt bist, der meinen richtigen Namen kennt.« Patrick machte einen drohenden Schritt auf sie zu. »Was hast du ihnen gesagt?«

Nichts als die Wahrheit würde reichen. Das Schlimmste wusste er schon. »Dass du und deine Männer euer Land zu eurem eigenen Vorteil verraten wolltet.«

»Und was hat mein Land jemals für mich getan, hm? Oder für dich?« Seine Worte waren ein bisschen undeutlich, obwohl Patrick nicht betrunken schien. Er hatte Alkohol schon immer gut vertragen.

»Wir schuften uns für dieses Land den Rücken krumm, gehen jeden Tag brav zur Stempeluhr, sprechen unseren Eid und unsere Gebete. Und was bekommen wir? Einen Tritt in den Hintern zur Tür raus, Steuern und Regeln, die Leuten wie uns nichts bringen. Sie sagen uns: ›Onkel Sam will dich!‹ Er will, dass wir für ihn sterben, *das* will er. Aber das tu ich nicht. Nein, ich nicht.«

So hatte Martina ihn noch nie reden hören, schon gar nicht, als er in der Navy seine Freiheitsgarantie gesehen hatte. Doch wie alle seine Pläne war auch das nicht von Dauer gewesen.

»Warum bist du hier?«, fragte sie.

Könnte er vielleicht gekommen sein, um sich zu verabschieden?

Doch die Erfahrung, die ihr riet, sich nicht zu früh zu freuen, ließ sie seine nächsten Worte bereits erahnen. »Ich brauchte diesen letzten Beutezug. Unbedingt. Ein gefälschter Ausweis und einen versteckten Treibstofftank gibt es nicht umsonst. Und die Leute, denen ich was schulde, haben keine Geduld.«

»Dann musst du dir eben woanders Arbeit suchen.« Legale Arbeit, hätte Martina am liebsten gesagt, wagte es aber nicht.

Patrick schüttelte den Kopf und das gefährliche Glitzern, das der teure Anzug und die schmeichelnden Worte überdeckt hatten, war jetzt wieder in seinen Augen zu sehen. »Ich brauche das Geld sofort. Und du wirst mir helfen, es zu bekommen.«

Martina ging in Gedanken mögliche Reaktionen durch und verwarf sie wieder. Vielleicht konnte sie Miss Cavendishs 30-Dollar-Ausgabe von *Stolz und Vorurteil* aus dem Schrank holen und ihm einreden, dass es sich um eine wertvolle Erstausgabe handelte. Nein, er würde ihr niemals glauben. In der Bücherei gab es kein Bargeld, abgesehen von dem wenigen Wechselgeld für ausstehende Mahngebühren. Martina trug das Kruzifix um den Hals – vielleicht würde er es noch einmal als Zahlung akzeptieren – und den größten Teil ihrer Ersparnisse in ihrer Handtasche, in die sie das Geld für den Umzug getan hatte.

Aber das Geld war für Lebensmittel und Schulbücher. Es war alles, was sie zum Leben hatten, bis Martina eine neue Stelle fand. Es gehörte nicht Patrick, auch wenn er so tat.

»Nein«, sagte sie schlicht und das Wort fühlte sich gut und richtig an, so wie die Erfüllung von tausend gebrochenen Versprechen. »Ich werde dir nichts geben.«

Die Wut, die in Patricks Augen aufblitzte, passte zu der Hand, mit der er sich in die Seitentasche seines abgewetzten Mantels fuhr. Hätte sie nicht alle Sinne auf ihn gerichtet, um jederzeit um Hilfe rufen oder fliehen zu können, hätte sie es vielleicht nicht bemerkt.

Patrick hatte eine Waffe. Natürlich hatte er die. Schließlich war es eine gefährliche Mission auf offener See, dem Feind Treibstoff zu verkaufen und eine riesige Summe Bargeld mit einer Crew, der er nicht trauen konnte, zurück an Land zu bringen. Dafür musste er bewaffnet sein.

Aber er entspannte sich und griff nicht nach der Waffe. Warum sollte er auch? Er hatte es ja nur mit seiner verschüchterten Ehefrau zu tun, die ausnahmsweise einmal versuchte, eine oberflächliche Unabhängigkeit zu demonstrieren. Selbst jetzt war Patrick noch davon überzeugt, die Oberhand zu haben.

»Dann holst du dir besser welches von deinen reichen Freunden. Denn wenn die Aufregung sich gelegt hat, werde ich wiederkommen. Und denk ja nicht, ich würde nicht merken, wenn du versuchst, mich zu verpfeifen.«

Martinas Kehle war wie zugeschnürt. Es war wie immer. Diese

Drohung: *Tu, was ich sage, sonst finde ich dich – und die Kinder – jederzeit. Lauf ruhig weg, wenn du willst, versuch doch, dich zu verstecken. Es wird dir nicht gelingen.*

Patrick tippte sich an den Hut und grinste wieder spöttisch. »Bis zum nächsten Mal, Martina.«

»Es wird kein nächstes Mal geben.« Martina drückte die Hand auf das Kreuz unter ihrer Bluse und betete, dass es wahr sein möge, aber Patrick lachte nur höhnisch.

»Ach ja? Wer sagt das?«

»*Sie* hat es gesagt.« Eine neue Stimme, die donnernd an den hohen Decken widerhallte, ließ sie beide herumfahren, sodass sie Freddy sahen, der im Eingang stand. »Aber wir werden ihr Rückendeckung geben, wenn es sein muss.«

Patrick fasste sich schnell wieder, wie immer, und trat einen Schritt hinter Martina, zum Schutz, falls das nötig sein sollte. »Wer bist du denn? Ihr Liebhaber?«

Martina spürte, wie sie rot wurde. Was würde Freddy von ihr denken, wenn ihr eigener Mann so etwas sagte?

Aber Freddy zögerte nicht, sondern trat entschlossen vor. »Etwas, das für dich gefährlicher sein dürfte. Wir sind ihre Freunde.«

Wir?

Louise Cavendish erschien hinter Freddy, den Kopf stolz erhoben, wie die Königin aus *Hamlet*. »Freunde, die bereits die Polizei gerufen haben, was Sie vielleicht interessieren wird.«

Es war bestimmt ein Bluff. Das Telefon stand auf dem Tresen an der Ausleihe, zwischen Martina und Patrick und den beiden, die gerade erschienen waren. Aber in Miss Cavendishs Stimme lag eine so unerschütterliche Autorität, dass Patrick zögerte.

»Hör zu, wer auch immer du bist«, sagte Freddy, während er mit drohenden Schritten weiterging, »du wirst nie wieder Kontakt zu dieser Frau aufnehmen. Sonst erfahren wir davon.«

Martina wandte sich wieder zu Patrick um. An dem Blick, den er an ihr vorbeiwandern ließ, und daran, dass von seinem angeberischen Gehabe nichts mehr zu sehen war, erkannte Martina, dass er die Botschaft verstanden hatte.

Sie war nicht mehr allein und hilflos. Und würde es auch nie wieder sein.

»Verstanden?«, hakte Freddy nach. Er war jetzt bei der Ausleihe angekommen und seine Worte, sein Tonfall, seine Haltung waren eine deutliche Warnung.

Mach ihn nicht wütend. Du darfst ihm keine Angst machen. Er hat eine Waffe.

Aber sie konnte es nicht sagen, konnte Freddy nicht davon abhalten, weiter auf Patrick zuzugehen, und sein für den Krieg durchtrainierter Körper machte deutlich, was er versuchen würde, wenn er nahe genug herankam. Da zog Patrick, der das auch wusste, schnell seine Pistole, sodass das Metall aufblitzte, und streckte den Arm aus, um zu zielen.

Es war zu spät, um zu überlegen, zu spät, um etwas anderes zu tun, als ihrem Herzen die Regie zu überlassen, bevor ihr Geist entscheiden konnte. Martina warf sich von der Seite gegen ihren Mann, sodass er mit lautem Getöse in einem der Regale landete. Ein Schuss löste sich, die Waffe fiel zwischen umgekippten Bücherstapeln zu Boden, aber Martina behielt sie im Blick und kickte sie mit aller Kraft in Richtung Ausleihe.

Aus dem Augenwinkel sah sie, dass Freddy zu der Pistole hechtete, aber vor ihr starrte Patrick sie an, während er sich aufrappelte, und jetzt trug er kein höhnisches, herablassendes Grinsen mehr im Gesicht.

Jetzt hatte er Angst.

Vor ihr. Vor der neuen Kraft in ihren Armen und vor der lange schon schwelenden Wut, die er in ihren Augen sah.

Und mit einem letzten Blick hinter sich rannte er an den Bücherkisten, die Gio in stundenlanger Fleißarbeit für die Soldaten gepackt hatte, vorbei zur Tür hinaus und verschwand in der Dunkelheit.

Auch wenn sie jetzt anriefen, würde die Polizei zu spät kommen, so wie es auch bei der Küstenwache gewesen war. Martina wusste, dass ihr das Sorgen bereiten sollte. Vielleicht hätte sie mit der Waffe schießen oder Patrick zumindest den Weg versperren sollen, damit Freddy ihn überwältigen konnte. Aber sie hatte instinktiv reagiert und jetzt hatte sie nur noch die Kraft, zu Boden zu sinken und sich an ein Regal zu lehnen. Es war vorbei. Im Moment jedenfalls war Patrick fort.

Freddy kniete sich neben sie. »Bist du okay, Martina?«

»Mir geht es gut«, sagte sie und diesmal meinte sie es auch so. Tiefe Atemzüge gaben ihr ein wenig Halt und sie ließ sich von Freddy aufhelfen und zu einem Stuhl führen.

»Tja«, sagte Miss Cavendish, während sie sich in der verdunkelten Bücherei umsah, »wir müssen jemanden damit beauftragen, das Einschussloch zu reparieren, sonst fangen die Leute noch an zu reden.«

Patricks Schuss hatte eine Delle im Putz zwischen den Fenstern hinterlassen. Wie viel schlimmer es wäre, wenn …

Nein. Denk nicht daran. Es ist nicht passiert.

Freddy schien auf irgendeine Erklärung zu warten, aber Miss Cavendish kritzelte irgendetwas auf ihr Klemmbrett, ganz in Geschäftliches vertieft, als wäre Patrick nur eine kleine Unterbrechung gewesen.

Martina schluckte und fuhr sich mit der Zunge über die trockenen Lippen. »Er war – ist – mein Mann. Aber ich schwöre, dass ich ihn nicht hierherführen wollte.« Wo sollte sie anfangen, was über die vergangenen achtzehn Jahre sagen, in denen sie das Vertrauen verloren hatte und die so voller Kränkungen und schwieriger Entscheidungen gewesen waren? »Ich … ich weiß nicht, wie ich das erklären soll.«

Miss Cavendish blickte von ihrem Blatt Papier auf. »Das brauchen Sie auch nicht. Jedenfalls nicht meinetwegen. Ich bin sicher, die Polizei wird eine Art Bericht haben wollen.«

In dem Gesicht der älteren Frau sah Martina etwas Unerwartetes. Kein Entsetzen und nicht einmal Mitleid.

Verständnis.

»Leider kann ich mir nur allzu gut vorstellen, wie es ist, wenn man wegen der Dummheit eines unzuverlässigen Mannes zur Verzweiflung getrieben wird.«

Wie das sein konnte, wusste Martina nicht, aber es schien so, als hätten Louise Cavendish und sie etwas gemeinsam.

»Warum seid ihr hier?«, fragte Martina. »Abgesehen davon, dass ihr die Antwort auf meine Gebete seid.«

»Die Wege Gottes sind unergründlich«, erwiderte Miss Cavendish trocken. »Ich wusste, dass Avis und Ihr Sohn abends lange arbeiten und Bücher für die Schließung der Bücherei packen. Aber die Schließung ist Geschichte, das habe ich erst vor Kurzem so entschieden und ich hatte den Wunsch, es ihnen selbst zu sagen.«

»Aber das können wir ein andermal erzählen«, warf Freddy ein. »Ist Gio okay?«

Martina nickte, plötzlich völlig überfordert. Gio. Rosa. Sie musste zu ihnen nach Hause. Musste Gio erklären …

»Und? Was meinen Sie?« Miss Cavendish trat näher und hielt das Papier auf ihrem Klemmbrett hoch. Martina sog scharf die Luft ein. Das war Patrick, seine Züge mit groben, aber gut erkennbaren Strichen gezeichnet. Und mehr noch: Miss Cavendish hatte etwas hinter dem markanten Kinn und den ausdrucksstarken Augen erfasst, nämlich das spöttische Grinsen, das sein attraktives Gesicht immer ein klein wenig schief wirken ließ, nur ein bisschen verdorben, wie sauer gewordene Milch. Martina fröstelte.

»So gut? Ich will, dass die Polizei ihn erkennt.«

Martina hatte ein verschwommenes Foto von Patrick in seiner Navy-Uniform, aber diese Zeichnung gab sein Wesen wieder, wie keine Kamera es je getan hatte.

Sie konnte den Gedanken kaum ertragen, aber Freddy bestand darauf, dass sie sofort die Polizei riefen. Als die Beamten kamen, musste Martina die zusätzliche Schande über sich ergehen lassen, ihnen die Einzelheiten zu berichten. Patricks Namen und sein Pseudonym, die verschiedenen Titel, mit denen er sich in den letzten Jahren geschmückt hatte. Unehrenhaft entlassener Navy-Soldat. Schmuggler. Ehemann. Die Polizisten hörten mit dem Interesse von Kleinstadtbeamten zu, die froh waren, einmal in einer anderen Sache zu ermitteln als wegen Verkehrssündern oder Betrunkenen, und Martina wusste, dass ihre Geschichte bald in aller Munde sein würde.

Was Patrick betraf, so war Derby für ihn kein sicherer Ort mehr. Er würde in einer Großstadt untertauchen – New York oder vielleicht Boston.

Mamma. Martina musste ihr ein Telegramm schicken und sie bitten umzuziehen, nur für den Fall, dass Patrick dumm genug war, nach Hause zu gehen. Es tat weh zu wissen, dass Mamma ihre Nachbarn, die für sie wie eine Familie waren, verlassen musste. Aber Derby würde ihr gefallen, die stille Schönheit von Ort und Landschaft. Sie würde schlafen können, ohne vom Verkehrslärm gestört zu werden. Sie und Delphie könnten Rezepte austauschen …

Aber für all das war jetzt keine Zeit. Martinas Kinder warteten auf sie. Warteten auf die Wahrheit.

Freddy begleitete sie nach Hause und Martina hörte, wie er im Wohnzimmer leise mit Russell und Avis sprach. Gut. Wenigstens eine Erklärung, die sie nicht selbst abgeben musste.

Anstatt sich zu ihnen zu gesellen, ging sie auf Zehenspitzen zum Gästezimmer. Rosa lag schon in dem schmalen Bett, das sie sich mit Martina teilen würde, und las, wie meistens. Aber Gio, der sich umdrehte und Martina einen finsteren Blick zuwarf, als er hörte, dass die Tür aufging, lief am Fenster auf und ab. »Ich habe ihr gesagt, dass ich Dad gesehen habe und dass du uns angelogen hast.«

Ja, das hatte sie. Sie hatte ein Bild von ihrem Vater gezeichnet, in dem er ein heldenhafter Soldat war, und sie hatte sogar überlegt, ob sie ihnen sagen solle, er sei in einer Schlacht gefallen, wie so viele andere Ehemänner und Väter. Er sollte sich ehrenhaft aus ihrem Leben schleichen, anstatt in Schimpf und Schande. Aber er hatte Letzteres gewählt und so würde er in Erinnerung bleiben.

»Ich will wissen, warum«, brach Gio das Schweigen. »Du hast es mir versprochen.«

»Ich weiß, mein Junge. Ich weiß.« Martina setzte sich aufs Bett, nahm Rosa in den Arm und wiegte sie hin und her, als wäre sie immer noch ein Baby, das man mit einem Schlaflied beruhigen konnte.

Vielleicht war die Konfrontation mit Patrick der leichtere Teil gewesen und dies, nämlich die Wahrheit zu sagen, würde sie mehr kosten. Aber es war an der Zeit.

»Ich muss euch beiden etwas mitteilen«, begann sie, unsicher, was sie als Nächstes sagen sollte.

»Eine Geschichte?«, fragte Rosa schläfrig. »Ich mag Geschichten.«

Aber dies war nicht eins ihrer Märchen, in denen Feen und Zwerge, Trolle und Drachen und heldenhafte Ritter ihren Auftritt hatten.

Oder vielleicht doch.

War das nicht der Sinn und Zweck von Geschichten? Die besten von ihnen mochten von Gut und Böse in fiktiven Ländern handeln, aber eigentlich sollten sie doch den Menschen helfen, Gut und Böse in der echten Welt zu erkennen. Und vielleicht sogar zeigen, wie man mit Weisheit und Mut darauf reagierte.

In Gedanken ging Martina die besten Geschichten durch, die sie gelesen hatte – von Henry Higgins, der seine Macht benutzte, um Eliza zu demütigen und zu schikanieren, von Hercule Poirot, der am unvermeidlichen Ende Habgier und Betrug aufdeckte, von Jane Eyre, die zu Mr Rochester sagte: *»Ich bin kein Vogel; und kein Netz fesselt mich. Ich bin ein freier Mensch mit einem unab-*

hängigen Willen, den ich jetzt dazu gebrauchen werde, Sie zu verlassen.«

Und dann hatte sie gefunden, was sie suchte – etwas, das für die beiden einen Sinn ergab, etwas mit einer Wahrheit, die ihnen helfen konnte, den Vater zu verstehen, der sie alle so verletzt hatte.

»Wisst ihr noch«, begann sie, »wie Long John Silver in *Die Schatzinsel* immer nett zu Jim war? Aber dadurch wurde er kein guter oder ungefährlicher Mensch …«

36

Avis
8. September

Avis' Hausfrauenbücher enthielten eine Menge Tipps für Gastgeberinnen, aber in keinem fand sie einen wirklich hilfreichen Rat, wie man das eigene Zuhause für vier zusätzliche Übernachtungsgäste herrichtete, vor allem, wenn ein gewalttätiger Mann hinter ihnen her war.

Also hatte sie improvisieren müssen – und nachdem die meisten beim Abendessen nur in ihrem Essen gestochert hatten, hatte sie Kräcker und Kakao aufgetischt und versucht, über unverfängliche Themen zu plaudern. Und jedes Mal, wenn sie an der Eingangs- oder Gartentür vorbeikam, hatte sie die Schlösser überprüft, um sich zu vergewissern, dass alle während der Nacht sicher waren.

Martina und die Kinder hatten sich schon in das Gästezimmer zurückgezogen und Freddy weigerte sich, sie allein zu lassen, während Martinas Mann auf freiem Fuß war. Russell und er würden abwechselnd auf dem Sofa schlafen, während der andere wach blieb, für den Fall, dass es Ärger gab.

Jetzt drehte Avis sich im Dunkeln um, während sie auf ihrer Matratze lag, aber alles andere als müde war. Schon bei dem Gedanken an die Ereignisse des Abends bekam sie eine Gänsehaut. Ein Pistolenschuss in ihrer Bücherei! Und die arme Martina hatte ihr Geheimnis so lange für sich behalten. Schlimmer als die schreckliche Geschichte von Edgar Allan Poe.

Plötzlich zerriss ein gedämpfter Aufschrei die Stille. Einen Moment lang fragte Avis sich, ob sie sich das Geräusch nur eingebildet hatte, aber dann erkannte sie Martinas Stimme. Sie holte schnell ihren Morgenmantel aus dem Wandschrank und riss die Tür auf.

Im Flur stand die kleine Rosa mit einem Plüschbären in der Hand und blinzelte im Licht der eingeschalteten Deckenlampe, die gegen alle Verdunklungsregeln verstieß. Martina kniete neben ihr. »Sag uns, wo dein Bruder ist, Rosa.«

Avis merkte, wie sich ihr Herzschlag beschleunigte. Gio war weg? Wie denn? Sie hatte die Tür zum Garten doch abgeschlossen.

Dummkopf. Türen waren nur von außen verschlossen.

»Ich musste ihm versprechen, dass ich nichts sage«, flüsterte Rosa, während sie sich an ihre Mutter klammerte, so scheu, wie sie es bei ihrem allerersten Buchclubtreffen gewesen war.

Martina drehte sie an den Schultern zu sich herum, sodass sie ihrer Tochter in die Augen schauen konnte. »Das ist kein gutes Versprechen. Wir wollen nur, dass Gio nichts passiert. Das willst du doch auch, nicht wahr?«

Rosa nickte unglücklich.

»Dann sag uns, wohin er gegangen ist.«

Avis hielt die Luft an, während Rosas Unterlippe zitterte. »Er wollte Dad finden. Er hat gesagt, er glaubt nicht, dass Dad ein böser Pirat ist wie in dem Buch.«

Irgendwie gelang es Martina, noch immer mit ruhiger Stimme zu sprechen. »Und wo ist er hingegangen, um euren Dad zu suchen?«

»Zurück zur Bücherei.«

Erleichterung schlug wie eine Flutwelle über Avis zusammen. Er war nicht auf den Straßen oder in den Hafenspelunken unterwegs. »Dann ist er in Sicherheit.«

»Es sei denn«, sagte Martina, die aussah, als müsste sie sich jeden Augenblick übergeben, »Patrick kommt zurück.«

Nein. Das würde er doch nicht tun, oder? Aber wenn auch nur die Chance bestand …

»Komm mit ins Wohnzimmer. Wir machen einen Schlachtplan.« Avis führte Martina, die jetzt am ganzen Leib zitterte, durch den Flur, während Rosa an ihrer Mutter hing wie eine Klette.

Sie weckten die Männer – auch Russell, der auf einem Stuhl an der Tür saß, war eingenickt – und erklärten die Situation.

Russell fing ihren besorgten Blick auf und nickte. »Komm, Freddy. Wir finden ihn und holen ihn zurück.«

Martina hatte sich in ein großes Tuch gewickelt und stand auf. »Ich komme mit.«

»Kommt nicht infrage«, erwiderte Freddy und gleichzeitig sagte Russell auf sanftere Weise: »Es wäre vielleicht besser, wenn Sie hierbleiben.«

Avis konnte die Unentschlossenheit in Martinas Gesicht sehen. Es wäre sicherer hierzubleiben und Rosa brauchte ihre Mutter. Aber ihr Sohn war da draußen.

»Vielleicht sollten wir …«, begann sie, aber das Geräusch von schrillen Sirenen schnitt ihr das Wort ab.

Reflexartig streckte Avis die Hand nach dem Lichtschalter aus. Gleich würden die Luftschutzwärter kommen, und wenn sie hier Licht sahen …

Moment mal. Sie sah zu der großen Standuhr hinüber, die in der Ecke stand. Fast Mitternacht.

Etwas stimmte hier nicht. Ganz und gar nicht.

Rosa hatte wieder angefangen zu weinen, diesmal lauter, weil sie spürte, dass die Erwachsenen beunruhigt waren. »Eine Luftschutzübung?«, fragte Russell hoffnungsvoll und sah Avis an, damit sie seinen Verdacht bestätigte.

Aber das konnte sie nicht. Seit ihr die erste Übung entgangen war, hatte sie mit der Wachsamkeit eines Militärstenografen, der Schlachtpläne überträgt, in der Zeitung alle Pläne notiert. »Jedenfalls keine geplante.«

»Lieber Gott«, flüsterte Martina, als wollte sie nicht, dass Rosa es hörte, »du meinst, das ist echt?«

Das war es, wovor Wochenschauen und Plakate sie die ganze Zeit gewarnt hatten: Der Feind konnte jederzeit angreifen. Und es könnte sein, dass die Deutschen ausgerechnet diese Nacht auserkoren hatten, um ihre Bomben auf Amerika abzuwerfen.

Alle drehten sich zu Avis um, die Mienen in unterschiedlichem Maße ängstlich.

Und die Vorkehrungen aus der Broschüre *Was bei einem Luftangriff zu tun ist*, die sie auswendig gelernt hatte, kamen ihr wieder in den Sinn, durchnummeriert in der richtigen Reihenfolge. »Russell, mach alle Lampen aus. Ich drehe das Gas ab. Alle anderen, haltet euch von den Fenstern fern. Wenn es sein muss, kriechen wir unter den Esstisch.«

Eine merkwürdige Ruhe überkam Avis trotz der Sirenen.

»Nein!«, schrie Martina, als Russell die Hand nach der Tischlampe ausstreckte. »Wir müssen Gio holen. Wenn er da draußen ist und die Bomben fallen …

Avis zögerte und verschwendete so wertvolle Sekunden, während jeden Augenblick eine Bombe durch die Decke krachen konnte. Es mussten ihre angeschlagenen Nerven sein, aber es klang so, als würden die Sirenen lauter, kämen näher, heulend mit ihrer mitternächtlichen Warnung. »Die Männer werden ihn finden, Martina. Wir müssen hierbleiben, wo es sicher ist.«

Die Männer …

Russell.

Alle wussten, dass der schlimmste Ort, an dem man sich bei einem Luftangriff aufhalten konnte, draußen auf der Straße war.

Wenn sie darauf bestand, dass sie mit der Suche warteten, bis die Gefahr vorbei war, würde Russell nicht in Gefahr geraten.

Doch gleich darauf setzte Avis' Vernunft wieder ein. Natürlich nicht. Ein schutzloses Kind konnte da draußen herumlaufen.

Russell hatte schon seinen Mantel übergeworfen. »Wir machen uns auf den Weg.«

»Warte.« Freddy drehte sich zu ihnen um, die Hand noch an den Verdunklungsvorhängen. »Das ist kein Luftangriff.«

Avis blinzelte. Hatte sie das richtig verstanden? »Aber die Sirenen …«

»Das ist ein Feueralarm. Mehr nicht.«

Er sprach mit solcher Überzeugung, dass Avis kaum zweifeln konnte. »Woher weißt du das?«

»Ich habe gerade die Feuerwehr vorbeifahren sehen.«

Natürlich. Deshalb war das Geräusch auch immer lauter geworden. Seltsam, wirklich seltsam, dass man über das Unglück anderer froh sein konnte, aber ein verstopfter Kamin oder ein Waldbrand, der auf einen Lagerschuppen übergegriffen hatte, war eine viel kleinere Katastrophe als die aufgerissenen Gehwege und zerstörten Gebäude, die sie sich vorgestellt hatte. Avis wäre vor Erleichterung beinahe auf die Couch gesunken, doch dann fügte Freddy hinzu: »Sie fahren in Richtung Bücherei, Avis.«

Martina
9. September

Beim Feuerwehrfest – war das erst zwei Monate her und nicht eine Ewigkeit? – hatte Gio mit einer Faszination, die sonst für seine Schwergewichtskämpfe reserviert war, dabei zugesehen, wie die Männer sich einen Wettkampf geliefert hatten, um die dicken Löschschläuche auszurollen und am nächsten Hydranten zu befestigen.

Jetzt rannten dieselben Freiwilligen, nachdem sie mitten in der Nacht alarmiert worden waren, getrieben nicht von einem Wettbewerb unter Freunden, sondern von echtem Rauch, der vom Dach der Bücherei aufstieg. Martina war sich sicher, wenn Gio sich in einem Radius von einem Kilometer befände, hätte er die Sirene gehört und wäre losgelaufen, um zuzusehen.

Es sei denn, er war in der Bücherei.

Der Gedanke ließ ihr keine Ruhe, während sie auf dem Gehweg stand. Ihr Sohn war dort drinnen. Der Instinkt einer Mutter konnte sich nicht irren und Martina wusste, dass ihr Junge, der stolz auf seine neue Arbeit und die damit verbundene Verantwortung war, nicht tatenlos dabei zusehen würde, wie die Bücherei brannte.

Und während Russell versuchte, die Sirenen zu übertönen und eine Suche zu organisieren, wobei er sagte, niemand solle den Feuerwehrmännern im Weg sein, eilte Martina unbemerkt eine Gasse entlang zum Hinterausgang der Bücherei. Durch diese Tür war Patrick verschwunden.

Sie war nicht verschlossen.

Martina hatte zugesehen, wie Louise alle Türen sorgfältig überprüft und abgeschlossen hatte, bevor sie gegangen waren, aber Gio hatte auch einen Schlüssel.

»Gio!«, schrie sie, als sie eintrat. »Wo bist du?«

Da war doch ein Geräusch, oder nicht? Vielleicht eine Antwort, obwohl das bei dem schrecklichen Knistern der Flammen schwer zu sagen war. Martina holte Luft, um noch einmal zu rufen, aber alles, was sie einatmete, war Rauch und sie krümmte sich in einem Hustenanfall, während ihr ganzer Körper schrie, dass sie verschwinden und den Flammen fernbleiben müsse.

Nicht ohne meinen Jungen.

Das Feuer war anscheinend an der Südseite des Raumes ausgebrochen, überall waren Scherben von gesplitterten Fensterscheiben, die im Licht des Feuers glänzten, und die Flammen hatten schon auf die Nachschlagewerke übergegriffen, deren Regale verkohlt und teilweise zusammengebrochen waren, weil das dünne Papier der Lexika wie Zündholz loderte.

»Gio!« Sie konnte keine Bewegung erkennen, konnte ihn nicht hören.

Die Worte der alten Gebete flossen zusammen zu einem schwammigen Fleck verstreuter Heiligkeit, auf Latein und Italienisch und Englisch, alles durcheinander. *Ave, o Maria, piena di grazia, dein Reich komme, dein Wille geschehe.*

Kyrie eleison.

Herr, erbarme dich.

»Hier!«

Das war Gio, ganz sicher, und sein dünnes Stimmchen kam aus der hintersten Ecke der Bücherei, wo der Qualm ihn wie ein Vorhang vor Martinas Blicken verbarg.

Martina stolperte durch die Dunkelheit auf die Stelle zu, an der sie Gio gehört zu haben glaubte, vorbei an glimmenden Büchern.

Sie hatte sich seine Stimme doch nicht eingebildet, oder?

Da. Der Junge blickte sich um und sah die Regale, an denen die Flammen züngelten, und den Fußboden, auf dem Trümmer lagen. Als wüsste er nicht, wohin.

Gott sei Dank. Martina eilte zu ihm und packte seinen Arm.

Jetzt war er nah genug, dass sie verstehen konnte, was er sagte. »Es gab Sand. Gleich neben der Tür.«

Sand? Der Rauch hatte ihn schon verwirrt. »Komm, mein Junge. Wir müssen hier raus.«

Aber Gio wand den Arm aus ihrem Griff und rannte auf die Treppe zur Kinderbuchabteilung zu, bevor Martina wieder zupacken konnte. »Aber …« Er hustete und Martina hätte ihn am liebsten angeschrien, nicht den Rauch einzuatmen. »Wir können die Bücher nicht hierlassen.«

In diesem Augenblick wusste Martina, dass Louise sich keine Sorgen hätte machen müssen, dass ihr die Liebe zu Büchern wichtiger sein könnte als die Familie. Nichts, absolut gar nichts konnte wichtiger sein, als dafür zu sorgen, dass Gio nichts passierte. Sie würde hundert, ja tausend Bücher anzünden, bevor sie das Leben ihres Sohnes aufs Spiel setzte.

Die ganze Leidenschaft einer italienischen Mutter lag in ihrem entschlossenen *»Du kommst mit mir. Sofort!«*.

Aber ihre Entschlossenheit traf auf den Starrsinn ihres Sohnes, geerbt von einem Vater, der es gewohnt war, seinen Willen zu bekommen, und mit einer schnellen Bewegung hatte er sich erneut losgerissen und war zu der nächsten Kiste geeilt, die er hochzuheben versuchte. »Ich gehe nicht ohne die Bücher.«

Martina erkannte, dass es eine der Kisten war, die er für die Soldaten gepackt hatte. Die Aufschrift lautete *Abenteuerbücher*.

Ihr wurde schwindelig. Zu viel Qualm. Martina versuchte, Gio die Kiste zu entreißen, aber sie hatte nicht genug Kraft und sie merkte, dass alles vor ihren Augen verschwamm. *Erbarme dich.*

»Gio!«

Eine neue Stimme. Freddy. Leicht zu erkennen an der Augenklappe, obwohl er ein Tuch um seinen Mund gebunden hatte. Noch ein Wunder. Ohne ein Wort schien er die Situation zu erfassen und nahm Gio die Kiste weg.

»Komm mit.« Der Befehlston, in dem er es sagte, schien Gio aus seiner Trance zu reißen. Der Weg zum Haupteingang schien einigermaßen frei. Die Flammen waren nicht bis hinter die Ausleihe gelangt.

Funken fielen auf sie herunter und Martina schlug sie fort, sodass sie auf die hölzernen Böden, die Holzregale, all die Bücher fielen …

Auch *Jane Eyre* hatte mit einem Feuer geendet. Nur waren in dem Fall der Brand von Thornfield und die Erblindung von Mr Rochester irgendwie gut gewesen, der Beginn eines Happy Ends.

Martina verdrängte das Geräusch der knisternden Flammen und das Brennen der heißen Luft, während sie sich ganz darauf konzentrierte, Gios Hand zu halten und auf die Tür zuzustreben, die noch nicht von den Flammen erfasst worden war. Sie konnte die Sirenen hören. Endlich schlossen ihre Finger sich um die Türklinke und dann strömte kalte Nachtluft herein, sauber und voller Sauerstoff. Keuchend sog sie die Luft ein, während sie Gio hinter sich herzog, auf die Feuerwehr zu, über das taunasse Gras, den Gehweg.

Dann brach sie erschöpft zusammen und hätte sich am liebsten zusammengerollt und die Augen zugemacht. Stattdessen sah sie zu, wie sich andere um sie herum bewegten. Freddy stellte die Kiste auf dem Rasen ab und gesellte sich dann zu den anderen Freiwilligen. Die Feuerwehrmänner hatten den Schlauch angeschlossen und tauften die Flammen. Avis hatte Rosa auf dem Schoß, die tief und fest schlief und nicht wusste, wie knapp sie dem Unglück entronnen waren.

Die Bücher brannten. Aber Gio war in Sicherheit.

Er lehnte sich an sie und die plötzliche Kälte ließ ihn frösteln.

»Lauf nie wieder von mir weg.«

»Mach ich nicht. Versprochen.« Dann saßen sie beide auf dem Gehweg und sahen zu, wie der Rauch in den dunkelgrauen Himmel der frühen Morgenstunden stieg. Sie wurden erst gestört, als Miss Cavendish selbst auf sie zugeeilt kam.

Natürlich hatte jemand sie sofort angerufen. Schließlich gehörte die Bücherei ja ihrer Familie.

Ohne sich mit einer Begrüßung aufzuhalten, kniete sie neben Martina und legte einen Arm um ihre Schulter. »Tief einatmen, bitte.« Als Martina ihr einen fragenden Blick zuwarf, fügte Miss Cavendish hinzu: »Ich bin ausgebildete Krankenschwester. Freddy hat mir erzählt, was passiert ist.«

»Aber müssen Sie nicht …?«

Sie wischte die Frage mit einer Handbewegung beiseite. »Das hier ist wichtiger.« Sie beugte sich vor und presste ein Ohr an Martinas Brustkorb. »Und jetzt einatmen.«

Martina gehorchte und Miss Cavendish wandte sich Gio zu.

Beide mussten sie den Mund weit aufmachen, sodass sie den Rachen untersuchen konnte, dann gab sie Avis Anweisung, eine Taschenlampe zu halten, damit sie Augen und Hautfarbe betrachten konnte.

Der Reihe nach stellte Louise nüchterne Fragen: Ob ihnen schwindelig wurde, wenn sie aufstanden. Ob sie kurzatmig waren. Wie tief der Husten saß, als sie das brennende Gebäude verlassen hatten. Ob sie irgendwelche Brandwunden hatten.

Als ihre Untersuchung am Wegrand beendet war, erhob Louise sich schließlich. »Ihr werdet beide keine bleibenden Schäden davontragen, dem Himmel sei Dank.« Die Erleichterung in ihrer Miene war echt, auch wenn sie schnell einem strengen Stirnrunzeln wich. »Ihr dürft euch aber nicht anstrengen, und wenn der Wahnsinn sich gelegt hat« – sie zeigte auf die Feuerwehrleute, die das Dach mit ihren Schläuchen besprengten – »soll euch jemand um Himmels willen nach Hause bringen, damit ihr euch ausruhen könnt.«

»Danke«, flüsterte Martina.

Aber selbst als Russell anbot, sie zu ihrem warmen Bett zu fahren, konnte Martina den Blick nicht von dem brennenden Gebäude abwenden. Die Zeit verstrich langsam, während die Morgendämmerung den Himmel einfärbte. Jeder Augenblick zog sich in die Länge und immer wieder fielen Martina die Augen zu, während sie das hektische Treiben um sie herum ignorierte. Kurz vor Sonnenaufgang erzählte Gio ihr dann, was er gesehen hatte.

»Ich bin eingeschlafen, während ich darauf gewartet habe, dass er zurückkommt. Und das ist er auch.«

Keine Angst. Er ist jetzt in Sicherheit. »Hat er dich gesehen?«

Gio schüttelte den Kopf. »Ich wollte ihn gerade rufen, aber dann habe ich gesehen, dass er einen Stein durchs Fenster der Bücherei geworfen hat. Danach hatte ich zu viel Angst, um was zu machen. Er …«

Vielleicht wäre die Geschichte da zu Ende gewesen, wenn Martina nicht eindringlich gefragt hätte: »Hat dein Dad das Feuer gelegt, Gio?«

Anstatt es auszusprechen, nickte Gio nur, obwohl Martina sich so etwas schon gedacht hatte. Das Feuerzeug, das Patrick immer bei sich trug, seine Drohungen, der mörderische Blick in seinen Augen, als er zum ersten Mal in seinem Leben weglaufen musste.

Und es brach ihr das Herz. Warum hatte Gio mit ansehen müssen, wie der Mann, den er so verehrte, den Ort zerstörte, den er so liebte?

Die Antwort kam mit dem nächsten Herzschlag. *Weil er es sonst nicht geglaubt hätte.*

»Warum hat er das gemacht, Mamma?«

Darauf hätte sie ein Dutzend Antworten geben könnten. Weil

er wahrscheinlich zu viel getrunken hatte. Weil er sich rächen wollte und nichts zu verlieren hatte. Weil Männer wie Patrick so etwas eben taten – sie nahmen schöne Dinge und zerstörten sie.

Aber am Ende sagte Martina nur: »Er war wütend. Und das passiert, wenn ein Mann sich von seiner Wut beherrschen lässt.«

Gio überlegte und nickte dann. »Wie Jack Dempsey, der Boxer zusammengeschlagen hat, die größer waren als er. In meiner Zeitschrift stand, dass seine Wut seine größte Stärke und seine größte Schwäche war.«

Martina zeigte auf das Chaos um sie herum. »Sieht das hier etwa nach Stärke aus?«

Seine Stimme war klein und leise, als er einen Grashalm ausriss. »Nein.«

Gut. Er würde ein besserer Mann werden als sein Vater. Das musste sie einfach glauben.

»Tut mir leid, dass ich weggelaufen bin«, sagte er und rückte in der kalten Nachtluft näher.

Sie legte einen Arm um ihn. »Mir tut es auch leid. Ich hätte euch viel früher die Wahrheit sagen sollen.«

»Ich weiß, warum du es nicht getan hast. Es tut weh.«

»Ja, das tut es.«

Martina wollte ihm so viele Dinge sagen: Er wollte dir nicht so wehtun; du musst nicht sein wie er; wir werden einen neuen Ort finden, an dem wir sicher sind; alles wird gut werden.

»Ich liebe dich«, sagte sie stattdessen.

Im Moment war das genug.

Allem anderen würden sie sich am Morgen stellen.

Ginny
9. September

Pa hatte ihr von dem Brand im Jahr 1914 erzählt, der Long Island verwüstet hatte, bevor Ginny geboren wurde. »Ein schreckliches Feuer. Hat zuerst das *Granite Springs Hotel* und das Casino zerstört und dann auf den Hafen und das Geschäftsviertel übergegriffen. Niemand ist umgekommen, aber die Insel hat sich nie wieder davon erholt. Kaum jemand hat wieder etwas aufgebaut und die Sommergäste sind nicht mehr gekommen.«

»Wie konnte denn alles so schnell abbrennen, wo doch überall Wasser drum herum ist?«, hatte Ginny gefragt.

Pa hatte nur den Kopf geschüttelt. »Die Eimerbrigade hat nicht gereicht. Und die Stadt hat zu lange gebraucht, um ein Löschboot vom Festland zu schicken.«

Damals hatte Ginny zum ersten Mal eine harte Lektion gelernt: Portland mochte imposant sein mit seinen Geschäften und dem Essen und den glänzenden Automobilen, aber die Inselbewohner waren der Stadt egal. Also mussten sie für sich selbst sorgen. Sie waren eine Familie.

Und deshalb war sie am Morgen nach dem Brand in der Bücherei wutschnaubend erschienen. Gehörte sie etwa nicht zur Familie? Wie kam es, dass sie erst eine Ewigkeit nach dem Brand davon erfahren hatte, als ihre Vermieterin ihr von der nächtlichen Aufregung am anderen Ende der Stadt erzählt hatte?

Auf dem Rasen standen jede Menge Leute. Manche starrten das riesige Loch im Dach an, andere unterhielten sich in Grüppchen darüber, was sie in der Nacht zuvor gesehen hatten. Nur Ginny konnte nicht mitreden, weil sie die ganze Zeit tief und fest geschlafen hatte.

Schließlich entdeckte sie einen von denen, die sie zur Schnecke machen konnte. Freddy, der ausnahmsweise ungepflegt und zerzaust aussah, die Falten im Gesicht voller Dreck. Er machte schnell einen Schritt zurück, als sie auf ihn zustapfte. »Ginny, du …«

Oh nein, sie würde ihm nicht die Gelegenheit geben, irgendeine Ausrede vorzubringen. »Warum hast du mir nicht Bescheid gesagt?« Gut, sie hatte kein Telefon, aber er wusste, wo ihre Wohnung war, und wenn er an die Tür geklopft hätte, wäre sie sofort aufgesprungen.

»Es war spät. Ich wusste, dass du schlafen würdest, und …«

»Meinst du nicht, dass ich vielleicht hätte geweckt werden wollen?«

»Ich habe den Feuerwehrleuten geholfen«, protestierte er, als könnte sie das nicht an dem Schweiß und Ruß erkennen, der an ihm klebte.

»Die ganze Zeit? Auch nach Mitternacht noch?«

Freddy duckte sich wie ein Mann, der einem Kugelhagel auszuweichen versucht. »Okay, okay. Es tut mir leid, dass wir die Bücherei ohne deine Aufsicht haben abbrennen lassen.« Sie funkelte ihn böse an, bis er hinzufügte: »Und ich bin froh, dass du jetzt hier bist.«

Sein Lächeln, das so aussah, als meinte er seine Worte ernst, ließ Ginnys Wut ein wenig verrauchen. »Aber dass mir das nicht noch mal vorkommt.«

»Ich glaube, das kann ich guten Gewissens versprechen.« Dann sahen sie beide zur Bücherei hinüber. Das Gebäude war immerhin nicht eingestürzt, aber von der Straße aus konnte man einen Teil des eingefallenen Daches sehen, während der Rest vor Löschwasser triefte. Wenn man die Feuerwehrmänner betrachtete, sah es drinnen wahrscheinlich schlimmer aus.

Aber vielleicht hatten ja die Bücher im Lagerraum überlebt.

Ginny legte den Kopf ein wenig schief, so als wollte sie einen steifen Nacken recken, anstatt Freddy prüfend anzusehen. »Und, bist du in Ordnung? Ich habe gehört, du warst ein regelrechter Held.«

Avis, der Ginny ihre wütende Rede ersparte, weil sie völlig fertig aussah, hatte ihr einiges von dem erzählt, was in der vergangenen Nacht geschehen war – was ihre Vermieterin nicht gewusst hatte, über die Rettung von Gio und so.

»Ich wünschte nur, wir wären hier gewesen, bevor das Feuer sich ausbreiten konnte.« Freddy sah jetzt nicht mehr Ginny an und sie folgte seinem Blick zu der Stelle, an der Louise mit einem der Feuerwehrmänner sprach. Während sie sich umsah, blickte Louise zu ihnen herüber, nickte und – oh Wunder über Wunder – lächelte doch tatsächlich.

»Du hast es ihr gesagt, oder?«, wollte Ginny wissen.

Freddy nickte. »Wir müssen eine Menge verlorene Zeit nachholen. Viele Fragen beantworten. Aber du hattest recht – es war ein gutes Gefühl, ihr die Wahrheit zu sagen.«

Ginny schnaubte verächtlich. »Natürlich hatte ich recht. Ich habe immer recht.«

»Ich weiß noch nicht, ob sie den anderen sagen will, wer ich bin. Also, wenn es dir nichts ausmacht …«

Eine so skandalöse Geschichte würde eine Kleinstadt wie Derby erschüttern, das stand fest. Damit und mit dem Brand würden die Leute noch jahrelang Grund zum Tratschen haben. Aber letzten Endes musste Louise das entscheiden. »Mach dir meinetwegen keine Gedanken. Ich kann schweigen wie ein Grab, wenn ich will.« Als sie Freddys Blick sah, fügte sie hinzu: »Was nicht oft der Fall ist, aber das hier ist eine ernste Sache.« Niemand konnte Ginny Atkins vorwerfen, sich in das Leben anderer Leute einzumischen.

Im Moment schien Louise zu sehr in ihr Gespräch mit dem Leiter der Feuerwehr vertieft zu sein, als dass sie viel über ihren lange vermissten Sohn nachdenken konnte.

»Wir sollten helfen«, sagte Freddy und Ginny musste zugeben, dass er wahrscheinlich recht hatte. »Jedenfalls, wenn du mit deiner Gardinenpredigt fertig bist.«

Und Ginny stellte fest, dass sie tatsächlich fertig war und ihre Verärgerung auf einmal ganz und gar verschwunden war. »Tut mir leid, dass ich dir den Kopf abgerissen habe. Aber es macht einen ganz schön wütend, wenn das Zuhause so zerstört wird.«

Freddy zog die Augenbrauen hoch. »Ich dachte, Long Island wäre dein Zuhause.«

Tja, was sollte sie dazu sagen? »War es ja auch. Und das wird es auch immer sein.«

»Aber …«, hakte er nach und dabei glänzte sein gesundes Auge für Ginnys Geschmack ein bisschen zu sehr.

»Vielleicht kann das hier ja auch ein Zuhause sein. Für eine Weile.«

Sein Nicken fühlte sich wie ein Versprechen an. Diese Unterhaltung war noch nicht beendet – aber sie hatten einen Anfang gemacht. Und das war ja schon mal etwas.

Ginny fröstelte und wünschte, sie hätte sich einen Pullover mitgebracht. Typisch Maine – gestern noch sonnenhungrige Badegäste und heute schon Temperaturen im einstelligen Bereich und mehrere Schichten Kleidung. Noch ein Hinweis darauf, dass der Winter kam, und bald würde Freddy weg sein.

Hamish fing sie auf ihrem Weg zu Louise ab und reichte ihnen eine Plane, begleitet lediglich von ein paar knappen Worten und einer Geste, was sie damit tun sollten.

Ginny nahm eine Ecke und Freddy die gegenüberliegende, um die Plane auszurollen. »Es wird bestimmt Monate dauern, die Bücherei wieder aufzubauen.«

»Mindestens«, stimmte er zu. Mehr sagte er nicht.

Also würde sie die ganze Arbeit machen müssen. Typisch. »Überlegst du zu bleiben?«

Sie breiteten die Plane flach auf dem Rasen aus. »Warum interessiert dich das?«, fragte er mit diesem nervigen Funkeln in den Augen.

»Och, nur so. Sie könnten deine Hilfe hier gebrauchen.«

»Und …«

Seine Ein-Wort-Stichworte wurden langsam lästig. »Also gut«, schnaubte sie. »Es ist schön, dass du hier bist, Freddy. Ich würde dich vermissen, wenn du weggingst. Bist du jetzt glücklich?«

»Weißt du«, sagte er mit einem breiten Grinsen im Gesicht, »das bin ich wirklich.«

Und trotz Rauch und Feuer und allem stellte Ginny fest, dass das stimmte.

Louise
9. September

Im hellen Morgenlicht betrachtet, sah der Schaden viel schlimmer aus als Fredericks Bericht bei Tagesanbruch hatte vermuten lassen, aber Louise ging davon aus, dass das bei einem Brand immer so war. Mit der Erlaubnis des Brandmeisters war sie um das Gebäude herumgegangen, um es sich anzusehen, obwohl er sie gewarnt hatte, sie solle nicht hineingehen, bis sie das Dach genau untersucht hatten.

Als Louise wieder beim Rasen vor der Bücherei ankam, war die dort versammelte Menschentraube größer geworden. Es waren nicht so viele Personen wie beim Feuerwehrfest, aber mehrere Dutzend waren es bestimmt.

Die üblichen Schaulustigen, die bei einem Unglück immer angelaufen kamen, vermutete Louise.

Doch dann sah sie genauer hin. Einige Neugierige standen am Rand, aber die meisten Leute wussten genau, was sie hier taten.

Da war Hamish, der den Mitgliedern des Buchclubs seine kostbaren Gerätschaften lieh, um den Schutt wegzuräumen. Avis, die jedem Befehle erteilte, der zuhörte – du liebe Güte, wie hatte sie die Bibliothekarin jemals für zerbrechlich halten können? Delphie, die Sandwiches unter den erschöpften Feuerwehrleuten verteilte. Martina, mit ihren Kindern, die alle Anwesenden in Gruppen organisierte. Muriel Whitson, die einen Besen in der Hand hielt, zum Angriff bereit. Frederick und Ginny, die zusammen eine Plane auf dem Rasen ausrollten.

Sie waren alle hier, und darüber hinaus noch andere – langjährige Mitglieder der Bücherei, Neulinge beim Buchclub, Mitchristen aus der Kirchengemeinde, sogar Fremde. Bereit zu tun, was sie konnten.

Einige der Freiwilligen – vom Brandmeister abgesegnet – fingen an, eine Brigade zu bilden, die die Bücher aus dem Gebäude zum Rasen hinausreichte. Louise hatte ihre Haare zu diesem Anlass mit einem Kopftuch bedeckt wie eine von Milton Hanovers Gießereiarbeiterinnen. Heute waren sie mit einer anderen Art Kriegsarbeit konfrontiert und Louise war bereit, ihren Teil dazu beizutragen.

Bis Delphie herübergestapft kam und sich Louise in den Weg stellte. Sie war richtig erfreut gewesen, als Louise ihr am Tag zuvor unter vier Augen von ihrer Entscheidung erzählt hatte – zusammen mit einer Entschuldigung. Wie gewohnt waren sie in ihre alte Vertrautheit zurückgefallen und hatten ihren Streit hinter sich gelassen.

»Nur, damit Sie's wissen«, sagte Delphie und machte eine ruckartige Kopfbewegung in Richtung Bücherei, »alle hassen die alten Stühle, die Sie da reingestellt haben. Hübsch anzusehen, aber wenn man länger als eine Viertelstunde draufsitzt, tut einem der Hintern weh.«

Das war Louise durchaus aufgefallen, aber sie hatte gedacht, es liege vielleicht an ihrem Alter. »Dann ist es ja gut, dass wir vermutlich sowieso neue kaufen müssen.«

Mit einem zufriedenen Nicken drückte Delphie ihr ein vertrautes Buch in die Hand: *Stolz und Vorurteil*. Das Exemplar, das ihr Vater ihr hinterlassen hatte. »Martina hat es gefunden. Sie dachte, Sie möchten es vielleicht getrennt von den anderen aufbewahren.«

»Ah. Es hat also überlebt.« Typisch, dass romantischer Unsinn wie das Lieblingsbuch ihres Vaters unversehrt war, während wichtigere Werke verbrannten.

Aber Delphie eilte nicht zu ihrem Platz bei der Plane zurück. »Schon mal reingeguckt?«

»Nein.« Warum sollte sie?

»Muriel hat gesagt, wir sollen die Seiten auffächern, um Schmutz und Ruß rauszuschütteln«, war alles, was Delphie erwiderte. »Wir haben etwas gesehen, das Sie vielleicht interessiert.«

Mit diesen Worten humpelte sie davon, um an anderer Stelle

die Arbeiten zu beaufsichtigen und den Helfern unmissverständlich zu sagen, was sie falsch machten, sodass Louise mit dem Buch allein zurückblieb.

Was hatte der Antiquitätenexperte gesagt? Etwas wie: »Die Auflage ist zu spät, um viel wert zu sein, vom Zustand und den Markierungen ganz zu schweigen.« Eine Zeile in einem detaillierten Brief, die sich auf Unterstreichungen oder Flecken auf den Seiten beziehen konnte. Es war Louise nie in den Sinn gekommen, die Aussage zu überprüfen.

Jetzt saß sie auf der Treppe vor der Bücherei, während freiwillige Helfer um sie herum wirbelten, und schlug das Buch auf, um die Notiz zu lesen, die mit zittriger Handschrift auf der Titelseite stand.

10. Dezember 1918

Meine geliebte Louise,
jetzt, wo meine Zeit gekommen ist, diese Welt zu verlassen, wird mir bewusst, dass es vieles gibt, was ich dir nicht gesagt habe. Viel zu viel, als dass es auf diese Seite passen würde, deshalb fange ich mit dem Wichtigsten an:
Ich liebe dich, mein Kind. Ich fürchte, wie Mr Bennet habe ich es nicht immer gezeigt, aber das hätte ich tun müssen. (Wenn du den Roman liest, wirst du verstehen, was ich meine. Und das solltest du. Er ist hervorragend.) Und ich bin stolz auf dich, vor allem wegen der Art und Weise, wie du dich um mich gekümmert hast – und um diese Stadt in einer Zeit der Krankheit und Not. Das war bestimmt nicht leicht.
Ich hoffe, dass du jetzt das Leben führen kannst, das du willst, ohne diesen alten Invaliden und seine staubigen Bücher, welchen Weg auch immer du gehst. Ich hoffe, du findest Glück, Gemeinschaft und Sinn – und dass dein Kind dasselbe findet. Mehr als alles andere wünsche ich, ich wäre die ganze Zeit dabei gewesen.
Stattdessen kann ich dir nur das Sommerhaus hinterlassen,

das du geliebt hast, bevor es zum Gefängnis wurde, und eine Bücherei, die du nie wirklich geliebt hast. Das, denke ich, war wohl auch meine Schuld.
Aber es gibt andere Menschen in dieser Stadt, die diese Bücherei lieben. Ich hoffe, du lernst sie kennen und lässt sie in dein Leben. Denn ich habe die Erfahrung gemacht, dass Bücher gute Freunde sind – aber andere Leser noch bessere.

Mit all meiner Liebe
Vater

Louise starrte das Buch in ihren Händen an und las die Worte, die so lange unausgesprochen geblieben waren. Das einzige Buch in der Sammlung ihres Vaters, das keine Erstausgabe war, aber jetzt von allen das kostbarste.

Ich war das nicht, Vater, hatte sie das Bedürfnis, ihm zu versichern, denn sie wusste, wie sehr es ihn schmerzen würde, dieses Szenario mit anzusehen. Ja, sie hatte den Garten verbrannt, aber nicht die Bücherei. Das war von allein geschehen.

Aber etwas an dem Brief und an der Entschlossenheit der Freiwilligen um sie herum gab Louise Hoffnung, dass dieser Ort vielleicht doch nicht für immer zerstört war.

Nachdem sie das Buch in ihrem Auto verstaut hatte, damit es nicht versehentlich weggepackt wurde, suchte sie die Menschenmenge nach einem bestimmten Gesicht ab. Im Chaos der vergangenen Nacht hatte sie eine wichtige Nachricht noch gar nicht weitergeben können.

Wie viel Schlaf Avis gehabt haben mochte, es war auf keinen Fall ausreichend, aber Louise war klug genug, sie nicht nach Hause zu schicken. Genauso gut hätte sie auch versuchen können, die Sonne in ihrem Lauf anzuhalten. Stattdessen bat sie nur darum, dass Avis einen Moment mitkam zu einer Stelle abseits der Frauen, die damit angefangen hatten, Asche und kleine Geröllteile in Schubkarren zu schaufeln, damit sie weggefahren werden konnten.

»Soll ich lieber etwas anderes machen, Miss Cavendish?«, fragte Avis eifrig. Sie gab sich immer solche Mühe, es allen recht zu machen.

»Eigentlich nicht.« Louise räusperte sich. »Ich wollte nur sagen, dass ich mich auf die kommenden Treffen des Buchclubs freue. Wir können sie in Windward Hall abhalten, bis die Bücherei wieder aufgebaut ist – es sei denn, Sie haben Angst, dass ich wieder einige meiner ›üblichen spitzen Bemerkungen‹ mache, wie unsere geschätzte Buchclub-Schriftführerin es einmal formuliert hat.«

Avis wurde sofort die schüchterne Maus, die sie früher gewesen war, und schluckte nervös. »Sie … Sie haben es gelesen.«

Louise versuchte, ihre Belustigung zu verbergen. »Das habe ich. In Gänze. Und zwar gestern, während ich versucht habe zu entscheiden, was ich als Nächstes tun soll.«

»Das war *nicht* das Buch, das ich Ihnen geben wollte.«

So viel war Louise auch klar. »Ich fand die Notizen erfrischend ehrlich. Teilweise sogar unterhaltsam. Das hatte ich von Ihnen nicht erwartet. Es hat mich an Ihren Bruder erinnert.« Sie hatte Anthony immer als Gegenpol zu Avis betrachtet, aber vielleicht hatten die beiden ja doch mehr gemeinsam, als sie gedacht hatte. »Wissen Sie, was er mir vor zwanzig Jahren einmal gesagt hat, als ich das erste Mal vorhatte, die Bücherei zu schließen?«

»Ich habe keine Ahnung.«

Sie war damals noch zu klein gewesen, um sich daran zu erinnern. Louise sah den Jungen aber noch vor sich, dünn und entschlossen. »Er hat gesagt: ›Miss Cavendish, die Leute sagen, dass Sie nach New York zurückgehen werden. Das ist bestimmt ein richtig toller Ort. Aber wenn Sie gehen, können Sie dann die Bücher hierlassen? Die brauchen wir dringender als Sie.‹ Ich habe damals versucht, mir nichts anmerken zu lassen, weil es ihm so ernst war, aber ich kann mich nicht erinnern, jemals so herzhaft gelacht zu haben.«

Avis legte eine Hand auf ihre Wange und errötete anstelle ihres Bruders. »Das hat er bestimmt nicht so gemeint.«

»Er hat es so gemeint und in gewisser Weise hatte er auch recht. Niemand in dieser Stadt würde mich vermissen, wenn ich nicht mehr da wäre, sondern nur das, was ich ihnen gegeben habe.« Die gegenwärtigen Bemühungen auf dem Rasen vor der Bücherei waren der Beweis dafür.

Anstatt aufgesetzt fröhlich und unehrlich zu widersprechen, betrachtete Avis sie einen Moment lang. »Es ist immer noch Zeit.«

Und Louise ertappte sich dabei, wie sie nickte. »Nicht wahr?«

»Wenn Sie wollen, gebe ich Ihnen die andere Kladde«, fügte Avis hinzu. »Die mit den Geschichten. Die Menschen lieben diesen Ort.«

Louise sah sich unter den Helfern um, die die Asche von den Einbänden schüttelten, Kisten öffneten, um sie auf Wasserschäden zu überprüfen, Kinderbücher ausbreiteten, damit sie in der hellen Herbstsonne trockneten. »Das ist ziemlich offensichtlich.«

Irgendwann würde sie diese Geschichten lesen, und sei es nur, um zu erfahren, warum all diese Leute sich einen Vormittag mitten in der Woche freinahmen, um in diesem Chaos zu helfen.

Diese Stadt brauchte Bücher. Oh, die Soldaten in Übersee und die Kinder in einem Kindergarten auch. Aber Louise würde einen anderen Weg finden, um ihnen die benötigte Lektüre zu beschaffen.

»Ich werde die Bücherei nicht schließen.«

Avis blinzelte, als wäre sie gerade aus dem Dunkel in einen Raum voller Sonnenlicht getreten. »Wie bitte?«

Louise berichtete von Mr Hanovers Anruf und den öffentlichen Geldern, aber Avis schien die Einzelheiten gar nicht zu registrieren, so als hätte ihr Verstand nach dem ersten Satz ausgesetzt. »Meinen Sie das ernst?«, unterbrach sie Louise mittendrin.

»Es ist nicht meine Angewohnheit, Dinge zu sagen, die ich nicht ernst meine.« Aber gegen ihren Willen musste Louise lächeln, als sie die weit aufgerissenen Augen der jungen Frau sah. »Dann lasse ich Sie jetzt weitermachen. Ich wollte Ihnen nur sagen, dass Ihre Arbeit wichtiger ist, als Sie vielleicht dachten.«

»Danke«, brachte Avis heraus.

Louise nickte. »Und sagen Sie es Anthony von mir, ja?« Sie würden dafür sorgen müssen, dass alles wieder aufgebaut war, wenn der junge Mann nach Hause kam.

Auf der anderen Seite der Bücherei gab Frederick Louise ein Zeichen, zum Hinterausgang zu kommen, wo die Gründungsmitglieder des Buchclubs die Belletristik-Abteilung begutachteten. Ein rußverschmierter Gio reichte seiner Mutter die Bücher, die sie an Ginny weitergab, damit die sie zum Einpacken auf die Plane legte.

»Kann ich mich hier denn überhaupt nützlich machen?«, fragte sie zweifelnd. Einige der Stapel sahen aus, als wären sie für Louise zu schwer.

Delphie, die am Ende der Kette stand, schnaubte. »Sie lassen sogar mich mitmachen, also sind sie nicht wählerisch.«

Darüber musste Louise lachen. »Danke, Delphie. Und euch allen.«

Ihre Köchin sah sie misstrauisch an. »Wofür?«

»Dafür, dass ihr hergekommen seid, als ich euch brauchte.«

Zum Glück erwiderten die anderen ihren Dank nur mit einem Lächeln und machten mit ihrer Arbeit weiter, sodass niemand etwas von dem Kloß in ihrer Kehle merkte.

Das war doch albern. Louise hatte gedacht, sie hätte alle ihre Tränen am Tag zuvor vergossen, als ihr bewusst geworden war, was es bedeutete, den Sohn kennenzulernen, den sie seit so vielen Jahren verloren geglaubt hatte. Aber offenbar waren noch ein paar müde Tropfen übrig. Louise wischte sie verstohlen fort, bevor jemand sie sah.

Dann stellte sie sich neben Frederick – Samuel – und er reichte ihr einen Stapel Bücher, die nach Rauch rochen.

»Du kannst ja schon mal nach einer neuen Lektüre für unsere nächsten Buchclubtreffen Ausschau halten«, sagte er. »Vielleicht finden wir hier ja ein paar unbekannte Juwelen.«

»Solange die letzten Seiten nicht verbrannt sind …«

»Das wäre doch mal ganz lustig. Wir könnten dann darüber streiten, wie das Buch enden *sollte.*«

Diesmal lächelte Louise ihren Sohn an, anstatt den Kopf zu schütteln, als er ihr zuzwinkerte.

Aus der Asche den Wiederaufbau zu wagen, insbesondere während eines Krieges, würde eine große Herausforderung sein. Aber davon hatte sie in ihrem Leben schon einige gemeistert. Diese Bücherei hatte einfach zu viele Menschen, die sie liebten, um sie zu schließen.

Louise hatte schon genug Zeit verschwendet. Höchste Zeit, sich an die Arbeit zu machen.

Buchclubprotokoll vom 12. März 1943

Protokoll: Avis Montgomery, leitende Bibliothekarin und Buchclub-Schriftführerin

Anwesende Mitglieder: alle – und mindestens die halbe Stadt

Die feierliche Wiedereröffnung der Bücherei war ein voller Erfolg. Alle packten mit an und verteilten Handzettel und kamen schon am Nachmittag, um aufzubauen, sodass um 18 Uhr, als die Türen geöffnet wurden – mit zugezogenen Verdunklungsvorhängen natürlich –, die Schlange bis zur nächsten Straßenkreuzung reichte.

Martinas Mutter, die immer noch ins Italienische verfällt, wenn sie aufgeregt ist, hatte die organisatorische Verantwortung für die Kinder übernommen, die neben unserer improvisierten Bühne auf dem Boden saßen. Sie selbst saß auf einem Stuhl und achtete darauf, dass die Kleinen still waren und nicht davonliefen.

Das war zum Glück die einzige Sicherheitsvorkehrung, die nötig war, da Martinas Mann vor ein paar Wochen dabei gefasst wurde, wie er bei einem Überfall auf ein Büro Lebensmittelmarken entwenden wollte. Als ich Martina fragte, ob sie erleichtert sei, sagte sie, es sei etwas komplizierter. Aber es ist gut, sie wieder lächeln und lachen zu sehen.

Wir haben alle unsere Zuckerrationen zusammengetan, um für die Veranstaltung Lebkuchen zu backen, und den Rest mit Ahornsirup aufgefüllt – ein Trick, den ich von Delphie habe. Da Kaffee inzwischen auch rationiert ist, war es kein üppiges Angebot, aber das schien niemanden zu stören und alle nahmen reichlich von dem Gebäck, bevor das offizielle Programm losging.

Nach einer Begrüßung durch den Bürgermeister, der den Feuerwehrleuten dankte und geschickt die Lorbeeren für den Wiederaufbau einheimste, las ich den neuesten Brief von Anthony vor. Darin dankte er uns dafür, dass wir den Erlös des Abends spenden, um Bücher für die Soldaten zu besorgen, und zitierte einen Kameraden, der gesagt hat, dass »Bücher hier beliebter als Pin-up-Girls« sind.

Als Nächstes kamen Freddy und Gio mit der Aufführung eines Gedichts über einen berühmten Baseballhelden, das Gio ohne Fehler aufsagte, während Freddy es pantomimisch darstellte, was mit tosendem Applaus bedacht wurde. Alle waren sich einig, dass der Kuss, den Ginny Freddy nach dem entscheidenden Schlag mit dem Baseball gab, das Ende viel weniger deprimierend machte.

Mr und Mrs Bell trugen Auszüge von »Rip Van Winkle« vor, und zwar mitsamt Verkleidung und einem langen Bart aus Wolle, und Mr Maloney überraschte uns alle damit, dass er eine Strophe von »Evangeline« so herzergreifend rezitierte, dass wir alle zu Tränen gerührt waren. Es war so schön, dass ich beinahe meine Meinung über Henry Wadsworth Longfellow geändert hätte.

Die abschließende Aufführung des Abends war ein gemeinsames Projekt der ursprünglichen Buchclubmitglieder – eine dramatische Lesung aus »Betty und ihre Schwestern« mit Louise als Meg, Ginny als Jo, Martina als Beth und mir selbst als Amy. Die Rolle der Marmee hatten wir Delphie angeboten, aber sie hat sich rundheraus geweigert (»Ich kenne auf der ganzen Welt keinen, der weniger dafür geeignet wäre«), und Mrs Whitson las die kleine Rolle ganz wunderbar.

Insgesamt war das Stück ein Erfolg, obwohl Ginny immer wieder Bemerkungen einbaute, die nicht im Skript standen. Martina hatte eine Todesangst, vor all diesen Leuten zu stehen, und murmelte ihre Passagen mehr in sich hinein, aber da das zum Charakter von Beth passte, war es nicht schlimm. Und ich habe die Leute zum Lachen gebracht mit dem durchlaufenden Witz, dass ich Wörter falsch ausgesprochen habe, und das war ein gutes Gefühl.

Am besten war aber, dass mitten in der Aufführung Russell in der letzten Reihe erschien. Ich starrte ihn so lange an, dass Louise mir mit der nächsten Zeile helfen musste, weil ich nicht mehr wusste, wo wir waren. Russell dachte erst, er könnte nicht kommen, aber dann war er da, direkt von seinem Zug aus Boston hergerannt. Sobald der Applaus vorbei war, bin ich zu ihm gelaufen.

Als Nächstes wurde Louises Gemälde enthüllt, das an den Stil von Beatrix Potter erinnert, obwohl der Farmer und seine Frau viel freundlicher aussahen als die McGregors in den Büchern. Später habe ich das Bild genauer betrachtet und gesehen, dass die beiden Personen Ähnlichkeit mit einem gewissen einäugigen Veteranen und seinem Mädchen haben.

Hamish hat das Gemälde in der wiederhergestellten Kinderbuchabteilung aufgehängt, in dem es jetzt bequeme Sitzgelegenheiten gibt, um der jungen Generation einen Besuch schmackhaft zu machen. Ab September werde ich selbst dort mehr Zeit verbringen ... Russell und ich sind in anderen Umständen. Er war ein bisschen erschrocken, als ich ihm die lange Liste mit literarischen Vornamen gab, aus der er aussuchen darf. (Hercule und Hester scheinen schon ausgeschieden zu sein, aber Arthur und Elinor sind noch im Rennen.)

Am Ende des Abends lud ich alle zum Buchclub ein, der jetzt wieder am gewohnten Ort stattfindet. Ich glaube, wir sind alle froh darüber. Windward Hall hat einige Monate lang gute Dienste geleistet, aber wir mussten uns in zwei und dann drei Gruppen aufteilen, damit alle in die kleinen Räume passten. Außerdem reagiert Mr Bell allergisch auf den armen Jeeves und hat die ganze Zeit geniest, während wir »Vor ihren Augen sahen sie Gott« besprochen haben, und Gio hat eins der antiken Schwerter von der Wand im Flur genommen, um eine Szene aus »Der Graf von Monte Christo« nachzuspielen. Louise war zwar von seinem Eifer angetan, aber nicht davon, dass er um ein Haar Mrs Whitson enthauptet hätte, und hat deshalb jegliche Erbstücke als Requisiten bei zukünftigen Clubtreffen verboten.

Ich muss jetzt Schluss machen. Die meisten Mitglieder haben sich unten versammelt, um über das Buch für nächsten Monat zu reden, und da will ich dabei sein.

Es tut gut, wieder zu Hause zu sein.

Anmerkungen der Autorin

Ich hoffe, Sie haben ihren Besuch in Derby, einer fiktiven Kleinstadt in Maine, genossen (obwohl Sie vielleicht echte Orte wie Bristol, Pemaquid Point, Old Orchard Beach und die St. Patrick's Church erkannt haben). Die Herausforderungen für die Bewohner von New England während des Krieges, die in dem Roman beschrieben werden, waren jedoch sehr real. Verdunklungsregeln waren für die Behörden schwer durchzusetzen und im Gegensatz zu den Menschen in London, die regelmäßig vom Blitzkrieg betroffen waren, bekamen die Amerikaner an der Küste 1942 nur selten die Folgen ihrer Unachtsamkeit zu spüren, obwohl sie der Hauptgrund für eine Reihe von Flottenunglücken war.

Die deutsche Marine fing an, U-Boot-Angriffe zu planen, kaum dass Deutschland den Vereinigten Staaten den Krieg erklärt hatte – Operation Paukenschlag. Sie wussten, dass amerikanische Streitkräfte gegen Überraschungsangriffe zur See ganz und gar nicht gerüstet waren – und sie hatten recht. In den ersten sieben Monaten des Jahres 1942 versenkten die Deutschen 233 Schiffe im Atlantik und im Golf von Mexiko und fünftausend Menschen kamen dabei ums Leben.

Die meisten Bewohner von New England erfuhren nicht viel von diesen Tragödien. Die Regierung unterdrückte Berichte über die Angriffe, wann immer sie konnte, obwohl diejenigen, die direkt an der Küste lebten, die Detonation der Wasserbomben im Meer hören konnten und manchmal sogar Überlebenden oder Trümmern von den Schiffen begegneten.

Irgendwann wusste die US-Navy, wie sie sich wehren konnte: Häfen wurden vermint, Frachter von Kriegsschiffen und Bombern begleitet. Zivilisten wurden gezwungen, sich an die Verdunklungsübungen und -vorschriften zu halten, nachdem den Amerikanern klar wurde, dass sie den U-Booten eine strahlend helle Küste und Flutlicht für ihre Angriffe lieferten. Nach diesen umfassenden Veränderungen sank die Zahl der Opfer im Atlantik und ab 1944 wurden durch die viel besseren Strategien mehr U-Boote als Handelsschiffe versenkt. Aber die ersten Kriegsmonate waren eine Zeit großer Verluste und eine Gefahr für amerikanische Schiffe.

Russells Engagement bei der Küstenkontrolle, auch als Hooligan-Navy bekannt, war ein interessantes und oft vergessenes Kapitel der amerikanischen Geschichte, nämlich ein kleines Zeitfenster, in dem zivile Jachten der Küstenwache halfen, Präventivmaßnahmen gegen U-Boot-Angriffe durchzuführen. All die Erfahrungen, von denen er in seinen Briefen berichtet, haben verschiedene Crews vor der Küste tatsächlich gemacht.

Noch ein Thema, das ich den Geschichtsbüchern entnommen habe, ist Louise Cavendishs Versuch, eine Kinderbetreuung für die Arbeiterinnen in der Rüstungsindustrie zu organisieren. Viele Sozialreformer machten sich über dieses ernste Problem Gedanken. Bei Kriegsende war eine von acht Müttern mit Kindern unter sechs Jahren in Lohn und Brot. Wie in dem Roman gab es Ende 1942 aufgrund eines Verteidigungsgesetzes, das als *Lanham Act* bekannt wurde, Gelder von der Regierung für die Einrichtung von Kinderbetreuungsanstalten. Aber weil es als Stigma empfunden wurde, Wohltätigkeit in Anspruch zu nehmen, wollte nur ein kleiner Prozentsatz der berufstätigen Mütter ihre Kinder dorthin schicken und die Einrichtungen waren manchmal nicht ausreichend finanziert, nicht sicher oder nicht angemessen geführt. Doch im Laufe der Zeit wurden viele dieser Kindergärten zu Orten, in denen kleine Kinder gediehen, auch wenn die meisten dieser Einrichtungen nach Kriegsende wieder geschlossen wurden.

Der Zweite Weltkrieg trug auch dazu bei, dem amerikanischen Volk sowohl das Lesen als auch die Gartenarbeit nahezubringen. Der Buchclub und seine Mitglieder sind zwar fiktiv, aber die Regierung förderte tatsächlich das Lesen als in Kriegszeiten angemessene Betätigung und oft wurden Büchereien Treffpunkte, in denen Fundraising Events veranstaltet und Nachrichten verkündet wurden. Gemüsegärten wie der von Louise waren ein beliebtes Mittel, um die amerikanischen Truppen zu unterstützen, und Ernährungswissenschaftler sehen in der Bewegung den Grund dafür, dass Amerikaner anfingen, eine größere Vielfalt an Obst und Gemüse zu essen.

Auch die Enteignung von Long Island und der Erfolg der Bücherkampagne für die Soldaten an der Front sind historische Ereignisse.

Abgesehen von den historischen Gestalten, die als Inspiration für diesen Roman dienten, gibt es natürlich ganz viele Menschen in meinem Leben, denen ich danken möchte.

Wie immer haben meine Eltern und meine Schwester mich beim Schreiben des Buches die ganze Zeit begeistert unterstützt, genau wie meine weitere Verwandtschaft. Meine Freundin und Schriftstellerkollegin Ruthie hat mir Rückmeldungen gegeben, die mich ermutigt haben weiterzumachen, als ich versucht war, das ganze chaotische Projekt aufzugeben. Mein Mann Jake hat viele Stunden damit zugebracht, mit mir über die Probleme erfundener Personen zu diskutieren, und mir immer wieder Mut gemacht, wenn ich frustriert war. Und eine besondere Erwähnung gebührt meiner kleinen Tochter, die im ungeborenen Zustand einen Großteil des Schreibens mitbekommen hat. Auch wenn sie vielleicht das Einhalten von Abgabeterminen etwas erschwert hat, möchte ich nichts von der Freude missen, die sie bis jetzt in unsere kleine Familie gebracht hat.

Obwohl ich seit diesem Jahr nicht mehr ganztägig im Verlag arbeite, ist es mir ein Vergnügen zu wissen, was hinter den Kulissen passiert, um ein Buch an seine Leserinnen und Leser zu bringen (und zwar eine *Menge*!).

Wenn Ihnen dieses Buch gefallen hat, würde ich mich freuen, von Ihnen zu hören. Es macht sehr viel Spaß, Zeit mit fiktiven Charakteren zu verbringen, aber echte, aufmerksame und offenherzige Leserinnen und Leser sind doch die allerbesten Freunde. Allerdings bin ich des Deutschen nicht mächtig.

Die Leseliste des Buchclubs

Beim Schreiben dieses Romans habe ich versucht, eine große Bandbreite unterschiedlicher Titel als Lektüre für meine Charaktere auszuwählen, sowohl Klassiker als auch Bestseller aus den 1940er-Jahren – und ich habe sie selbst parallel gelesen. Wenn Sie es ebenso machen wollen, sind sie hier aufgelistet:

Jan Struther: *Mrs. Miniver erlebt die Vorkriegszeit*
Emily Dickinson: *Gesammelte Gedichte*
William Shakespeare: *Hamlet*
Mortimer Adler: *Wie man ein Buch liest*
P. G. Wodehouse: *Alter Adel rostet nicht*
Agatha Christie: *Das Böse unter der Sonne*
George Bernard Shaw: *Pygmalion*
Sarah Orne Jewett: *Das Land der spitzen Tannen*
Margery Williams: *Das Samtkaninchen,*
William Nicholson *(Illustrationen)*
Robert Louis Stevenson: *Die Schatzinsel*
Edgar Allan Poe: *Das verräterische Herz*

Andere Bücher, die erwähnt werden:
Lloyd C. Douglas: *Das Gewand*
Zora N. Hurston: *Vor ihren Augen sahen sie Gott*
Alexandre Dumas: *Der Graf von Monte Christo*

Bücher, die von den Charakteren empfohlen werden:
Victor Hugo: *Die Elenden*
H. G. Wells: *Der Unsichtbare*
Hugh Lofting: *Die Geschichte von Doktor Dolittle*
Beatrix Potter: *Die Geschichte von Peter Hase*

Charles Dickens: *Eine Weihnachtsgeschichte*
Jane Austen: *Stolz und Vorurteil*
Louisa May Alcott: *Betty und ihre Schwestern*
Daniel Defoe: *Robinson Crusoe*
Charlotte Brontë: *Jane Eyre*
Irgendetwas von Georgette Heyer oder Daphne du Maurier

Wenn Ihnen »Der Club der Bücherfreundinnen« gefallen hat, werden Sie auch das neue Buch von Nicole Deese mögen

Nicole Deese
Wir treffen uns zwischen den Zeilen wieder
ISBN 978-3-96362-409-4
500 Seiten, Paperback
auch als E-Book erhältlich

Drei Freunde. Zwei gebrochene Versprechen. Ein verschwundenes Manuskript.

Als Lektorin brennt Ingrid Erikson für Bücher, talentierte Autoren und gute Geschichten. Doch seitdem ihre beste Freundin Cece überraschend gestorben ist, kann sie nicht mehr lesen. Keine gute Voraussetzung für ihren Beruf! Zumal ihre neue Programmleiterin ihr das Leben ohnehin zur Hölle macht.
Als überraschend Ceces Cousin Joel im Verlag auftaucht und sie bittet, mit ihm nach Hause zurückzukehren, um Ceces letzten Wunsch zu erfüllen, ist Ingrid hin- und hergerissen. Einerseits sieht sie endlich einen Lichtstreifen am Horizont: Ihre beste Freundin war zugleich ihre Topautorin, und falls sie ihr spurlos verschwundenes letztes Manuskript fände, könnte Ingrid ihre Karriere womöglich doch noch retten. Andererseits würde sie alles lieber tun, als Zeit mit Joel zu verbringen – dem Mann, der der Grund dafür ist, dass sie nicht an Happy Ends im wahren Leben glaubt …